El fuego oscuro

Christine Feehan

El fuego
oscuro

Titania Editores
ARGENTINA - CHILE - COLOMBIA - ESPAÑA
ESTADOS UNIDOS - MÉXICO - URUGUAY - VENEZUELA

Título original: *Dark Fire*
Editor original: Dorchester Publishing Co., Inc., Nueva York
Traducción: Armando Puertas Solano

© Copyright 2001 *by* Christine Feehan
All Rights Reserved
Los derechos de publicación de la presente obra fueron negociados
a través de The Axelrod Agency, Nueva York y Ute Körner Literary
Agent, S.L., Barcelona
© de la traducción 2007 *by* Armando Puertas Solano
© 2007 *by* Ediciones Urano, S.A.
Aribau, 142, pral. – 08036 Barcelona
www.titania.org
atencion@titania.org

ISBN: 978-84-96711-25-9
Depósito legal: B. 43.444 - 2007

Fotocomposición: Zero preimpresión, S.L.
Impreso por: Romanyà Valls – Verdaguer, 1 – 08786 Capellades (Barcelona)

Impreso en España – *Printed in Spain*

A mi hija, Manda.
Gracias por darme tantas alegrías,
Por haber traído a Skyler a nuestras vidas y corazones,
por ser quien eres.

Mis especiales agradecimientos a los miembros del equipo
del balneario de Konocti Harbor, siempre dispuestos a ayudar,
y capaces de montar conciertos de primera.
Son personas auténticas y estupendas.

Capítulo 1

Cuando él la vio por primera vez, ella salía a rastras, con la linterna y una llave inglesa en la mano, de debajo del enorme autobús del grupo musical. Era una mujer pequeña, casi del tamaño de una niña. Al principio, él estaba convencido de que, a lo más, se trataba de una adolescente vestida con un mono ancho, con la rica cabellera rojiza y dorada recogida en una coleta. Tenía la cara sucia, manchada con aceite y tierra. Luego, ella se giró levemente y él vio los senos firmes marcados contra la delgada camiseta de algodón que llevaba por debajo del peto.

Darius se la quedó mirando, fascinado. Incluso a esa hora de la noche su pelo era como una llamarada. Se asombró al darse cuenta de que era pelirroja. Como cárpato macho, como depredador e inmortal, Darius no había visto colores, sólo el blanco y el negro, en más siglos de los que podía contar. Nunca se lo había contado a Desari, su hermana menor, como tampoco le había contado que había perdido sus emociones. Después de una eternidad, Desari seguía siendo dulce y compasiva, y poseía todas las buenas cualidades de una hembra cárpata. Todo lo que él no era. Desari dependía de él, como todos los demás en el grupo, y él no quería angustiarla confesándole lo cerca que estaba de enfrentarse al alba —y a su propia destrucción—, o de convertirse en vampiro, en una criatura inerte en lugar de inmortal.

Que esa mujer pequeña y desconocida vestida con un mono ancho hubiera cautivado su atención le parecía sorprendente. Había algo en su manera de mover las caderas que lo sacudió en lo más profundo. Tras esa primera impresión, recuperó el aliento y la siguió a cierta distancia cuando ella dio la vuelta alrededor del autobús del grupo itinerante y desapareció de su vista.

—Debes estar cansada, Rusti —dijo Desari—. ¡Has trabajando todo el día!

Darius no podía ver a su hermana Desari pero, como de costumbre, oía su voz, una sucesión de notas musicales capaces de hacer que algunos perdieran la cabeza y de influir en todas las cosas vivas de este mundo.

—Hay un poco de zumo en la nevera de la caravana. Tómatelo y relájate unos minutos. No puedes acabar todas las reparaciones en un solo día —dijo, para concluir.

—Sólo un par de horas más y lo tendré todo funcionando —dijo la pequeña pelirroja. Aquella voz suave y ronca tocó a Darius en alguna fibra profunda de su ser y sintió en las venas el torrente caliente de la sangre. Se quedó inmóvil, como paralizado por aquella repentina sensación.

—Insisto, Rusti —dijo Desari, con voz queda.

Darius conocía ese tono de voz con que Desari siempre conseguía lo que se proponía.

—Por favor. Ya estás contratada como mecánico del equipo. Es evidente que eres precisamente lo que necesitamos. Así que déjalo por esta noche, ¿vale? Viéndote trabajar así de duro me siento como una explotadora.

Darius dio lentamente la vuelta alrededor de la caravana y se acercó a paso lento a la pelirroja y su hermana. Junto a Desari, alta y elegante, la pequeña mujer mecánico que todavía no conocía tenía el aspecto de una niña desaliñada. Aún así, él no podía quitarle los ojos de encima. Ella respondió con una risa ronca, y Darius sintió que se adueñaba de su cuerpo una dolorosa pesadez. Incluso a esa distancia, observó que sus ojos eran de color verde brillante, bajo los párpados pesados y las frondosas pestañas, que su rostro era perfectamente ovalado, con pómulos prominentes y una boca generosa y sensual que pedía a gritos ser besada.

Antes de que pudiera escucharla, ella volvió a desaparecer. Pasó junto a su hermana en la parte trasera del autobús averiado y se acercó a la puerta. Darius sólo atinó a quedarse ahí parado, paralizado en medio de la oscuridad. Las criaturas de la noche empezaban a despertarse a la vida, y Darius dejó vagar la mirada por los alrededores del campamento, observando los diversos colores del entorno. Vívidos tonos de verde, amarillo y azul. Ahora veía el color plateado del autobús, las letras azules en uno de los lados. El pequeño coche deportivo, estacionado no muy lejos de ahí, era de color rojo bombero. Las motos de trial fijas al autobús eran amarillas. Las hojas de los árboles tenían un tono verde brillante, con venas algo más oscuras.

Darius inhaló profundamente, aspirando con deliberación la esencia que aquella mujer extraña dejaba como una estela. Así podría encontrarla siempre, aunque fuera en medio de una multitud, y siempre sabría dónde estaba. Era curioso, Darius se sentía como si hubiera dejado de estar solo. Ni siquiera la conocía, pero con sólo saber que estaba en el mundo, éste parecía un lugar completamente diferente. No, Darius jamás le había contado a su hermana lo triste y vacía que era su existencia, ni le hablaba de lo peligroso que se estaba volviendo. Pero cuando su mirada se posó en la pelirroja, una mirada caliente y posesiva, algo feroz y primitivo rugió en su interior pidiendo ser liberado.

Desari apareció sola desde el otro lado del autobús.

—Darius, no sabía que habías despertado. Te has vuelto tan misterioso últimamente —dijo Desari, y lo barrió con una mirada inquisitiva de sus grandes ojos oscuros—. ¿Qué tienes? Pareces... —dijo, y vaciló. *Peligroso*. La palabra no dicha quedó vibrando en el aire.

Él señaló la caravana con un movimiento de la cabeza.

—¿Quién es?

Desari se estremeció ante su tono de voz, y luego se frotó los brazos como si tuviera frío.

—Ya hablamos de la necesidad de contratar un mecánico que nos acompañara cuando saliéramos de gira para mantener los vehículos a punto y así nosotros pudiéramos proteger nuestra intimidad. Te hablé de poner un anuncio, con un imperativo especial incluido, y tú diste tu aprobación, Darius. Dijiste que si encontrábamos a alguien que fuera tolerado por los felinos, lo permitirías. Esta mañana temprano apareció Rusti. Los leopardos estaban afuera conmigo y ninguno de los dos tuvo una reacción violenta.

—¿Cómo es posible que haya llegado hasta nuestro campamento a pesar de nuestras defensas, de las barreras que nos protegen durante las horas de luz? —inquirió Darius, con voz pausada, aunque con un ligero asomo de amenaza.

—Francamente, no lo sé, Darius. He hecho un barrido de su mente en caso de que tuviera segundas intenciones, y no he encontrado nada sospechoso. Los patrones de su cerebro son diferentes de la mayoría de humanos, pero yo sólo he detectado su necesidad de trabajar, de buscarse un empleo decente.

—Es una mortal —dijo Darius.

—Ya lo sé —dijo Desari a la defensiva, consciente del peso opresivo que dejaba en el aire la censura de su hermano—. Pero no tiene familia, y nos ha dicho que ella también necesita tener un poco de intimidad. No creo que le moleste si no estamos durante el día. Le he advertido que trabajamos y viajamos sobre todo de noche, y que solemos dormir durante el día. Ella dijo que eso no le suponía ningún problema. Y es verdad que necesitamos que se ocupe de nuestros vehículos y los mantenga a punto. Tú sabes que es verdad. Sin ellos, perderíamos nuestra fachada de «normalidad». Y a un humano lo podemos controlar sin mayores problemas.

—Le has dicho que entre en la caravana, Desari. Si está allí dentro, ¿por qué no están los leopardos contigo? —preguntó Darius. De pronto sintió que el corazón le daba un vuelco.

—Dios mío —dijo Desari, y palideció—. ¡Qué error he cometido! —Visiblemente afectada, corrió hasta la puerta de la caravana.

Darius llegó antes que ella, abrió la puerta de un tirón y de un salto estuvo adentro, dispuesto a luchar contra los dos leopardos del grupo por esa pequeña mujer. Se quedó paralizado, completamente inmóvil, con su larga cabellera colgándole sobre la cara. La pelirroja estaba acurrucada en el sofá con un enorme leopardo a cada lado, y los dos felinos la hacían aún más pequeña y no dejaban de buscarle las manos, pidiendo atención.

Tempest «Rusti» Trine se incorporó rápidamente cuando el hombre entró en el autobús de la caravana. Tenía un aspecto feroz y peligroso. Todo en él era expresión de peligro y poder. Era un hombre alto, fibroso como los felinos, y tenía el largo pelo oscuro greñoso y despeinado. Tenía grandes ojos negros, oscuros como la noche, y había en ellos algo de hipnotizador y penetrante, como los ojos de las panteras. Tempest sintió que el corazón le daba un vuelco y que se le secaba la boca.

—Perdón, Desari me dijo que podía entrar —afirmó, como queriendo apaciguarlo, intentando apartarse de los felinos mientras éstos seguían buscándola con el morro, pidiendo su atención, casi tumbándola cada vez que la empujaban. Intentaban lamerle las manos, cosas que ella evitaba ya que, con sus lenguas rasposas, podían arrancarle la piel.

Desari entró en el autobús junto al hombre grande y se detuvo, boquiabierta y desconcertada.

—Gracias a Dios que estás bien, Rusti. Nunca te habría dicho que entraras aquí sola si me hubiera acordado de los leopardos.

—*Es algo que no debieras olvidar nunca.* —Darius le transmitió a su hermana la reprimenda como un suave y aterciopelado latigazo, y lo hizo por vía directa, utilizando la habitual telepatía. Desari parpadeó, pero no protestó, sabiendo que su hermano tenía razón.

—Parecen bastante amaestrados —aventuró Rusti, vacilante, acariciando primero la cabeza de un felino, luego la otra. El ligero temblor de sus manos delataba su nerviosismo, ante la presencia del hombre, no de los leopardos.

Darius se enderezó. Parecía un personaje intimidatorio. Cuando lo vio, con sus anchos hombros que iban casi de lado a lado del autobús, Rusti dio un paso atrás. Él le clavó directamente los ojos, y con esa mirada la mantuvo prisionera, buscando en el fondo de su alma.

—No están amaestrados. Son animales salvajes y no soportan el contacto demasiado estrecho con los seres humanos.

—¿De verdad? —De pronto, en los ojos verdes de la pelirroja asomó un brillo de picardía, mientras apartaba al felino más grande—. No me había dado cuenta. Lo siento. —No daba la impresión de que se arrepintiera de su conducta. Más bien parecía que estaba burlándose de él.

De alguna manera, Darius supo, sin la sombra de una duda, que la vida de esa mujer estaría unida a la suya para toda la eternidad. Había encontrado lo que el nuevo compañero de Desari, Julian Savage, llamaba una compañera para toda la vida. Permitió que en sus ojos asomara brevemente ese deseo de ella que lo consumía, y se sintió satisfecho cuando ella volvió a dar un paso atrás.

—No están amaestrados —repitió—. Son capaces de despedazar a cualquiera que entre en este autobús. ¿Cómo se explica que estés con ellos y a salvo? —preguntó, con voz grave e imperiosa. Era la voz de un hombre acostumbrado a una obediencia ciega.

Rusti se mordió el labio inferior, delatando su nerviosismo, pero levantó el mentón con gesto desafiante.

—Oye, si no me queréis aquí, no pasa nada. No hemos firmado un contrato ni nada. Recogeré mis herramientas y me marcharé. —Dio un paso hacia la puerta, pero aquel hombre le cerraba el camino como una muralla. Se giró y miró a sus espaldas, calculando la distancia hasta la puerta trasera, preguntándose si alcanzaría a llegar antes de que él diera el salto final. Por algún motivo, temía que si corría desataría en él sus instintos de predador.

—Darius —intervino Desari con gesto amable, y le puso una mano sobre el brazo para aplacarlo.

Él ni siquiera giró la cabeza, y mantuvo la mirada fija en la cara de Rusti.

—Déjanos —ordenó a su hermana, con voz suave pero amenazante. Hasta los felinos dieron muestras de inquietud, y se arrimaron a la pelirroja, cuyos ojos verdes ahora brillaban como piedras preciosas.

En su vida nadie había asustado a Rusti tanto como aquel hombre llamado Darius. Había en sus ojos una posesividad desenfadada, y en su hermosa boca se dibujaba una crueldad sensual. Latía en él una intensidad ardiente que Rusti nunca había visto. Cuando Desari obedeció de mala gana a su hermano y abandonó el lujoso autobús, Rusti vio que su única aliada la abandonaba.

—Te he hecho una pregunta —dijo él, con voz queda.

Su voz la puso nerviosa. Era como un arma negra y aterciopelada, el instrumento de un brujo, y le provocó en todo el cuerpo un calor tan indescriptible como inesperado. Sintió que se le ruborizaba el cuello, luego toda la cara.

—¿Todo el mundo hace siempre lo que tú dices?

Él esperó, quieto como un leopardo a punto de dar el salto final, con los ojos fijos en ella. Rusti experimentó el curioso impulso de contestarle, de decirle toda la verdad. Aquel deseo le latió en la cabeza hasta que se frotó las sienes como si fuera a protestar. Luego suspiró, sacudió la cabeza y trató incluso de sonreír.

—Mira, no sé quién eres, aparte de ser el hermano de Desari, pero creo que los dos hemos cometido un error. Yo sólo vi el anuncio pidiendo un mecánico y pensé que era un empleo que me agradaría, viajando con una banda de músicos por todo el país. —Se encogió de hombros, como restándole importancia—. Pero no importa, porque así como he venido, puedo irme.

Darius le escrutó el rostro. Estaba mintiendo. Aquella chica necesitaba el empleo. Tenía hambre, pero era demasiado orgullosa para hablar. Sabía disimular su desesperación, pero necesitaba el empleo. Sin embargo, sus ojos verdes no dejaban de sostener esa oscura mirada suya, y en todos sus gestos se adivinaba la misma actitud desafiante.

Entonces él dio el primer paso. En un segundo estuvo junto a ella, tan rápidamente que Rusti no tuvo ni la menor oportunidad de escapar. Darius oyó el latido apresurado del corazón de Rusti, la sangre rugiendo en sus venas, y se quedó con la mirada fija en el pulso que le latía en el cuello.

—Creo que este trabajo te irá como anillo al dedo. ¿Cuál es tu verdadero nombre?

Estaba demasiado cerca, era demasiado grande, demasiado intimidatorio y poderoso. A esa distancia, Rusti sintió el calor que emanaba de su figura, el magnetismo que irradiaba. No estaba lo bastante cerca para tocarla, pero eso no impedía que sintiera el contacto de su piel. Tuvo el impulso de escapar, correr lo más rápido y lejos posible.

—Todos me llaman Rusti —dijo, y a sus propios oídos sonó desafiante.

Darius sonrió de esa manera exasperante que tienen los hombres, con lo cual le daba a entender que sabía que ella lo temía. Su sonrisa no consiguió infundir ni la más mínima calidez a esa mirada oscura y gélida. Se inclinó lentamente hacia ella, hasta que Rusti sintió su aliento en el cuello. Un cosquilleo de excitación le recorrió la piel. Hasta la última célula de su cuerpo estaba en alerta, anunciando el peligro.

—Te pregunté cómo te llamabas —murmuró él directamente sobre el pulso que latía en su cuello.

Rusti respiró profundo y se obligó a quedarse totalmente quieta, sin mover un pelo. Si iban a entregarse a un juego, no sería ella quien cometiera el primer error.

—Me llamo Tempest Trine. Pero todos me llaman Rusti.

Él volvió a mostrar su blanca dentadura. Tenía el aspecto de un predador hambriento acechando a la presa escogida.

—Tempest. Te sienta bien. Yo soy Darius, el vigilante de este grupo. Aquí se hace lo que yo digo. Es evidente que ya has conocido a mi hermana, Desari. ¿Te han presentado a los demás? —Con sólo pensar en la presencia de otros machos alrededor de ella, Darius se sintió desgarrado por una irritación del todo desconocida. Y en ese momento supo que hasta que no poseyera a Tempest, sería un individuo sumamente peligroso, no sólo para los mortales sino también para los suyos. En todos los siglos de su existencia, incluso en los primeros años, cuando la alegría y el dolor todavía existían para él, jamás había experimentado celos tan intensos, tanta posesividad, ningún otro tipo de emoción ni remotamente parecido. Hasta ese momento, no había sabido qué era la auténtica rabia. La fuerza que proyectaba aquella pequeña mujer daba mucho que pensar.

Rusti sacudió la cabeza. Quiso apartarse de su intensidad, de esa manera de provocarle esa alarmante aceleración del corazón, y lanzó una mirada frenética de susto hacia la puerta trasera. Pero Darius estaba demasiado cerca como para intentar la huida. Así que miró a los dos grandes felinos y se concentró en ellos, los convirtió en objeto de sus pensamientos, un talento que tenía desde que nació y que nunca reconocería abiertamente.

El leopardo más pequeño, de tonos más claros, se desplazó hasta quedar entre ella y Darius y enseñó los colmillos con un gruñido de advertencia. Darius dejó descansar una mano sobre la cabeza del animal para calmarlo. *Tranquilo, amigo. No pienso hacerle daño a esta mujer. Quiere dejarnos. Lo percibo en su mente, y no puedo permitirlo. Tú tampoco lo desearías.*

El felino se situó sin tardar frente a la puerta trasera, cerrándole a Rusti toda posibilidad de escapar.

—Traidor —dijo ella al leopardo, entre dientes, sin poder controlarse.

Darius se frotó el puente de la nariz con gesto pensativo.

—No eres una mujer corriente. ¿Te has comunicado con los animales?

Ella tuvo un gesto como si fuera culpable de algo, y apartó la mirada de él, mientras se tapaba la boca suave y temblorosa con el dorso de la mano.

—No tengo ni la menor idea de lo que dices. Si hay alguien que se comunica con los animales, eres tú. El leopardo está delante de la puerta. Por lo visto, te obedecen todos, incluyendo los animales, ¿no?

—Todos los que pertenecen a mis dominios —dijo él, asintiendo levemente—, y eso ahora te incluye a ti. No puedes irte. Te necesitamos tanto a ti como tú a nosotros. ¿Desari te ha asignado un lugar donde dormir? —Darius no sólo sentía el hambre de la mujer sino también su cansancio. Latía en él, en su interior, despertando como un rugido todos sus instintos de protección.

Rusti se lo quedó mirando, como calculando sus opciones. Algo en lo más profundo le decía que Darius la había despojado de esas opciones. No le permitiría marcharse. Lo vio en la línea implacable de su boca, en la dura determinación que se adueñó de sus rasgos, y lo vio en sus ojos oscuros y desalmados. Si quería, podía fingir, que todo quedara entre ellos sin hablar, sin desafiarlo. Ese individuo estaba revestido de poder como si fuera una segunda piel. Rusti se había encontrado en situaciones peligrosas antes, pero esto era del todo diferente. Quería salir corriendo y... también quería quedarse.

Darius estiró la mano y le levantó el mentón con dos dedos, de manera que pudiera mirarla a sus ojos verdes. Dos dedos. Nada más. Sin embargo, Rusti se sintió como si le hubiera puesto unas cadenas, como si los hubiera unido a los dos de alguna manera inexplicable. Sintió el impacto de su mirada, una mirada que la quemaba, que la marcaba como si le perteneciera.

Con la punta de la lengua se humedeció el labio inferior. Darius se apretó, tensado por una demanda deseosa, dura y urgente.

—No huirás, Tempest. No creas que puedes marcharte. Necesitas el empleo. Nosotros te necesitamos a ti. Sólo tienes que cumplir con las reglas.

—Desari me ha dicho que podía dormir aquí —dijo ella, antes de que pudiera evitarlo. No sabía qué hacer. Sólo le quedaban veinte dólares, y había pensado que aquél sería el empleo perfecto. Era una mecánico excelente, disfrutaba viajando, le agradaba estar sola y adoraba a los animales. Y algo en ese anuncio en concreto le había llamado la atención, y después algo la había conducido hasta ese lugar, hasta esa gente, como si ése fuera su destino. Era una sensación rara, casi un impulso irresistible de encontrarlos, con la seguridad de que era el empleo indicado para ella. Debería haber sabido que era demasiado perfecto para ser verdad. Sin pretenderlo, dejó escapar un ligero suspiro.

Darius le acarició suavemente el mentón con el pulgar. La sintió temblar, pero vio que no cedía terreno.

—Siempre hay un precio que pagar —dijo él, como si le leyera el pensamiento. Desplazó la mano hasta su pelo, y le tocó los rizos rojidorados como si no pudiera impedírselo.

Rusti se quedó muy quieta, como un animal pequeño que es sorprendido en terreno abierto por una pantera que ha salido a cazar. Sabía que era un ser sumamente peligroso para ella, pero sólo atinaba a mirarlo, impotente. Él le estaba haciendo algo, la estaba hipnotizando con sus ojos oscuros y ardientes. Ella no podía apartar la vista. No podía moverse.

—¿Es un precio muy alto? —pronunció la pregunta con una voz ahogada, ronca. A pesar de que Tempest intuía que debía sustraerse a la mirada de sus ojos, le resultaba imposible.

Él se acercó más, y luego más, hasta que su fornida figura quedó como marcada en la suavidad de ella. Darius estaba por todas partes, rodeándola, envolviéndola hasta formar parte de él. Ella sabía que intentaría moverse, romper el encantamiento que él tejía a su alrededor, pero no tenía la fuerza necesaria. Y entonces él la envolvió en sus brazos, la atrajo hacia él y Rusti dio un respingo al sentir tal delicadeza en un hombre tan poderoso y de fuerza tan descomunal. Él le murmuró algo suave y tranquilizador. Una orden imperiosa. La seducción de un brujo.

Rusti cerró los ojos, y de pronto el mundo se volvió borroso y se convirtió en una ensoñación. Sintió que no podía moverse, como si no quisiera moverse. Esperó, reteniendo el aliento. Él le rozó la sien con la boca, siguió hasta su oreja, pasó por su mejilla como el roce de una pluma, hasta llegar a sus labios, respirando una agradable calidez, dejando un reguero de pequeñas llamas por donde pasaba. Rusti se sintió desgarrada, escindida. Una parte de ella sabía que aquello era perfecto, que era lo correcto. La otra la impulsaba a huir lo más rápido y lejos posible. Él le pasó la lengua por el cuello, una caricia sedosa y áspera que le hizo encoger los dedos de los pies y desató una ola de calor que la recorrió de pies a cabeza. Darius le cogió la nuca y la acercó aún más. Volvió a incursionar con la lengua. Ella tuvo la sensación de un calor al rojo vivo que le penetraba la piel justo por encima del pulso que latía, frenético. El dolor la fulminó, pero inmediatamente después, dio lugar al placer erótico.

Rusti respiró con dificultad, encontró el vestigio de un instinto de conservación y se retorció, quiso apartarlo empujando contra su musculoso pecho. Darius se movió sutilmente, pero sus brazos siguieron firmes donde estaban. La invadió la somnolencia, una voluntad de darle todo lo que él quisiera.

Tempest estaba como dividida en dos, una parte atrapada sin poder remediarlo en aquel abrazo oscuro, la otra observando, presa del asombro y el horror. Tenía el cuerpo caliente. Ardiente y lleno de deseo. Interiormente, aceptó a Darius, lo dejó hacer. Éste se inclinó y bebió de su sangre, afirmando su reivindicación de ella. De alguna manera, Rusti sabía que no intentaba matarla sino poseerla. También supo que Darius no era una criatura humana. Sus párpados se cerraron y le flaquearon las piernas.

Darius le pasó un brazo por debajo de las rodillas y la levantó, estrechándola contra su pecho mientras se alimentaba. Rusti era cálida y dulce, diferente a todo lo que hubiera probado antes. Su cuerpo entero ardía por ella. Sin dejar de alimentarse, Darius la llevó hasta el sofá, deleitándose con su esencia, incapaz de impedirse a sí mismo tomar lo que le pertenecía en toda justicia. Era verdad que le pertenecía. Él lo sentía, lo sabía y no se conformaría con nada menos que ella.

Sólo cuando la cabeza cayó hacia un lado se dio cuenta de lo que estaba ocurriendo. Se maldijo a sí mismo y cerró la herida con sólo rozarla con la lengua. Luego comprobó su pulso. Había tomado mucha más sangre de lo que ella podía dar. Y, aún así, añoraba seguir con cada pálpito de su cuerpo, entregado a aquella furiosa urgencia. Sin embargo, Tempest Trine era una mujer pequeña y no era de su raza. No podía exponerla a la pérdida de tanta sangre.

Peor aún, lo que había hecho estaba estrictamente prohibido. Violaba todos los códigos y leyes que él conocía, cada una de las reglas que él había enseñado a los demás y ante las cuales exigía respeto. Sin embargo, le era imposible controlarse, tenía que poseer a esa mujer. En realidad, a una mujer mortal se la podía utilizar para tener relaciones sexuales, para satisfacer un simple placer del cuerpo, si es que todavía se podía sentir ese tipo de cosas. Y siempre y cuando no le quitara hasta el último soplo de vida, a una mujer mortal también se la podía utilizar como fuente de sustento, para alimentarse. Pero no las dos cosas, y nunca las dos a la vez. Era un tabú. Darius sabía que si no se hubiera desmayado por la pérdida de sangre, él la habría poseído. No una vez sino repetidas, interminables veces. Y habría matado a cualquiera que intentara impedírselo, a cualquiera que hubiera intentado arrebatársela.

Quizás ya había ocurrido. Quizás ya había empezado a convertirse en vampiro. Era el peor temor de todo cárpato. ¿Le estaba ocurriendo a él? No le importaba. Sólo sabía que Tempest Trine tenía una importancia fundamental para él, la única mujer que había deseado en todos los siglos de su vida solitaria y desierta. Ella lo hacía sentir. Lo hacía ver. Ella había traído la vida y el color a su gris existencia. Y ahora que lo había visto y sentido, él jamás volvería al vaotal.

La acunó sentándola sobre sus rodillas y se desgarró la muñeca con los dientes. Sin embargo, algo lo detuvo. No parecía correcto alimentarla de esa manera. En su lugar, se abrió la impecable camisa de seda. De pronto se tensó, expectante. Con una de sus uñas convertida en una garra afilada como una navaja, hizo un tajo como una línea delgada en su pecho, y llevó la boca de ella a la herida. Su sangre era antigua y poderosa, y no tardaría en devolverle el vigor.

Al mismo tiempo, buscó en su mente. Habiendo perdido el sentido, era relativamente fácil asumir el control, ordenarle que hiciera según su voluntad. Pero Darius quedó asombrado ante su descubrimiento. Desari tenía razón. La mente de Tempest no coincidía con el patrón normal de los humanos. Se parecía más a la de los leopardos con que él solía correr, una inteligencia llena de astucia. No era exactamente lo mismo, pero era totalmente diferente al cerebro humano. Por el momento, no importaba. Él la controlaba con facilidad, y le ordenó que bebiera para que recuperara lo que él había tomado de ella.

De pronto empezó a oír en su mente un cántico salido de la nada. Se vio a sí mismo pronunciando las palabras de un ritual, sin saber de dónde venían, pero con la convicción de que había que pronunciarlas. Murmuró aquellas palabras en la antigua lengua de su pueblo, y luego las repitió en inglés. Se inclinó, curioso, sobre Tempest, le acarició el pelo y le murmuró palabras dulces al oído:

—Te reclamo como mi compañera. Te pertenezco. Ofrezco mi vida por ti. Te doy mi protección, mi alianza, mi corazón, mi alma y mi cuerpo. Cuidaré como mío todo lo que te pertenece. Tu vida, tu felicidad y tu bienestar serán honrados y siempre situados por encima de mi vida y mi bienestar. Eres mi compañera, unida a mí para toda la eternidad y siempre bajo mi protección.

Mientras recitaba aquella letanía, percibió que algo se removía en su interior y luego experimentó la liberación de una gran tensión. También sintió que sus palabras tejían unas fibras diminutas entre su alma y la de ella, entre su corazón y el de Tempest. Ella le pertenecía. Y él le pertenecía a ella.

Pero aquello no estaba bien. Ella era mortal. Él era cárpato. Ella envejecería. Por él nunca pasaría el tiempo. Aún así, no importaba. Nada le importaba excepto saber que ella estaba en su mundo, que estaba a su lado. Que él lo sentía como algo bien hecho. Esa mujer encajaba con él como si la hubieran modelado únicamente a su medida.

Darius cerró los ojos y la sostuvo en brazos, deleitándose con aquella sensación al estrecharla. Cerró su propia herida y la dejó tendida sobre los cojines en el sofá. Muy suavemente, con gestos que rayaban en lo reverencial, le limpió el aceite y la suciedad de la cara. *No te acordarás de esto cuando te despiertes. Sólo recordarás que has aceptado el empleo y que ahora formas parte del grupo. No sabes nada de lo que soy, ni recordarás que hemos intercambiado nuestra sangre.* Reforzó aquella orden con una embestida mental más que suficiente para convencer a un ser humano.

Parecía tan joven en su sueño, con el pelo rojo y dorado enmarcándole la cara. La tocó con dedos posesivos y con un brillo feroz en los ojos. Luego se volvió a mirar a los grandes felinos.

—*Os agrada. Puede hablar con vosotros, ¿verdad?* —preguntó.

Percibió la respuesta de los animales, no en palabras sino en imágenes de afecto y confianza. Asintió con un gesto de la cabeza.

—*Es mía, y no renunciaré a ella. Cuidad de ella mientras duerme hasta el próximo despertar* —les ordenó, silencioso.

Los dos leopardos se frotaron contra el sofá, intentando acercarse lo más posible a la mujer. Darius le acarició la cara una última vez, y luego se giró y salió del autobús caravana. Sabía que Desari lo estaría esperando, y que sus dulces ojos de cierva serían acusadores.

Estaba apoyada contra la caravana, y en su bello rostro se intuía la confusión. En cuanto vio a Darius, lanzó una mirada de ansiedad hacia el interior del autobús.

—¿Qué has hecho?

—No te metas en esto, Desari. Eres sangre de mi sangre, eres la que más quiero y venero, pero… —Darius se detuvo, sorprendido de poder expresar esa emoción por primera vez en muchos siglos. Volvía a sentir amor por su hermana. Latía en él, vivo e intenso, y Darius sintió un enorme alivio de no tener que recordar emociones y luego fingirlas. Recuperó la compostura y siguió—: pero no toleraré que intervengas en este asunto. Tempest se quedará con nosotros. Es mía. Los demás no deben tocarla.

Desari se llevó una mano al cuello y su rostro palideció.

—Darius, ¿qué has hecho?

—No pienses en desafiarme, o me la llevaré lejos de aquí y os dejaré a todos para que cada cual siga su propio camino.

A Desari le temblaba la boca.

—Estamos bajo tu protección, Darius. Tú siempre has ido adelante, y nosotros siempre te hemos seguido. Confiamos en ti, y confiamos en tu juicio —dijo, y vaciló antes de seguir—. Sé que nunca le harías daño a esa chica.

Darius escrutó la cara de su hermana durante un momento largo.

—No, no lo sabes, Desari, y yo tampoco. Sólo sé que, sin ella, traeré peligros y muerte a muchos antes de ser destruido.

Oyó que su hermana tragaba aire, afligida.

—¿Es tan grave, Darius? ¿Estáis de verdad tan cerca el uno del otro? —No era necesario que pronunciara las palabras *vampiro*, o *criatura inerte*. Los dos sabían en lo más íntimo a qué se refería Desari.

—Ella es lo único que hay entre la destrucción de los mortales y los inmortales. La línea es frágil. No intervengas, Desari. Es la única advertencia que puedo hacerte —dijo, con un tono resuelto e implacable.

Darius siempre había sido reconocido como líder del reducido grupo, desde que eran niños y él los había salvado de una muerte segura. Cuando aún no era más que un zagal, los había criado y protegido, se había dado por entero a ellos. Él era el más fuerte, el más astuto, y el más poderoso. Tenía el don de sanar a los demás, que dependían de su sabiduría y sus conocimientos. Él los había guiado a lo largo de los siglos sin pensar jamás en sí mismo. Desari no podía sino apoyarlo en lo único que pedía. No, no lo pedía sino que lo exigía. Desari sabía que Darius no exageraba, que no mentía ni engañaba. Nunca lo hacía. Si decía algo, había que creerle.

Con ademán lento, no sin reparos, Desari asintió.

—Eres mi hermano, Darius. Siempre estaré contigo, sea cual sea tu decisión.

Desari se giró cuando su compañero se materializó de pronto, en estado sólido, a su lado. Julian Savage todavía le quitaba el aliento cuando veía su figura alta y musculosa, y sus impresionantes ojos del color del oro fundido que siempre reflejaban el amor que él le profesaba.

Julian se inclinó hacia Desari para rozarle la sien con toda la calidez y dulzura de su boca. Había recibido una señal de su hermana a través de su vínculo psíquico, una señal de aflicción que lo obligó a interrumpir su búsqueda de una presa. Cuando se giró para mirar a Darius, su mirada era fría. Darius le respondió con una mirada igual de gélida.

Desari dejó escapar un leve suspiro al ver que los dos machos territoriales se medían con la mirada.

—Me lo habéis prometido —dijo.

Julian se volvió de inmediato hacia ella, y le habló con una voz extraordinariamente dulce.

—¿Ha habido algún problema?

Darius emitió un sonido como de disgusto, un gruñido largo.

—Desari es mi hermana. Siempre he velado por su bienestar.

Por un instante, los ojos de color oro fundido brillaron al mirar a Darius, amenazantes. Y luego los dientes de Julian brillaron, como en un amago de sonrisa.

—Es verdad, y no puedo hacer otra cosa que estarte agradecido por ello.

Darius sacudió apenas la cabeza. Todavía no estaba acostumbrado a tolerar la presencia de cualquier macho que no perteneciera a su propio grupo. Aceptar que el compañero de su hermana viajara con ellos era una cosa. Que aquello le gustara, era algo del todo diferente. A Julian lo habían criado en los montes Cárpatos, su tierra natal y, aunque obligado a llevar una existencia solitaria, tenía la ventaja de haber pasado años aprendiendo sus costumbres, y de contar con la protección de los cárpatos adultos en sus años de juventud. Darius sabía que Julian era fuerte y, además, uno de los cazadores de vampiros más experimentados del grupo. También sabía que Desari estaba a salvo con él, pero no podía renunciar a su propio rol de hermano protector. Llevaba demasiados siglos siendo el líder, aprendiendo de la manera más dura, mediante la experiencia.

Siglos atrás, en su tierra natal ya casi olvidada, Darius y otros cinco niños habían visto a sus padres asesinados por invasores que los creyeron vampiros y, por esa razón, llevaron a cabo una masacre ritual, clavando una estaca en el corazón de las víctimas y luego decapitándolas, no sin antes llenarles la boca de ajo. Había sido un episodio traumático y aterrador porque los turcos otomanos invadieron su pueblo mientras el sol estaba en lo alto del cielo, en el momento del día en que sus padres eran más vulnerables. Los cárpatos intentaron salvar a los mortales de la aldea, luchando a su lado para repeler la invasión, a pesar de que el ataque los sorprendió en un momento de debilidad. Sin embargo, los asaltantes eran demasiado numerosos, y el sol estaba en su cenit. Casi todos fueron masacrados.

Después, el ejercito invasor reunió en una choza de paja a los niños, mortales e inmortales por igual, y le prendió fuego con la intención de quemar a todos los pequeños. Darius consiguió fabricar una ilusión para ocultar a los soldados la presencia de un puñado de niños, una hazaña insólita para su edad. Y al ver a una campesina que había escapado de los asaltantes sedientos de sangre, también la ocultó a ella y le dio una orden. Grabó en la mente de la mujer la necesidad imperiosa de huir de aquel lugar, y llevarse a los niños cárpatos que habían sobrevivido.

La mujer los condujo montaña abajo y los llevó hasta su amante, un hombre que tenía un barco. Aunque en aquellos tiempos navegar en alta mar no era una práctica habitual, debido a las numerosas leyendas que hablaban de serpientes y de abismos insondables que se tragaban a los hombres, enfrentarse a la crueldad de los invasores era aún peor, así que la pequeña tripulación condujo al navío lejos de la costa en un intento de huir de los ejércitos que avanzaban sin dar tregua.

Todos los niños se acurrucaron juntos en la precaria embarcación, aterrorizados y traumatizados tras haber presenciado el brutal exterminio de sus padres. Incluso Desari, que no era más que un bebé, se dio cuenta de lo ocurrido. Darius los ayudó en su huida, insistiendo siempre en que lo podían conseguir si se mantenían unidos. Se desató una violenta tormenta que barrió a los marineros y a la mujer de la cubierta con la misma presteza con que los turcos habían masacrado a los aldeanos. Darius se resistió para no rendir su propia carga a un destino tan horrible. A pesar de ser no más que un niño, tenía una voluntad de hierro. Forjó en las mentes de los niños la imagen de un pájaro y los obligó, a pesar de su tierna edad, a mutar de forma antes de que el navío se hundiera. Y luego voló, sosteniendo a la pequeña Desari entre sus garras, y los condujo hasta la tierra más cercana, en las costas de África.

Darius tenía seis años, y su hermana apenas seis meses. La otra pequeña del grupo, Syndil, tenía un año. Los acompañaban tres niños, el mayor de los cuales tenía sólo cuatro. Comparado con la comodidad familiar de su tierra natal, África era un territorio salvaje, indomado, primitivo y temible. Sin embargo, Darius se sentía responsable de la suerte de los demás pequeños. Aprendió a luchar, a cazar y a matar. Aprendió a ejercer la autoridad y a cuidar de su grupo. Los niños cárpatos todavía no poseían las extraordinarias habilidades de sus mayores para conocer lo desconocido, ver lo invisible, reinar sobre las criaturas y las fuerzas de la naturaleza, y sanar. Tenían que aprender aquellas técnicas de sus padres, estudiar con quienes les enseñaban. Darius no dejó que esas dificultades lo detuvieran. Aunque él mismo no era más que un niño, estaba decidido a no perder a los más pequeños. Para él, era así de sencillo.

No fue fácil mantener vivas a las dos niñas. Las hembras cárpatas rara vez sobreviven al año de vida. Al principio, Darius albergaba la esperanza de que vendrían otros cárpatos y los rescatarían pero, entretanto, debía proveer para los pequeños en la medida de sus posibilidades. Sin embargo, en el transcurso del tiempo los recuerdos y las costumbres de su raza original se fueron desvaneciendo. Darius aprovechó las pocas reglas que había aprendido desde la cuna, cosas que recordaba de las conversaciones con sus padres y, con el tiempo, acabó inventándose su propio método y un código de honor por el que se regirían sus actos.

Se dedicó a recolectar hierbas, a cazar animales y a probar, primero en solitario, todas las posibles fuentes de alimentación, y a menudo enfermó durante aquellos años de aprendizaje. Al final, llegó a conocer el mundo natural, se convirtió en un protector fuerte y, con el tiempo, el grupo de niños se volvió más unido que muchas familias, un grupo único y perdido en aquel remoto rincón del mundo. Los pocos especímenes como ellos que encontraron ya se habían convertido, y ahora vagaban como criaturas inertes, vampiros que se alimentaban de las vidas de otros seres a su alrededor. Era siempre Darius el que asumía la responsabilidad de cazar y destruir a los temibles demonios. En el grupo se crearon fuertes vínculos de lealtad de unos con otros y todos se protegían mutuamente con ferocidad. Y todos obedecían a Darius sin rechistar.

Su fuerza y su voluntad los habían orientado a través de siglos de aprendizaje, de adaptación y creación de una nueva forma de vida. La noticia conocida hacía pocos meses, de que existían otros de su especie, cárpatos que no eran vampiros, provocó en ellos una gran impresión. Darius temía, aunque no dijera nada, que todos los machos de su especie se habían convertido, y le preocupaba qué sería de la suerte de sus protegidos si él llegaba a convertirse en vampiro. Hacía siglos que había perdido todas sus emociones, y eso era una señal segura de que un macho corría el peligro de convertirse. Nunca hablaba de ello, pero siempre temía que llegaría un día en que se volvería en contra de los suyos, y que sólo dependía de su voluntad de hierro y de su código de honor privado para impedirlo. Uno de los machos del grupo ya se había convertido, se había transformado en lo nefando. Darius se alejó flotando de su hermana y su compañero, pensando en Savon. Savon era el segundo en el rango de edad, su amigo más cercano, y Darius dependía a menudo de él para cazar o proteger a los demás. Savon siempre había sido el segundo al mando, y en él confiaba Darius para guardarle las espaldas.

Se detuvo un momento junto a una enorme encina y se apoyó en el tronco, recordando aquel día horrible hacía pocos meses, cuando encontró a Savon agazapado junto a Syndil, cuyo cuerpo quedó convertido en una masa de mordiscos y magulladuras. Estaba desnuda, con sus bellos ojos congelados de espanto, y entre sus piernas asomaba una mezcla de sangre y semen. Entonces Savon atacó a Darius, buscándole el cuello, mordiéndolo y provocándole graves heridas que resultaron casi mortales. Sólo entonces Darius entendió que su mejor amigo se había convertido en aquello que los machos más temían, en un vampiro. En una criatura inerte. Después de violar y atacar a Syndil, Savon intentó acabar con Darius.

A Darius no le quedó más alternativa que matar a su amigo y quemar su cuerpo y su corazón. Con el tiempo, había aprendido de la manera más difícil a destruir a los vampiros. Porque las criaturas inertes podían renacer una y otra vez, a pesar de sus heridas mortales, a menos que se utilizaran ciertas técnicas. Darius no había tenido a nadie que lo instruyera en esas técnicas, sólo una eternidad para aplicar sus instintos a la práctica y corregirse a base de cometer errores. Después de aquel terrible combate contra Savon, Darius pasó un tiempo recluido en las entrañas de la tierra, curándose de sus heridas.

Syndil se volvió muy silenciosa en los meses que siguieron a ese episodio. A menudo adoptaba la forma de una pantera y se quedaba con los otros felinos, Sasha y Forest. Darius suspiró. Sólo ahora podía sentir el profundo dolor que lo aquejaba al pensar en Savon, además de la culpa y la desesperanza por no haber sido capaz de anticipar la tragedia y encontrar una manera de ayudar a su amigo. Al fin y al cabo, él era su líder, el responsable. Y Syndil era como una niña perdida, tan triste, con tanta cautela en sus bellos ojos negros. Le había fallado a ella, sobre todo, porque había sido incapaz de impedir que Savon le hiciera daño a uno de los suyos. En su arrogancia, llegó a pensar que su liderazgo y la unidad entre todos impedirían que se produjera la peor depravación que uno de su especie podía sufrir. Todavía no se atrevía a mirar a Syndil directamente a los ojos.

Y ahora él mismo violaba sus propias leyes. Sin embargo, se preguntaba, ¿había creado esas leyes para que la «familia» tuviera un código por el que orientar su conducta? ¿O era su padre el que le había hablado de esas cosas? ¿O acaso estaban en él antes de nacer, como sucedía con ciertos conocimientos? Si hubiera sido más amigo de Julian, quizás habrían compartido información, pero durante siglos Darius había aprendido solo, lo cual lo hacía un individuo contenido y retraído, un ser que no respondía ante nadie y que aceptaba las consecuencias de sus actos y errores.

Sintió una punzada de hambre, y supo que no tenía otra opción que salir a cazar. El campamento donde habían decidido pernoctar unos días se encontraba en el interior de un parque natural de California, poco transitado y, en ese momento, vacío. Una autopista pasaba cerca de ahí, pero él había desplegado una red invisible de alarma entre el camino y el campamento, creando una especie de opresión y temor en cualquier humano que pensara en detenerse ahí. No quería hacerles daño a los humanos, pero era una manera de ahuyentarlos. Sin embargo, aquello no había disuadido a Tempest.

Darius pensó en eso mientras mutaba de forma. A medida que avanzaba, su cuerpo se retorcía y estiraba. Los músculos y los miembros fibrosos pronto se adaptaron al paso suelto y flexible de un leopardo, y Darius se internó en silencio por el bosque hacia un área de campamento más popular situada cerca de un lago de aguas claras y profundas.

El leopardo cubrió aquella distancia con rapidez, oliendo en busca de una presa, dando vueltas para situarse a favor del viento y arrastrándose entre los arbustos. Observó a dos hombres que pescaban desde un cañaveral en la orilla. Hablaban con frases breves y entrecortadas.

Darius no prestó atención a sus palabras. Bajo su forma de felino, se mantuvo pegado al suelo, avanzando cuidadosamente una pata, luego la otra, arrastrándose en silencio. Uno de los hombres giró la cabeza al oír unas risas que venían del campamento. Darius se detuvo, y luego siguió avanzando en cámara lenta. Cuando su presa volvió a mirar hacia el lago, con un sigilo absoluto, el leopardo se acercó más y más, ahora totalmente agazapado, con sus poderosos músculos apretados y a la espera.

Darius transmitió una llamada silenciosa hacia el más pequeño de los dos hombres con la intención de que se acercara. El hombre alzó la cabeza y se giró hacia el leopardo que acechaba entre los arbustos. Dejó caer su caña en el lago y empezó a caminar a paso inseguro. Tenía una mirada vidriosa.

—¡Jack! —El segundo hombre recogió la caña que se hundía y se giró para mirar a su amigo.

Darius congeló a los dos hombres con un bloqueo mental y recuperó su forma habitual cuando «Jack» se acercó al gran felino. Era lo único seguro que podía hacer. Había descubierto que los instintos depredadores del felino hacían que esa mutación fuera peligrosa cuando se trataba de alimentarse. Con sus afilados colmillos, el leopardo podía morder y matar a sus presas. Cuando niño, Darius había aprendido a través del ensayo y el error, aunque en aquel entonces todavía no era lo bastante fuerte o diestro para cazar, ni había aprendido qué cosas eran aceptables y qué cosas no lo eran. Hasta que creció, no tuvo otra opción que servirse del leopardo y sus habilidades, y aceptaba la responsabilidad por los africanos que morían, ya que era la única manera de mantener vivos a los demás niños.

Ahora, gracias a su dilatada experiencia y a una táctica perfeccionada con el tiempo, hizo que el segundo hombre se calmara y se sumiera en una actitud pasiva. Inclinó la cabeza y bebió, cuidando de no excederse. No quería que su presa enfermara ni se mareara. Después de ayudar al primer hombre a sentarse entre los arbustos, llamó al segundo.

Cuando estuvo finalmente saciado, volvió a mutar de forma. El felino dejó escapar un gruñido sordo. Al ver los cuerpos, su instinto lo incitaba a tirar de esos despojos hacia los árboles y acabar de consumirlos, sangre y carne. Darius luchó contra aquel impulso y se alejó sigilosamente hacia el autobús de la caravana.

Su grupo ahora viajaba como una banda musical, trovadores del mundo moderno, yendo de ciudad en ciudad, cantando, la mayoría de las veces en los pequeños locales que prefería Desari. Estar constantemente de viaje también les permitía conservar el anonimato, aunque su fama exterior siguiera creciendo. Desari tenía una voz hermosa, misteriosa y embrujadora. Dayan era un excelente compositor de canciones y él también cautivaba al público con su voz y los mantenía como hipnotizados. En los viejos tiempos, su vida de trovadores les permitía viajar de un lugar a otro sin mayores controles, y nadie podía ver ni comparar las diferencias con otros seres humanos. Ahora que el mundo se había vuelto más pequeño, conservar su intimidad a salvo de los admiradores era mucho más difícil. Por lo tanto, hacían todo lo posible por actuar y parecer «normales», y eso implicaba viajar en automóviles, unos ingenios ineficientes e imperfectos. Era por eso que necesitaban un mecánico que se ocupara de sus vehículos.

Darius volvió al campamento y mutó de forma al entrar en el autobús caravana, equipado con todo tipo de lujos. Tempest dormía profundamente, y él pensó que seguramente se debía a que él había bebido de su sangre con avidez. Tendría que haberse controlado, privarse de aquel éxtasis inesperado.

Con sólo mirarla, su cuerpo entero le dolió, presa de una demanda incesante y urgente, una demanda que no desaparecería, él lo sabía. Él y esa mujer pequeña y feroz tendrían que establecer algún tipo de equilibrio. Darius no estaba acostumbrado a que se le contrariara. Todos le obedecían siempre sin rechistar. No podía esperar que una mujer tan impetuosa como ella hiciera lo mismo. La arropó con la manta y se inclinó para rozarle la frente con los labios. Con el dedo pulgar, recorrió la suavidad de su piel y sintió una descarga en todo el cuerpo.

Darius tuvo que contenerse y dio una orden estricta a los leopardos antes de salir del autobús a grandes zancadas. Quería que Tempest estuviera a salvo siempre. A pesar de que los felinos se pasaban el día durmiendo, como Darius y su pequeña familia, daban al grupo una semblanza de seguridad, y custodiaban el autobús mientras ellos descansaban y se recuperaban en las entrañas de la tierra. Ahora ordenó a los felinos que su instinto de protección debía incluir a Tempest antes que a los demás.

Capítulo 2

*V*ampiro. Tempest se incorporó lentamente y se limpió la boca con el dorso de una mano temblorosa. Se encontraba en el interior del autobús caravana de los Trovadores Oscuros, tendida en el sofá cama, perdida en un mar de cojines y cubierta por una manta. Los dos leopardos, acurrucados a su lado, dormían. La luz del sol intentaba en vano filtrarse a través de las oscuras cortinas que tapaban las ventanas. Debían ser las últimas horas de la tarde porque el sol estaba muy bajo. Tempest se sentía débil y temblaba. Tenía la boca seca y los labios partidos. Necesitaba líquido, cualquier tipo de líquido.

Cuando intentó ponerse de pie, se tambaleó ligeramente antes de recuperar el equilibrio. Recordó hasta el último y horripilante detalle de la noche anterior, aunque Darius le hubiera ordenado que lo olvidara todo. Pensó que, sin duda, Darius era capaz de ordenar a la mayoría de seres humanos que hicieran según su voluntad pero que, por algún motivo, no lo había conseguido con ella. Tempest siempre había sido algo diferente. Podía comunicarse con los animales, leer sus pensamientos y dejar que ellos leyeran los suyos. Seguro que ese rasgo le había proporcionado una inmunidad parcial ante la invasión mental de Darius. Éste seguramente pensaba que había conseguido borrar sus recuerdos de lo que él era y de lo que era capaz de hacer.

Se llevó una mano al cuello buscando una herida. En realidad, no era del todo inmune a su descarado atractivo sexual. Jamás había sentido una química como ésa en toda su vida. Entre los dos se había formado un arco eléctrico, crepitante, fulminante. Y, además, era humillante tener que reconocer que, por mucho que ella quisiera, él no era el único culpable. Ella tampoco había sido capaz de controlarse estando a su lado. Había sido una experiencia impactante. Aterradora.

De acuerdo, aquel tipo era un vampiro en toda regla. Ella ya tendría tiempo para gritar y venirse abajo más tarde. Por ahora, lo importante era salir de ahí. Y huir. Esconderse. Poner toda la distancia posible entre ese maniático y ella antes de medianoche, la hora en que los vampiros se despiertan. Ahora mismo debía estar durmiendo en algún sitio. Que Dios se apiadara de su alma si lo encontraba durmiendo en un ataúd ahí mismo, en el autobús. No sería ella quien clavara una estaca en el corazón de nadie. Eso no ocurriría.

—Ve a la policía —se dijo quedamente a sí misma—. Alguien tiene que enterarse de esto.

Se dirigió tambaleándose hacia la parte delantera del autobús. Se miró en el espejo para asegurarse de que seguía teniendo un reflejo, y no pudo evitar una mueca. Aquel vampiro tenía que estar muy necesitado para acercarse a alguien con su aspecto, porque en ese momento guardaba un asombroso parecido con la novia de Frankenstein.

—Sí, Tempest —dijo, hablando con su reflejo—. Tú ve y cuéntaselo a la policía. Agente, un hombre me ha mordido en el cuello y me ha chupado la sangre. Es el vigilante… quiero decir, el guardaespaldas, de una famosa cantante y su grupo. Es un vampiro. Por favor, vaya y deténgalo. —Arrugó la nariz e impostó una voz más grave.

—Ya, señorita, claro que la creo. ¿Y usted, quién es? Una pobre mujer sin un céntimo en los bolsillos, con un expediente que dice que se ha escapado de todas las casas de acogida donde ha estado. ¿Qué le parece si vamos a dar un paseo a la granja de los locos? Según dice, pasa mucho tiempo hablando con los animales, ¿no?

Tempest hizo un puchero.

—Sí, eso dará magníficos resultados.

Encontró el cuarto de baño, un espacio sumamente lujoso, pero se aseó rápidamente en lugar de dedicarse a admirar la decoración. Se duchó y tragó todo el agua que pudo. Buscó en la pequeña mochila que siempre llevaba consigo y se puso unos tejanos gastados y una camiseta limpia.

Sin embargo, en cuanto se dirigió a la puerta, los dos leopardos levantaron el morro y emitieron un gruñido de protesta. Ella les dijo que lo sentía, pero consiguió salir antes de que los felinos le bloquearan el espacio de la puerta. Tempest percibió sus intenciones, y supo que Darius les había dado órdenes de que la mantuvieran en el interior en caso de que se despertara. Los dos rugieron y chillaron de rabia al verla escapar, pero Tempest no vaciló. Cerró la puerta de golpe y se alejó corriendo del autobús.

Dedicó varios minutos a buscar la caja de herramientas con que iba a todas partes, pero le fue imposible. Lanzando imprecaciones entre dientes, se dirigió a la carretera y comenzó a trotar. En cuanto pusiera algunos kilómetros de por medio con esa criatura, se sentiría feliz. Justo tenía que ser ella la que iba y conocía al vampiro. Probablemente el único espécimen existente.

Se preguntó por qué no se había desmayado de miedo. Al fin y al cabo, no conoce una vampiros todos los días, pensó. Y no podía contárselo a nadie. Jamás. Se iría a la tumba siendo el único ser humano que sabía que los vampiros existen de verdad. Dejó escapar un gruñido. ¿Por qué siempre se tenía que meter en problemas? Era típico de ella salir a una entrevista para un empleo y encontrarse cara a cara con un vampiro.

Corrió casi cinco kilómetros, agradecida de que le gustara correr, porque en todo ese rato no pasó ni un solo coche. Aminoró el ritmo y se recogió el pelo empapado en sudor en una coleta para no tenerlo sobre el cuello. ¿Qué hora era? ¿Por qué nunca tenía reloj? ¿Por qué no había mirado la hora antes de partir?

Al cabo de una hora más trotando y caminando, finalmente hizo señas a un coche para que parara y consiguió que la llevaran un corto trecho. Se sentía anormalmente cansada y muy sedienta. La pareja que la recogió hablaba sin parar, llena de buenas intenciones, pero la cansaron con tanta energía. Casi se alegró al decir adiós y reanudar su mezcla de trote y marcha.

Pero esta vez no llegó muy lejos. Estaba muy cansada, el cuerpo le pesaba como plomo y cada paso que daba era como caminar en tierra movediza.

De pronto se sentó al borde del camino. La cabeza comenzaba a dolerle con una intensidad alarmante. Se frotó las sienes y la nuca, esperando aliviar el dolor.

Una furgoneta se detuvo a su lado. Tempest estaba tan débil que a duras penas consiguió encontrar las fuerzas para ponerse de pie y acercarse a la ventanilla del vehículo.

El conductor era un hombre de unos cuarenta años, fornido y musculoso. El tipo le sonrió, con un dejo de inquietud en la mirada.

—¿Le pasa algo, señorita?

—Necesito que me lleve —dijo ella, negando con la cabeza—. Si es que va a alguna parte.

—Claro, suba —dijo él, y tiró al suelo un montón de cosas en el asiento del pasajero—. La camioneta está hecha un asco, pero qué le vamos a hacer...

—Gracias. Parece que el tiempo va a empeorar. —Y así fue. Inesperadamente, unas nubes negras aparecieron en el cielo.

El hombre miró hacia arriba a través del parabrisa.

—Es increíble. El hombre del tiempo dijo que habría tiempo claro y soleado. Puede que esas nubes pasen sin más. Soy Harry —dijo, y le tendió la mano.

—Tempest. —Le estrechó la mano con una breve sacudida, pero en cuanto lo tocó, sintió que el estómago se le encogía y que se le ponía la piel de gallina.

Él le rozó el dorso de la mano con el pulgar, sólo una vez, y ella sintió un escalofrío en toda la columna. Sin embargo, Harry la dejó ir enseguida y puso el vehículo en marcha, con la vista fija en el camino. Rusti se acurrucó en el asiento, apartándose todo lo que pudo, luchando contra las náuseas que iban en aumento y contra su desbordante imaginación. Pero en cuanto apoyó la cabeza en el respaldo del asiento, la venció el cansancio y los párpados empezaron a pesarle.

Harry la miró con preocupación no disimulada.

—¿Está enferma? La puedo llevar al médico más cercano. Creo que hay un pueblo pequeño unos cuantos kilómetros más adelante.

Rusti intentaba recuperarse. Sacudió la cabeza que no dejaba de martillarle. Sabía que estaba pálida y que tenía la frente bañada en sudor.

—He corrido unos cuantos kilómetros. Creo que han sido demasiados. —Sin embargo, ella sabía que no era ése el problema. Por algún motivo, hasta la última célula de su organismo se dolía de la distancia que ponía entre ella y Darius. Lo sabía. Lo sentía.

—Entonces duérmase. Yo estoy acostumbrado a conducir solo —dijo Harry—. Suelo poner la radio, pero si le molesta, puedo prescindir de ella.

—No me molestará —aseguró ella—. Le resultaba imposible mantener abiertos los párpados, por mucho que lo intentara. Estaba exhausta. ¿Se habría contagiado de algún bicho? De pronto, se sentó recta. ¿Los vampiros podían ser portadores de la rabia? Se convertían en murciélagos, ¿no? ¿Y los murciélagos no eran portadores de la rabia? A ella no le importaban los murciélagos, pero eso no significaba que le agradaran los vampiros. ¿Era posible que Darius le hubiera transmitido alguna infección?

Se dio cuenta de que el hombre, el tal Harry, la miraba. Pensaría que había recogido a una loca. Se echó deliberadamente hacia atrás en el asiento y cerró los ojos. ¿Podía una persona convertirse en vampiro con sólo un mordisco? ¿Un pequeño mordisco de nada? Se retorció al recordar el calor oscuro y sensual que le quemaba el cuerpo. Se llevó la mano al cuello para cubrir el punto, para guardar aquel recuerdo erótico en la palma de la mano.

Casi dejó escapar un gemido. Era evidente que Darius le había contagiado algo, pero no era la rabia. El cansancio seguía apoderándose de su cuerpo, insensibilizándole las extremidades, así que renunció a seguir resistiéndose y dejó que los ojos se le cerraran.

Harry condujo durante quince minutos, lanzando miradas rápidas y furtivas a la chica que había recogido. El corazón le latía con fuerza. Era pequeña y tenía sus curvas, y se le había cruzado en el camino. Él nunca le miraba el dentado a un caballo regalado. Miró su reloj y se alegró de ver que le sobraba tiempo. Tenía que reunirse con su jefe en un par de horas, y eso le daba un margen suficiente para consentirse una que otra fantasía con la pequeña pelirroja.

Los negros nubarrones se habían vuelto más densos y oscuros, y de repente descargaban unos hilos de relámpagos seguidos del rugido de truenos. Pero todavía era temprano, sólo las seis y media, y Harry buscó un camino por donde salir de la carretera hacia un área privada y pasar inadvertido para los coches que circulaban.

Rusti se despertó con un sobresalto al sentir una mano que le manoseaba torpemente los pechos. Abrió los ojos. Harry estaba junto a ella, rasgándole la ropa. Le dio con toda la fuerza que pudo, a pesar de la estrechez del habitáculo de la camioneta. Pero el tipo era grande, y le propinó un puñetazo detrás de la oreja y luego le dio en el ojo izquierdo. Por un momento, Rusti vio estrellas, y luego todo se oscureció, y resbaló aún más en el asiento.

Harry le cubrió la boca con la suya, mojada y salivosa. Ella volvió a retorcerse con desesperación, intentando arañarle la cara.

—¡Para! ¡Basta!

El volvió a golpearla una y otra vez, mientras con la otra mano le apretaba con fuerza el pecho, hasta hacerle daño.

—Eres una puta. ¿Por qué, si no, habrías subido al coche conmigo? Esto es lo que querías. Lo sabes de sobra. No te preocupes, cariño, a mí también me gusta el juego duro. Cuando os resistís. Es fabuloso. Es justo lo que me gusta.

Empujó la rodilla con fuerza contra su muslo, manteniéndola clavada para poder tirar de sus tejanos. Rusti encontró la manilla de la puerta, tiró de ella y cayó al suelo de un salto. Intentó escapar a cuatro patas.

Por encima de sus cabezas, el cielo de pronto se abrió y las nubes negras se derramaron sobre ellos como una cortina de agua. Harry la cogió por el tobillo y tiró de ella arrastrándola por el suelo. La cogió por el otro tobillo y la hizo girarse con tanta fuerza que Rusti quedó sin aliento.

Estalló un relámpago, chisporroteante, que produjo un arco eléctrico entre dos nubes. Rusti lo vio claramente cuando quedó mirando el cielo. La lluvia caía como un velo plateado, empapándola. Cerró los ojos cuando Harry la golpeó sin parar con el puño cerrado.

—¿Te gusta? Dime que te gusta mucho, ¿eh? —dijo, con voz ronca. Su mirada era horrible y dura, y la observaba con una mezcla de odio y triunfo.

Tempest se resistió hasta el último soplo de fuerzas, lanzándole patadas cuando podía levantar las piernas, pegándole puñetazos hasta tener las manos heridas y adoloridas. Nada surtía efecto. La lluvia caía sobre los dos y los truenos rugían y sacudían la tierra.

No hubo ningún tipo de advertencia. En un momento, Harry estaba encima de ella con todo su cuerpo y, al instante siguiente, fue arrancado brutalmente por una mano invisible. Ella oyó el golpe seco cuando su asaltante fue a dar contra la furgoneta. Intentó girarse, a punto de vomitar. Le dolían todos los músculos. Alcanzó a arrodillarse antes de vomitar, una y otra vez. Tenía el ojo cerrado por la hinchazón y con la lluvia, el viento y la oscuridad que se había hecho bruscamente le costaba ver.

Oyó un ruido siniestro, como un hueso que se rompía. Se arrastró casi a ciegas hasta un árbol y se abrazó al tronco. Fue en ese momento que unos brazos la rodearon y la atrajeron hacia un pecho duro. Ella empezó nuevamente a retorcerse como un animal salvaje, gritando y lanzando golpes ciegos.

—Estás a salvo —dijo Darius, con voz tranquilizadora, apagando a la bestia que rugía en él—. Nadie te hará daño. Tranquilízate, Tempest, conmigo estás a salvo.

En ese momento, no le importaba quién era Darius. La había salvado. Se cogió de su chaqueta y se acurrucó, como si quisiera encogerse ante la horrible brutalidad y desaparecer en el refugio de su cuerpo.

Tempest temblaba tan violentamente que Darius creyó que la perdería. La levantó en sus brazos y la estrechó.

—Ocúpate del mortal —dijo con voz seca, mirando por encima del hombro a Dayan, su compañero.

Darius llevó a la pequeña Tempest al abrigo relativo de los árboles. Estaba destrozada y tenía la cara hinchada y magullada y bañada en lágrimas. Estaba plegada sobre sí misma, y empezó a mecerse hacia atrás y adelante. A Darius la situación le recordó dolorosamente a Syndil después del ataque sufrido a manos de Savon. Se limitó a sostenerla, dejándola que llorara en sus brazos fuertes y acogedores.

Antes de despertarse, el llamado de los felinos le dijo a Darius que Tempest había escapado. Decidió dificultar su huida todo lo posible provocando en ella un cansancio extremo. Después, ordenó que las nubes oscurecieran el cielo para que pudiera salir temprano sin que el sol hiriera sus sensibles ojos ni su piel de cárpato. En cuanto pudo, se lanzó por los aires y le ordenó a Dayan que lo siguiera. Juntos, volaron en la oscuridad guiados por su rastro, con Barack siguiéndolos en el coche deportivo, según le ordenó Darius.

Ahora cada lágrima que ella derramaba era para él como una estocada en el alma, le provocaba un dolor que nunca había sentido.

—Tienes que parar, querida —susurró suavemente en su cabellera—. Te enfermarás. Ya ha pasado todo. Él se ha ido. Nunca volverá a tocarte. *No volverá a tocarte nadie más.* Darius destruiría todas las pruebas del paso de Tempest por la furgoneta azul. Su agresor se estrellaría contra un árbol y se rompería el cuello un poco más adelante.

Darius se dio cuenta de que sus manos también temblaban mientras le acariciaba la cabeza, rozándole el pelo sedoso con el mentón, en un impulso que no pudo evitar.

—¿Por qué has huido? Te hemos ofrecido el empleo perfecto. Y me tendrás a mí para cuidar de ti.

—Qué suerte tengo —dijo Rusti con gesto de cansancio—. Necesito una aspirina.

—Necesitas dormir y tiempo para curarte —corrigió él, con voz queda—. Ven a casa con nosotros, Tempest. Ahí estarás a salvo.

Tempest se cogió la cabeza con las dos manos, pero ahí donde Harry la había golpeado sentía los latidos de dolor, cada herida peor que la otra. Detestaba que la vieran así y, desde luego, no tenía intención de ir a ningún sitio con Darius, sobre todo porque su hermana y el resto del grupo serían testigos de su humillación.

Intentó rechazar aquel pecho sólido que él le ofrecía pero no lo consiguió, haciendo muecas incluso por el dolor que sentía en las palmas de las manos. Darius le cogió las manos, se las examinó atentamente y luego se las llevó a la boca. Con la lengua le recorrió los dedos como una caricia rasposa que la hizo estremecerse de arriba abajo pero que, curiosamente, le calmó el dolor.

—No puedo volver allí. No en este estado.

Él percibió la angustia en su voz, la humillación y la vergüenza que sentía. Se dio cuenta de que Tempest ni siquiera lo había mirado.

—Esto no ha sido culpa tuya. Ese hombre intentó violarte porque es un depravado, no porque tú lo hayas incitado a ello.

—Estaba haciendo autostop —dijo ella, con voz débil—. Nunca debería haber subido a esa furgoneta.

—Tempest, si no te hubiera encontrado a ti, habría encontrado a otra mujer, quizás alguien que no tuviera quien cuidara de ella. Déjame verte la cara. ¿Crees que la puedes apartar lo suficiente de mi camisa para que pueda ver el daño que te ha hecho? —Darius hacía grandes esfuerzos por hablar con un tono ligero para ayudarla a relajarse.

A Tempest le costaba creer lo amable que era. Sentía su fuerza, su enorme poder y, sin embargo, hasta en su voz había un dejo de ternura. Aquello le provocó más lágrimas. Había escapado de él pensando que era un monstruo y, al contrario, era él quien la había salvado de un monstruo de verdad.

—No puedo mostrarme así ante nadie. —Tempest hablaba oculta en su pecho, pero él percibió su determinación. Se estaba preparando para volver a pedir su libertad.

Darius se giró y, con Tempest en sus brazos, comenzó a caminar de vuelta a la carretera. La lluvia caía con fuerza sobre los dos, pero él parecía no percatarse de ello. La llevó a cierta distancia para que Tempest no viera el horror de lo que había hecho con su agresor.

—Necesito sentarme en tierra firme —dijo ella, al final—. De pronto se dio cuenta de que su camiseta estaba hecha jirones y ella expuesta en toda su desnudez. Dejó escapar un grito apagado, lo cual atrajo de inmediato la atención de Darius, que paseó su mirada oscura sobre ella.

Luego rió, como para calmar la ansiedad de Tempest.

—Tengo una hermana, querida, y ya conozco el cuerpo de las mujeres. —Sin embargo, ella ya se estaba descolgando hasta posar los pies en el suelo y apartarse de su lado. Con un gesto de amabilidad, él la envolvió con su chaqueta, aprovechando la oportunidad para mirarla más de cerca. Las magulladuras ya empezaban a afearle la perfección de su bella piel, y de la comisura de sus labios manaba un hilillo de sangre. Darius tuvo que apartar la mirada de esa tentación. Vio que tenía más magulladuras en sus pechos cremosos y turgentes, en el torso delgado y en su suave vientre.

Se sintió poseído por una ira turbulenta y desconocida. Quería matar a aquel hombre una y otra vez, sentir que el cuello se rompía entre sus manos. Quería rasgar y destrozar como había visto hacer a los leopardos, que tanto había estudiado y de los que tanto había aprendido. Tuvo que luchar contra aquella ira que bullía en él hasta que se apaciguó, o quedó hirviendo subterráneamente, donde ella no pudiera verla.

Su instinto natural era sanarla utilizando el agente curativo de su saliva, pero se abstuvo porque no quería alarmarla todavía más. Ya tendría tiempo para ello cuando volvieran a casa y la pusiera a dormir.

Tempest era consciente de que Darius la veía, incluso en la oscuridad. Curiosamente, había dejado de tenerle miedo. Se quedó mirando la punta de sus zapatillas deportivas, sin saber qué hacer. Se sentía enferma y mareada, estaba dolorida por todas partes, y tenía ganas de enroscarse como una bola y llorar. No tenía dinero, no tenía dónde ir.

Darius estiró la mano, no hizo caso cuando ella se sobresaltó y le cogió suavemente la nuca con sus largos dedos.

—Te llevaré a casa. Puedes darte un baño, te prepararé algo para comer y no te verá nadie excepto yo. Puesto que ya te he visto, no importa. —Era como si pidiera veladamente su acuerdo, pero Tempest oyó la orden implícita en su voz.

—Tenemos que llamar a la policía —dijo, con voz cansina—. No puedo dejar que se salga con la suya.

—Ese hombre no volverá a cometer una atrocidad como ésa, Tempest —murmuró él, suavemente. Darius oyó el ruido que se acercaba a ellos, y supo que era el coche que los acompañaba—. ¿Mi hermana ya te había presentado a alguno de los miembros del grupo? —preguntó para distraerla y para que no hiciera preguntas.

Tempest se sentó donde estaban, al borde del camino bajo la lluvia que arreciaba. Furioso consigo mismo por dejar que se quedara de pie sabiendo que estaba demasiado débil, Darius no hizo caso de su protesta y volvió a cogerla en brazos como si fuera una niña. Por una vez, ella no protestó, no dijo palabra. Volvió la cara hacia la calidez de su pecho, la hundió cerca del latido regular y reconfortante de su corazón y se abandonó a la seguridad de sus brazos, temblando debido al estado de shock y a la lluvia fría.

Barack había llegado en tiempo récord. Le agradaba la velocidad de los coches modernos y aprovechaba cada oportunidad para afinar sus habilidades como conductor. Se detuvo justo frente a Darius y su rostro a través del parabrisa era una mancha oscura. Era el más joven de los hombres y aún guardaba rasgos del niño tranquilo que todos apreciaban. Hasta que Syndil fue atacada; entonces todos empezaron a mirarse con desconfianza, a no fiarse ni siquiera de sí mismos.

Darius abrió la puerta del coche y se deslizó dentro, sin soltar en ningún momento a Tempest. Ésta tenía los ojos cerrados y no alzó la mirada, no se dio cuenta de que llegaba el vehículo. Aquello lo inquietó. *Está en estado de shock, Barack. Gracias por haber llegado tan rápido. Sabía que podía contar contigo. Llévanos a casa igual de rápido.* Darius le habló a su amigo a través de su canal mental en lugar de hacerlo de viva voz.

¿Debería esperar a Dayan? —preguntó Barack, utilizando ese canal mental que los cinco compartían.

Darius sacudió la cabeza. Dayan iría más rápido volando, a pesar de la tormenta. Él también llegaría más rápido si estuviera dispuesto a darle a Tempest un susto de muerte encumbrándose con ella por los aires. En realidad, sabía que esas emociones desconocidas para él alimentaban la intensidad de la tormenta que había desatado.

Tempest no habló en todo el camino de regreso al campamento, pero Darius sabía que estaba despierta. En ningún momento se abandonó al sueño. Aun así, apenas conseguía mantener el control de sí misma, así que él guardó silencio y evitó hacer cualquier cosa que volviera a incitar a Tempest a huir nuevamente. No podía dejarla ir. El ataque no había hecho sino demostrar cuánto ella lo necesitaba, y lo último que Darius quería era crear una situación que la asustara o la llevara a cuestionar su autoridad.

Julian Savage estaba perezosamente recostado contra el autobús caravana cuando llegaron. Se incorporó con movimientos lentos, un atado de músculos que reveló su fortaleza física. Darius bajó del coche, sosteniendo en brazos a la pelirroja con una actitud increíblemente protectora.

—Conozco algunos secretos del arte de sanar —ofreció Julian, con voz tranquila, aunque sospechaba que Darius rechazaría su ayuda. Éste seguía sosteniendo a la mujer en brazos con una actitud posesiva. Jamás la dejaría en manos de otro hombre.

Darius le lanzó a Julian una mirada fulminante, oscura.

—No gracias —respondió con gesto seco—. Yo me ocuparé de lo que necesite. Por favor, pídele a Desari que lleve la mochila de Tempest al autobús.

Julian se cuidó de no dejar que en su mirada asomara ni la más mínima muestra de humor. Al fin y al cabo, Darius también tenía sus puntos débiles. Y en este caso el punto débil era una pelirroja. ¿Quién lo habría dicho? Julian ardía de ganas de contárselo a su compañera. Con un leve saludo, se alejó a paso lento.

Darius abrió de golpe la puerta del autobús caravana, entró y dejó a Tempest suavemente en el sofá. Ella se acurrucó hecha una bola y le dio la espalda. Él le tocó la cabeza y conservó la mano ahí, intentando transmitirle alivio. Luego encendio el equipo de música y la voz entrañable de Desari rompió el silencio con una melodía de una belleza curativa y vibrante. Después, Darius llenó la bañera de agua caliente y esencias y encendió velas especiales cuyos aromas también tenían poder curativo.

No encendió las luces del techo. Veía perfectamente sin ellas, y Tempest no las querría.

—Ven a la bañera, querida —dijo, cogiéndola con gesto tierno pero rápido, sin darle la posibilidad de protestar—. Las hierbas que he puesto en el agua al principio te escocerán, pero después te sentirás mejor —dijo, y la sentó en el borde de la enorme bañera—. ¿Necesitas que te ayude a quitarte la ropa? —preguntó, manteniendo una voz del todo neutra.

Rusti negó con un rápido gesto de la cabeza, y luego se arrepintió, porque la cabeza le martillaba y tenía los ojos hinchados.

—Puedo cuidarme sola.

—Ahora mismo no entraremos en eso. No estás para dar mucha guerra. —El tono ligeramente provocador de su voz lo sorprendió a él más que a ella—. Métete en la bañera. Volveré con tu ropa y una bata. Podrás comer cuando salgas. Se inclinó para encender otras dos velas aromáticas y las llamas bailaron sobre la superficie del agua y en las paredes.

Rusti se desvistió lentamente. Cualquier movimiento le dolía. Por dentro, estaba insensible, demasiado agotada y traumatizada para preocuparse de qué era Darius o que quería de ella. Él creía que le había borrado los recuerdos de lo que le había hecho la noche anterior. Y ahora, todavía sumida en el horror de lo ocurrido esa tarde, aún sentía el calor ardiente de la boca de él en su cuello. Se deslizó dentro de la vaporosa bañera, y aguantó la respiración cuando entró en contacto con el agua.

¿Por qué siempre le sucedían cosas raras? Ella siempre procuraba tener cuidado, ¿no? Se sumergió en el agua, y el escozor en los ojos y la boca casi la dejó sin aliento. Cuando volvió a asomar la cabeza, se reclinó contra el respaldo de la bañera, cerró los ojos y se relajó. Por suerte, tenía la mente en blanco. No podía pensar en Harry ni en lo que ella había hecho para provocar esa brutal agresión. El hombre tenía la intención de hacerle daño, y eso es lo que había hecho.

—Tempest, te estás quedando dormida. —Darius no mencionó que gemía de desesperación sin darse cuenta.

Ella se incorporó rápidamente tapándose los pechos con las manos y, con el ímpetu, el agua se salió de la bañera. Con un ojo, de un verde intenso, Tempest lo miró alarmada. El otro ojo estaba hinchado y magullado. Tenía una llamativa y curiosa gama de colores en toda la cara y el cuerpo, pruebas de su vulnerabilidad. Y, sin embargo, seguía con la misma mirada desafiante.

—Sal de aquí —pidió.

Darius sonrió, mostrando su blanca dentadura. A ella le recordó el desafío silencioso de un predador. Levantó las dos manos enseñando las palmas.

—Sólo procuro que no te ahogues. La cena está lista. Aquí tienes una bata.

—¿De quién es? —inquirió ella, suspicaz.

—Mía. —Era verdad y, sin embargo, no lo era. Darius la había tejido con suma facilidad y al instante sirviéndose de fibras naturales, un truco que había aprendido a lo largo de los siglos—. Cerraré los ojos si eso te tranquiliza. Sal del agua —dijo, y le entregó una enorme toalla.

—No has cerrado los ojos —acusó ella, mientras se tapaba. Darius le miraba una herida especialmente fea en las costillas. Ella se avergonzó de que él viera el daño infligido por su agresor. No se paró a pensar por qué no le daba vergüenza que la viera desnuda.

Él obedeció y cerró los ojos, pero conservó la visión de ella —pequeña, triste, herida y sola. Sintió que su bella figura desaparecía bajo la toalla que sostenía antes de que se permitiera mirarla. Parecía más infantil que nunca. Y, por el momento, Darius la trató como si lo fuera, secándole el cuerpo tembloroso, fingiendo que no notaba su piel suave de satén, sus curvas, su delgado torso y su cintura estrecha. Le secó el pelo rojo y dorado, ahora oscurecido por el agua.

—No puedo parar de temblar —dijo Tempest, apenas con un hilo de voz.

—Es el estado de shock —dijo él, seco. Tenía ganas de tomarla en sus brazos, liberarla de todo el daño que había sufrido—. Estás sufriendo un estado de shock. Se te pasará. —La envolvió rápidamente con la bata porque no soportaba verle la piel tan magullada e hinchada. No le gustaba la manera de Tempest de rehuir su mirada, como si tuviera algo malo y estuviera avergonzada.

—Pon tus brazos alrededor de mi cuello, Tempest —ordenó Darius con voz queda, una mezcla de gravedad y poder hipnótico.

Rusti obedeció a pesar de sus reparos, y él la levantó, obligándola a mirarlo a sus ojos negros y ardientes. Casi se le escapó un gemido. Podía perderse en esos ojos suyos. Nadie debería tener ojos como ésos.

—Quiero que esta vez me escuches, Tempest. Esto no ha sido culpa tuya. No has hecho nada malo. Si tienes que echarle la culpa a otra cosa que no sea el hombre que te atacó, que sea a quien corresponda, es decir, directamente a mí. Nunca te habrías ido si yo no te hubiera asustado.

Ella emitió un gruñido de protesta, de miedo. Se dijo que era porque las velas de pronto se apagaron, y el cuarto de baño quedó a oscuras. Pero Tempest sabía que era algo más que eso.

Él le clavó la mirada, no dejó que escapara a su hipnótica posesión.

—Sabes que es la verdad —dijo Darius—. Estoy acostumbrado a decirle a todos lo que deben hacer. Y me siento muy atraído por ti. —Algo se retorció en su interior al darse cuenta de lo que implicaba ese comentario—. Debería haber sido más amable contigo.

La llevó hasta el comedor y la sentó frente a una mesa. La esperaba un plato de sopa caliente.

—Tómatela, querida. He trabajado mucho para prepararte esto.

Tempest se vio a sí misma intentando sonreír. Le dolió la boca, y luego lo sintió interiormente, como una calidez que la llenaba. Desde que tenía recuerdos, nadie la había tratado nunca con tanta ternura. Nadie le había preparado jamás un plato de sopa.

—Gracias por haberme seguido —dijo Tempest, revolviendo el caldo, intentando disimuladamente ver de qué estaba hecho.

Él se sentó frente a ella, le cogió la cuchara de la mano, la metió en la sopa y sopló.

—Con esto se supone que te tienes que alimentar, no jugar —dijo a modo de reprimenda, y sostuvo la cuchara ante la boca de Tempest.

Muy a su pesar, ella obedeció. Sorprendentemente, estaba bueno. ¿Quién habría dicho que un vampiro sabía cocinar?

—Es una sopa de verduras —dijo, contenta—. Y está muy buena.

—Tengo cierto talento —murmuró él, y recordó los caldos que les había preparado a las niñas bebés para mantenerlas con vida. Ya que los cárpatos no comían carne, Darius había cocinado raíces, bayas y hojas, siempre probando él primero, lo cual le había valido más de un envenenamiento.

—Háblame —imploró Tempest—. No quiero empezar a temblar y siento que me viene de nuevo.

Darius llenó otra cuchara de sopa.

—¿Desari te ha contado algo acerca de nosotros?

Ella negó con la cabeza, concentrada en la sopa humeante.

—Viajamos mucho, organizamos conciertos, ya sabes. Dayan y Desari son los cantantes. Lo que escuchas ahora es la voz de Desari. Es muy buena, ¿no te parece?

A Tempest le agradaba cómo hablaba Darius, una manera anticuada, como del Viejo Mundo, que le parecía curiosamente sensual.

—Tiene una voz muy hermosa.

—Desari es mi hermana pequeña. Hace poco, conoció a su... —Darius calló, y la tentó con otra cuchara antes de seguir—. Encontró a un hombre que ama. Se llama Julian Savage. Yo no lo conozco muy bien, y a veces tenemos problemas para entendernos. Sospecho que somos bastante parecidos, y que ése es el problema.

—Es un mandón —aventuró Tempest.

Él se la quedó mirando fijo con sus ojos negros y posesivos.

—¿Qué has dicho?

Esta vez, Tempest sonrió de verdad. Le dolió, pero no pudo evitarlo. Sospechó que nadie jamás lo desafiaba ni bromeaba con él.

—Ya me has oído.

De pronto los ojos de Darius brillaron con una intensidad y un hambre oscuro y peligroso que a Tempest le robó el aliento y le hizo pensar en aquellos leopardos que Darius tenía como mascotas. Apartó la mirada.

—Sigue hablando. Cuéntame cosas de todos vosotros.

Darius estiró la mano y le tocó el pelo húmedo y siguió hasta encontrar su nuca. Cerró los dedos alrededor de la esbelta columna, disfrutando de cómo se ajustaba a su mano. Se sintió sacudido por el deseo, un deseo duro e inesperado, por mucho que intentara pensar en ella como sólo una niña que necesitaba sus cuidados y protección. La había tocado sólo para reconfortarla, pero ahora no la dejaba. Se maldijo a sí mismo por su falta de control. Necesitaba el contacto con ella. Necesitaba sentirla, saber que era de verdad, de carne y hueso, no un mero fruto de su imaginación.

—Barack y Dayan también tocan en el grupo. Los dos son músicos muy talentosos. Dayan toca la guitarra y no tiene rival. También escribe muchas de nuestras canciones. Syndil... —dijo, y vaciló, sin saber bien qué cosas revelar acerca de ella— toca el piano, el órgano, casi cualquier instrumento. Sin embargo, hace poco ha sufrido una experiencia traumática, y lleva un tiempo sin pisar los escenarios.

Tempest lo miró enseguida. Vio su dolor antes de que él tuviera tiempo de ocultarlo.

—¿A ella le ha ocurrido algo parecido a lo que me ocurrió a mí?

Él cerró los dedos alrededor del cuello.

—Pero en esa ocasión yo no llegué a tiempo para impedirlo, algo que lamentaré toda una eternidad.

Tempest parpadeó y desvió rápidamente la mirada. Darius había dicho «toda una eternidad», y no «hasta que muera» o cualquiera de las expresiones que usaban las personas normales. No quería que él sospechara que su recuerdo de lo que le había hecho no se había borrado, como él habría querido. Pero ¿qué pasaría si volvía a intentarlo y esta vez daba resultados?

Un golpe en la puerta sobresaltó a Tempest, y el pulso se le disparó. Darius se levantó con gesto tranquilo, sabiendo que quien llamaba era Syndil. Se acercó a la puerta con movimientos pausados y elegantes.

Tempest no podía quitarle los ojos de encima. Darius era un hombre sumamente elegante y ágil y, por debajo de su camisa de seda, se adivinaban sus músculos fibrosos. Caminaba en silencio, como sus grandes felinos.

—Darius —dijo Syndil, sin mirarlo a los ojos. Se miraba, más bien, los zapatos—. He oído lo que ha ocurrido y pensé que quizá podía ayudar en algo. —Le entregó la caja de herramientas y la mochila de Tempest—. ¿Me dejarás verla un momento.

—Claro, Syndil. Te agradezco que te preocupes. Agradeceré cualquier ayuda que puedas prestarme —dijo Darius, y dio un paso atrás para dejarla entrar. No dejó ni por un instante que ella viera en sus ojos la esperanza de verla recuperada. Siguió hasta la mesa a la mujer que siempre había cuidado como a una hermana menor—. Tempest, te presento a Syndil. Le gustaría hablar contigo, si te sientes capaz. Yo limpiaré la cocina. Vosotras dos estaréis más cómodas en la sala.

Tempest sonrió ligeramente.

—Es su manera agradable de decirnos que nos vayamos. Todos me llaman Rusti —dijo, mirando a Syndil. Curiosamente, ante aquella mujer que también había sido agredida no tenía vergüenza.

Al pasar junto a Darius, él estiró la mano para cogerle el pelo y darle un leve tirón.

—No todos, querida.

Algo desconcertada, Tempest le lanzó una mirada por encima del hombro y, por un momento, olvidó el ojo hinchado y los labios heridos.

—Todos los demás —se corrigió.

Darius dejó que sus dedos se deslizaran por su pelo, disfrutando del contacto con ella, por breve que fuera.

Tempest se movió con cuidado, procurando que no le dolieran las costillas heridas. Syndil señaló hacia el sofá y Tempest se hundió entre los mullidos cojines. Syndil la miraba atentamente.

—¿Has dejado que Darius te cure? —preguntó.

Tenía una voz muy bella, suave y satinada, sugerente y misteriosa. Tempest supo enseguida que ella también era una criatura como

Darius. Lo percibió en su voz y en su mirada. Sin embargo, por mucho que intentara, no detectó nada maligno en Syndil, sólo una adusta tristeza.

—¿Darius es médico? —preguntó.

—No precisamente, pero tiene mucho talento sanando a otros. —Se miró las manos y siguió—: Yo no permití que él me ayudara, y eso nos hizo más daño a los dos de lo que podría contar. Déjalo que te ayude.

—Darius llegó antes de que me violaran —dijo Tempest, sin más.

Los bellos ojos de Syndil se inundaron de lágrimas.

—Me alegro mucho. Cuando Desari me contó que te habían atacado, pensé que… —balbució, y sacudió la cabeza—. Me alegro mucho —repitió, y le tocó una herida hinchada con apenas la yema de los dedos—. Pero ese hombre te hizo daño. Te golpeó.

—Es mucho peor quedar herida interiormente —dijo Tempest, y cogió unos cojines para taparse, como armando una defensa para ponerse a salvo.

Capítulo **3**

Syndil se quedó mirando a Tempest un largo rato. Luego respiró, dejando escapar una especie de largo y lento silbido. Se sentó y se inclinó hacia delante, intentado descifrar la expresión de Tempest.

—Tú también lo has vivido. No esta vez, pero alguna vez en tu pasado. Sabes lo que se siente. El miedo. El asco. —Los ojos le brillaban como hielo negro, como piedras preciosas pulverizadas—. Yo me estuve lavando durante tres horas y media, y después de varios meses todavía no me siento limpia. —Se pasó la mano por los brazos, de arriba abajo, con la angustia reflejada en sus enormes ojos.

Tempest lanzó una mirada hacia la cocina para asegurarse de que Darius no las oía.

—Podrías conseguir que alguien te ayude, Syndil. Existen terapias, y trabajas con gente que puede ayudarte a rehacer tu vida.

—¿Eso es lo que hiciste tú?

Tempest tragó con dificultad, sintiendo las náuseas que ya le eran familiares y que sentía cada vez que esa puerta empezaba a abrirse. Sacudió la cabeza y se llevó una mano al estómago.

—Yo no estaba en condiciones de pedir ayuda. Sólo intentaba sobrevivir. —Volvió a mirar hacia la cocina y bajó aún más la voz—. En realidad, nunca conocí a mis padres. Mis primeros recuerdos son de una habitación sucia donde yo comía en el suelo y miraba a los adultos meterse agujas en los brazos, en las piernas… en la vena que encontraran. No sabía cuál de los adultos era mi padre o mi madre. De vez en cuando, las autoridades me recogían y me dejaban en hogares de acogida, pero sobre todo vivía en la calle. Aprendí a defenderme de los traficantes de droga, de los macarras y de cualquier hombre con que me cruzara. Era una manera de vivir, y fue lo único que conocí durante años.

—¿Fue entonces cuando te ocurrió? —preguntó Syndil, con la mirada tan opacada por el dolor que a Tempest le dieron ganas de cogerla en sus brazos. Al mismo tiempo, quería salir corriendo y jamás tener que revivir ese momento de su vida. No podía soportarlo, sobre todo después del ataque del hombre de la furgoneta.

—No. Podría haber sido más fácil si hubiera sido algún borracho o un yonki, o incluso uno de los macarras, pero fue alguien en quien confiaba —confesó Tempest, en voz baja. Las palabras habían salido de su boca como la expresión de un vínculo entre ella y Syndil, un vínculo forjado por un terrible trauma que las dos compartían.

—En mi caso también era alguien que amaba y en quien confiaba —reconoció Syndil, con voz queda—. Como consecuencia, ahora ya no puedo confiar en nadie. Me siento como si hubiera matado esa parte de mí. No puedo tocar con el grupo. Me encantaba tocar. Siempre he llevado la música dentro de mí, pero ahora no la oigo. Me siento como muerta sin ella. No me atrevo a estar a solas con ninguno de los hombres con los que he crecido, los hombres que siempre he amado. Sé que se preocupan por mí, pero yo no puedo cambiar lo ocurrido

Tempest se enrolló un rizo dorado alrededor del dedo.

—Tienes que vivir, Syndil, no sólo existir. No puedes dejar que te robe la vida, que te robe tus pasiones.

—Sin embargo, eso es lo que hizo. Es exactamente eso. Yo lo quería como a un hermano. Habría hecho lo que fuera por él. Pero fue tan brutal, y su mirada era tan viciosa mientras me hacía daño que era como si me odiara. —Syndil apartó la mirada—. Nos cambió a todos. Ahora los hombres se miran unos a otros con sospechas y desconfianza. Si Savon sucumbió a esa transformación, quizá lo mismo les podría ocurrir a los demás. Darius ha sufrido mucho porque, siendo nuestro líder, se siente responsable. Yo he intentado decirle que no lo es, pero él siempre nos ha cuidado y protegido. Sé que si superara esto, aliviaría su sufrimiento, pero no puedo. —Syndil se miró las manos—. Los demás ya no me tratan como antes. Barack, sobre todo, pareciera que no confía en mí. Ahora me vigilan todo el tiempo, como si lo que ocurrió fuera culpa mía.

—Es probable que te vigilen para protegerte, no porque sospechen de ti. Pero tú no eres responsable de lo que piensen los demás, Syndil. Conseguirás superarlo, y ellos también, a su tiempo y manera. Tú no lo olvidarás, y quizá te persiga toda la vida, o que influya en tus relaciones, pero puedes volver a ser feliz —le aseguró Tempest.

—Nunca he hablado de esto con nadie, ni siquiera con Desari. Lo siento. He venido aquí a ayudarte, pero he acabado hablando de mí. Me dan ganas de llorar y gritar y desaparecer en un agujero. Es muy fácil hablar contigo.

—Tienes que encontrar una manera de seguir adelante —dijo Tempest, sacudiendo la cabeza.

—Por favor, cuéntame qué fue lo que te ocurrió, y cómo pudiste superarlo.

En la cocina, Darius se agitaba. No quería que Tempest viviera más traumas. Pero quería saber, tenía que saber, y reconocía que era importante que las dos mujeres pudieran hablar de aquellos acontecimientos dolorosos que las dos habían sufrido.

—Conocí a una señora muy buena que trabajaba en uno de los hogares para las personas sin casa donde acabé en una ocasión. Yo tenía diecisiete años, y ella me dejó vivir en su casa. Yo solía robar coches y les arreglaba los motores, para entretenerme. Ellen me hizo ver que podía aplicar mis habilidades como mecánico para ganarme la vida. Me ayudó a conseguir mi certificado de educación secundaria y, después, me consiguió un empleo en un taller con uno de sus amigos. Durante un tiempo, fue fabuloso.

—Algo sucedió —aventuró Syndil.

Tempest se encogió de hombros.

—Ellen murió y yo me encontré de nuevo sin un lugar donde vivir. En cuanto me quedé sin protección, mi jefe mostró su verdadero rostro. Me sorprendió desprevenida. Yo confiaba en él. Era amigo de Ellen. Jamás lo habría esperado de él. —Cerró los ojos ante los vívidos recuerdos que se acumulaban, cómo el tipo la había lanzado contra una pared, dejándola sin respiración, atontada y completamente vulnerable ante su agresión.

—¿Te hizo daño?

—No fue nada amable, si a eso te refieres. Y yo nunca… había estado con nadie. Decidí que no quería volver a probarlo. —Se encogió de hombros, e intentó no hacer una mueca al sentir el dolor en las costillas. A diferencia de ti, nunca he tenido una familia. Estoy acostumbrada a contar conmigo misma y a arreglármelas sola. Siempre he tenido que aprender todo de la manera más difícil. Para ti es diferente. Tenías una vida, una familia. Sabes lo que es el amor.

—No puedo imaginar que vuelvo a estar con un hombre —dijo Syndil, triste.

—Tienes que intentarlo, Syndil. No puedes ir y retirarte del mundo, o de tu familia. Una parte de ello depende de ti. Ellen me enseñó a jugar con las cartas que me han dado, y a no soñar con tener otras. No puedes cambiar lo que te ocurrió, pero puedes asegurarte de que no destruya tu vida.

Escuchando desde la cocina, Darius se prometió a sí mismo que el grupo no tardaría en actuar en esa ciudad donde vivía el dueño del taller mecánico, y que él le haría una visita. Aún así, era la primera vez que veía a Syndil hablando con alguien acerca de lo que le había ocurrido, y sintió un gran alivio por ello. Si podía hablar con Tempest, quizá las dos se beneficiarían de la experiencia.

Percibió que su pequeña pelirroja estaba cansada. Tenía el cuerpo magullado y el estado de shock la había agotado. Sabía que Tempest había corrido la mayor parte de la distancia cubierta después de dejar el campamento, y que no tenía dinero para alimentarse ni para pagarse un techo. No quería interrumpir a las mujeres pero, cuando miró desde la entrada, vio que Tempest se iba deslizando poco a poco entre los cojines del sofá.

Syndil se dio cuenta enseguida.

—Hablaré contigo cuando hayas descansado, Rusti. Gracias por compartir tu experiencia conmigo, una absoluta desconocida. Creo que me has ayudado a mí más de lo que yo te he ayudado a ti. —Se despidió de Darius con un gesto de la mano al salir del autobús.

Darius se acercó a Tempest a su manera silenciosa e intimidatoria.

—Ahora te irás a dormir, querida. No quiero discusiones.

Tempest ya estaba tendida.

—¿Hay alguien más, aparte de mí, que tenga ganas de lanzarte cosas por la cabeza? —preguntó. Su voz era somnolienta, nada agresiva.

Darius se sentó a su lado para poder mirarla a los ojos.

—No lo creo —dijo—. Y si les da ganas, no tienen la audacia para confesarlo.

—Yo creo que lanzarte algo a la cabeza es la única manera —dijo Tempest. Estaba a punto de cerrar los ojos, y sonaba cansada y triste, a pesar de sus palabras duras.

Darius le apartó de la cara la espesa cabellera roja y dorada, le masajeó el cuero cabelludo con la punta de los dedos para relajarla.

—¿A ti te dan ganas? Quizá mañana sea un mejor momento para intentarlo.

—Tengo muy buena puntería —le advirtió ella—. Sería más fácil si sencillamente dejaras de darme órdenes.

—Eso arruinaría mi reputación —dijo él.

Una sonrisa le curvó la boca a Tempest, y el delgado corte junto al labio se hizo más visible.

Darius se resistió al impulso de arrodillarse y buscar ese fino corte con la lengua.

—Vete a dormir, querida. Yo haré todo lo que pueda para aliviar tu dolor. Antes de que te duermas, he preparado unas hierbas que te ayudarán a descansar mejor.

—¿Por qué será que me siento como si te estuvieras adueñando de mi vida?

—No te preocupes, Tempest, soy muy bueno cuando se trata de organizar vidas.

Ella percibió el humor en sus palabras y le devolvió una sonrisa.

—Vete, Darius, estoy demasiado cansada para discutir contigo —dijo, y se acomodó entre los cojines

—Se supone que no debes discutir conmigo —dijo él. Se concentró en el vaso sobre la mesa de la cocina, y éste flotó por el aire hasta llegar a sus manos—. Siéntate, querida. Te tienes que tomar esto, te guste o no. —Le pasó el brazo por la espalda y la ayudó a incorporarse para que bebiera del vaso.

—¿A qué sabe? —preguntó ella, sospechosa.

—Bebe —ordenó él.

Ella suspiró tranquilamente.

—¿De qué está hecho?

—Bebe Tempest, y deja de hacer preguntas —ordenó él, a punto de vaciarle el contenido en la boca.

Tempest tosió y se ahogó, pero consiguió tragar la mayor parte del brebaje.

—Espero que no tenga alguna droga.

—Es todo natural. Te hará dormir más tranquila. Cierra los ojos —dijo, y la volvió a dejar entre los cojines.

—¿Darius? —Tempest pronunció su nombre con voz suave, en medio del sueño, y él sintió que le empapaba el alma y le tensaba el cuerpo con el dolor del deseo.

Darius se incorporó para apagar las velas que fabricaba su familia, buscando los ingredientes en los bosques y en las marismas para producir los aromas que necesitaban.

—¿Qué hay, querida?

—Gracias por haber salido a buscarme. No sé si hubiera sido capaz de vivir algo así una segunda vez. —Estaba tan cansada que las palabras resbalaban de su boca y decían mucho más de lo que ella habría revelado voluntariamente.

—No hay de qué, Tempest —respondió Darius, serio. Reunió unas cuantas velas y apagó todas las luces. El autobús quedó a oscuras.

Rusti dejó escapar una leve exclamación.

—Enciende las luces. No quiero que las apagues.

—Estoy encendiendo una vela para ti y no estás sola. Nadie puede hacerte daño aquí. Relájate y deja que las hierbas surtan efecto. Te dormirás, y yo haré lo que esté en mi poder para que mañana te despiertes con menos dolor. Si quieres, puedo traer a los felinos para que te hagan compañía.

—No, siempre estoy sola. Es más seguro así —murmuró ella, demasiado adormecida para saber lo que decía—. Cuido de mí misma y no rindo cuentas a nadie.

—Eso es lo que hacías antes de conocerme a mí —corrigió él, amablemente.

—A ti no te conozco.

—Sí que me conoces. Con las luces encendidas o apagadas, me conoces. —Darius volvió a inclinarse para rozarle el pelo con los labios. Rusti sintió que el corazón casi dejaba de latirle, y que luego se le desbocaba.

—Tempest, despréndete de todo este miedo innecesario. Yo nunca te haría daño. Puedes confiar en mí. Lo sientes en tu corazón, en tu alma. La luz no impide que ocurran cosas malas. Eso también lo sabes. —Sin embargo, encendió las velas para que la reconfortara su fulgor y la calmaran con sus aromas.

El brebaje que le había dado comenzaba a surtir efecto, y los párpados de Tempest se volvían demasiado pesados para mantenerlos abiertos.

—Darius, odio la oscuridad. La odio de verdad. —Aun así, se fue alejando, arrastrada por la corriente del sueño, sin preguntarse por qué se sentía tan segura y cómoda con él, a diferencia de lo que le sucedía con el resto de las personas, a pesar de que Darius ni siquiera era humano.

Él le acarició suavemente el pelo, en silencio, empujándola mentalmente hacia el sueño.

—La noche es un lugar maravilloso, Tempest. Cuando te sientas un poco mejor, te lo demostraré.

Sus manos la relajaron, y Tempest se abandonó a los dedos que la acariciaban, aspirando el aroma de las velas. Darius comenzó un suave cántico. No era en inglés. Ella nunca había oído esa lengua. Era como si las palabras se filtraran en ella, rozando su mente como alas de mariposa, de modo que no estaba segura de si Darius cantaba en voz alta o no.

Darius siguió con el cántico hasta después de haberse asegurado de que Tempest dormía un sueño profundo. Sólo entonces se inclinó sobre ella para respirar la esencia que emanaba de su cuerpo y que siempre recordaría. Le rozó la sien con los labios, un contacto de lo más ligero, y luego bajó hasta su ojo hinchado. Al pasar la lengua, humedeció el tejido con el agente curativo propio de los cárpatos. Se tomó su tiempo, disfrutando de su tarea, envolviendo la mente de Tempest con la suya, sin parar de cantar para que siguiera durmiendo.

Desplazó la mano hasta su cuello, siguió hasta su hombro, apartando la bata y dejando al descubierto la piel suave y satinada. Su lengua encontró el contorno de una herida que no tenía buen aspecto y la siguió hasta su pecho turgente. Tempest gimió y se movió, inquieta, luchando contra el trance hipnótico. Era una mente fuerte, curiosamente diferente, difícil de controlar mientras él cedía a la tentación y utilizaba su energía para sanarla.

Darius estaba tan intrigado como desconcertado por las diferencias entre Tempest y otros seres humanos. En todos sus siglos de vida, nunca había conocido un patrón cerebral con esas características. Debido al intercambio de sangre que habían tenido, era más fácil permanecer en las sombras de su mente, y el vínculo era más fuerte que antes. Darius también empezaba a darse cuenta de la enormidad de sus propias emociones, de las consecuencias de sus actos y de la decisión de atarla a él con las palabras rituales.

Tempest no era simplemente una mujer corriente por la que él sintiera una atracción sexual. Era algo mucho más grande, que iba mucho más allá de los límites que él había aceptado anteriormente en sus relaciones. Su lealtad se había volcado por entero hacia esa pequeña mujer, incluso por encima de los suyos, a los que había protegido y dirigido a lo largo de siglos de conflictos y cambios.

Darius suspiró y lamió suavemente una herida enorme de diversos colores en las costillas de Tempest. Sabía que la protegería por encima de todo. Siguió la línea delicada de su mentón. ¿Qué había en ella que le infundía un sentido de fidelidad incluso superior al que tenía hacia su propia familia, hacia los suyos?

En la mente de Tempest descubrió una gran valentía y una inmensa capacidad de compasión y comprensión. Estudió su cuerpo, tan frágil y delicado, tan perfecto. Dejó escapar un suspiro y juntó los bordes de la bata y la cubrió con la manta hasta el mentón. Y entonces salió de su propio cuerpo y penetró en el de ella, algo que había intentado con un ser humano en raras ocasiones. Se requería mucha más concentración que con uno de su propia estirpe.

Encontró cada uno de los órganos internos dañados y los reparó desde dentro hacia fuera. Empezaba a tener una íntima relación con su mente, con su cuerpo, como un amante, aunque todavía no había compartido su cuerpo y su mente como hubiera deseado.

—*Darius*. —Era la llamada mental de su hermana, y lo reincorporó a su propio cuerpo.

—¿*Qué pasa?* —preguntó él.

—*Siento tu hambre. Sal a cazar. Nosotros nos ocuparemos de Rusti. No te preocupes, hermano. Conmigo estará a salvo.*

—*Sólo contigo.* —Había pronunciado la orden antes de que pudiera censurarla, más llevado por los celos que por el temor de que alguien del grupo decidiera hacerle daño a Tempest. Cuando su hermana rió con esa suavidad de siempre, notas de una entrañable belleza que le rozaron el pensamiento, Darius se maldijo a sí mismo por su falta de discreción.

—*Calla, Desari.* —Lo dijo sin rencor, porque en su tono había una mezcla de brujería hipnotizadora y afecto.

—*Como han caído los poderosos.*

—*He observado que tu hombre te tiene las riendas muy cortas, ¿eh?* —contraatacó él.

—*Tienes que alimentarte, Darius. Hasta los felinos huelen tu hambre. Yo me ocuparé, sola, de velar por Rusti.*

Darius suspiró casi imperceptiblemente. Desari tenía razón. No podía permitir que los felinos empezaran a agitarse. Si se ponían demasiado nerviosos, eran capaces de despertar a los muertos. Se incorporó muy a su pesar. No quería dejar a Tempest, porque sentía que la acechaban pesadillas, no muy remotas. Sin embargo, se acercó a la puerta, sabiendo que Desari esperaba al otro lado.

Salió a la noche y respiró hondo, dejando que el viento le trajera información acerca de criaturas escondidas en sus guaridas o de presas humanas en las cercanías. *Sasha* y *Forest* caminaban apretados contra él, frotándose contra sus piernas. Darius percibió su inquietud. Les aseguró enseguida que había salido a cazar y a alimentarse. Se estiró, aflojó los músculos y empezó a correr, mutando de forma a medida que avanzaba. Los dos felinos corrían a su lado, ya despierto el instinto de la caza. El grupo no tardaría en levantar campamento y seguir su camino para cumplir con el programa de sus actuaciones. Sin embargo, cuando estaban en la ciudad, los leopardos tenían que comer la carne que les proporcionaban sus compañeros cárpatos. A pesar de la abundancia de presas en los alrededores, los leopardos tenían prohibido cazar, excepto en el bosque. Era el motivo por el que el grupo solía acampar en bosques, parques naturales y reservas lejos del mundanal ruido. Los leopardos podían hacer uso de sus habilidades naturales de predadores, y eso los mantenía contentos.

El esqueleto de Darius se contorsionó y se estiró. Apareció un morro que se alargó y redondeó al tiempo que Darius se doblaba en dos y los fibrosos músculos empezaban a recubrirle todo el cuerpo. Como estiletes de acero, nacieron las garras, se extendieron y luego recogieron. La espina dorsal se alargó y se volvió sumamente flexible. Los omóplatos se ensancharon, proporcionándole un mayor equilibrio lateral. Las patas acolchadas le permitían desplazarse en silencio. El pelaje negro se extendió y le escoció por un momento, antes de cubrir el nuevo esqueleto y los músculos que mutaban con rapidez.

Sasha y *Forest*, los leopardos, siempre actuaban con rapidez, eran ágiles, astutos y sumamente peligrosos. A menudo sucedía que el cazador del leopardo se convertía en su presa. De todos los felinos, eran los más inteligentes. Darius sabía que se solía comparar su cerebro con el de las marsopas. Él conocía de cerca, y desde hacía siglos, su capacidad de razonamiento. Sin embargo, cuando cazaban juntos, Darius los dirigía.

Los dos felinos preferían cazar emboscados en las ramas de los árboles, y saltar sobre la presa inesperadamente desde arriba. Cuando niño, Darius había aprendido a ser paciente gracias a ellos. Ahora él también sabía permanecer al acecho, quedarse completamente inmóvil o en silencio, o reptar sin ser detectado por el suelo del bosque o la selva, con el vientre pegado a la tierra, avanzando centímetro a centímetro, con un portentoso control de los músculos. Cuando se abatía sobre su presa, lo hacía con una rapidez increíble, como los felinos que le habían enseñado su arte. Sin embargo, se había dado cuenta desde muy temprano de que, a pesar de que los machos cárpatos eran predadores, él no podía permitirse permanecer demasiado tiempo en el cuerpo de un leopardo, convertido en un cazador indómito que respondía sólo a sus instintos, porque entonces acababa matando a su «presa», en lugar de sólo alimentarse de ella.

Los leopardos utilizaban sus colmillos largos y afilados para coger, desgarrar, punzar y destrozar. Sus garras afiladas como cuchillos podían cortar la carne de un zarpazo. A pesar de su astucia y su arrojo, y más allá de su inteligencia, sufrían bruscos cambios de humor que los hacían sumamente impredecibles. Aún así, su cerebro no paraba de funcionar, siempre afrontando algún desafío. Los machos cárpatos eran demasiado cercanos a su especie para alimentarse de la misma manera y, cuando asumían la forma de un leopardo, debían someter a la bestia predadora que habitaba en ellos. Para alimentarse sin matar, tenía que mediar un hombre, que tenía un código de honor y un conocimiento del bien y el mal, en lugar de la ley de la jungla.

Darius tenía un enorme respeto por los leopardos, sabiendo que eran igual de peligrosos que él, y nunca perdía de vista los rasgos salvajes en sí mismo o en los felinos. Eran los dos predadores silenciosos e invisibles y, cuando se volvían malos, como podía sucederle a su propia especie, podían convertirse en la encarnación misma del diablo.

En ese momento, con el manto de la noche sirviéndole de amparo, le llegaron los olores de abundantes presas rezumantes de vida y Darius experimentó la alegría de la caza, durante muchos años el único placer conocido para él. Los leopardos solían ser cazadores solitarios, pero hacía siglos Darius había reunido a varios felinos para estudiar las habilidades necesarias para la caza. Cuando niño, no era lo bastante fuerte para cazar solo, de modo que había desarrollado sus facultades mentales antes que su fuerza. Y aquello le ayudaba a mantenerse alerta y a afinar sus capacidades para forzar la obediencia mental, mientras adquiría las destrezas de un cazador.

De todos los felinos, el leopardo podía ser el más peligroso cazador de hombres. A menudo invertían los papeles con los cazadores profesionales que los acosaban, y convertían a los humanos en presas. Eran sigilosos y lo bastante osados como para entrar en un campamento y salir silenciosamente con una víctima, la mayoría de las veces sin ser detectados. Por eso, era necesario controlar a *Sasha* y *Forest*. Había muchos humanos acampando y haciendo excursiones en aquella parte del bosque. Los felinos sabían que él cazaba seres humanos, y que de ellos conseguía su sustento, pero también sabían que no podían abalanzarse sobre una presa tan fácil. Había ocasiones en que esa prohibición los ponía gruñones y de mal humor. Él los llevaba adonde había ciervos y otros animales, porque no quería cometer errores. *Sasha* y *Forest* debían ser los primeros en cazar, porque así estarían concentrados en devorar su presa mientras él saciaba su sed de sangre fresca.

Se movían como una unidad en la exploración del terreno. Darius olió un pequeño rebaño de ciervos que pastaban tranquilamente no lejos de ahí. Como si se guiaran por radar, los leopardos avanzaron en silencio. Sus largos bigotes, rematados en finas puntas, interpretaban las corrientes de aire y los objetos, así que los dos enormes gatos y Darius sentían por dónde iban mientras avanzaban, palmo a palmo, implacables, hacia la presa escogida.

En su búsqueda de las víctimas, Darius escogió los dos especímenes más débiles del rebaño. El leopardo solía elegir la víctima más fácil, la más incauta, la que se acercaba sin darse cuenta al árbol donde él se había apostado. *Sasha* protestó alzando el labio, pero Darius le dio una advertencia mentalmente, además de empujarla con el mayor peso de sus omóplatos a manera de reprimenda.

Sasha reaccionó con un gruñido sordo, pero dio un salto elástico para encaramarse a la rama de una encina. Se estiró sobre el tronco cuan larga era y se quedó inmóvil, con los ojos color ámbar fijos en su presa. La cierva que avanzaba hacia ella era más vieja de lo que *Sasha* hubiera querido, pero Darius era enorme, unos noventa kilos de pura y feroz musculatura, y ninguno de los dos felinos se atrevía a desafiarlo.

Forest dio una vuelta para situarse a favor del viento en dirección a los más rezagados del rebaño que Darius había elegido para él. Se aplastó contra la maleza, y su piel moteada se fundió fácilmente con la vegetación. Se veía que la cierva era un animal cauteloso, porque de vez en cuando alzaba el morro y olía el aire en busca de posibles peligros. *Forest* avanzaba un centímetro, se detenía, y volvía a avanzar.

Darius se apostó entre los dos ejemplares con la intención de hacerlos devolverse si, por algún motivo, se asustaban. *Sasha* y *Forest* tenían demasiada experiencia como para exponerse ni dejar que el viento se llevara su olor. Además, Darius ayudó apaciguando el viento, apartándolo del ciervo hasta que *Forest* se acercó a menos de un metro de su presa y hasta que la de *Sasha* estuviera justo debajo de su árbol. Los dos felinos saltaron simultáneamente, asustando al resto del pequeño rebaño. Los ciervos corrían en todas direcciones, presas del pánico, refugiándose entre los árboles. Pero las dos víctimas quedaron atrás.

Darius dejó a los felinos después de haber tendido una red de seguridad en torno a ellos. Esa red invisible creaba una intensa sensación de opresión en el aire que mantendría lejos a cualquier humano que quisiera acampar o cazar, o que se hubiera internado en ese sector, demasiado cerca de donde se saciaban los felinos. *Sasha* y *Forest* conocían las reglas, pero los gobernaba un instinto viejo como el tiempo, desde mucho antes de que aparecieran sus compañeros cárpatos.

Darius se desplazó por el bosque sin vacilar en busca del campamento humano. Bajo la forma que había adoptado, podía saltar con facilidad por encima de árboles caídos o cualquier otro obstáculo en su camino. Disfrutaba sintiendo los elásticos músculos deslizándose sobre las patas de piel acolchada. Antes de perder las emociones, le había fascinado la noche y ahora, después de tanto tiempo, por fin podía gozar de ella, no a través de vagos recuerdos ni comunicándose mentalmente con su hermana sino a través de sus propios sentidos. La tierra húmeda bajo sus patas, el despertar de las criaturas nocturnas, la energía que bullía en él, el viento soplando en las copas de los árboles, meciéndolos y haciéndolos bailar a su ritmo. Incluso disfrutaba del dolor implacable del hambre.

Era Tempest la que había traído los colores y las emociones a su mundo. Había devuelto la vida a lo que estaba prácticamente muerto. Le permitía a él sentir el amor y la devoción por su familia. Ya no tenía que seguir fingiendo una emoción que no era más que un vago recuerdo. Ahora, cuando miraba a Desari, sentía la calidez en el corazón. Cuando miraba a Syndil, era a través de los ojos de la compasión y de un profundo afecto.

Pero ¿qué haría a propósito de Tempest? Ella era humana. Estaba prohibido yacer con hembras humanas. Sin embargo, él había pronunciado las palabras rituales para unirse a ella. Había intercambiado su sangre con la de Tempest, y volvería a hacerlo. Lo sabía. Con sólo pensar en su sabor, empezaba a salivar y el cuerpo se le endurecía con un dolor brutal y punzante. Tempest era adictiva, y su sangre había saciado su portentosa hambre como nunca nada la había satisfecho antes. Cuando su sangre reclamó la de ella, supo que se daría un festín y que ansiaría tener ese intercambio con Tempest. La sola idea de su boca contra su piel era irresistiblemente erótica.

Arrancó bruscamente aquella vívida imagen de su mente. Ya tenía suficientes problemas controlando su deseo de aparearse con Tempest, de reclamarla por completo como suya. Pero al menos le debía una oportunidad para que ella lo conociera. Aún así, Tempest estaba destinada a él, era la mitad que le faltaba. Lo sentía en su corazón, en su mente y en el fondo de su alma. Cuando ella envejeciera, él decidiría envejecer con ella, y se mostraría al amanecer. Ya había decidido dejar tranquilamente este mundo cuando ella lo hiciera.

Con esa decisión, vino la paz. Desari ahora tenía a Julian, y Barack y Dayan eran capaces de cuidar de Syndil. Él compartiría sus años con Tempest, años largos y felices llenos de amor y risas, disfrutando de la belleza del mundo. Sabía que su decisión le impediría seguir refugiándose en las entrañas de la tierra en busca de solaz. Ya apenas soportaba estar tanto tiempo separado de Tempest. Además, ella necesitaba su protección.

El olor de una presa le llegó de lleno al olfato. Frente a él había una tienda, instalada al abrigo de unos árboles. En el interior, había un macho tendido junto a una hembra. El leopardo penetró sigilosamente bajo el techo de la tienda, sintiendo el olor de la sangre caliente, mientras la bestia que habitaba en él rugía para ser liberada. Inclinado sobre el cuerpo fuerte y saludable del macho, Darius se concentró en Tempest. Aquello aplacó al predador y le permitió volver a asumir su forma humana. Sumió a la pareja en un sueño profundo de consentimiento. El macho se giró hacia él y le ofreció el cuello. Darius sintió que se le alargaban los colmillos, agudos, detrás de la lengua, y se inclinó para beber.

Experimentó la primera señal inquietante al cerrar los agujeros, mientras se aseguraba de no dejar pruebas de haber estado ahí. Mutó de forma y se deslizó a hurtadillas fuera de la tienda antes de liberar a la pareja de su pasividad. La mujer dejó escapar un gemido leve, se giró y se acercó al macho en busca de protección. Él reaccionó, a pesar de estar dormido, y le rodeó la cintura con un brazo.

Se movió con rapidez por los aledaños de la reserva, con el cuerpo aplastado y alongado, abriéndose camino entre la vegetación sigilosamente. Se detuvo a varios metros de *Sasha* y *Forest*. El leopardo macho todavía no se hartaba de comer, inclinado sobre su presa. *Sasha* ya estaba arriba del árbol, y lo que quedaba del esqueleto del ciervo descansaba entre las ramas, oculto para el día siguiente.

Siguió adelante, y su mente se llenó inesperadamente de figuras pesadillescas. Un hombre alto y fornido, de brazos enormes y con un intrincado tatuaje de una cobra reina en los apretados bíceps. Cuando el músculo se flexionaba, la cobra abría las fauces. El hombre se giró lentamente, con una sonrisa obscena de triunfo pintada en la boca. Era el dueño del taller mecánico que había violado a Tempest.

Darius conectó mentalmente con Tempest en un instante. Las imágenes venían de ella mientras soñaba. Su desesperación era ahora tan vívida y la transmisión tan apabullante, que hasta los felinos a sus espaldas la percibieron. Darius oyó sus gritos agudos y con una orden los hizo callar y seguirlo enseguida al campamento.

Tenía que concentrarse para no perder la conexión con la mente de Tempest, si bien tenía a su favor siglos de afinamiento de esas destrezas. La calmó manipulando sus pensamientos para alejarlos de la pesadilla.

Desari ya había abierto la puerta y se apartó cuando el leopardo subió al autobús de un salto, mutando de forma en ese mismo momento. Darius aterrizó firmemente con los dos pies y se dirigió al sofá.

—Tiene miedo, es una pesadilla —dijo, con voz suave, en cuclillas junto a la frágil figura, mirando apenas a su hermana—. Déjanos.

Era consciente de que Desari se lo quedó mirando un buen rato, y sintió su inquietud. Estaba actuando de una manera muy rara con Tempest, y era evidente que sentía algo por ella. Con sólo ver su postura, se adivinaba el gesto de posesión, de protección.

—Es humana, hermano —dijo Desari, con voz queda.

Darius emitió un largo y sordo gruñido de advertencia, y el ruido quedó vibrando en su garganta. Desari se llevó una mano protectora al cuello y se volvió con los ojos muy abiertos hacia Julian, que se había materializado en la puerta en el momento en que Darius gruñó su advertencia. Desari bajó rápidamente del autobús. La tensión entre su hermano y Julian todavía era palpable. No se les podía considerar amigos en ningún sentido. Los dos se mostraban protectores con ella, pero los dos eran hombres fuertes y poderosos que hacían las cosas a su manera y tenían sus propias reglas. El resultado era que la relación era, en el mejor de los casos, frágil. Desari le puso una mano en el pecho a su compañero y lo empujó fuera de la caravana.

Él respondió cogiéndola por la cintura y levantándola para acercarla, para buscar su boca y besarla, a la vez hambriento y tierno.

Darius ignoró la escena y concentró toda su atención en Tempest. Su pelo se derramaba sobre el cojín y él estiró la mano, como sin siquiera proponérselo, para cogerle la espesa caballera. Sintió que se tensaba entero, como atrapado en un dolor que no remitía. Tempest parecía tan joven y vulnerable en su sueño. Procuraba pasar por una mujer dura, pero Darius sabía que necesitaba a alguien que la protegiera y compartiera con ella su vida. Estaba muy sola. Aquello estaba en su mente. Al compartir sus pensamientos y recuerdos, descubrió que en ella habitaba la misma soledad doliente que él sentía en lo más hondo de su alma.

Aún así, ella era diferente de él en el sentido de que estaba llena de compasión y bondad, cualidades que él no tenía. A pesar de todo el daño que le habían hecho, Tempest no albergaba ideas de venganza, ningún odio amargo, sólo una tranquila aceptación. También había tomado la firme resolución de mantenerse alejada de enredos y de llevar una existencia solitaria y sin relieves.

Los patrones de su mente eran interesantes. Prefería la compañía de los animales. Entendía con facilidad su lenguaje corporal y sus pensamientos. Podía comunicarse con ellos sin necesidad de hablar.

Darius aspiró su olor, lo introdujo en sus pulmones, en su cuerpo, y lo guardó ahí. Ella era única entre los humanos, por su manera de comunicarse con los animales. Eso no le preocupaba (ella amaba a los animales), pero las reacciones de las personas eran siempre negativas. Darius se inclinó para apoyar la cabeza por encima de la de ella, combatiendo el despertar de la bestia que rugía en él para ser liberada. Todos sus instintos le decían que la reclamara, irrevocablemente, para la eternidad. Su cuerpo la necesitaba desesperadamente. Esa necesidad irreprimible de saborearla no lo dejaba pensar.

Pero ella necesitaba descansar y ser cuidada. Se merecía algún tipo de cortejo. Era precisamente su vulnerabilidad lo que mantenía a la bestia atada. Darius se conocía bien a sí mismo, sus puntos fuertes y sus puntos débiles. Sabía que era de lo más despiadado y duro, tanto como la tierra donde había crecido. Era tan salvaje e implacable como los leopardos con que cazaba. Mataba sin emoción, sin maldad, pero mataba cuando lo creía necesario, y nunca miraba atrás.

Tempest le pertenecía. De alguna manera, aunque él no supiera cómo había ocurrido, un ser humano era su otra mitad. Las almas se fundían en una, y los bordes irregulares encajaban a la perfección. Darius sabía que el cuerpo de ella estaba hecho para el suyo, que la encontraría en el mismo fuego que a él lo consumía interiormente.

—*Duerme profundamente, querida, sin pesadillas. Yo velaré por ti.* —Murmuró las palabras suavemente en la mente de Tempest, y le llenó la cabeza de sueños agradables con cosas que recordaba de su infancia. La belleza de la sabana africana, el misterio del monzón, la abundancia de colores y animales. Evocó la emoción de su primera caza con los leopardos. Había intentado descolgarse de la rama de un árbol como había visto hacer a los animales más viejos, pero había caído justo por delante de la víctima escogida, espantándola y poniéndola fuera de su alcance. Se dio cuenta de que el recuerdo lo hacía sonreír, como ella ahora sonreía en su sueño.

Su mano se cerró sobre la de ella. Cascadas, la magnificencia del agua blanca y espumosa que caía desde una altura de cientos de metros. Cocodrilos, antílopes. Una manada de leones. Con aquellos detalles, volvieron los olores y las texturas y el calor sosegado de África. Lo compartió todo con ella, reemplazando los terribles acontecimientos de su día, de su pasado de pesadilla, con algo bello.

Eres un hombre notable, Darius.

Se quedó quieto. No movió ni un solo músculo del cuerpo. Hasta su respiración cesó. La miró a la cara. Tempest le había hablado por medios telepáticos. No era la vía que utilizaba habitualmente con los de su familia. Era diferente, más íntima, pero era su voz, de eso no cabía duda. De alguna manera, en su sueño inducido por una orden y por las hierbas, todavía era consciente de la presencia de él en su mente. Era increíble que un ser humano pudiera tener esos poderes.

Volvió a examinar su mente. No se parecía en nada a las mentes humanas a las que estaba acostumbrado. Sus capas y repliegues lo desconcertaban, como si Tempest tuviera las cosas bien ordenadas y guardadas. Quizá se había confiado demasiado con ella.

—*¿Puedes oírme?* —preguntó mentalmente.

—*¿Acaso no quieres que te oiga? ¿Por qué me estás contando sobre todos estos lugares maravillosos y recuerdos tan emocionantes si no querías que te oyera?*

Él volvió a percibir su voz sedosa y ronca, como una caricia somnolienta, como una amante que le entregaba su cuerpo sin reparos. ¿Siempre tenía esa voz? ¿Los demás también escuchaban ese tono erótico y sensual en su manera de hablar?

—*¿Esta manera de comunicarte no te asusta?* —preguntó.

—*Estoy soñando. No me importa soñar contigo. Estás compartiendo mi mente. Yo comparto la tuya. Sé que tu único deseo es ayudarme a dormir sin pesadillas.*

¿Era posible que fuera así de simple? ¿Quizá no era más que un sueño? Darius le cogió la mano y se la llevó a la boca. Sonrió mientras le besaba los nudillos. Todavía tenía la mano herida después de haber luchado esa tarde. Sin ser consciente de ello, Darius le pasó la lengua sobre la marca de tonos púrpura y azul oscuros.

—*Duerme, querida. Duerme profundamente y no te preocupes de nada. Deja que tu cuerpo sane.*

—*Buenas noches, Darius. No te preocupes tanto por mí. Soy como los gatos. Siempre caigo de pie.*

Capítulo 4

Tempest se despertó poco a poco, como si saliera de una densa nebulosa. Todo le dolía, y sintió que sus músculos protestaban por tener que moverse, aunque no tanto como ella esperaba. Se sentó y lanzó una mirada recelosa a su alrededor. Sentía el cuerpo revivir con sensaciones, y en la piel notó una sensibilidad desacostumbrada. Recordaba el terrible ataque que había sufrido como una vaga pesadilla. Una imagen sí seguía viva y definida, con cada detalle grabado para siempre en su mente, y era el recuerdo de Darius acariciando cada magulladura, liberándola del dolor y el miedo y reemplazándolos con un placer erótico que la quemaba. Quiso creer que una era una pesadilla y el otro un sueño romántico, pero Tempest tenía por costumbre mirar la realidad a la cara. Era su manera de vivir. Y de sobrevivir. Si era necesario, podía mentirle a alguien, pero nunca se mentía a sí misma. Las cosas que Darius había hecho en su mundo de ensueño eran demasiado reales. Ella estaba en una especie de trance, medio despierta y medio dormida. Y se habían hablado sólo a través del pensamiento, de una manera muy parecida a cómo ella se comunicaba con los animales, pero esta vez usando palabras, no sólo imágenes. Telepatía.

Respiró hondo y miró a su alrededor. Estaba sola en la lujosa caravana, con excepción de los dos leopardos. Éstos, al sentir que Tempest se desperezaba, abrieron cada uno un ojo somnoliento, aunque era evidente que no tenían ganas de moverse. Tempest se pasó una mano por el pelo. ¿Debería valerse de sus propios medios y largarse o jugárselas con esa criatura que se le había cruzado en el camino, fuera lo que fuera?

No había tenido demasiada suerte con los seres humanos y siempre había preferido la compañía de los animales. La noche anterior, al conectarse mentalmente con Darius, Tempest había reconocido en sus patrones cerebrales diversos aspectos muy parecidos al de los animales. Darius tenía instintos y sentidos sumamente desarrollados, similares a los del leopardo. Tempest sabía que era un cazador temible, pero no había detectado en él intenciones perversas.

Darius podría haberla matado cuando quisiera. Podría haberla usado para alimentarse, si eso era lo que hacían aquellas criaturas. Pero no había hecho ninguna de las dos cosas. La había salvado en momentos de aflicción. La había tratado con amabilidad y compasión. Y había intentado, con una gran ternura, sanar su cuerpo malherido y borrarle los peores recuerdos. Y Darius había pagado un alto precio por ello. Ahora la deseaba. Tempest había sentido su ardor, abrasador. Ella estaba del todo incapacitada para resistirse, pero él no había respondido dando rienda suelta a sus instintos. También sintió la abundante energía que fluía de él hacia ella durante el proceso de curación. Darius quedó sumamente cansado después de haber dado buena parte de su fuerza para aliviarle a ella el sufrimiento. Tempest incluso llegó a sentir un deseo punzante, que le escocía, insaciable, mientras Darius se fundía mentalmente con ella, hasta que Tempest no sabía dónde acababan sus sentimientos y dónde empezaban los de él.

Lanzó un suspiro y se deshizo el moño que él le había tejido, dejando que el pelo se derramara sobre sus hombros. Nadie la había tratado jamás como Darius. Era bueno y considerado, incluso tierno, si bien no era fácil convivir con él, eso se veía. Sobre todo en su caso, porque ella estaba acostumbrada a manejarse sola. La arrogancia y la absoluta seguridad de que hacía gala, además de sus habilidades y destrezas, casi le daban ganas de hacer rechinar los dientes. Era evidente que estaba acostumbrado a que se obedeciera cada uno de sus deseos. Ella estaba acostumbrada a ser del todo independiente. Se mordió el labio, de atrás hacia adelante, mientras pensaba en ello.

Darius no sólo esperaba su obediencia con actitud arrogante.

Era bastante más que eso. Un afán de posesividad nada sutil le iluminaba la mirada profunda, dándole una intensidad que quemaba y que revelaba su deseo de que ella le perteneciera sólo a él.

—Ni te lo pienses, Rusti —se murmuró a sí misma—. Ese maniático está acostumbrado a proteger y a controlar a todos los que lo rodean, así que no dejes que tus hormonas te lleven por donde no deben. Y los vampiros están totalmente descartados. No quisiste ser la novia del macarra del barrio, y no creo que ésta sea una alternativa mucho mejor. Tienes que irte. Vamos. A correr. Sal de aquí.

Sin embargo sabía que se quedaría. Emitió un leve gruñido y se tapó la cara con las manos. No tenía dinero, ni familia, ni hogar. Quizá si Darius dormía durante el día y ella dormía toda la noche, se entenderían de maravilla. Miró por los dedos entreabiertos.

—Como si creyera que eso es posible. Ese hombre quiere gobernar el mundo. Y tener su propio imperio privado. —Tempest arrugó la nariz e imitó la voz de Darius—. Mis dominios, Tempest —dijo—. Recuerda que él manda en todo y a todos en sus dominios —se dijo a sí misma.

Miró el reloj en la pared. Eran las tres de la tarde. Si tenía que poner a punto los demás vehículos y ganarse la paga, tendría que hacerlo pronto.

Dejó escapar un gemido al sentir los músculos entumecidos. Dejó el sofá y fue al cuarto de baño. La ducha le reconfortó el cuerpo magullado y le ayudó a despejar las telarañas mentales. Como de costumbre, se recogió el pelo en un moño, se puso una camiseta y tejanos, y un peto por encima para mantenerlo más o menos limpio mientras trabajaba.

Le sorprendió encontrar la nevera llena de verduras y frutas frescas. También había diversos tipos de pan y pastas. De alguna manera, supo que Darius era el que había traído esas provisiones.

Tempest había aprendido a edad muy temprana a improvisar comidas. Preparó una salsa de champiñones y alcachofas para aderezar la pasta, y comió a gusto pero frugalmente, ya que todavía tenía el estómago revuelto debido a lo ocurrido el día anterior. Al final, limpió todo y salió a echar una mirada al coche, la furgoneta y la caravana del grupo.

El sol del atardecer ya se iba, pero hacía un calor húmedo incluso a la sombra de los árboles donde trabajaba. Aun así, a ella le agradaba la paz del bosque. Al cabo de una hora de trabajo, sopló una brisa fresca, y eso alivió algo su malestar. En general, estaba tan concentrada en lo que hacía que no pensaba en nada más. Acabó de afinar la caravana hacia las cinco y se dio un breve respiro para tomar un poco de agua y echar una mirada a los felinos.

El coche deportivo rojo sólo necesitaba una pequeña puesta a punto y, ya que el grupo llevaba consigo todo un surtido de piezas de recambio, Tempest encontró fácilmente lo que necesitaba. Se divirtió trabajando en aquel coche pequeño y se dio por satisfecha al oír el suave ronroneo final del motor. Subió y salió a conducir por un camino serpenteante, probando todas las marchas, corriendo como en un rally. A unos cuantos kilómetros del campamento, se detuvo un momento a ajustar el carburador.

Estaba inclinada sobre el capó, escuchando el motor, cuando tuvo aquella primera sensación de aprehensión. Mantuvo la cabeza bajo el capó abierto como unas fauces que la engullían, y levantó la mirada para escudriñar los alrededores. Alguien la estaba observando. Lo sabía. Ignoraba de dónde le venía esa percepción tan fina, pero estaba segura de que no se equivocaba.

—¿*Tempest?* —Como de costumbre, la voz era tranquila. Pero Darius parecía estar muy lejos—. *Tempest, ¿qué pasa?*

Tempest apretó la pequeña herramienta que tenía en la mano. Ya no podían seguir fingiendo uno con otro. No se podía hacer pasar eso por un sueño.

—*Alguien me está observando. Es como...* —dijo, y guardó silencio, mientras buscaba la palabra correcta con que describir su aprehensión. Al no encontrar ninguna, hizo como los animales y transmitió una impresión de su emoción.

Siguió un breve silencio, mientras Darius evaluaba la información.

—*A mí tampoco me gusta. En este momento, te encuentras fuera del perímetro que he establecido. ¿Acaso no has sentido la resistencia al pasar?*

Rusti frunció el ceño.

—*¿Tú has establecido perímetros para mí? ¿Qué significa eso? ¿Acaso has definido una distancia dentro de la que me puedo mover?*

—Tempest estaba indignada y, por un momento, había olvidado a su observador impertinente.

—*No me crees problemas, querida. Haz lo que yo te diga.* —Había en su tono de voz una especie de exasperación divertida—. *Sabía que eras un atado de problemas en cuanto te vi. Realiza un barrido visual lento del sector donde te encuentras. Muy lento. Mira con detención. Yo veré lo que veas tú.*

Rusti hizo como él se lo ordenó. Sentía curiosidad por saber qué ocurriría. Tenía buena vista, sus sentidos estaban alertas y, aún así, no descubrió el origen de su malestar. Era curiosa la sensación de compartir su mente con otro ser. Deseó haber traído los felinos con ella.

—*Ahora es demasiado tarde para demostrar sentido común, Tempest. Deberías haberte quedado donde estabas, lejos del peligro, como se suponía que harías. Hay un hombre con unos prismáticos mirándote desde los árboles que tienes a tu izquierda. Alcanzo a ver el parachoque de su coche.*

Tempest sintió que el corazón, alarmado, le daba un vuelco.

—*No hay motivo para temerle* —aseguró Darius—. *Ahora estoy contigo. Sería imposible que pudiera hacerte daño.*

—*¿Y qué pasará si se me acerca? Sé que estás lejos. Te siento lejos.*

Darius le transmitió un flujo de seguridad, lo cual le infundió calor y le dio fuerzas. Darius jamás permitiría que otro macho volviera a tratarla como lo había hecho Harry, su agresor. Nunca más. Y lo decía en serio. Era un juramento que se había hecho. Un juramento ante ella. Rusti habría asegurado sentir que la envolvía con un brazo protector. No se paró a pensar que quizá no era buena idea depender demasiado de la fuerza de Darius si, al final, acababa resintiéndose de su actitud dominante. Se permitió respirar nuevamente y dejó que el corazón recuperara su ritmo normal.

—*Sigue trabajando, querida. Está a punto de hacer su entrada. Actúa normal. Yo sabré si necesitas que intervenga.*

Rusti respiró hondo, espiró lentamente y volvió a inclinarse para acabar con el afinamiento. Se obligó a no mirar hasta que oyó el coche del hombre. Era un Mustang celeste y un motor muy potente. Tempest lo supo nada más oírlo.

Cerró el capó y saludó al recién llegado.

—Hey. Esa máquina es un bólido, ¿no?

El hombre que bajó desplegándose del Mustang le sonrió con una dentadura bien dotada. Una cámara le colgaba del cuello. Vestía un traje arrugado y tenía aflojada la corbata.

—Es lo más rápido que he tenido en años. Soy Matt Brodrick —dijo, y le tendió la mano.

Por algún motivo, Rusti no tenía ganas de tocarlo. Sentía el temor anclado en ella, agobiándola. Se obligó a sonreír y se limpió las palmas en los tejanos.

—Lo siento, tengo las manos con grasa —explicó.

—Ése parece uno de los coches de los Trovadores Oscuros. ¿Formas parte de su grupo?

Había verdadera curiosidad en su voz, y asomaba una emoción que no podía nombrar. Rusti inclinó la cabeza a un lado, sin ocultar la suspicacia en sus ojos verdes.

—¿Y a ti por qué te interesa?

—Soy un admirador. Desari tiene una voz absolutamente celestial —contestó el hombre, mostrando todavía más dientes. Cuando ella lo miró sin responder, el tipo dejó escapar un largo suspiro—. Soy reportero —dijo.

Ella lo miró con cara dura.

—Entonces sabrás que no pertenezco al grupo. —Rusti le enseñó su caja de herramientas—. Soy su mecánico.

El hombre lanzó una mirada a su alrededor.

—¿Dónde tienen su campamento? He recorrido estos caminos de arriba abajo y no he dado con ellos. Sé que están en alguna parte, no muy lejos.

—¿Y crees que yo te daré esa información por tu cara bonita? —rió ella.

A pesar de los kilómetros que mediaban, Darius sintió que el cuerpo se le retorcía y endurecía al oír su risa. Tempest era como una niña inocente, y vivía cada momento tal como venía, aislado en el tiempo, sin pensar en el pasado ni proyectar nada en el futuro. La bestia que había en él se estaba creciendo, clamando por su liberación. Sus incisivos se convirtieron en cuchillos letales. Sabía que era peligroso, siempre lo había sido pero ahora, con Tempest cerca de otro macho, había superado su capacidad de autocontrol. No tenía otra razón de ser, y no renunciaría a ella.

—¿Y si hay dinero de por medio? —Los dientes del reportero ahora brillaban, los ojos duros como piedras, y un dejo de astucia en la mirada.

—Ni te lo pienses —dijo ella, sin titubear, aunque sin duda le iría bien tener algo en el bolsillo—. No traiciono a la gente. Ni por dinero ni por nada.

—He oído algunas cosas raras a propósito del grupo. ¿Podrías al menos confirmar o negar algunas de las declaraciones?

Tempest guardó su caja de herramientas en el interior del pequeño deportivo.

—¿Para qué molestarse? Vosotros inventáis lo que se os viene en gana. Lo escribís y lo publicáis sin que os importe un bledo a quién hacéis daño.

—Sólo un par de preguntas, ¿vale? ¿Es verdad que duermen durante el día y están toda la noche despiertos? ¿Qué todos tienen una enfermedad rara que les impide estar a la luz del sol?

Tempest se echó a reír.

—Eso es típico de los reporteros a la caza de noticias. Seguro que trabajas para un pasquín infecto. ¿Dónde os metís, atado de idiotas, para encontrar esas estupideces? Tienes que tener una imaginación muy fértil. No puedo decir es un placer conocerle, señor Brodrick, pero ahora tengo que irme.

—Un momento. —El tipo cogió la puerta del coche antes de que ella pudiera cerrarla—. Si me equivoco, dímelo. No quiero publicar basura.

—Y si te cuento la verdad, ¿de verdad la publicarás, y no te inventarás otro reportaje sensacionalista sólo para que tu pasquín se venda? —inquirió Tempest. Al mirarlo, los ojos le brillaron sin ocultar el desafío.

—Absolutamente.

—Justo en este momento, el grupo y su guardaespaldas han salido a dar un paseo. Han estado caminando por la montaña durante la última hora, más o menos. Tenemos que salir esta noche si queremos llegar a tiempo para la próxima actuación, así que se están dando un último respiro. Luego cenaremos y partiremos. Publique eso, señor reportero. Es un poco banal, pero ellos también se ponen los pantalones como todo el mundo, una pierna y luego la otra. —Rusti tenía un profundo sentido de la lealtad, y Darius y su familia le habían prestado toda su ayuda. Si un periodista sin escrúpulos como ése sospechaba que había algo fuera de lo normal en ellos, a ella no le importaba contar unas cuantas mentiras para protegerlos, aunque ella misma tuviera ciertos reparos frente al grupo.

—¿Los has visto hace una hora? —preguntó Brodrick.

Rusti miró su reloj.

—Hace casi dos horas. Creo que estarán volviendo en cualquier momento. Y esperarán a que el tráfico esté fluido, para que podamos salir de aquí. No sé si alguno de ellos estará bronceado —utilizan protector solar, como todo el mundo—, pero si lo están, te llamaré. ¿Qué te parece? —preguntó, y cerró la puerta con una fuerza desmedida—. Por si te interesa, a Desari la pican a menudo los mosquitos. Utiliza un spray repelente además del bloqueador solar. ¿Quieres que te diga la marca?

—*Buena chica* —aprobó Darius, que veía cómo crecía el orgullo que sentía por ella.

—Venga —protestó Brodrick—. No te pongas así. Yo sólo hago mi trabajo. Ya sabes que ella es noticia. Dios, pero si esa chica tiene una voz angelical. Todas las grandes discográficas hasta venderían su alma por conseguir un contrato con ella. Y ella sigue tocando en esos locales pequeños. Podría ganar millones.

Rusti volvió a reír.

—¿Y qué te hace pensar que no los ha ganado? ¿Acaso es tan horrible hacer lo que a uno le gusta? Es una artista. Le agrada la intimidad de las pequeñas reuniones. No es lo mismo en un estadio enorme, no puede tener la misma conexión con el público. Y tampoco existiría esa conexión en un estudio de grabación. —Todo lo que decía le venía directamente de la mente de Darius. Le lanzó una mirada a Brodrick—. Me das pena. Debes detestar tu trabajo, metiendo la nariz en las vidas de la gente sin tener idea de quiénes son. El dinero no lo es todo, ya sabes.

Brodrick no soltaba la puerta.

—Llévame a su campamento. Preséntamelos. Si consiguiera una entrevista especial, mi jefe se pondría muy contento conmigo.

—Nula posibilidad —dijo ella—. No te conozco y haces preguntas bastante estúpidas. A cualquier reportero con un poco de ingenio se le ocurriría algo mejor que preguntar si Desari duerme durante el día o no. Si tuvieras que actuar hasta las dos de la madrugada, y luego te reunieras con gente, incluyendo los periodistas, durante otro par de horas, seguro que tú también querrías dormir. Así que, ¿a qué viene tamaña estupidez? —Rusti tiñó su frase de todo el desprecio posible—. Te diré una cosa. Cuando se te ocurra preguntarme algo que valga la pena, veré qué puedo hacer por ti. Pero me niego a arriesgar mi empleo por un imbécil.

Maniobró lentamente con el coche para alejarse del reportero. Lo siguió mirando por el retrovisor al marcharse.

—*Podría seguirme, Darius. ¿Debería alejarlo del campamento?*

—*Vendrás directo a casa, Tempest. Y, la próxima vez, no salgas sin protección.*

Ella le transmitió una imagen en la que ella le retorcía el cuello.

—*He vivido sola toda mi vida, ¿sabes? Eres como un insoportable dolor en el culo tamaño familiar. No necesito la protección de nadie y, desde luego, no pido permiso cuando quiero ir a algún sitio. Ya tienes a bastante gente a quien mandar, así que tómate un respiro.*

—*Veo que tengo que dedicar toda mi atención a ponerte límites, querida. Afortunadamente, estoy a la altura de la tarea.* —Darius parecía mucho más complaciente y seguro de sí mismo de lo que ella habría querido.

La voz de Darius se derramaba sobre su piel como miel tibia y la llenaba entera, cual lava fundida, acumulándose perversamente en ella. Era la sensación más rara jamás experimentada por Tempest. Su propio cuerpo la traicionaba. ¿Acaso no había cosas en la vida que era mejor no tocar, como los vampiros?

—*Tempest. Has cerrado tu pensamiento al mío. ¿Qué pasa? ¿Acaso me crees tan formidable que no debería escuchar tus pensamientos cuando estás enfadada conmigo? No cambia lo que hay.*

—No hay nada, *Darius. En cualquier caso, ¿cómo te atreves a hablarme de esa manera?* —Tempest decidió que la mejor defensa era un buen ataque. A ver si contestaba a ésa—. *¿Acaso es porque puedes hablar con los animales, como yo?* —Tempest creía que a todo el mundo había que permitirle la posibilidad de una salida honrosa.

—*Así que ahora lo reconoces. Puede que, al fin y al cabo, hayamos logrado algo.*

Tempest volvió a mirar en el retrovisor. Avanzaba a toda velocidad por el camino sinuoso y estrecho, derrapando en las curvas e internándose por uno que otro sendero no transitado. No veía polvaredas en la distancia que señalaran que el reportero la siguiera, aunque presentía que eso era precisamente lo que intentaba, y ella no quería conducirlo de vuelta al campamento.

Darius sabía que si quería estar completamente a salvo, todavía tendría que esperar una hora antes del despertar. Atrapado en las entrañas de la tierra, temía por la seguridad de Tempest, a menos que hiciera lo que él le ordenaba y volviera al sector protegido por el perímetro que había establecido. Pensó en torcer su voluntad. Era toda una tentación, ya que ella seguía mostrándose igual de obstinada. Sin embargo por ahora la seguiría, esperando que obedeciera. La obligaría a hacer según su voluntad sólo si era necesario.

Le agradaba aquella mente suya. Le agradaba su independencia, su sentido de la libertad y su espíritu indómito. Ya aprendería que no podía desafiarlo y salirse con la suya pero, por ahora, quería tratarla con la máxima delicadeza posible.

—¿*Darius?* —La voz era suave, vacilante, y rozó su pensamiento como un dedo que le rozaba la piel. Las llamas se apoderaron de su cuerpo y lo inflamaron. Tenía que poseerla, no podía esperar. El tiempo empezaba a escapar a su control. La necesitaba desesperadamente.

—*Estoy contigo, querida. No deberías parecer tan triste.*

—*No parecía triste* —replicó ella, pero él captó el eco de su pensamiento. —*¿O quizá sí?*

—*Vuelve a casa, querida. Todo saldrá bien. No tienes que defender a Desari de ese reportero si estás sola.*

No es sólo un reportero.

Darius guardó silencio. ¿Cómo lo sabía ella? Él lo sabía. Se habían llevado a cabo varios atentados contra Desari en los últimos tiempos. Él había visto el aura de Brodrick, la había encontrado engañosa, un tipo que ocultaba sus letales intenciones con lo que hacía pasar por encanto. Tempest no había interpretado todo eso, pero había captado segundas intenciones, y por eso había hecho lo posible para despistar al supuesto reportero. Y, además, lo había hecho bien. Le había hablado con sinceridad y sin tapujos, y luego su tono de desprecio había prestado autenticidad a todo lo que decía.

—*No tienes por qué creerme, Darius.* —Tempest sonaba como si se sintiera dolida.

—*Desde luego que te creo, querida. Ahora vuelve aquí donde no tenga que preocuparme por ti.* —Era una orden en toda regla.

Rusti suspiró ruidosamente. Al parecer, Darius no la había entendido. No quería que nadie se preocupara por ella. Al acercarse a un poco menos de un kilómetro del campamento, sintió un cambio raro. El aire se volvió pesado y opresivo. Se dio cuenta en seguida que había encontrado algún tipo de barrera. Despertaba en ella un sentimiento de pánico, como si se sintiera obligada a dar media vuelta. ¿Por qué lo sentía ahora? ¿Acaso Darius había ampliado el perímetro que le había pedido respetar?

Se echó atrás la cabellera pelirroja y en sus ojos verdes asomó un brillo desafiante. Él no iba a mandarla como hacía con los demás, que lo trataban como a una especie de dios griego. Dejó escapar un sonoro gruñido. ¿Por qué habría elegido esa analogía en concreto? ¿Sólo porque parecía un dios griego y actuaba como si lo fuera? Y sus hormonas volvieron a agitarse sin control, una vez más.

Empezó a pensar deliberadamente en cosas como ir con el pequeño deportivo rojo a dar una vuelta por la autopista, lejos de hombres dando órdenes. Se imaginó a Darius riendo por lo bajo, para nada preocupado de que ella robara el coche o desafiara su autoridad. *Yo que tú, no me la jugaría*, pensó para sí, al aparcar justo detrás de la caravana y luego salir.

El próximo en la lista era el cuatro por cuatro. Era más importante tenerlo funcionando que poner a punto las motos de trial. Tempest levantó el capó y, como siempre que trabajaba, se concentró sólo en lo que estaba haciendo, dejando de lado todo y todos los demás.

Darius salió de las entrañas de la tierra en cuanto pudo hacerlo con seguridad, e irrumpió desde las profundidades con tal fuerza que la tierra estalló como en un géiser. El cielo era de un color gris claro, no del todo oscuro, pero los árboles proyectaban su generosa sombra y le ayudaban a protegerse los ojos. Aspiró y olió el aire a su alrededor, reparando en cada detalle, en cada historia que el viento tenía que contarle.

El hambre siempre presente lo roía, pero esta vez su cuerpo, duro y pesado, no paraba de pedirle, lleno de una terrible necesidad tan insaciable como su hambre. Tuvo que obligarse a controlar la bestia que rugía en su interior clamando por ser liberada, y dio la vuelta alrededor del autobús. Vio a Tempest inclinada en posición incierta en la parte delantera del cuatro por cuatro, manipulando una llave que parecía más pesada que ella. Y mientras él se acercaba, la pequeña Tempest osciló y se tambaleó, al borde del desastre. Intentó cogerse al borde del capó pero cayó hacia atrás al tiempo que emitía un leve sonido, una mezcla de alarma y cabreo. Era evidente que no era la primera caída.

Darius se movió a la velocidad del rayo y la cogió antes de que cayera al suelo. Tempest aterrizó en sus brazos.

—Creas más problemas que cualquier otra mujer que haya conocido. ¿Has estudiado el arte de cómo conseguir que un hombre enloquezca?

Tempest lo golpeó en su pecho musculoso.

—Me has dado un susto de muerte. ¿De dónde has salido? Déjame en el suelo.

Él disfrutó de la sensación de tenerla en brazos, tan suave contra su dureza. En la cara tenía manchas de grasa, pero seguía siendo igual de bella.

—Mi corazón no aguanta más sorpresas. ¿Qué estabas haciendo? —preguntó él, con voz seca.

Tempest se retorció para recordarle que quería que la dejara en el suelo.

—Estaba trabajando. —Darius era sorprendentemente fuerte, tenía el cuerpo duro como un roble y, sin embargo, su piel era suave como el terciopelo. Tempest sentía el rugir de la sangre en sus venas, caliente y deseosa. Eso le dio mucho miedo. Empujó a Darius con fuerza. Él no reaccionó, como si no se diera cuenta. Al contrario, empezó a alejarse del campamento a grandes zancadas. A Tempest se le aceleró el corazón. Le recordaba a un guerrero que reclama su premio. La sostenía como si tuviera algún derecho sobre ella, como si le perteneciera.

Darius llevó a Tempest al bosque, lejos de los espacios abiertos, buscando un lugar más fresco y sombrío. Ella lo llamaba con su esencia, y él acercó su cara a la delgada columna de su cuello. A Tempest el pulso le latía desbocado, algo que a Darius le llamó la atención. Su pelo sedoso le caía sobre la cabeza, como llamas rozándole la piel. Desde el fondo de su ser brotó un ruido cuando estuvo a punto de abandonarse y renunciar a controlarse. Había un gran peligro en su locura. Sabía lo que hacía pero ya nada importaba excepto poseerla. Rusti sintió el calor de su aliento en la piel. Sintió el calor que la derretía. Y entonces se tensó, expectante. Le rodeó la cabeza con los brazos, acercándolo más, aunque sin darse cuenta de lo que hacía. Su deseo era tan intenso, latía en él con tanta fuerza que ella sentía que la desbordaba, neutralizando incluso su instinto de vida. El corazón de Darius se acompasó con el suyo, fuerte, desenfrenado. Tempest sintió las caricias de su lengua en el cuello, y su corazón perdió el compás, hasta que la excitación empezó a convertirla en líquido.

—Darius, no. —Susurró las palabras, quiso pronunciarlas como una orden, pero le salió como una ronca plegaria de deseo.

Él le recorrió la piel con la boca, caricias como lenguas de fuego que la tomaban por asalto.

—*No me queda más elección. Lo que tú pides es como querer enjaular al viento. Es inevitable entre tú y yo. Acéptame. Acepta lo que soy.* —Tempest sentía los suaves lamidos de Darius, un roce rasposo y aterciopelado, erótico e hipnótico. Echó la cabeza hacia atrás, dejando al descubierto el hueco vulnerable de su cuello. Sintió el calor que le subía por el cuerpo como una espiral cuando él hundió los dientes, profundos, en lo que ella le ofrecía, y él se alimentó, hambriento, con voracidad, de su dulzura. Ninguna otra cosa volvería a saciarle el hambre. Nada. El cuerpo le quemaba, clamaba, exigía. Ella yacía en sus brazos, adormecida, en un mundo oscuro y de mágicos sueños, ardiendo para él.

En alguna parte del bosque cantó un búho. Desde el interior del autobús, uno de los felinos, inquieto, lanzó un chillido, y el sonido reverberó, misterioso, en la oscuridad. Tempest respiró profunda y temblorosamente, como si de pronto hubiera recobrado el sentido. Ahora estaba en sus brazos, como un sacrificio de sí misma, su cuerpo moviéndose contra el suyo con un apetito desconocido. Sentía los pechos llenos y dolidos, los pezones duros y aplastados contra la delgada camiseta. Se sentía adormilada y le pesaban los párpados, pero pecaminosamente deseosa. Empezó a resistirse desesperadamente, lanzándole puñeetazos a Darius.

Él se arrancó a sí mismo de un mundo de sensaciones y con la lengua le selló los diminutos agujeros en el cuello.

—Tranquila, querida. No te haré daño —dijo, y dejó descansar su frente en la de ella—. Quitaré este incidente de tu mente y la verdad es que ojalá pudiera hacer lo mismo conmigo. —Tempest temblaba en sus brazos, y tenía los ojos enormes desmesuradamente abiertos por el impacto, el rostro pálido.

—No pasa nada, Darius. Sólo que ha sido una sorpresa —murmuró—. Ya sé que no me harías daño —dijo, e intentó nuevamente abandonar sus brazos.

Darius no la dejó ir.

—No pienso renunciar a ti. No puedo. No espero que me entiendas y no puedo explicarlo adecuadamente. Toda mi vida he vivido para los demás. Nunca he tenido nada para mí mismo. Nunca he querido ni necesitado nada. Pero te necesito a ti. Entiendo que no puedas aceptar lo que soy, pero no me importa. Me gustaría decir que sí me importa, pero no renunciaré a ti. Eres la única que puede salvarme. Salvar a los demás de mí. A los mortales y a los inmortales.

—¿*Qué* eres, Darius? —Tempest dejó de resistirse. Sabía que no tenía ninguna posibilidad de zafarse de él a menos que él lo permitiera. Su voz no era más que un hilo. El corazón le latía con tanta fuerza que temió que fuera a estallar. Enseguida Darius fijó sus negros ojos en ella, y ella se sintió caer hacia sus profundidades oscuras e insondables.

—No pierdas la calma, querida. No hay nada que temer —dijo Darius, y la envolvió en ondas de tranquilidad, en un mar relajante y apacible de seguridad.

Por mucho que lo quisiera, Tempest no podía apartar la mirada. Había tal intensidad en Darius, ahí parado y sólido, como una montaña de granito y, sin embargo, tan dulce con ella. Cuando la miró, un hambre ardiente le iluminó los ojos, una posesividad implacable. Era un ser sin edad. Sin tiempo. Con una voluntad de hierro. Nunca se apartaría del camino escogido. Y la había escogido a ella.

Se llevó una mano al cuello palpitante.

—¿Por qué a mí?

—En todo el mundo, a lo largo de los siglos desde que me abandonaron las emociones, he estado muy solo, Tempest. Horriblemente solo. Hasta que llegaste tú. Sólo tú me has traído color y luces. —Aspiró, respirando su esencia hasta lo hondo de sus pulmones. Necesitaba satisfacer esa demanda incesante de su cuerpo.

—No te preocupes. No recordarás nada de esto.

Tempest seguía cautiva de su mirada oscura, pero sacudió lentamente la cabeza.

—Recuerdo la última vez, Darius. No borraste mi memoria.

Su mirada de hielo negro no vaciló, ni parpadeó mientras él pensaba en aquel hecho prácticamente imposible.

—Huiste debido a lo que yo soy. —Lo dijo con rostro inexpresivo, como si esa revelación no tuviera mayor importancia.

—Tendrás que reconocer que no sucede todos los días que un vampiro te muerda en el cuello —dijo ella, intentando poner una nota de humor, pero enroscando los dedos en su negra y densa cabellera, con lo que daba a entender su nerviosismo.

—De modo que, al final, yo soy el responsable de que hayas sufrido ese ataque. —Darius intentaba pensar en la posibilidad de que lo dicho por Tempest fuera verdad. Tenía que ser verdad. Normalmente, se necesitaba poca cosa para controlar a un ser humano. Pero era probable que debido a las diferencias en su patrón cerebral, debería haber utilizado una fuerza mental más intensa para inducir el olvido. Tempest debía ser una mujer valiente para volver a enfrentarse a él. Saber qué era y, aún así, quedarse como se había quedado esta noche para vérselas con él.

—Desde luego, tú no eres responsable de lo que hizo Harry —negó ella, con voz ronca, desesperada por apartar la mirada de los ojos de Darius. Se estaba ahogando en esos ojos, atrapada para siempre. Sus brazos eran como tiras de hierro que la rodeaban y la ataban a él. Debería haberle tenido mucho más miedo de lo que, en realidad, sentía. ¿Acaso había conseguido hipnotizarla?

—Sin embargo, esta vez te has quedado, aún sabiendo que yo bebí de tu sangre —reflexionó Darius en voz alta—. No intentaste marcharte, aún cuando me creyeras tan maligno como un vampiro.

—¿De qué me habría servido? —preguntó ella. Por una vez, quiso encontrar su mirada, verle la expresión.

Él no movió ni una pestaña. Sus facciones eran como el granito tallado, sensual pero inmutable.

—No —respondió él, con franqueza—. Yo te encontraría. No hay ni un solo sitio en todo el mundo donde no pueda encontrarte.

Tempest sintió que el corazón le volvía a latir con fuerza. Él lo oía, sentía las vibraciones que dejaban un eco en su cuerpo.

—¿Vas a matarme? —preguntó Tempest, respirando hondo—. Si es así, preferiría saberlo ahora.

Él le acarició la cabeza con un movimiento lento que a Tempest le hizo sentir los nervios en la boca del estómago.

—Eres la única en este mundo, mortal o inmortal que, puedo decir con toda convicción, está perfectamente a salvo. Daría mi vida por protegerte, pero no renunciaré a ti.

Se produjo un breve silencio mientras ella estudió sus facciones implacables. Y le creyó. Sabía que era tan despiadado y peligroso como cualquier predador salvaje. Él le miró la garganta y vio que tenía dificultades para tragar.

—De acuerdo —concedió Tempest—. Entonces no tiene demasiado sentido intentar escapar, ¿no te parece? —Tenía la mente hecha un caos, y le resultaba imposible pensar en lo que debía hacer. ¿Qué podía hacer? Más importante, ¿qué quería hacer? Se mordió con fuerza el labio inferior.

Un pequeño punto de color rojo rubí brotó en aquel labio inferior, exuberante y tembloroso. Una tentación, una invitación.

Darius dejó escapar un gruñido, un ruido que le venía del alma. Ella no podía hacer eso, tentarlo y provocarlo impunemente más allá de sus fuerzas. Inclinó la cabeza hacia ella, su boca dura y posesiva. Con la lengua encontró aquel punto dulce, lo atrajo hacia sí y lo saboreó. Pero no pudo detenerse ahí. Los labios de ella eran de suave satén junto a los suyos. Temblorosos. Atrayéndolo. Dios, cómo la deseaba. La necesitaba. Moría por ella.

—*Abre tu boca para mí.*

—*Te tengo miedo.* —En las palabras había lágrimas y miedo y, aún así, ella no podía nada contra su propio ardiente deseo. Tempest hizo lo que él le pidió.

El tiempo se detuvo para Rusti y el mundo se desvaneció, hasta que sólo existía la fuerza de los brazos de Darius, el calor de su cuerpo, sus hombros anchos y su boca perfecta, totalmente perfecta. Era una mezcla de dominación y ternura. Darius la cogió en vilo con él, atrapados los dos en un caleidoscopio que giraba, lleno de colores y sentimientos. Ya nada volvería a ser igual. Ella nunca volvería a ser la misma. ¿Cómo podía no serlo? Darius le estaba marcando el corazón a fuego vivo. Marcando su alma. Se había metido dentro de ella y se había apoderado de ella, de manera que ahora sólo respiraba por él.

El deseo a Darius le dolía, y a ella también. Ella era lo único en ese mundo que estaba destinado sólo a él. Ella era fuego, un fuego vivo y sedoso que a Darius le corría por las venas, y deseaba que nunca parara. Sólo cuando ella quiso tragar aire, con los pulmones a punto de estallar, él alzó la cabeza, los ojos negros quemando de posesividad al mirarla. Tempest estaba muy pálida, sus ojos enormes, y en sus labios guardaba la impronta de los de él.

Se sentía tan débil que agradeció estar todavía meciéndose en brazos de Darius. Tenía las piernas de gelatina.

—Creo que me pasará lo que a esas heroínas ridículas en las novelas antiguas y me desmayaré —murmuró, contra su cuello.

—No. No te desmayarás —Darius intentaba sentir culpa. Al fin y al cabo, había bebido de su sangre, y Tempest era tan pequeña y frágil que cualquier sangría podía debilitarla. Sin embargo Darius no era de los que perdían el tiempo con lamentos. ¿Cómo podía lamentarse de algo tan natural e inevitable como las mareas? Ella era suya. Su sangre le pertenecía. Su corazón y su alma le pertenecían.

Con un gesto tierno y suave, le acarició la sedosa cabellera, siguió por su cálida mejilla y dejó descansar la palma en su cuello. Los dedos se cerraron lentamente y con el pulgar rozó la línea delicada de su mentón. Quería tocar cada centímetro de su cuerpo, explorar hasta el último secreto, cada sombra e intersticio, memorizar sus curvas esplendorosas.

—Darius. —Los ojos verdes de Tempest se cruzaron con los de él, negros—. No puedes ir y decidir que te pertenezco. Las personas ya no se pertenecen de esa manera. No estoy segura de lo que eres, pero entiendo que no has nacido aquí, y que ni siquiera has nacido en este siglo. Yo sí. Yo valoro mi independencia. Me importa tomar mis propias decisiones. No tienes derecho a arrebatarme eso. —Intentaba elegir cuidadosamente sus palabras, reconociendo que la culpa de su conducta era sólo de ella, que no todo era culpa de Darius.

Tenía ganas de besarlo. Lo reconocía. Se tocó los labios hinchados, un poco sorprendida. Nadie debería ser capaz de besar así. Era como caer por un precipicio, volar por los aires, tocar el sol. Era como quemarse, como inflamarse, hasta que ya no había más Tempest Trine, no había un individuo pensante, sólo una pasión absurda e imposible.

—Darius, ¿has entendido lo que he dicho?

—¿Has entendido lo que *yo* he dicho? —contraatacó él, con voz suave y entre dientes—. Sé que no es fácil aceptar a alguien como yo, pero te he jurado eterna fidelidad y protección, y eso no es poca cosa, Tempest. Es para siempre.

—No es que no pueda aceptar lo que eres. Es que ni siquiera sé lo que eso es, en realidad. —De pronto se retorció—. Por favor, déjame en el suelo. Me siento muy… —Se desprendió de él, sin querer reconocer que se sentía impotente, pero la palabra quedó flotando entre los dos de todos modos—. Por favor, Darius. Quisiera hablar de esto y no sentirme en desventaja.

Su boca endurecida se curvó, eliminando esa comisura casi cruel, implacable, como si nunca hubiera estado ahí. Lentamente, la dejó en el suelo. Tempest medía casi la mitad que él y tuvo que alzar el mentón para mirarlo.

—¿Ahora te sientes en una posición más ventajosa? —preguntó, con su voz oscura y sedosa.

Capítulo 5

Tempest le lanzó una mirada furibunda, despidiendo destellos con sus ojos verdes.

—Muy divertido. Pero antes, tenemos que aclarar unas cuantas cosas. Quizá prefiera jugármela aquí contigo en lugar de hacerlo en otra parte del mundo, pero no si tú sigues dictándome lo que tengo que hacer. Tiene que haber unas cuantas reglas básicas. Nada de este... este... como sea que se llame —dijo, haciendo un gesto con el brazo como para abarcarlo todo. Los besos. Beber su sangre. Seducirla. Darle órdenes. Establecer perímetros. Todas esas cosas.

Él no le quitaba su oscura mirada de encima. Tenía los ojos tan quietos como un leopardo que acecha a su presa. Ávido. Ardiendo. Intenso. Darius le quitaba el aliento con sólo mirarla. La hipnotizaba, la embrujaba. Tempest se obligó a desviar la mirada de aquella trampa oscura, seductora y aterciopelada.

—Y también tienes que parar eso —dijo, decidida, a pesar del deseo que despertaba en ella.

—¿Parar qué?

—Parar de mirarme de esa manera. Eso queda totalmente excluido. No puedes mirarme de esa manera. Eso es hacer trampa.

—¿Cómo te he mirado? —Su voz se hizo todavía más grave, un hablar suave y ronco. Volvía a hipnotizarla.

—Vale, esa mirada tampoco. Nada de hablar con esa voz —declaró ella, firme—. Y sabes muy bien lo que estas haciendo. Actúa con naturalidad.

Él le mostró sus blancos dientes, con lo cual ella volvió a quedar sin aliento.

—Estoy actuando con naturalidad, Tempest.

—Pues, entonces eso tampoco vale. Nada de actuar con naturalidad. —Se lo quedó mirando, desafiante, con los brazos en jarra.

Darius desvió la mirada para ocultar la sonrisa que le provocó el comentario. Se frotó el puente de la nariz, pensativo.

—Son muchas reglas, y todas parecen imposible. Quizá se pueda pensar en un plan más realista.

—Ni te atrevas a adoptar esa actitud indignante de macho superior que se divierte. Me dan ganas de hacer rechinar los dientes. —Tempest intentaba como pudiera echar marcha atrás, establecer un espacio emocional entre ellos para poder respirar. Además, él tenía que dejar de tener ese aspecto tan masculino. Eso sin duda sería un punto a favor. De pronto se mareó y tuvo que sentarse en el suelo sembrado de agujas de pino. Sorprendida, lo miró hacia arriba parpadeando.

Darius se agachó a su lado y le cogió la cara en la palma de una mano.

—Tú sólo haz como yo te pido y todo saldrá bien, querida.

Ella se cogió de su poderosa muñeca para afirmarse.

—¿Has oído algo de lo que he dicho?

—Claro que sí. Puedo repetir tu absurdo discurso palabra por palabra. —La rodeó con un brazo, para que ella pudiera apoyarse en él—. Quédate un rato sentada. Pronto te sentirás mejor. Puede que me haya entusiasmado un poco, pero no es necesario que repongas tu sangre.

Ella abrió los ojos desmesuradamente.

—Ni lo sueñes, Darius. Lo digo en serio. He leído libros. He visto películas. Me niego a convertirme en vampiro.

Él volvió a mirarla con una mueca de extrañeza. Ese gesto leve e íntimo produjo una ola de calor en su torrente sanguíneo, y Tempest tuvo que apartar la mirada de él para salvar su alma. Nadie tenía derecho a ser tan atractivo.

—No soy un vampiro, querida. Las criaturas inertes son las que han decidido vender su alma. Yo he aguantado a lo largo de muchos siglos, y todavía estoy vivo, aunque últimamente, sólo lo justo.

—¿Qué eres, entonces? —inquirió Tempest, que sentía ciertos reparos ante su respuesta, pero a la vez presa de una irreprimible curiosidad.

—Soy de la tierra, del viento y del cielo. Puedo reinar sobre estos elementos y sobre todas las cosas de la naturaleza. Vengo de una raza antigua que posee poderes y facultades que a menudo se han confundido erróneamente con las de los vampiros. Pero no soy un vampiro. Soy un cárpato. —Se quedó mirando a Tempest, pensando en las numerosas preguntas que haría como respuesta a su revelación.

Tempest inclinó la cabeza a un lado.

—Entonces, ¿han sido muchas?

—No entiendo la pregunta. —Darius parecía de verdad intrigado.

—Mujeres como yo. ¿Coleccionas a mujeres para tener siempre a mano con qué alimentarte? —inquirió ella, un poco a la ligera, porque su proximidad le hacía rugir la sangre.

Él le enredó los dedos en el pelo.

—No hay otras mujeres. No ha habido otras mujeres. Tú me perteneces. Sólo tú.

Ella no sabía si creía de verdad que él no había tenido otras mujeres, pero se dio cuenta de que quería que fuera verdad.

—Vaya, sí que me siento afortunada —dijo—. No sucede todos los días que me encuentre con un vam... un cárpato que me diga lo que tengo que hacer. He estado sola y he cuidado de mí misma desde que recuerdo, Darius, y me gusta que sea así.

Él le deslizó la mano hasta la nuca y le llamó la atención la suavidad de su piel.

—A mí me parece que los resultados obtenidos no son tan buenos. Reconócelo. Me necesitas.

Ella le apartó la mano de un golpe, temerosa del fuego que se empezaba a acumular en su cuerpo. Darius no era de fiar. Nada en él era de fiar, ni siquiera en una conversación cualquiera.

—No necesito a nadie —dijo.

Darius fijó sus ojos negros en el rostro de Tempest, y una expresión dura y posesiva apareció en su boca.

—Entonces aprenderás, ¿no te parece?

A Tempest le dio un vuelco el corazón al percibir esa suave nota de advertencia en su voz. Darius podía tener un aspecto muy amenazador cuando se lo proponía. En el fondo de los ojos de Tempest asomó un brillo temeroso, y tuvo que apartar su verde mirada de la oscuridad de los ojos de él.

—Darius, la verdad es que me das miedo —dijo, y pronunció aquella frase de reconocimiento por lo bajo.

Por un momento, Tempest creyó que no le había oído, pero entonces él volvió a ponerle la mano en la nuca, caliente y posesivo.

—Eso ya lo sé, Tempest, pero no es en absoluto necesario. Ya se te pasará.

El arrebato de rabia que experimentó le dio valor.

—No estés tan seguro de que dejaré que vengas y te apoderes de mi vida.

—Si crees que no puedes hacer otra cosa que intentar desafiarme, adelante, tienes toda la libertad de hacerlo pero, te advierto, no soy un hombre fácil de contrariar. —Su voz tenía una textura de terciopelo que la hacía tanto más amenazante. En los dedos con que le rodeaba su suave cuello se notaba una fuerza descomunal.

—Ya te he dicho que me das miedo, de modo que eso no es precisamente una noticia, Darius —dijo, y notó que el corazón latía con fuerza al ritmo de sus palabras—. No es que no haya tenido miedo en otras ocasiones. No es una experiencia nueva para mí. Pero siempre me las he ingeniado —dijo, alzando el mentón con aire desafiante.

Darius inclinó aún más la cabeza, y en sus ojos apareció ese destello gélido.

—Lo que temes es perder la libertad, Tempest, no a mí. Tienes miedo de la pasión indomable que bulle en ti y que quiere encontrarse con la pasión que hay en mí. Eso es lo que temes, no soy yo.

Ella lo rechazó empujándolo con ambas manos en el pecho. Él no se movió.

—Muchas gracias por el análisis —dijo, seca, a punto de descargarse su ira—. ¿Qué dirían los demás si les cuento que te comportas de esta manera? —preguntó, acusadora—. ¿Acaso los tienes tan dominados que te ayudarían?

Él se encogió de hombros, con una gracia distendida y elegante que recordaba a un leopardo desperezándose.

—A mí no me importaría de una u otra manera. Puede que dividiera a nuestra familia, puede que causara derramamiento de sangre pero, al final, el resultado sería el mismo. No renunciaré a ti, Tempest.

—Venga, calla ya —cortó ella, con ademán brusco, exasperada—. Cuando me conozcas, no habrá gran cosa que te guste de mí. Siempre estoy metida en líos, no hay manera de evitarlo. Al final, te volveré loco.

Él cerró la mano rodeándole la frágil muñeca, y con el pulgar encontró el pulso sin vacilar.

—Ya me has vuelto loco —respondió, con voz queda—. Pronto harás lo que yo te diga, y entonces ya no tendré que preocuparme tanto.

—Eso no ocurrirá mientras yo viva —anunció ella, mirándolo con dureza—. Y ya que tengo esta vida, creo que te llevarás una gran decepción.

Darius saludó esas palabras con una risa grave y divertida, marca de esa superioridad burlona del macho con que parecía decir que ella sería lo bastante fácil de dominar.

—Vamos, querida. Pronto se despertarán los demás. Tenemos muchos kilómetros que recorrer esta noche si queremos cumplir con el programa. Los felinos tendrán que alimentarse antes de que nos vayamos. —No añadió a eso que toda su familia tendría que hacer lo mismo. Darius intuía el miedo profundo de Tempest, que creía que él tenía la intención de guardarla como fuente de sustento, que quizá pretendía que los demás también la utilizaran. Quería darle seguridad, pero sabía que las meras palabras no servirían de nada.

Se inclinó y la ayudó a incorporarse. Era tan inesperadamente ligera, tratándose de una mujer con voluntad de hierro, y él tenía una fuerza tan descomunal, que tenía la sensación de que la lanzaría hacia lo alto si no tenía cuidado.

En cuanto estuvo de pie, Tempest se soltó de un tirón y se limpió las manos en los tejanos, sin dejar de mirarlo, enfurecida. Puede que entre los otros fuera el mandamás, pero ella no pensaba aguantarle todas esas ridiculeces. Ella no se iba a convertir en fuente de sustento para nadie. Y, desde luego, no iba a tolerar que una figura masculina de fantasía dominara su vida. Quizá tuviera cierta facilidad para meterse en problemas, pero no era tonta.

Darius le miraba el rostro, transparente y expresivo, mientras caminaban de vuelta al campamento. Tempest no podía seguir ocultando sus pensamientos, ahora que él había entendido las diferencias en sus patrones cerebrales. Los problemas que le causaba se los tenía bien merecidos por ser tan complaciente y estar tan seguro de sí mismo en su trato con ella. Tempest era un ser humano poco común, pero él no había tenido en cuenta que tendría que buscar en los meandros de su mente más profundamente de lo que era habitual. Además de pensar demasiado, Tempest tenía una mente interesante, una manera de concentrarse en una sola cosa y bloquear todo lo demás.

Tempest tropezó ligeramente y él le rodeó los hombros con un brazo, a pesar del gesto de encogimiento y rechazo de Tempest. Por naturaleza, Tempest era tolerante con los demás. También entendía cómo razonaban los animales, sus instintos de supervivencia. Por lo tanto, era previsible que no le costara demasiado aceptar el modo de vida de los cárpatos.

Darius sabía que ella lo aceptaría siempre y cuando aquello no se impusiera a *su* modo de vida. Tempest vivía como nómada. Ésa era, básicamente, la manera de vivir de su grupo, pero ella prefería una existencia solitaria. Entendía cómo se desenvolvían los animales y ella misma tenía unos fuertes instintos de supervivencia, si bien entendía menos a las personas y por qué hacían lo que hacían. Haberse criado en un chiringuito de venta de drogas, donde la madre vendía a sus hijos por materia prima, o vendía por ello sus propias almas, había decidido a muy temprana edad que tenía poco que ver con las personas. Desde entonces, nada había cambiado como para hacerle cambiar de parecer.

Rusti se apartó levemente de la calidez que emanaba el cuerpo de Darius. No le gustaba cómo la hacía sentirse, esos arrebatos descontrolados de un apetito voraz. Era demasiado peligroso, demasiado poderoso, y demasiado acostumbrado a que las cosas se hicieran a su manera. Por el contrario, a Tempest le agradaba su vida, solitaria e independiente. La soledad le sentaba bien. Lo último que necesitaba era verse mezclada con ese grupo bizarro de los seguidores de Darius.

Dejó escapar un suspiro sin darse cuenta. No podía quedarse con los Trovadores Oscuros. El santuario aparente que le habían ofrecido se estaba convirtiendo rápidamente en algo con lo que no estaba preparada para lidiar.

Darius miró su cabeza inclinada, vio esa mirada pensativa y vaga, y la tristeza que se reflejaba en sus ojos. Entrelazó sus dedos con los de ella.

—No hay por qué preocuparse tanto, querida. He jurado cuidar de ti y protegerte. Debes saber que no me tomo esos juramentos a la ligera.

—Esto no es algo para lo que una persona pueda prepararse, Darius. Aunque seas un… cárpato, en lugar de un vampiro, seas lo que seas, no eres del todo humano. Lo sé cuando te comunicas mentalmente conmigo.

—¿Estás segura de que *tú* eres completamente humana? Cuando mi mente se funde con la tuya, observo que tus patrones cerebrales son diferentes al del resto de los mortales.

Ella hizo una mueca, como si Darius la hubiera golpeado.

—Sé que soy diferente. Créeme, no me dices nada que no haya escuchado antes. Y no puedes ponerme motes que no me hayan puesto antes. Bicho raro. Mutante. Frígida. Lo que se te ocurra.

Darius se detuvo bruscamente, y obligó a Tempest a hacer lo mismo. Se llevó la mano de ella a su boca cálida.

—No lo he dicho en ese sentido. Admiro lo que eres. Si alguno de nosotros es una «mutación» de la norma, Tempest, soy yo, no tú. Yo no soy humano en ningún sentido. Soy inmortal. Y te puedo asegurar que no eres ni un bicho raro ni eres frígida. Tu corazón y tu alma me estaban esperando, y no hay más explicación. No a todos les sucede que se pueden entregar sólo una vez a cualquiera. Unos pocos sabemos que dar el tesoro del propio cuerpo, de la propia intimidad, es algo sagrado, destinado sólo a esa persona para la que fueron creados, su otra mitad. Quizás aquellos que te insultaban tenían celos de eso que tú sabías, porque llevaban demasiada prisa como para esperar o porque se creían muy poca cosa.

Sus ojos verde esmeralda quedaron tapados por las largas pestañas.

—No soy virgen, Darius.

—¿Porque un hombre te forzó?

—Creo que tienes una falsa impresión de mí. No soy un ángel,

Darius. He robado coches, los he manipulado, los he usado para ir por ahí y pasar un buen rato. Siempre me he rebelado contra las llamadas figuras de autoridad, probablemente porque las que tuve me dejaron un amargo sabor de boca. Siempre me ha desconcertado cómo es que los más grandes santurrones, los que van siempre sermoneando y señalando a los demás con el dedo acusador, son los que cometen los actos más turbios y deshonestos. Cuando estuve en edad de mantenerme a mí misma, elaboré mi propio código de honor, y por ese código me guío. Pero no soy ninguna santa y nunca lo he sido. En los lugares de donde yo vengo no se crían santos.

Darius empezaba a familiarizarse con los matices de la voz de Tempest. Parecía un poco triste, reconocía las brutalidades vividas en la infancia, pero se reprochaba a sí misma haber confiado en otros durante esos años terribles. Confiar en ellos y luego llevarse la decepción. Por eso prefería la existencia solitaria que había escogido, y Darius percibía su firme decisión de no renunciar a ella, a pesar de sus necesidades. El empleo de mecánico del grupo itinerante representaba la posibilidad de mantenerse a sí misma y verse libre del contacto íntimo y prolongado con otras personas. Él le arrebataba todo eso.

—Quizá sería más fácil si borro tus recuerdos de quién soy. Lo podría hacer correctamente, Tempest —sugirió Darius. Sin embargo, algo en él se resistía a ello. En el fondo, quería que Tempest lo aceptara tal como era.

Ella negó sacudiendo la cabeza con gesto firme.

—No, si hicieras algo así, nunca sería capaz de confiar en nada de lo que digas o hagas.

—No lo recordarías, y borraría tus temores innecesarios. Para mí no tiene sentido ver que sigues teniendo miedo de nosotros, aún cuando te consideremos parte de la familia —dijo.

—No, no me hagas eso —insistió ella.

Por un instante, los amenazantes ojos de predador la miraron a la cara, apenas una llama roja agitándose en sus profundidades, una mirada que a ella le recordó a un lobo, a un cazador implacable. ¿Qué sabía ella de Darius? Que no era humano, sino «cárpato», un ser supuestamente inmortal. Y que creía tener derecho a ella. Ella sabía poco de los poderes y facultades que él había mencionado, pero sentía que su cuerpo irradiaba fuerza por todos sus poros. Podía tener un falso sentimiento de seguridad porque él solía tratarla con amabilidad, incluso con ternura.

Sin embargo, Darius era antes que nada, un predador, aunque con la astucia y el intelecto de un ser humano. Era un hombre oscuro, misterioso y peligroso, además de poderoso. Y muy, muy sensual. Era una combinación formidable. Tempest casi dejó escapar un gruñido. ¿Cómo iba a salir de ese lío? Él le rozó los nudillos con el pulgar, y con ese contacto ella sintió dardos de fuego viajando por su torrente sanguíneo. ¿Por qué se sentía tan atraída por él? Sobre todo si pensaba que se trataba más de una bestia que de un hombre. ¿Acaso se debía a que era el primer hombre que la trataba con tanta amabilidad? ¿Era porque estaba tan horriblemente sola y necesitada?

—Deja de pensar tanto, Tempest —repitió él con voz suave y apenas un asomo de risa en su voz de terciopelo—. Haces que las cosas parezcan peores de lo que son. —A pesar de sus reparos, y para mitigar su miedo, Darius se sentía cada vez más tentado a borrar de su mente los recuerdos. Sin embargo era lo bastante egoísta como para querer que ella supiera quién era él y, aún así, tuviera el valor de quedarse a su lado.

—Claro —gruñó ella—. Como si eso pudiera suceder.

A Darius le agradaba como se acoplaba a él, por debajo de sus hombros. Hasta le gustaba su manera de desafiarlo. Sabía que Tempest ignoraba el poder que poseía, las cosas que era capaz de hacer, pero se sentía plenamente vivo a su lado. Sopló el viento a su alrededor, y el pelo revuelto le ocultó la cara. Darius oyó las hojas de los árboles meciéndose al compás del viento. Se dio cuenta de que sonreía sin motivo alguno, después de haber pasado muchos siglos sin sonreír jamás. Había olvidado la sensación de felicidad. Ahí, con los árboles y la noche encima de ellos, con el viento llamándolo, salvaje y libre, y con Tempest en el hueco de su brazo, se sintió a la vez feliz y tuvo un sentido de pertenencia.

Rusti miró a Darius, algo agobiada por el hecho de actuar como si todo fuera normal cuando, en realidad, debería haber salido corriendo y gritando hasta perderse en el horizonte. El rostro de Darius era como una sensual obra de arte, tallado con líneas duras pero bellas. Si tuviera que describírselo a alguien, no sabría bien qué decir.

Era la encarnación misma de la fuerza. Del peligro. Y, a la vez, tenía un atractivo sexual increíble.

Tempest cerró los ojos. Y bien, eso lo decía todo. No podía mirarlo a la cara. Cada vez que lo hacía, se sentía inflamada.

—¿Por qué no podrías ser un hombre normal?

—¿Qué es normal? —inquirió él, divertido por la pregunta.

—No tendrías por qué tener esos ojos —dijo ella, lanzando una mirada furtiva y agresiva—. Tus ojos deberían estar prohibidos por la ley.

Él sintió una ola de calor en el corazón, una sensación curiosa que lo derretía por dentro.

—De modo que te agradan mis ojos.

Sus largas pestañas ocultaron enseguida su expresión.

—Yo no he dicho eso. Eres un engreído, Darius... y ése es uno de tus problemas más graves. Eres arrogante y engreído. ¿Por qué habrían de gustarme tus ojos?

—Te gustan mis ojos —dijo él, riendo por lo bajo.

Ella se negó a darle la satisfacción de su asentimiento. El campamento estaba a sólo unos metros, entre los árboles, y Tempest oyó la risa de los demás. La voz musical de Desari era la que mejor se distinguía. Era una voz suave, de ensoñación, incluso más hipnótica que las otras. Tempest había notado enseguida la misma cualidad hipnótica en la voz de Darius.

—Todos deberían dejar de obedecer tus órdenes, Darius —le espetó, y sus ojos verdes se clavaron en él, semiocultos tras sus largas pestañas—. Es la única manera posible de salvarte. Nadie jamás te cuestiona.

—Quizá porque confían en mí para hacer lo correcto —dijo él, sin aspavientos.

Ella lo miró aspirar el aire, empapándose de la esencia de la noche, y supo enseguida que estaba llevando a cabo un barrido del sector, asegurándose de que estaba seguro. Cuando salieron de la espesura de árboles y arbustos, donde esperaban los demás, Tempest sintió el impacto de varios pares de ojos que la observaban. Se detuvo y se mordió el labio inferior con los dientes y el corazón muy acelerado. Detestaba ser el centro de atención.

Darius dio un paso por delante de ella, con lo cual impedía fácilmente que vieran a su menuda acompañante. Se inclinó hacia ella.

—Ve a ducharte. Los otros tienen que cazar esta noche antes de que nos marchemos. Los felinos se pueden alimentar y luego nos dividiremos hasta encontrarnos en el próximo campamento. Tú vendrás conmigo.

Ella quería discutir esa decisión, pero quería todavía más alejarse de los demás y de sus miradas inquisitivas. Sin decir palabra, dio media vuelta y se dirigió a la caravana. Para ella, era como un santuario, como si ya fuera su hogar.

Se tomó su tiempo en la ducha, y disfrutó del agua caliente que le bañaba la piel. Le costaba abstraerse mentalmente de Darius, pero era lo más sensato que podía hacer. Sabía que no lo podría soportar demasiado tiempo, siempre presente, pero si aguantaba lo suficiente para cruzar el país, quizá las cosas irían bien. Y, al fin y al cabo, era Desari la que la había contratado, con un salario generoso. Desari le daría el dinero en cuanto ella se lo pidiera. Ella sabía que la hermana de Darius era así.

Cuando hizo acopio de suficiente coraje para dejar de esconderse en el autobús y enfrentarse al resto del grupo, el campamento estaba vacío. Un ligero ruido le hizo pensar que se equivocaba. Con cautela, se acercó al pequeño deportivo rojo. El hombre asomado al motor bajo el capó abierto era el mismo que había conducido la noche anterior.

En ese momento, ella casi ni lo había mirado. Ahora, viéndolo más detenidamente, se dio cuenta de que, al igual que los demás miembros del grupo, era increíblemente atractivo. Tenía el pelo largo y oscuro, una mirada traviesa en sus ojos negros, y su boca tenía una especie de atractivo muy sensual y temperamental. Era evidente que ese Trovador debía tener mucho éxito con las mujeres de todas las edades que encontrara en las giras.

Él levantó la mirada y le sonrió.

—Así que, por fin, nos conocemos, Tempest Trine. Yo soy Barack. Empezaba a sentirme marginado. Darius, Desari, Julian y Syndil hablan muy bien de ti. Creía que te habían dicho que yo era el niño malo del grupo y que, como resultado, me evitabas.

Tempest se dio cuenta de que sonreía. ¿Cómo no sonreír? Su cautela habitual le decía que mantuviera su distancia con él, pero su sonrisa fácil era contagiosa.

—Nadie me lo advirtió, pero ahora veo que deberían haberlo hecho.

Por toda respuesta, él le dio unos golpecitos al coche.

—¿Qué has hecho para dejarlo ronroneando de esa manera? —En su voz había un interés no fingido—. Encendí el motor y era como si estuviera contento de verme.

—¿Tú no metes mano en los coches? Desde luego, sabes conducirlos.

Barack negó con un gesto de la cabeza.

—Siempre pienso que me pondré a estudiar, pero luego hay tantas cosas que no me lo permiten.

—Eso no es muy habitual —dijo Tempest, antes de que pudiera censurar sus propias palabras—. Normalmente, a un conductor y amante de los coches como tú le interesa lo que hay debajo del capó. —De pronto tuvo ganas de propinarse una patada como castigo por el impertinente comentario. Al igual que Darius, Barack probablemente dormía durante el día y utilizaba otros «poderes» durante la noche. Tempest apartó deliberadamente la mirada—. ¿Dónde están los felinos? Hace un buen rato que no los he visto.

—Se están alimentando. Esta noche nos largamos, así que Darius los ha dejado salir a cazar, como es su derecho. —Barack miró a la pequeña pelirroja de arriba abajo. Era diferente de otras hembras mortales. Sabía que era diferente pero no podía definirlo con exactitud. Escuchaba cómo latía con fuerza su corazón, el flujo de su torrente sanguíneo. El hambre estaba siempre latente, royéndole las tripas. Como los demás, debería haber ido hasta el campamento más cercano para alimentarse, pero se había quedado intrigado revisando el coche recién afinado.

—Ven aquí, Tempest. —Hablaba con una voz grave e imperativa. Sonrió mostrando una hilera de blancos dientes—. Enséñame lo que le has hecho al coche. —Su hambre no hacía sino crecer al oír el rugido de la sangre en sus venas.

Rusti pensó que ahora no le gustaba su sonrisa, no le gustaba cómo la miraba. Miró a su alrededor.

—Tengo que recoger mis herramientas y mis cosas, he de prepararme para partir. Ya te lo mostraré más tarde.

En el bello rostro de él asomó una expresión de asombro. Rusti pensó que nadie jamás le había dicho que no a Barack. Tiene que haber habido una orden oculta en su voz a la que ella no había respondido. Tempest se dio cuenta de que aquello era demasiado. Si Darius hubiera sido el único con que tenía que tratar, quizá podría haberlo hecho sin problemas, al menos lo suficiente para cruzar el país de un extremo al otro. Pero se daba cuenta de que eran todos como él. Empezó a retroceder.

Barack la miró enseguida con cara de arrepentido.

—Oye, no tenía intención de asustarte. No soy como ése que te atacó. Desari te ha contratado. Eso significa que estás bajo nuestra protección. En serio, no tengas miedo de mí. Nunca he visto que una mujer tenga miedo de mí.

Rusti se dijo que no cedería terreno y se obligó a sonreír.

—Sólo estoy un poco nerviosa después de lo de ayer. Cuando vuelvan los demás, ya no estaré tan tensa. —A la vez que hablaba, se sentía como si hubiera caído en un nido de serpientes venenosas.

—Somos amigos, Tempest. Ven aquí. Enséñame lo que le has hecho a esta máquina para dejarla ronroneando así.

Tempest sentía que Barack intentaba tranquilizarla, obligarla a hacer según su voluntad. ¿Qué era peor? ¿Dejar que la utilizara como fuente de sustento o hacerle saber que sabía exactamente qué era él? ¿Acaso la mataría entonces? Decidió que era peligroso hacerle saber que no la controlaba, así que dio unos pasos tambaleantes en su dirección, a pesar del miedo y el rechazo que la atragantaban. No quería que aquel hombre la tocara como la tocaba Darius.

Por un instante el interés por esa idea se cruzó en su camino lo suficiente para mitigar su miedo. Si aborrecía la idea de ser usada como sustento, ¿por qué encontraba que la manera que tenía Darius de morderla en el cuello era tan descaradamente erótica?

De acuerdo. Decidió que había perdido por completo la cabeza. Era la única respuesta posible. Tenía que encontrar una manera de salir de aquel enredo y salir de ahí deprisa. Inventarse de la nada una tía que de pronto estaba muy enferma.

Ahora estaba cerca de Barack, y él la envolvía con su cuerpo. Sintió retortijones en el vientre, al borde de las lágrimas, e intentó quedarse muy quieta. Él empezó a murmurar algo. Ella oía las palabras que zumbaban en su cabeza, pero no tenían significado. Quería rechazarlo y huir. No lo soportaba, no aguantaba más. Intentó pensar en lo que estaba a punto de hacer como la simple mordedura de un animal, pero resistiéndose visceralmente hasta que, sin quererlo, arqueó el cuello para apartarlo de su aliento caliente.

La desesperación casi la ahogó cuando él la cogió por el brazo. Era sumamente fuerte, e intentaba doblegar su resistencia con un puño de hierro. Tempest emitió un ruido, una especie de gemido de terror. Estaba en medio de una verdadera pesadilla, y no había salida.

De pronto, sin previo aviso, como un soplo de viento, una enorme pantera negra le dio a Barack en todo el pecho, más de cien kilos de pura furia que lanzaron al hombre hacia atrás y lejos de Tempest. Barack dio con fuerza contra un lado del coche, ya sin aire en los pulmones, y aterrizó de espaldas en el suelo, mientras el felino saltaba directo a su garganta.

Vagamente consciente de la presencia de Desari, Julian y otro hombre, y de Syndil que asomaba entre los árboles pero que ahora se detenía, paralizada por el terror, Rusti intentó calmar al felino salvaje. En su mente descubrió un torbellino de furia asesina, algo insólito, jamás visto. Tempest corrió hacia ellos, todavía intentando calmar al felino, susurrándole, imperiosa. Sólo cuando estuvo junto a Barack, un Barack que ni siquiera estaba luchando para defenderse y que, al contrario, permanecía tendido, sumiso, bajo aquellos colmillos feroces, entendió que el felino era Darius. A pesar del impacto, siguió acercándose a él.

—¡Rusti, retrocede! —gritó Desari a sus espaldas. Intentó acercarse, ayudar a Barack, detener a Tempest, pero Julian la retuvo, literalmente sosteniéndola en vilo sujetándola con sus brazos poderosos por la cintura.

El terror en la expresión de Desari, que se percibía en su voz, llegó hasta Tempest pero, incluso con el propio corazón latiéndole con fuerza, alarmada, buscó a Darius, más allá de la furia desatada del animal, para encontrar al hombre. Ella lo conocía. No estaba del todo segura cómo, pero sabía que estaba ahí, en alguna parte, perdido en aquella furia asesina. *Darius. Ya ha acabado todo. Lo único que ha hecho Barack es asustarme. Vuelve a mí.* Conservó un tono de confianza, muy parecido al que usaba con un animal asustado. Suavemente, creyendo que respondería. De alguna manera sabía que Darius no respondería a ninguno de los otros y que si ella no lo detenía, era posible que el felino acabara con la vida de Barack.

Todo esto había ocurrido a causa de ella. Reconocer esa certeza, como reconocer la identidad de aquel animal, le vino de la nada, pero era una certeza firme. Se sintió desconcertada al pensar que alguien podía tener sentimientos tan intensos hacia ella.

—*Por favor, Darius, hazlo por mí. Deja a Barack y ven a mí.*

La pantera gruñó, dejando ver sus colmillos afilados como una navaja, pero al menos no los hundió en el cuello de Barack. Se aplastó contra el suelo, amenazante, el cuerpo congelado en una quietud absoluta. Sólo la cola demostraba su furia, porque la agitaba de un lado a otro, nerviosa. Barack se había metido debajo del coche, totalmente sumiso, muy consciente de quién era su atacante. El silencio sólo era roto por su respiración ruidosa y los gruñidos rabiosos de la pantera.

—Darius. —Tempest se encontraba a un palmo de sus colmillos. Con gesto cauto, le puso una mano en el lomo, una masa de músculos endurecidos. Le habló suavemente, con voz melosa—. Estoy bien, mírame. No me ha hecho daño. De verdad que no me ha hecho daño.

Siguió una exhalación colectiva, tanto por la conciencia demostrada por Tempest como por su valor. Ahora era evidente para todos que Tempest conocía la identidad del felino. Desari le apretó la mano a Julian, de pronto temiendo un fatal desenlace. Ningún humano podía saber de su existencia y seguir con vida. Los ponía a todos en peligro. ¿Cómo lo sabía Tempest? Ni Darius ni Barack habrían sido tan descuidados que olvidaran purgar sus recuerdos. Sin embargo ¿cómo podían destruir a la mujer que tenía el valor de salvar la vida de uno de ellos, como era claramente el caso de Tempest?

La pantera negra se movió, apenas cambiando su peso de un lado a otro, y dejó que su cuello se situara bajo la palma de Tempest.

—*Por favor, Darius. Ya casi no me queda más valor. Ayúdame. Quiero alejarme de todos. Todo esto me asusta mucho, todo. Y yo no lo entiendo, así que ven a mí y explícamelo.* —A pesar de su valiente determinación, la mano que había puesto sobre el lomo del felino le temblaba.

Tempest sintió que, poco a poco, Darius iba recuperando el control, y sintió que el hombre dominaba la furia de la bestia. La pantera se acercó y se situó entre ella y el hombre caído. La empujó para apartarla de Barack, que seguía tendido, y siguió apartándola, más y más, lejos de las miradas curiosas de su familia. Y luego el felino la siguió, dirigiéndola hacia la espesura del bosque, en medio de un silencio tan grande que Tempest creyó que oía caer las hojas.

En el campamento, todos exhalaron un largo suspiro de alivio. Dayan fue el primero en moverse, y se acercó para ayudar a Barack a incorporarse.

—Te ha faltado poco. ¿Qué diablos has hecho? —preguntó, con voz acusadora. Nadie jamás traicionaba a Darius.

—Nada —dijo Barack, alzando ambas manos—. Lo juro. Sólo pensaba alimentarme. Nada más. No ocurrió nada más. Se ha vuelto loco conmigo.

Syndil se llevó una mano temblorosa al cuello.

—¿Es posible que Darius se esté convirtiendo? Nunca pierde el control. ¿Creéis que es eso lo que está ocurriendo?

—¡No! —exclamó Desari, en una mezcla de miedo e indignación ante esa idea traicionera—. No, Darius no puede convertirse. Es demasiado fuerte.

Julian le pasó un brazo por la cintura y una leve sonrisa asomó en su cara.

—Por lo visto, ninguno de vosotros lo sabe, ¿no? Darius no se ha convertido. Nunca se convertirá. Ahora ya no. Ha encontrado a su compañera.

—¿Qué dices? —preguntó Dayan.

—Nunca os han enseñado esto —dijo Julian, como pensando en voz alta—. Vosotros no habéis crecido entre cárpatos. Lo que para nosotros es casi una segunda naturaleza a vosotros os es prácticamente desconocido —dijo, y su sonrisa se hizo más ancha—. Ni siquiera lo sabe Darius. Señoras y señores, os puedo asegurar que las cosas por aquí se pondrán muy interesantes.

—Deja de decir sandeces y cuéntanos de qué estás hablando —ordenó Desari. En sus ojos suaves y oscuros brillaba una chispa de impaciencia—. ¿Deberíamos proteger a Rusti?

—La única que está segura es, precisamente, Tempest. Todos los cárpatos deben encontrar la luz que ilumine sus tinieblas. Es su única salvación. Sin esa mujer, un cárpato se verá obligado a elegir el alba y el descanso eterno, o sucumbirá a la locura de las criaturas inertes y perderá su alma para toda la eternidad. Se convertirá en vampiro. Sólo hay una mujer para cada hombre, que es su otra mitad.

—Pero Tempest Trine es un ser humano —objetó Dayan—. Esto no puede ser. Hemos sabido que existe otra mitad de nuestro corazón, de nuestra alma, allá afuera en algún lugar. Para encontrar a la compañera adecuada, se debe buscar, como tú encontraste a Desari, Julian. Pero Tempest no es cárpata.

—Hay un puñado de hembras humanas —respondió Julian, con voz pausada— que tienen ciertas habilidades psíquicas y que pueden ser compañeras de los cárpatos. Sin duda, Tempest Trine es una de esas mujeres. Se ha presentado entre vosotros buscando un empleo, pero es probable que haya venido impulsada por su conexión con Darius —explicó—. ¿No os parece curioso, las maneras que tiene el destino para unir a dos almas? No intentéis intervenir entre ellos y, por lo que más queráis, no toquéis a esa mujer. Si la tocáis, Darius será más bestia que hombre, y se dejará llevar por el instinto de cuidarla y protegerla, de guardarla de cualquier otro que pueda amenazar su relación con él. Es más peligroso en ese momento que en cualquier otro —volvió a sonreír Julian—. Dejadlo estar. Él ya se recuperará.

—Debería hablar con él, explicárselo —aventuró Desari.

—Yo no he oído que pidiera una explicación. ¿Y tú? —se apresuró a decir Julian, y con ambos brazos atrajo a Desari hacia él—. Es preferible —y es lo más seguro— no intervenir en el proceso de unión con su compañera.

—Espera un momento —dijo Barack, y se apoyó cuan grande era contra el coche rojo—. Me he perdido. Sé que Darius bebió de su sangre. He percibido su olor en ella. ¿Acaso insinúas que también se sirvió de su sangre? ¿Acaso no es una combinación estrictamente prohibida con los mortales? Fue Darius en persona quien nos lo enseñó.

—Al parecer, Tempest es diferente —dijo Julian—. No se la puede clasificar como un ser mortal normal. Por lo tanto, la regla no rige para ella.

Los ojos de Syndil, que solían ser los de una cierva, suaves y tiernos, miraban ahora a Barack con destellos de fuego.

—¿Has intentado alimentarte de ella? Eso es una bajeza. Está bajo nuestra protección. Eres tan insensible, Barack, siempre jugando a ser el conquistador. No puedes dejar a las mujeres en paz, ni siquiera a ella, que viaja con nosotros y es prácticamente de la familia. Rusti ha tenido una experiencia horrible ayer. ¿Pensaste en eso cuando la quisiste para satisfacer tu propio deseo?

—Syndil. —Barack parecía dolido. Syndil tenía un carácter amable y afectuoso y nunca se enfadaba, nunca reñía con ninguno de ellos.

—A mí no me vengas con Syndil, Barack. Eres tan perezoso que eres capaz de alimentarte de una mujer protegida por nuestra familia. Supongo que estás tan convencido de tus encantos que creíste que te estaría agradecida por darle la oportunidad de alimentarte.

—No ocurrió así. Sólo tenía demasiada hambre, llevaba muchas horas sin alimentarme. No le habría hecho daño. Y no tenía ni idea de que perteneciera a Darius. Diablos, jamás la habría tocado si lo hubiera sabido. Me iba a cortar el cuello, Syndil. Deberías simpatizar conmigo. Mírame el pecho. Me ha rasgado la piel. ¿No quieres venir a sanármelo? —inquirió, implorando con un puchero infantil.

—Puede que la próxima vez te lo pienses dos veces antes de perseguir a las mujeres —dijo Syndil, y dio media vuelta.

—Oye, espera un momento. —Barack corrió tras ella, intentando desesperadamente volver a estar en buenas relaciones.

—¿Acaso nos hemos vuelto locos? —preguntó Dayan—. La dulce y gentil Syndil se porta como una fiera. Desari parece una adolescente enamorada. No te conozco bien, Julian, pero se diría que disfrutas del malestar de Darius mucho más de lo que das a entender. Y el niño malo de Barack ha salido corriendo detrás de Syndil como un cachorrito perdido. ¿Qué diablos está ocurriendo?

—Vuestro líder ha encontrado a su compañera, Dayan —dijo Julian, alegremente, y no tiene idea alguna de cómo va a lidiar con ella. Encontrar a tu compañera es como si alguien te diera una patada en la entrepierna y te arrebatara la cordura. Vuestro Darius está acostumbrado a que las cosas se hagan según su voluntad, y le basta ordenar lo que le parece correcto. Pero sospecho que ahora se va a llevar la sorpresa que tanto se merece.

—Lo único que hará será imponer su voluntad a Tempest —dijo Dayan, convencido—. Y luego todo volverá a la normalidad.

—Imponer tu voluntad a tu compañera se parece mucho a cortarse el propio cuello. No es una idea muy brillante. Aún así, verlo será todo un espectáculo de diversión —dijo Julian, con gesto de suficiencia.

Capítulo 6

Una vez que estuvieron al abrigo de las miradas y bajo el tupido bosque, los músculos de la pantera se contorsionaron y cambiaron de forma, estremeciéndose en la penumbra azulosa, hasta convertirse en el esqueleto de un hombre. Tempest observó, apoyada en un árbol para no desplomarse, pensando que quizás había encontrado el agujero del conejo de Alicia en medio de un parque estatal de California.

Darius se dio cuenta de su palidez, de la consternación que se pintaba en sus ojos enormes. A Tempest le tembló la boca y empezó a retorcer los dedos, agitada, apretando hasta tener los nudillos blancos. Él sabía que si se acercaba a ella, huiría.

—Sabes que no tienes miedo de mí, Tempest. —Su voz era un susurro en la noche, pertenecía a la noche.

Tempest miró a su alrededor. El color de la noche era de un azul profundo, casi negro, pero místico y bello. Los árboles se elevaban como sombras hacia el firmamento sembrado de estrellas que brillaban como gemas. Flotaban leves restos de niebla, lentos, perezosamente, desde el suelo del bosque hasta la altura de las rodillas.

—¿Por qué es tan fuerte la impresión que tengo de que tú eres parte de todo esto? —preguntó—. Como si pertenecieras a la noche, pero fueras algo bello, no oscuro ni feo. ¿Cómo se explica eso, Darius? —volvió a preguntar, con voz queda.

—Es verdad que pertenezco a la noche. No soy de la misma raza que tú. No soy humano, pero tampoco soy una bestia ni soy un vampiro.

—Pero ¿te puedes convertir en pantera? —Era una hazaña que le costaba mucho creer, aunque lo hubiera visto con sus propios ojos.

—Puedo convertirme en un ratón en medio de un campo, en un águila que surca los cielos. Puedo ser rocío, niebla, relámpago y trueno, una parte de la atmósfera. Pero soy siempre Darius, el que ha jurado protegerte.

Tempest negaba con la cabeza.

—Esto es imposible, Darius. ¿Estás seguro de que no me he caído y me he pegado en la cabeza, o algo así? Quizá los dos hemos comido una seta alucinógena, y estamos compartiendo una experiencia psicodélica. Esto no es posible.

—Te lo puedo asegurar, he hecho esto toda mi vida. Y he vivido casi mil años.

Ella alzó una mano para hacerlo parar.

—Por favor, vamos por partes, primero una historia absurda, y luego la siguiente. Estoy escuchando todo esto, pero mi cerebro se niega a procesarlo.

—Sabes que yo no te haría daño, Tempest. ¿Sabes eso al menos? —preguntó él, con voz insistente, y sus ojos negros se deslizaron sobre su rostro como la niebla.

En lo más profundo de su alma, más allá de las influencias humanas de su cerebro, Tempest sabía que era la única certeza que tenía. Darius no le haría daño. Asintió pausadamente y vio que el alivio le iluminaba los ojos por un momento. Luego recuperó su talante serio.

—No tenía intención de exponerte al apetito de los demás. La verdad es que no se me ocurrió pensar que te utilizarían para algo así si estabas bajo nuestra protección. Sin quererlo, te he hecho pasar un trago muy amargo pero, en realidad, no estabas en peligro. En defensa de Barack, debo decir que es probable que haya pensado que podía manipular tus recuerdos, como suele suceder con las presas humanas, pero no te habría hecho daño ni te habría matado. Sólo se habría alimentado puesto que, al oler mi rastro, supuso que yo ya lo había hecho. Por favor, acepta mis disculpas.

La voz de Darius la envolvió hasta que encontró el camino a su corazón.

Ella suspiró e intentó no pensar demasiado en la palabra «presa».

—¿Sabes una cosa, Darius? Nada de esto importa. No tengo que entenderlo porque no puedo hacer esto. Ya te habrás dado cuenta, ¿no? No tengo armas para lidiar con esto. Más me valdría echar pie atrás ahora.

Él no dejó de mirarla, y sus ojos negros no parpadearon. Ella se dio cuenta de que el corazón le latía más deprisa, como ante la amenaza de algo elemental que no entendía.

—No es que piense hablar de esto con nadie. Si lo hiciera, me encerrarían. Sabes que no tienes de qué preocuparte.

Él seguía mirando, implacable, cada vez más profundo, hasta llegar a su alma. A Tempest le costó respirar.

—Darius, sabes que tengo razón. Tienes que saberlo. No somos dos razas diferentes intentando encontrar un terreno común. Somos dos especies diferentes.

—Te necesito.

Lo dijo en voz tan baja que ella apenas le escuchó. Lo dijo sin más, sin ningún tipo de discurso para embellecerlo. No había ninguna presión mental ni otra forma de persuasión. Aún así, su manera de decirlo fue como una flecha que le traspasaba el corazón. Tempest carecía de defensas ante esas dos palabras. No había cómo combatir su verdad, la verdad que ella percibía en su voz.

Se lo quedó mirando un buen rato. Y luego, sin decir agua va, recogió un puñado de hojas y se las lanzó a la cara.

—Tú no juegas limpio, Darius. De verdad, no lo haces. Tienes esos ojos y esa voz, y ahora vas y dices una cosa como ésa.

Una sonrisa lenta suavizó la comisura de sus labios.

—Sabía que te gustaban mis ojos —dijo, y parecía sumamente contento. No dio la impresión de que se moviera, pero al instante estuvo a su lado, cuan alto era, lo bastante cerca de ella como para compartir su calidez. Una de sus manos le buscó el cuello, y quedó quieta, de manera que el pulso latía justo en el centro de la mano.

—No he dicho que me gustaran tus ojos —corrigió ella—. Creo que deberían ser declarados ilegales. Son ojos pecaminosos. —Alzó el mentón hacia él con gesto beligerante, intentando no ceder terreno ante algo que ni siquiera entendía.

—Lo de mis disculpas, lo he dicho en serio, querida. Nunca volveré a dejar que vivas un trance como ése. Me aseguraré de que los demás sepan que estás bajo mi protección personal en todo momento. —Darius inclinó su oscura cabeza hacia ella, atraído por sus seductores labios de terciopelo.

Tempest casi quedó sin aliento y tuvo que encogerse contra el tronco del árbol y levantar las manos para empujar contra la dureza de su pecho.

—Estoy pensando que quizá no debiéramos hacer esto. Es más seguro, Darius, de verdad, que ninguno de los dos toque nada.

La sonrisa de Darius se trasladó a sus ojos y ella sintió ese calor en todo el cuerpo.

—¿Más seguro? ¿Eso es lo que piensas? Siempre es mucho más seguro hacer lo que yo quiera.

No se había movido ni un centímetro, a pesar de la fuerza con que ella empujaba. Tempest dejó escapar un leve suspiro.

—Es muy típico de ti decir algo así. Personalmente, Darius, me encuentro en un punto en que podría salir corriendo por el bosque, o dudar de mi propia cordura y pedir que me ingresen en un psiquiátrico. No me sigas insistiendo, por ahora.

—¿Crees que podrías sostenerte de pie sin apoyarte en ese tronco? —preguntó él, con un dejo de diversión en la voz.

Tempest palpó el tronco, no demasiado decidida a hacer la prueba. Estaba bastante orgullosa de la demostración que había hecho hasta ese momento. Nada de histerias. Nada de lo que haría una mujer en su sano juicio. Pero no quería caer de bruces y darse en toda la cara. Por un momento, bajó la mirada. A Darius no le costó entender aquella amalgama de humor negro y preocupación que se le pintaba en su rostro transparente, ni la repentina determinación antes de que se girara. Tempest se escabulló por debajo de sus brazos y se sostuvo sola de pie. A él le agradaba ese sentido del humor, su capacidad de reírse de sí misma hasta en las situaciones más extremas.

Ella le sonrió.

—Ya ves, sin problemas.

Él le tendió la mano.

—Vamos, querida, podemos caminar y hablar.

Ella lo miró, suspicaz.

—Caminar y hablar. No será un código que alude a otras actividades raras, ¿no?

Esta vez, Darius rió de viva voz. Entrelazó con ella los dedos de las manos y se la llevó al calor de su cuerpo.

—¿De dónde sacas todas esas cosas absurdas?

Ella lo miró con sus ojos esmeralda que centelleaban.

—Me puedo poner peor. Mucho peor.

—Intentas ahuyentarme.

Ella rió a pesar de sí misma.

—Creo que lo haces mucho mejor que yo cuando se trata de asustar. Tú ganas de lejos. No quiero competir.

Él le rodeó la cintura con el brazo y la levantó para depositarla suavemente sobre un tronco caído. Darius no tropezaba jamás, y Tempest no podía dejar de compararlo con el felino salvaje que —ahora lo sabía— podía llegar a ser. Se movía con el mismo sigilo, con la misma elegancia.

—¿Cómo se siente uno al cambiar de esa manera?

—¿Cómo pantera? —Darius se quedó pensando en su pregunta. No había pensado en lo que sentía desde hacía cientos de años. El misterio. La belleza. Lo mágico que era mutar de forma. Su pregunta despertó un cúmulo de emociones, el asombro que sentía cuando, aún siendo muy pequeño, tenía que experimentar para perfeccionar su arte, hasta que podía mutar en el aire, corriendo, incluso a velocidad sobrenatural—. Es una sensación increíble de belleza y poder experimentar la esencia del animal, su velocidad, su energía y su sigilo, todo milagrosamente presente en mi cuerpo.

Tempest se movía a su ritmo, yendo hacia ningún sitio en particular. Darius tenía un cuerpo muy bien proporcionado, como si el cuerpo fuera un milagro de por sí, fuerza y vigor en cada músculo, cada célula, y él lo llevaba con un desparpajo natural del que ni siquiera parecía consciente.

—Es fascinante cuando me comunico con un animal —reconoció ella—. Me encantaría poder ver el mundo a través de sus ojos, oler y escuchar lo mismo que ellos. ¿Puedes hacer eso? ¿O sigues siendo tú mismo?

—Soy las dos cosas. Puedo usar sus sentidos, sus habilidades, pero también puedo razonar, siempre y cuando algo no desate un instinto todavía más poderoso.

—Como un instinto de supervivencia.

Darius le miró la cabeza. La luz de la luna se derramaba entre los árboles y, al tocar el pelo rojo y dorado de Tempest, lo inflamaba hasta hacerlo arder. Era tan bella que no pudo resistirse a acariciar aquellos rizos de seda.

—Eso eres tú para mí. Un instinto de supervivencia. Tú también lo sientes.

Sus largas pestañas se alzaron y él alcanzó a tener un atisbo del verde esmeralda antes de que ella desviara la mirada.

—No se lo que siento —dijo Tempest. Se desprendió de su mano y lo miró con un dejo de censura—. Nada de eso, ¿recuerdas? Tú te mantendrás a medio metro de mí y no harás ninguna de esas cosas que ya te he comentado.

La risa con que él acogió su respuesta le hizo sentir a Tempest llamas que bailaban en su sangre. Le lanzó una mirada furiosa.

—Tampoco te puedes reír.

Él la cogió por la cintura y la levantó sin problemas hasta un enorme árbol caído, y los dos quedaron juntos, él con sus manos en la cintura de ella. Había abundancia de helechos, y diversos tonos de verde cubrían la tierra como una alfombra en el azul de la noche.

Era un paisaje tan bello que Tempest había perdido el habla, y ni siquiera la recuperó para reprochar a Darius por no respetar la debida distancia entre los dos. Intentaba no hacer caso de sus manos que la sujetaban, tocándola como si le perteneciera. Darius se inclinó tanto que Tempest quedó sin aliento. Tragó con dificultad, y las llamas comenzaron a silbar y chisporrotear, amenazando con consumirla. Sintió el calor de su aliento justo en el pulso del cuello.

—Escucha la noche. Nos está hablando —dijo Darius, con voz queda.

Por un instante, ella sólo escuchó el latido de su propio corazón. Le martilleaba en los oídos y apagaba todos los demás ruidos. Él la hizo girarse suavemente de modo que la espalda de ella casaba con el abrigo que ofrecía su pecho.

—Quédate quieta. Tranquila. Está ahí, en tu mente, Tempest. Primero, encuentra la quietud. Es entonces que comienzas a aprender. —Su voz le susurraba junto a su piel como el roce de un terciopelo negro. Hipnotizador y perfecto. Magia pura.

Darius la había embrujado, un embrujo que había tejido estrechamente a su alrededor, no sólo con el poder hipnótico de su voz, ni con la fuerza de su cuerpo, sino con la noche misma. Tempest nunca había reparado en que la oscuridad tenía sus propios y vivos colores. La luna brillaba a través del follaje, bañando la atmósfera en un suave color argénteo, iridiscente. Las hojas brillaban como piedras preciosas cuando la brisa las agitaba suavemente.

El suspiro del viento fue el primer ruido que pudo identificar con claridad después del martilleo de su corazón. Los brazos de Darius a su alrededor se estrecharon, anclándola a él, mucho más grande. Tempest sentía aversión por los lugares estrechos y siempre evitaba encontrarse demasiado cerca de los hombres, sobre todo cuando estaba sola y ellos eran fuertes. Sin embargo en lugar de sentirse amenazada, con Darius se sentía protegida y a salvo.

—Escúchalo de verdad, Tempest, con el corazón y la mente, además de los oídos. El viento canta suavemente, susurrando leyendas. Ahí, muy cerca de nosotros… ¿lo escuchas? El viento nos ha traído el ruido de unos cachorros de zorro.

Ella inclinó la cabeza a un lado, intentando captar aunque no fuera más que una nota de lo que él podía oír. Cachorros de zorro. ¿De verdad podía adivinarlo? Como si le leyera el pensamiento, Darius acercó los labios a su oído.

—Son tres. Deben ser muy pequeños. Apenas se mueven.

Tempest sentía sus labios junto a su pelo, como si él hubiera rozado unos rizos sin querer, no deliberadamente. Al final, venció un instinto de supervivencia y Tempest intentó separarse de él. Sin embargo, su pie no tenía asidero en el suelo. Había olvidado que estaba encima de un tronco. Lo único que le impedía caer era el brazo de Darius.

Él rió por lo bajo, esa diversión burlona e insoportable de los machos.

—Ya ves que tenía razón. Me necesitas. Necesitas a alguien que se ocupe de ti.

—No lo necesitaría si no estuvieras volviéndome loca todo el tiempo —lo acusó ella, que a pesar de todo seguía aferrada a él.

—Déjame que funda mi mente más estrechamente con la tuya. Te puedo enseñar a escuchar, a oír los verdaderos ruidos de la noche. Mi mundo, Tempest —dijo, y le miró los finos dedos con que ella se sujetaba a su grueso antebrazo. Era una mujer tan delicada y tan frágil, pequeña pero muy valiente. Tempest había nacido para él. Su corazón y su mente, hasta su alma se reconocían en ella. Todas las células de su cuerpo la deseaban, la necesitaban, hambrientas, con una intensidad que nunca sería aliviada.

Darius sentía el cuerpo menudo de Tempest temblando contra su pecho duro y musculoso. Un instinto feroz y protector nació en él, arrasándolo con toda su fuerza. Él deseaba llevársela a su guarida, mantenerla a salvo de los peligros cotidianos del mundo que los rodeaba, tenerla siempre cerca y protegida en todo momento. Sin embargo sabía que por muy intensos que fueran sus sentimientos, Tempest era mortal y había crecido en un mundo diferente, un mundo que él no podía cambiar para ella. Había moldeado su carácter como los siglos y los peligros que él había conocido moldeaban el suyo. No podía empujarla demasiado. Las demandas de su cuerpo y alma quedaban en segundo plano en relación con sus temores, por infundados que fueran.

—Si fusionas tu mente totalmente con la mía, ¿podrás leer mis pensamientos? —preguntó Tempest, con cierta ansiedad.

Él le acarició el pelo con gesto afectuoso.

—¿Quieres decir, como los leo ahora?

Sus ojos color esmeralda lanzaron centellas.

—No puedes leer todos mis pensamientos —dijo, finalmente. Siguió un silencio breve y elocuente. Tempest echó la cabeza hacia atrás para mirarlo—. ¿O sí puedes? —Esta vez la voz le tembló de verdad.

Darius tuvo ganas de besar esa mirada de preocupación de su cara.

—Desde luego que puedo.

Ella se mordió el labio inferior.

—Antes no podías. No creo que puedas, Darius.

—Te fundes conmigo cada vez que nos comunicamos mentalmente. Puede que haya tardado unas cuantas veces en ver las diferencias con otros, pero una vez que las vi, me permitió entrar y salir de tu pensamiento sin dificultad. —Enroscó los dedos alrededor de su cuello con gesto amante—. Si quieres, puedo compartir contigo unos cuantos recuerdos. El pequeño callejón que te gustaba detrás del restaurante chino. Te agradaban sus adoquines tan raros.

Esta vez Tempest embistió para liberarse, pero Darius la cogió con firmeza, aprisionándola en el círculo de sus brazos.

—No vayas tan rápido, querida. Tú eras la que insinuaba que yo te contaba falsedades.

Ella se puso rígida.

—Ya nadie usa la palabra *falsedades*. Se ve lo viejo que eres.

Él volvió a reír, asombrado de que después de siglos de soledad y de absoluta falta de emociones, tuviera la risa tan a flor de piel. Había alegría en la noche, alegría en el mundo, en el solo hecho de vivir.

—Eso no ha estado bien, Tempest —le reprochó, pero su voz era tan amable que a ella le dio un vuelco el corazón.

—Nada de fundirse, Darius. Creo que deberíamos hacer algo más o menos normal. Como, por ejemplo, hablar. Hablar está bien. Nada especialmente raro, lo de siempre. Cuéntame de tu infancia. ¿Cómo eran tus padres?

—Mi padre era un hombre muy poderoso. Solían llamarlo el Oscuro. Era un hombre con grandes poderes curativos. Entiendo que mi hermano mayor ha tomado su lugar entre los nuestros. Mi madre era una mujer buena y afectuosa. Recuerdo su sonrisa. Tenía una sonrisa espectacular. —Las palabras evocaron el recuerdo en él, la ola de calidez…

—Tiene que haber sido una mujer maravillosa.

—Sí, lo era. Yo sólo tenía seis años el día que fue asesinada.

Ella le apretó el brazo como signo de simpatía.

—Lo siento mucho, Darius. No quería despertar malos recuerdos.

—Ningún recuerdo de mi madre podría ser malo, Tempest. Cuando yo tenía seis años, los turcos otomanos entraron en la aldea cerca de nuestra casa y asesinaron a casi todos. Yo conseguí escapar —dijo, señalando hacia el campamento con un gesto vago—, con unos cuantos otros. Mi hermana, Desari, junto con Syndil, Barack, Dayan y uno más. Después de eso, nos encontramos separados de nuestro pueblo.

—¿A los seis años? ¿Qué hicisteis, Darius? ¿Cómo sobrevivisteis?

—Aprendí a cazar observando a los animales a mi alrededor. Aprendí a alimentar a los demás. Fue una época de grandes dificultades. Cometí muchos errores y, sin embargo, cada día era una experiencia nueva y emocionante.

—¿Cómo fue que te separaron de tus padres y de tu gente?

—Había una guerra. Las aldeas de los humanos fueron borradas del mapa. Era gente que nuestras familias tenían por amigos, así que nuestros adultos decidieron luchar junto a los humanos. Pero los soldados atacaron cuando había salido el sol, cuando los cárpatos son más vulnerables porque deben descansar en la tierra. Y había muchos soldados, hombres crueles y despiadados, decididos a arrasar toda la región con el fin de deshacerse de nosotros, puesto que nos consideraban unos indeseables vampiros. Desafortunadamente, los adultos de nuestra especie no tienen poderes ni fuerzas cuando el sol está en lo alto, así que aquello acabó en una masacre y una pérdida inútil de vidas. Muchos murieron ese día, humanos y cárpatos por igual, mujeres y niños. Muchos de los nuestros fueron sometidos a rituales de puesta a muerte de los «vampiros», es decir, decapitados y con una estaca en el corazón, mis padres entre ellos.

La voz de Darius era melancólica y distante, como si una parte de él estuviera a siglos de distancia de ella. En sus brazos, Tempest se giró para tocarle la boca con la punta de los dedos.

—Lo siento mucho, Darius. Qué experiencia tan horrible para ti. —En sus largos párpados asomaron lágrimas y sus ojos se volvieron luminosos. Sintió pena por él, por sus padres perdidos, por el niño que había sido.

Darius le secó una lágrima con la punta del dedo.

—No llores por mí, Tempest. No quiero jamás traer lágrimas a tu corazón. Tu vida también ha sido dura. Al menos antes de que yo perdiera las emociones y la capacidad de ver los colores, mi vida estuvo colmada del amor de mi primera familia, y luego de mi familia nueva durante cientos de años. El barco en que yo y los demás escapamos de nuestra tierra arrasada por la guerra nos llevó mar afuera antes de que lo hundiera una violenta tormenta. Estábamos solos, y yo era el mayor, pero llegamos a las costas de África. Vivimos grandes aventuras durante esos años y desde entonces… antes de que la oscuridad se apoderara de mí y se extendiera hasta mi alma.

Tempest lo vio llevarse el dedo a la boca para probar esa lágrima reluciente, mirándola con sus sensuales ojos negros, sus labios perfectos, de un atractivo inquietante. Tragó con dificultad, temiendo que se lanzaría a sus brazos sólo para volver a saborear su boca y perderse para siempre en la intensidad ardiente de su mirada.

—¿Qué oscuridad? ¿A qué te refieres, Darius?

—No he experimentado sentimiento alguno en estos últimos largos siglos. Al cabo de un tiempo, los cárpatos machos pierden sus emociones y corren el riesgo de transformarse en vampiros. Ya que otros dependían de mí, luché contra la bestia que me habita. Sin embargo, hace siglos que no veía los colores, no sentía ni alegría, ni necesidad de una mujer, ni reía ni amaba. Ni siquiera he sentido culpa por haber matado por necesidad. En mí sólo había hambre. Intensa y terrible y siempre acuciante. En mi interior crecía la bestia hasta que llegó un momento en que no paraba de luchar para que la liberaran, con unas ganas rabiosas de salir. Y entonces llegaste tú, en medio de esa oscuridad, y me devolviste los colores, la luz y la vida —dijo Darius, con voz queda, sincero en cada una de sus palabras. Levantó una mano para acariciarle la espesa cabellera pelirroja, aplastándolo contra su cara para aspirar su fragancia—. Tengo más necesidad de ti que cualquier otro ser en este mundo. Mi cuerpo reclama el tuyo como propio. Mi corazón reconoce al tuyo, y mi alma llora por la tuya. Mi mente busca el contacto con tu mente. Eres la única persona que puede domar a la bestia y anclarme a esta tierra, por el camino del bien y de la luz. La única que puede impedirme destruir por igual a mortales e inmortales.

Tempest volvió a morderse el labio. Las cosas que Darius le contaba superaban su capacidad de entendimiento. La ponían nerviosa porque Darius, más que nadie antes, la obligaba a tomar conciencia de sí misma como mujer deseable.

—No nos dejemos llevar, Darius. He dicho que viajaré con el grupo durante un tiempo, pero eso de salvar al mundo es algo que está más allá de mis especialidades. Sé manejar una llave inglesa con saña, pero las relaciones son algo que no se me dan bien.

Ella podía ser así de frívola con sus respuestas, si bien su corazón se había derretido con cada una de sus palabras. De alguna manera, la elegancia y el encanto del Viejo Mundo de Darius parecían establecer un equilibrio con ese peligro que se le pegaba como una segunda piel. El magnetismo sexual también era una naturaleza secundaria en él, y Tempest no se engañaba a sí misma creyendo que ella era inmune a esa atracción.

—Para favorecer los intereses de todos los implicados, será mejor que quedes libre de cualquier otra relación —dijo él, con voz suave.

Aquellos ojos color esmeralda volvieron a brillar con fuerza antes de que ella se girara, demasiado tentada por su boca perfecta.

—Vamos a caminar, Darius. Creo que es más seguro que quedarnos aquí sobre un tronco que mira a un precipicio. Mucho más seguro.

Él le rodeó la cintura con un brazo y se inclinó hacia delante. Su cálido aliento le acarició la nuca a Tempest.

—Corre, si quieres, nena, pero no hay dónde ir excepto de vuelta a mí.

Ella se desprendió con gesto firme del brazo en su cintura, orgullosa de su determinación. Si él seguía en contacto físico con ella, los dos se inflamarían y arderían. Lo único sensato que se podía hacer era poner un océano de glaciares entre los dos. O quizá toda la capa polar.

Su risa insoportable la siguió cuando bajó del tronco y comenzó a alejarse a grandes zancadas.

—Esto de leerte el pensamiento se está convirtiendo en algo muy interesante, querida. También podríamos instalarnos en un iglú.

—Ni pensarlo. Tú lo derretirías. Anda a saber dónde estaríamos entonces. Ya te lo he dicho, nada de historias de hipnosis. Y quizá deberías probar poniéndote una máscara. —También esa risa sensual suya tenía que ser eliminada. Definitivamente. Estaba haciendo estragos en su flujo sanguíneo. La volvía caliente, como metal fundido, tan espeso y pesado que, si Darius no paraba, Tempest estaba a punto de lanzarse a sus brazos e implorarle que satisficiera su necesidad. Entonces él lo lamentaría. Seguro.

Se giró para lanzarle una mirada rabiosa.

—Venga, haz el cuento ése del lagarto.

Él se la quedó mirando.

—¿El cuento del lagarto? —dijo, como un eco. Y enseguida una sonrisa maliciosa asomó en sus sensuales labios.

—¿Qué te lama la piel? Será un placer. Tú dime dónde. —Se acercó deliberadamente al pulso en su cuello, con mirada ardiente y la sonrisa ya esfumada.

Tempest lo empujó con fuerza. Si su lengua rasposa y aterciopelada la tocaba, estaría perdida.

—Aléjate de mí —dijo, y dio un par de rápidos pasos, esta vez más alarmada—. Lo digo en serio, Darius, o tendremos que conseguir que una persona nos acompañe para vigilarte.

—Has dicho que querías el cuento del lagarto —dijo él, y le esposó la muñeca con una mano, obligándola a quedarse a su lado.

—Hablaba de una cuestión de escala. Necesitas una escala. Si fueras un pequeño reptil de nada, yo no pensaría que estoy poniendo en entredicho mi honra paseando contigo por el bosque. —Tempest reía sin que pudiera evitarlo.

—Si yo cambiara de forma y me transformara en lagarto, tú volverías corriendo al campamento presa del pánico. —Darius sabía que Julian y Desari ya habían partido en el autobús con los felinos. Sabía que en ese preciso instante Dayan, Syndil y Barack intentaban caber en el deportivo rojo que tanto le gustaba a Barack. Podía oírlo pidiéndole a Syndil que le hablara, intentando convencerla de que él no era una rata.

Darius se aprovechó de la leve pausa de Tempest para recuperar su mano. Entrelazó firmemente sus dedos con los de ella y la atrajo hacia la protección de su hombro.

—Si mutara, tendría ganas de pavonearme y entonces sería un dragón de Komodo.

Tempest se dio un momento para que su imaginación pudiera digerir ese cuadro.

—¿No tenemos que ir a algún sitio esta noche? —preguntó. Creía que teníais un itinerario muy ajustado que cumplir. Dejemos fuera del cuadro al dragón de Komodo. Ya das bastante miedo cuando adoptas tu forma humana.

Ahora volvían al campamento, caminando a través de la capa de niebla a nivel del suelo que se espesaba por momentos. Era bello y misterioso a la vez y convertía al bosque en un lugar mágico, casi místico. A Tempest le agradaba la fuerza en la mano de Darius, el calor de su cuerpo que la reconfortaba, su manera fluida y tranquila de moverse, insinuando un poder enorme y contenido. Sobre todo le agradaba ver cómo sus ojos brillaban con esa posesividad, y su manera de tentarlo con esa boca perfecta tallada a cincel.

Darius se detuvo tan bruscamente que ella topó con él. Se giró para mirarla. Sus facciones eran oscuras y sensuales a la luz de la luna que se derramaba a través del follaje de los árboles. Darius tenía el aspecto que le correspondía, un señor poderoso, un brujo sin parangón. Tempest sólo podía admirar su belleza masculina, perdida en el deseo de su mirada.

No podía respirar cuando lo tenía tan cerca. Sus ojos se oscurecían hasta que parecían dos ascuas implacables de deseo, de cruda necesidad. Darius deslizó las manos hasta sus caderas, para acercarla todavía más. El aire teñido del azul de medianoche se mezclaba con el fulgor plateado de la luna y se fundían en la capa blanca de niebla que los rodeaba, aislándolos del resto del mundo.

Darius inclinó lentamente la cabeza hacia ella, atraído por un poder que no era el suyo, incluso más allá de su comprensión. Lo único que importaba en ese momento era besar su boca de satén. Saborear su miel. Asumir el control y acabar con el sufrimiento mutuo. Tenía que hacerlo. Era tan necesario para los dos como lo era respirar.

Los labios de Darius eran firmes, pero suaves como el terciopelo cuando le rozó los suyos, intentando despertar una respuesta en ella. La sintió moverse al contacto con sus manos, deslizarse en él, enroscarse con fuerza alrededor de su corazón. Con los dientes, tiró suave e insistentemente hasta que Tempest tuvo que ceder ante su silenciosa demanda y abrirle su boca. El suelo bajo sus pies giró de forma alarmante, pero él seguía con su boca pegada a la suya, transportándola en el tiempo y el espacio a un lugar donde él nunca había estado.

Sin proponérselo conscientemente, sin intenciones previas, Darius encontró su mente e hizo que ésta se fundiera con la suya, compartiendo sus fantasías eróticas y la alegría de saberla viva. Compartiendo esa reacción de su cuerpo, que volvía a la vida y rugía por tenerla. La necesitaba. La deseaba.

Todo era sentimiento puro. Ahora Darius volaba por todo lo alto sin alas, en caída libre a través del espacio, y las llamas no cesaban de crecer. Estaba perdido en ella. Siempre lo estaría. Su piel era suave, su pelo era seda. Tempest era la encarnación del milagro de la vida.

Darius era un torbellino de pasión que arrastraba también a Tempest, atrapando su deseo y magnificándolo hasta que Tempest no sabía dónde acababa ella y dónde empezaba él. Hasta que eran uno solo, consumidos por un deseo fogoso. Ya no se trataba de la supervivencia ni de la modestia, porque el deseo de ella era igual de intenso que el suyo.

Darius cerró los brazos posesivamente, envolviéndola en el refugio de su torso duro y masculino. En lo más profundo, su sangre se había convertido en lava candente, y una avalancha de fuego lo recorrió de arriba abajo, hasta que supo que acabaría inflamándose.

—*Tenemos que parar.* Las palabras aletearon como mariposas en su mente, casi sin aliento, eróticas, marcadas por el mismo deseo y necesidad que amenazaba con consumirlos a ambos, lo cual atentaba contra su capacidad de control. Sin embargo, había algo más. Algo nuevo. Ya que las mentes se habían fundido, lo reconoció por lo que era, a saber, un temor tan elemental como el tiempo.

Darius se obligó a volver a la realidad, desentendiéndose del urgente deseo que empezaba a sentir, y luego recuperó una apariencia de cordura.

Tempest estaba ardiendo, y ya no era ella misma sino una parte de Darius. Se habían convertido en una sola y única entidad. Ella se aferraba a él, la única ancla en medio de una tormenta mágica. Darius levantó la cabeza hasta tener la boca a sólo centímetros de la boca de ella. Se quedaron mirando, hundiéndose en los ojos del otro, asombrados de que produjeran tamaña conflagración con sólo un beso.

Tempest se separó, una sutil retirada femenina, como intentando encontrarse a sí misma y refrescarse del calor abrasador que la invadía. Se tocó la boca con la yema de los dedos, incapaz de creer que ella había generado esas llamas.

—No lo digas, querida. Sé exactamente lo que vas a decir. —Aquel tono de diversión típica masculina que la enfurecía tiñó su voz ronca.

Tempest sacudió la cabeza.

—No creo que pueda hablar. Sinceramente, Darius, eres letal. Sencillamente no podemos hacerlo. Es demasiado peligroso. Esperaba que en cualquier momento saltaría un arco de relámpagos entre nosotros.

Él se mesó la larga melena oscura.

—Te juro que he sentido como una descarga. Una descarga al rojo vivo que me atravesó de lado a lado.

Ella sonrió tímidamente, pero sonrió.

—Entonces, estamos de acuerdo. Se acabó todo esto.

Darius la rodeó con un brazo y vio que estaba temblando.

—Creo que la respuesta es, más bien, mucho de todo esto, Tempest. Tenemos que aprender a controlarlo. Cuanta más práctica tengamos, mejor será.

—¿Mejor? —Tempest se llevó una mano a la boca, mirando con ojos desorbitados—. Será mejor que no nos atrevamos a que sea mejor, Darius, o incendiaremos el planeta. No sé cómo te sientes tú, pero yo no estoy nada bien. —Tempest sentía el cuerpo pesado, doliendo de deseo, sensible al más ligero de los contactos. Cada vez que Darius la rozaba, unos dardos de fuego se le disparaban por todo el cuerpo. Tempest lo necesitaba, necesitaba su cuerpo—. Si tuviéramos dos dedos de frente, pondríamos un continente de por medio.

Darius se llevó sus nudillos a su boca cálida y quedó intrigado por dos pequeñas cicatrices. Con la lengua, examinó las marcas blancas deslavadas por el tiempo, un leve contacto rasposo y cálido. Tempest cerró los ojos ante el deseo que vio en la mirada de Darius, ante su descarada sensualidad. Esta vez, supo que la conflagración no era causada sólo por ella. Ella no hacía esas cosas, no buscaba intimidad. Jamás. ¿Quién habría pensado que un ligero contacto o una mirada podían reducirla a un estado de metal fundido y provocarle un dolor que ya no cejaría?

—Darius, tienes que parar. —Reía a medias, pero estaba al borde del llanto—. No tengo ni idea de lo que debería hacer. Quiero decir, eres un vampiro.

Él sacudió la cabeza.

—No un vampiro, querida. Que Dios se apiade de nuestras almas, eso nunca. Te he explicado que los vampiros eligen la oscuridad eterna y deciden perder su alma. Tú eres mi alma, mi fuerza, la luz en mi oscuridad. Soy cárpato, aunque no haya crecido junto a los míos, y en ciertas cosas soy diferente. No conozco al príncipe de nuestro pueblo, que se ha propuesto salvar a los nuestros de la extinción. Ni siquiera sabía que él o mi hermano seguían vivos hasta hace pocas semanas.

Tempest empezó a reír.

—¿No podemos hablar de nada normal? ¿Por ejemplo, el tiempo? Qué tiempo más raro que hemos tenido. —Si él seguía hablándole de cosas que su cerebro se negaba a comprender, temía que perdería cordura. Todo estaba sucediendo demasiado deprisa.

Él la miró con una sonrisa provocativa.

—¿Quieres que cree una tormenta? Podríamos hacer el amor bajo la lluvia.

—Podemos ir a buscar a los demás y convencernos de que con ellos estaremos seguros —dijo Tempest, intentando ignorar ese calor que la derretía al oír su absurda sugerencia—. Ya veo cuál de los dos es el espíritu práctico, y no eres tú —dijo, y le tiró de la mano para llevarlo de vuelta al campamento.

Él la siguió unos minutos, sumido en un silencio que hablaba de su desconcierto. Finalmente, presa de la curiosidad, carraspeó.

—¿Tempest? ¿A dónde nos dirigimos exactamente? No es que me importe, yo te seguiré donde quieras que vayamos pero, según recuerdo, este sendero nos lleva a un precipicio rocoso. No es seguro.

Tempest sintió el color que afloraba desde debajo de la piel y le subía por el cuello. Cuando intentó desenredar sus dedos, él se aferró a ella como pegado con cola. A Tempest le dieron ganas de darle una patada en las espinillas. Ya era bastante grave que la hiciera inflamarse de esa manera, pero ahora estaba completamente desconcertada, mientras que él tenía el mismo aspecto de siempre, calmado, implacable, absolutamente invencible.

—Y, entonces, dónde está el campamento? —preguntó, entre dientes.

Darius se la quedó mirando un instante. Luego pestañeó, y se borró aquella expresión de diversión burlona que bailaba en el fondo de sus ojos, de eso Tempest estaba segura. La miró con una expresión muy seria que a ella le dieron ganas de verdad de darle patadas en las espinillas. Le costó una buena dosis de autocontrol no ceder al impulso.

—A mí no me vengas con lecciones. Normalmente, tengo buen

sentido de la orientación —protestó ella—. Tienes que haberme lanzado algún tipo de embrujo o algo. Tú ve delante. Y, ya que estás, bórrate esa expresión ridícula de la cara.

Él caminó en silencio, protegiéndola en todo momento de forma inconsciente, con todo su cuerpo.

—¿Qué tipo de embrujo te he lanzado? —preguntó suavemente, y su voz era nuevamente esa cadencia pura e hipnótica que, al parecer, ella no resistía.

—¿Y yo cómo lo he de saber? —preguntó Tempest, con tono petulante—. Por lo que sé, podrías haber estudiado con Merlín —dijo, mirándolo con expresión suspicaz—. ¿No habría sido así, no?

—En realidad, querida, él fue aprendiz mío —dijo él.

Ella se tapó las orejas con las manos, con los dedos todavía entrelazados con los de Darius.

—No quiero oír ese tipo de cosas. Aunque estés bromeando, no quiero oírlas.

Llegaron al claro, y Tempest se detuvo para mirar el lugar vacío. Sólo quedaba la furgoneta. Ni siquiera un trozo suelto de papel, nada señalaba que alguien había estado ahí. Tempest estaba destinada a permanecer a solas con Darius, le gustara o no la idea.

—¿No será una conspiración, no?

Darius rió por lo bajo al abrir la puerta de la furgoneta.

—Puede que mi familia piense que he perdido la chaveta, pero nunca conspirarían contra ti.

—Pero conspirarían a favor tuyo —dijo Tempest, con una repentina perspicacia. —Inclinó la cabeza hacia él—. ¿Qué harían si a ese príncipe de tu pueblo no le gustara algo que has hecho?

Darius se encogió tranquilamente de hombros con su arrogancia natural.

—Quisiera que mi familia supiera mantenerse apartada de mis asuntos. Hace tiempo que cuido de mí mismo y de mis propios intereses. No respondo ante nadie. Nunca lo he hecho, y sería incapaz de hacerlo a estas alturas. —Le rodeó la cintura con las dos manos, la levantó sin esfuerzo y la depositó en el asiento de la furgoneta—. Abróchate el cinturón, querida, no quisiera que te escaparas de un salto al menor asomo de un problema.

Tempest masculló algo entre dientes cuando él se puso al volante. Dentro del confinamiento de la cabina, Darius parecía más poderoso que nunca. El ancho de sus hombros, las piernas fuertes como dos columnas, el calor de su cuerpo. Tempest se tragó un gruñido que quedó atrapado en la garganta. Su esencia masculina despertaba en ella algo salvaje e indomable. Empezó a tamborilear nerviosamente sobre el salpicadero.

—¿Sabes, Darius?, quizá debería coger un autobús.

Él oyó el amago de desesperación en su voz y decidió ignorarlo. Puso el motor en marcha y se inclinó hacia ella para tocar una vez más su suave piel, y con el dedo siguió el contorno de su mejilla.

Aquel contacto, ligero como el roce de una pluma, le aceleró el corazón. Sabía que Darius oía y era consciente de la sangre rugiendo en sus venas y que, además, sabía que ella estaba preparada para él, deseosa de él. Con un leve suspiro, se hundió en el asiento, echó la cabeza hacia atrás y cerró los ojos.

Capítulo 7

Tempest se sentía sola. Pensaba en eso mientras se cepillaba el pelo y se miraba pensativamente en el espejo del cuarto de baño de la caravana del grupo. Aquella larga noche había sido como un hermoso sueño. Darius le hablaba suavemente al oído en la intimidad de la cabina de la furgoneta, y su voz era una mezcla perfecta de matices mientras le relataba trozos de apasionantes historias que hacía revivir para ella. La rodeaba con su brazo y la estrechaba, asegurándose de que tuviera bien puesto el cinturón de seguridad. Tempest recordaba la calidez de su cuerpo envolviéndola.

Habían conducido durante horas y el cielo nocturno iba desvelándose ante ellos mientras seguían la línea de la carretera que les trazaba la ruta. Tempest se había adormecido con la cabeza apoyada en el hombro de Darius, y había seguido así. No tenía intención de que eso ocurriera, pero se sentía bien. Darius la hacía sentirse segura y querida. Lo percibía en su voz, en el brillo fogoso de sus ojos, en su manera de protegerla con todo el cuerpo.

Tempest suspiró ruidosamente. No quería acostumbrarse a esa sensación. Nada duraba para siempre y, al final, era preferible depender de sí misma. No quería caer en una trampa de seducción, sin importar lo acogedora que fuera. En cualquier caso, Darius era demasiado poderoso para siquiera contemplar una acción tan temeraria. Sin embargo, podía soñar. Soñar era algo a lo que se empezaba a acostumbrar últimamente.

Se sentía sola sin Darius. En diversos momentos de su vida, Tempest había conocido la soledad, pero esta vez era diferente. Ahora se sentía como si le faltara una parte, un vacío oscuro que no podía llenar ni del que tampoco podía escapar por sí sola.

Había vuelto a despertarse tarde, otra mala costumbre que empezaba a practicar. Eran más de las tres de la tarde. Tempest lo atribuyó al hecho de viajar toda la noche. No tenía nada de raro que el grupo durmiera por la noche. ¿Cómo, si no, cumplir con esa locura de itinerario?

Se miró de cerca en el espejo. Su ojo maltrecho todavía debería estar hinchado, morado y desfigurado, pero apenas quedaba una ligera huella del hematoma. Darius la había sanado. Le había devuelto el color a la cara, y sintió que todo su cuerpo recobraba vida al recordar cómo lo había hecho. Era más fácil recordarlo como un sueño erótico. Darius. Lo echaba de menos mientras dormía, quién sabe dónde.

No le gustó ese brillo que vio en sus ojos, y se apartó del espejo. Ya era bastante penoso el haberse quedado en la ducha como una adolescente embobada, soñando con él. Con sus ojos. Con su boca y su voz. Con esa manera suya de irradiar fuerza.

—Madre mía. —Lanzó una mirada por el lujoso interior de la caravana—. Estás peor que una adolescente —se dijo—. Es un hombre arrogante y mandón y extraño. No te olvides de eso cuando pierdas la cabeza con su físico. Es un hombre. Eso ya lo dice todo. Incluso, es peor que un hombre. Es un... —titubeó, buscando la expresión correcta—. Un *algo*. Algo de lo que tú no quieres nada. Ahora, ve a comprobar el nivel del aceite. Haz algo banal, normal. Algo con lo que te puedas relacionar.

Justo antes del amanecer, Darius la llevó al autobús, al que ya habían alcanzado después de conducir toda la noche. Cerró los ojos y volvió a sentir la fuerza de sus brazos, el contacto de su pecho musculoso con sus propios pechos. Bajo los primeros asomos de luz, Tempest vio su rostro, sensual, bello y, sin embargo, severo como el tiempo mismo. Darius la trasladó con cuidado al autobús y la dejó en el sofá entre los cojines. La ternura con que la arropó con el edredón quedaría para siempre en su corazón. En el beso con que le rozó la mejilla quedaban reminiscencias del fuego.

Y su cuello. Tempest se llevó una mano al cuello y volvió a mirarse en el espejo. Su boca había dejado una marca que la quemaba y la marcaba como suya. Ahora veía la prueba, aquella pequeña marca que palpitaba y quemaba y llamaba a Darius. La cubrió con la palma de la mano y sintió el calor ardiente.

—Esta vez te has metido en un buen lío, Rusti —murmuró para sí—. Y no tengo ni la más remota idea de cómo voy a sacarte de aquí.

Intentó comer unos cereales fríos, pero se dio cuenta de que se sentía más sola que hambrienta. Tenía ganas de verle la boca, su manera de torcerla, lenta y sensualmente. Tenía ganas de ver ese negro que ardía en sus ojos. Los cereales sabían a cartón. ¿Por qué le parecía erótico que Darius bebiera de su sangre si la idea de cualquier otro haciendo algo similar la ponía enferma? ¿Por qué había sentido repulsión cuando Barack se inclinó cerca de ella y, al contrario, ante Darius temblaba de emoción? Esta vez se tocó la marca con la punta del dedo.

—No te vas a quedar aquí soñando despierta, Tempest —declaró, seca, preguntándose al pasar por qué se hablaba a sí misma usando el nombre que Darius insistía en usar—. Ve a hacer algo, cualquier cosa, pero deja de portarte como una estúpida.

Tardó sólo unos minutos en limpiar y, después de pasar un rato con los leopardos adormecidos, salió. Las gruesas cortinas del autobús bloqueaban toda la luz, de modo que al salir el día parecía más luminoso que nunca, y ella tuvo que entrecerrar los ojos. Soplaba una brisa suave y juguetona que le agitó el pelo y la ropa, arrastrando la hojarasca y las agujas de pino por el nuevo campamento.

El aire traía una fragancia de pino y flores silvestres. No muy lejos, corría el agua. Tempest trabajó en el motor, algo desganadamente, hasta afinarlo y quedar satisfecha. El viento la hacía sentirse más sola que nunca. Los colores parecían mucho más vivos cuando Darius estaba con ella. Todo era más vivo cuando Darius estaba con ella. *Una obsesión.* ¿Era eso? Tempest llenó una botella de agua y la metió en su mochila. Iría a dar un paseo, a caminar por el río y refrescarse. Lavarlo de su cabeza. Empezó a silbar, metió las manos en los bolsillos y echó a caminar, decidida a que la imagen de Darius dejara de perseguirla. Sin embargo, a medida que se alejaba del campamento, empezó a sentir una opresión oscura que se fue apoderando de ella.

Intentó cantar, pero tenía el corazón como abatido. Con cada paso que daba, las piernas le pesaban como si fueran de plomo y sentía una tristeza profunda. Necesitaba ver a Darius, tocarlo, saber que estaba vivo y bien. Encontró el delgado hilo de un arroyo y lo siguió hasta que se ensanchaba y caía, como una tela espumosa y plateada, sobre unas piedras. Se quitó los zapatos y entró en el agua. El agua fría como el hielo le despejó la cabeza lo suficiente para que pudiera volver a razonar.

Darius no estaba muerto ni herido. Todo estaba bien. El vínculo entre ellos se hacía más fuerte porque él se fundía mentalmente más a menudo. Compartían una intimidad profunda que no estaba hecha para los seres humanos. Si Darius no buscaba su mente con la suya, ella lo sentía como una carencia. No había más. Era sencillo. Y tendría que aprender a vivir con ello.

Siguió internándose por el arroyo, hasta que el agua le llegaba hasta más arriba de las rodillas y la invitaba a seguir su curso. De pronto, se dio cuenta de los insectos en el aire, del zumbido constante. Eran como flechas de color, batiendo sus finísimas alas. Ella escuchó como Darius le había enseñado, con el agua fluyendo a su alrededor y concentrada en las diminutas criaturas llenas de vida.

Vio una libélula de color azul eléctrico que volaba sobre la superficie. Lentamente, se fue dando cuenta de las mariposas que se arremolinaban. Era una multitud de colores bellísimos, batiendo el aire con sus alas. Salían de todas partes, y pasaban rozando a su lado, o se posaban en sus hombros y brazos. Como hechizada, Tempest las dejó hacer hasta que tuvo la impresión de que eran demasiadas. Con un gesto brusco, las hizo volar y las mariposas empezaron a dispersarse con elegancia.

Captó las notas musicales cuando las aves empezaron su concierto, rivalizando en los sonidos. Varias especies competían por las ondas en el aire e intentaban superarse unas a otras. Ella escuchó atentamente, repitiendo los ruidos en su mente hasta estar segura de que tener cada canto por separado, cada significado, antes de contestarles.

Las llamó una a una. Con los brazos extendidos, les cantó, buscándolas, y con su gorjeo gutural atrajo a los pájaros de sus ramas y nidos. Las aves volaban a su alrededor en círculos, bajando para inspeccionar con cautela antes de posarse en su brazo.

Luego llegaron las ardillas, parloteando y riñendo, acercándose hasta el borde del agua. Lentamente, con mucho cuidado, Tempest se acercó a ellas, sin dejar de hablar tranquilamente a los pájaros. Estos revoloteaban a su alrededor, con sus arrullos y cantos, gorjeando sus melodías preferidas. Dos conejos salieron de la espesura, vacilantes, y arrugaron las narices al verla. Tempest se quedó muy quieta, intentando llegar a ellos sólo mentalmente para incluirlos en el círculo de la comunicación.

El primero en advertirle del peligro fue un pájaro. Navegando las corrientes de aire por encima de ellos, su mirada aguda percibió un movimiento sigiloso en el bosque a varios metros de aquel curioso encuentro. Lanzó un grito para advertirles a los de más abajo que no estaban solos. Tempest se giró rápidamente mientras los pájaros se desbandaban y las ardillas y los conejos se alejaban dando brincos hacia un lugar seguro. Ella quedó sola en el claro, con los pies descalzos todavía en el agua. El hombre oculto a medias en la espesura del bosque estaba ocupado tomando fotos. Parecía demasiado familiar y, lo que era peor, demasiado triunfante. Era evidente que había tomado fotos de los animales a su alrededor.

Tempest suspiró y se pasó la mano por el pelo. Al menos no había llegado a atraer nada demasiado grande ni exótico. Ni osos, ni zorros ni chinchillas. Pero ya se imaginaba el periodicucho de aquel reportero con su foto en primera página, con el titular: *La mujer pájaro de los Trovadores Oscuros*. Aquello sería un reportaje de primera. ¿Cómo conseguía meterse en esos líos?

—Hola, otra vez. Se diría que nos sigues —dijo, saludando a Matt Brodrick, esperando no sonar tan asustada como, de hecho, estaba. Detestaba encontrarse a solas con un hombre, y ese arroyo serpenteante en un bosque remoto era casi lo más a solas que podía encontrarse—. ¿Has conseguido buenas fotos?

—Oh, sí —dijo él, dejando que la cámara colgara de su cuello. Empezó a moverse hacia ella, mirando con cautela a su alrededor.

—¿Dónde está el guardaespaldas? —preguntó, con tono de desconfianza.

Los pies de Tempest se movieron como si tuvieran voluntad propia, volviendo hacia el medio del arroyo cuando Matt Brodrick se le acercó.

—Pensé que ese guardaespaldas se te pegaba como una lapa.

—¿De dónde has sacado eso? Soy la mecánico, no pertenezco al grupo. Él se pega como cola a Desari, la cantante principal. Es su trabajo. Le puedo dar un mensaje la próxima vez que lo vea, si quieres. —Algo en Brodrick la inquietaba. Sabía que el tipo era algo más que un reportero que metía las narices y seguía al grupo, pero no tenía ni idea de lo que el hombre quería.

—Alguien intentó matarla hace unos meses —dijo Brodrick, mirándola atentamente—. ¿Te han contado eso? ¿Te contaron que cuando se produjo el atentado también dispararon a otros dos miembros del grupo? Puede que se trate de compañías peligrosas.

Tempest quedó como paralizada interiormente. El tipo decía la verdad, ella lo sentía. Sin embargo, se lo había contado deliberadamente en medio del bosque para asustarla, para ver si la noticia la impresionaba. Tempest aspiró aire fresco y expulsó de sí el horrible miedo. Empezó a moverse siguiendo la corriente y se encogió de hombros.

—No tiene nada que ver conmigo. Yo reparo los coches, nada más. Es probable que tú corras tanto peligro como yo si alguien intenta hacerle daño a Desari y tú siempre andas por ahí.

Tempest alzó la mirada hacia el cielo. Era un día hermoso y despejado, sólo algunas nubes como algodones que flotaban serenamente sobre sus cabezas.

—Es probable que se trate de un admirador desequilibrado. Ya conoces el tipo. Desari es una mujer sensual y bella. Donde vaya, llama la atención. A veces no es bueno llamar tanto la atención.

La tranquilidad de la naturaleza había calmado en parte a Tempest. ¿O acaso volvía a ser Darius? Estaba lejos. Ella no podía llegar a él aun cuando su mente, por voluntad propia, quería hacerlo. Sólo encontró el silencio aunque, de alguna manera, intuía que él la estaba ayudando. Sentía su tranquilidad característica adueñándose de ella y favoreciéndola para que alcanzara la calma que mejor se adecuara a su naturaleza.

Brodrick la seguía a lo largo de la orilla del arroyo, cuidando de no mojarse los pies.

—Es más probable que sea alguien que sabe quiénes son —dijo, mirándola fijo—. ¿Era un aviso, no es cierto? ¿Intentabas decirme que si me quedo por aquí saldré perjudicado?

—¿De dónde has sacado esa idea? —preguntó Tempest. Ojalá se le hubiera ocurrido. Estaba dejando que aquel hombre la intimidara cuando quizá él estaba igual de asustado—. Yo no leo tabloides inmundos, Brodrick, así que quizá deberías decirme qué buscas. Por lo visto, piensas usar esas fotos que me has sacado. Yo no soy una celebridad y, en cualquier caso, ¿qué importa? Está bien, prefiero los animales a las personas. Tengo una afinidad con ellos. Tú publica eso y quizá lo único que conseguirás es hacerme perder el empleo. ¿Cómo crees que te ayudará eso a conseguir lo que sea que quieres?

Brodrick ahora la estudiaba. Tempest tenía el sol a sus espaldas, así que él no reparó enseguida en la mordedura en su cuello. Cuando la vio, emitió un ruido ahogado y retrocedió a toda prisa, al tiempo que se llevaba la mano al cuello para sacar una cruz de plata. La mantuvo delante de ella, como enfrentándola.

Tempest se lo quedó mirando un momento sin entender. Y luego, cuando vio la relación entre una cosa y otra, se echó a reír.

—¿Qué haces, imbécil? ¡Estas chalado! ¿De verdad te crees esa basura que publicas?

—Tú eres una de ellos. Llevas la marca de la bestia. Ahora eres su sirviente —acusó, con voz histérica. El sol que brillaba sobre la cruz enceguecia a Tempest. Se tocó el cuello con la punta de los dedos.

—¿Quién es *él*? ¿Qué bestia? Empiezo a pensar que no tienes la cabeza muy bien puesta. Mi novio estaba jugando conmigo y me dio un chupón. ¿Qué creías que era?

—Son todos vampiros, todos y cada uno de ellos —dijo Brodrick—. ¿Por qué crees que duermen durante el día?

—Debe ser por eso que hay tantos ataúdes en el autobús —dijo Tempest, riendo—. Jo, yo nunca pensé que podían ser vampiros.

Brodrick lanzó una sonora imprecación, irritado al ver que ella se mofaba de él.

—Ya verás cómo dejas de reír cuando se lo demuestre al mundo. Les seguimos la pista. Desde hace ya algún tiempo. Los hemos seguido a lo largo de los últimos cincuenta años y no han envejecido ni un ápice.

—¿Quién es nosotros? ¿Y tienes pruebas de lo que dices? —Tempest tenía el corazón alojado en la garganta, pero se obligó a mantener esa sonrisa despectiva—. Tú tampoco pareces tener más de cincuenta años, Brodrick, así que quizás eres uno de ellos.

—¡No te rías de mí! —dijó él, entre dientes, exasperado—. Somos una sociedad de ciudadanos preocupados que intentamos salvar al mundo de estos demonios. Corremos grandes riesgos. Algunos de los nuestros han sido asesinados en Europa, ya sabes, han sido mártires de nuestra gran causa. No podemos dejar que los vampiros sigan poniendo en peligro a la humanidad.

Tempest lo miró con ojos desorbitados. Estaba ante un auténtico fanático, alguien que sin duda estaba de alguna manera vinculado con el atentado contra Desari.

—Oye, Brodrick. No es posible que creas lo que me cuentas —dijo, intentando ser razonable—. Yo conozco a esta gente. No son vampiros. Sólo son un poco excéntricos, nada más. Viajan y actúan, como la mayoría de los grupos. El otro día, Darius me cocinó una sopa de verduras. Desari tiene un reflejo en el espejo, lo he visto con mis propios ojos. Y, desde luego, bromeaba con lo de los ataúdes. El autobús cuenta con todos los lujos, incluyendo un lugar para dormir. Por favor, créeme, se trata de gente con talento que intenta ganarse la vida.

—He visto la marca que tienes. Ellos usan a los humanos. Nadie los ha visto a la luz del día. Sé que estoy en lo cierto. La última vez, casi los teníamos. ¿Y qué sucedió con nuestros francotiradores, los hombres que mandamos a destruirlos? Desaparecieron sin dejar rastro. ¿Cómo escapó Desari? ¿Cómo logró sobrevivir, tocada por varias balas? Explícame eso. Dicen que la llevaron a un hospital, y que la curó un médico privado. ¡Ja!

—Eso no cuesta mucho verificarlo.

—Los médicos dicen que estuvo ahí. Lo mismo dicen tres enfermeras y unos cuantos técnicos, pero nadie más. ¿Una famosa cantante en su hospital y nadie más lo recuerda? Además, no encontré ni una sola enfermera de cirugía que supiera algo del asunto. Dicen que todos los que intervinieron en la operación eran especialistas traídos del exterior.

—Los Trovadores Oscuros tienen mucho dinero, Brodrick. La

gente rica hace ese tipo de cosas. Pero ¿acaso reconoces abiertamente haber participado en un atentado contra la vida de Desari? —Aquel reconocimiento la asustaba. Tenía la sensación de que no se molestaría en confesar si no hubiera planeado deshacerse de ella también. Por primera vez, temió por su vida. ¿Tenía un arma? Era del todo posible. Peor aún, Tempest pensó que Brodrick era un desequilibrado. Nadie en su sano juicio podría creer en una conspiración de los vampiros para derrotar a la humanidad. Ella siempre había creído que los vampiros eran un mito, al menos hasta que vio a Darius en acción. Este tipo, por el contrario, basaba sus ideas en unas tonterías y en viejas leyendas.

Daba la impresión de que Darius era mucho más fiable que cualquier ser humano que Tempest hubiera conocido. No es que aquello le sirviera de gran cosa, donde fuera que estuviera Darius. Ay, ella ni siquiera quería saber dónde estaba. ¿Qué pasaría si de verdad dormía en un ataúd? La sola idea la horrorizaba. Darius había hablado de la tierra. ¿A qué se refería?

—*No pienses en ello, Tempest. Si no, te volverás tan majara como este tío. Mantente concentrada en lo importante.*

Matt Brodrick la miraba entrecerrando los ojos, una mirada desagradable.

—Ya sé que necesitan sirvientes humanos que cuiden de ellos durante el día. Eso es lo que tú eres. ¿Dónde están?

—Tú necesitas ayuda, Brodrick. Necesitas una terapia muy intensa. —Tempest se preguntó si Darius sabía que el periodista estaba implicado en el atentado contra Desari.

—Tú eres una de ellos —volvió a acusarla Brodrick—. Me ayudarás a encontrarlos mientras están durmiendo, o tendré que destruirte a ti.

Tempest seguía avanzando corriente abajo mientras Brodrick la seguía por la orilla. Tenía la sensación de que el corazón le latía a una velocidad igual al agua que corría río abajo.

—La verdad es que ya me has dicho demasiado, Brodrick. No te queda otra alternativa que matarme. No pienso decirte dónde están Darius, Desari ni los demás miembros del grupo, pero no duermen en ataúdes, y yo no voy a ayudarte para que acaben en uno.

Él se mordió los labios con un gruñido temible.

—¿Sabías que uno de los miembros del grupo desapareció hace unos meses? Creo que ellos lo mataron. Es probable que no fuera uno de ellos, y que sólo lo usaran para beberle la sangre, hasta que lo dejaron seco.

—Tienes una mente enferma, Brodrick. —Tempest lanzaba frenéticas miradas a su alrededor pensando en librarse de él. Estaban muy lejos de todo, y estaba segura de haber dejado atrás el perímetro de seguridad del que Darius tanto le había hablado. Si después de aquel trance acababa sana y salva, lo más probable era que Darius le diera un sermón que nunca olvidaría.

Buscó mentalmente en el bosque, en el cielo, llamando a algún animal que se encontrara en las inmediaciones, pidiendo información, quizás una idea para refugiarse en algún escondrijo cercano. Brodrick no paraba de hablar entre dientes consigo mismo, irritado con ella porque no hacía lo que él quería. Muy lentamente, sacó un pequeño revólver.

—Creo que será mejor que te lo pienses dos veces.

Tempest sentía la fuerza de la corriente contra las piernas. Ahora era mucho más fuerte, el caudal de agua crecía, más agitado y poderoso. Ella no quería encontrarse con una caída de agua inesperada, y temía que acabara precisamente en eso. O en los rápidos. Se dirigió a la orilla opuesta a la de Brodrick, aunque todavía a escasa distancia de su revólver. Seguía descalza, con las botas colgadas alrededor del cuello por los cordones. Qué manera más atractiva de morir, pensó. ¿Y quién más se encontraría descalza cuando tenía que salir corriendo por un terreno rocoso e irregular? ¿Qué había en ella que atraía el peligro de esa manera?

Muy por encima de ellos, un ave volvió a graznar, un grito agudo y nada habitual. Ella recibió enseguida la impresión de un profundo precipicio. Salió del agua, echando marcha atrás, sin dejar de mirar el arma. Ésta no dejaba de apuntarle al corazón, aunque Brodrick no la siguió por el arroyo correntoso. Por lo visto, no quería mojarse los zapatos.

El primer disparo reverberó con fuerza. Una bala le pasó rozando la oreja y fue a levantar una mezcla de polvo y agujas de pino unos metros por detrás de ella. Tempest se tambaleó hacia atrás, pero se negó a correr. Las rocas del lecho del río eran punzantes y le rasgaban la planta de los pies. Apenas sentía las heridas y, cuando sonó el segundo disparo, volvió a retroceder, moviéndose lo más rápido posible, con la mirada fija en el pequeño y odioso revólver.

El tiempo pareció ralentizarse. Tempest vio las hojas cayendo, una por una, arrastradas por el ligero viento, oyó a los pájaros por encima de su cabeza lanzar su grito de advertencia. Incluso vio cómo los ojos de Brodrick se volvían planos y fríos. Siguió retrocediendo.

—¿Por qué haces esto? ¿Qué pasará si te equivocas? Habrás matado a una persona inocente porque *crees* que sus compañeros de viaje son vampiros. Yo estoy aquí, a plena luz del día. ¿Eso no te dice nada? —preguntó, intentando ganar tiempo.

—Esa marca que tienes es la única prueba que necesito —explicó Brodrick—. Eres una de sus sirvientes humanas.

—Eso quiere decir que la mitad de los adolescentes de Estados Unidos son esclavos de los vampiros. No seas tonto, Brodrick. Soy una mecánico, nada más. —Las rocas le herían los pies y Tempest empezaba a sentirse desesperada. Tenía que haber una manera de salir de ese lío.

A sus espaldas, notó el espacio vacío bajo el talón de un pie. La saliente rocosa acababa bruscamente en el borde un precipicio. Ahora estaba en el borde, por encima del vacío. Sintió que el terreno inestable bajo sus pies cedía. El pájaro volvió a gritar, esta vez más cerca, pero ella no se atrevía a dejar de mirar a Brodrick para mirar al cielo o a sus espaldas.

—Salta —ordenó él, sonriéndole y agitando la pistola—. Si no saltas, será todo un placer dispararte.

—Puede que sea preferible —dijo Tempest, triste. Lanzarse a una muerte segura no parecía nada deseable.

Tempest, siento tu miedo. La voz era tranquila y regular, sin asomo de prisa ni de emoción. *Tu corazón late demasiado deprisa. Mira a aquello que temes para que yo también vea en qué te has metido.* Darius sonaba lejos, a kilómetros de distancia, una voz sin cuerpo.

Ella tenía los ojos fijos en Brodrick.

Estoy segura de que es uno de los responsables del atentado contra Desari hace unos meses. Él mismo lo ha dicho —dijo, mirando reconcentradamente el arma.

Brodrick apretó el gatillo y la bala dio a sólo unos centímetros de sus pies, rebotó con un «zing» y siguió su trayectoria. Tempest lanzó un grito y perdió su precario equilibrio sobre la roca, sin que le sirviera agitar los brazos para recuperar su asidero.

No vio el arma girándose lenta pero segura hacia la sien de Matt Brodrick, no vio su dedo apretando el gatillo. No vio las gotas de sudor que le bañaron la frente ni el brillo del horror en sus ojos. Tempest nunca vio la extraña batalla de Brodrick con su rival invisible, la lucha por el control del arma. En el estado de Darius, con las fuerzas disminuidas a esa hora del día, tenía que utilizar un poder mental tremendo para superar la fuerza del ser humano. Tempest oyó la detonación del arma justo cuando caía al vacío.

Darius lanzó una imprecación en las entrañas de la tierra. Justo ahora Tempest tenía que ir y meterse en problemas. Todavía era demasiado temprano para levantarse. Estaba débil y era vulnerable y no podía acudir personalmente a su lado. Sólo los más fuertes, los más antiguos de su pueblo, podían prestar ayuda en momentos como ése. Gracias a su voluntad de hierro, forjada a través de siglos de sufrimiento, y a su terrible necesidad de ella, fue capaz de luchar contra el humano que la amenazaba. A pesar del sol en lo alto del cielo y de la tierra que lo cubría, su voluntad de hierro le ayudó a vencer.

Tempest arañaba frenéticamente la pared del precipicio, intentando encontrar un asidero de donde cogerse para no precipitarse a la muerte. Se deslizó, y la tierra y las piedras le hirieron las manos y le rompieron las uñas cuando las hundió en la tierra en busca de algo a que aferrarse. Detuvo su caída una raíz de árbol que sobresalía de la roca. Le dio de lleno en el estómago, con tanta fuerza que la dejó sin aire. Aún así, la cogió con las dos manos, agarrándose con toda su fuerza mientras boqueaba y tragaba aire.

A pesar de su peso ligero, la raíz del árbol se remeció peligrosamente, y Tempest lanzó un grito y se abrazó a ella, con las piernas colgando en el aire, impotente. Por encima de su cabeza, oyó las ráfagas de viento, unas alas agitándose con fuerza cuando la enorme ave voló recto hacia ella. Tempest escondió los ojos en el hueco del brazo y se quedó lo más quieta posible, aterrorizada pensando que se encontraba cerca de su nido.

Nunca había visto un águila, pero el ave era demasiado grande para ser cualquier otra cosa. Tenía unos ojos brillantes y claros, el pico en gancho y una mirada siniestra. Las alas extendidas debían medir casi dos metros. Tempest estaba convencida de que había caído cerca de su nido.

—Lo siento, lo siento —no dejaba de repetir, como una letanía.

El ave había descendido y ahora volvía a volar en círculos, bajando, acercándose cada vez más. Tempest lanzó una mirada a su alrededor. La caída era profunda y larga, cientos de metros. No sobreviviría. Miró hacia arriba para ver si tenía alguna posibilidad de escalar. En cualquier momento, esperaba que apareciera Brodrick en el borde y volviera a dispararle.

Por encima de ella, la pared del precipicio era demasiado abrupta, y no vio ni un solo intersticio de donde agarrarse con la punta de los dedos. ¿Cuánto tiempo podría aguantar? Darius vendría a buscarla, pero eso no sería antes de que cayera la noche. ¿Cuántas horas podía quedar suspendida allá arriba? ¿Y cuánto aguantaría esa raíz quebradiza? Tempest vio que la tierra en la base se desprendía, y que la misma raíz estaba podrida y seca. Se aferró a la delgada rama en un abrazo mortal.

—*Tempest. El ave volverá a pasar por ti. Cuando se acerque, suelta la raíz.* —Como de costumbre, Darius parecía tranquilo. Podrían haber estado conversando del tiempo.

—*Si la suelto, caeré, Darius.* —Hizo lo posible por no sonar como una histérica, pero pensó que si en algún momento se justificaba la histeria, ése era el momento.

—*Confía en mí, querida. No permitiré que mueras. El ave te llevará a un lugar seguro.*

—*No es lo bastante fuerte. Peso cuarenta y cinco kilos.*

—*Yo le ayudaré. Haz lo que digo, Tempest. Ahora empieza a bajar...*

Tempest sintió algo más que la voz hipnótica y persuasiva. Darius la estaba empujando mentalmente. Sintió la necesidad, la compulsión de obedecerle. Era implacable en su determinación. Nadie desafiaba a Darius.

Tempest oyó el grito largo y estridente del ave de presa que se precipitaba hacia ella. Sintió el corazón latiéndole con una fuerza alarmante en el pecho. Por peligroso que pareciera, haría lo que Darius le había ordenado. No podía evitarlo. Ya latía en ella la necesidad de obedecer, aflojando su abrazo de muerte alrededor de la raíz, que nunca habría dejado si Darius no se lo hubiera ordenado.

El pájaro se lanzó hacia ella con las garras extendidas. Con un grito inarticulado, Tempest se soltó. Enseguida cayó al vacío. El águila se convirtió en una visión aterradora, lanzada a su persecución, sus plumas agitándose en las turbulencias de aire a medida que bajaba en picado a una velocidad increíble. En el último momento, Tempest cerró los ojos. Las afiladas garras la cogieron en medio de la caída y le atravesaron la ropa hasta llegar a la piel y hundírsele en la carne. Y luego siguieron cayendo juntas, mientras el águila batía sus enormes alas para mantenerlas en el aire y compensar a la vez el peso que cargaba. Sus botas se balanceaban en su cuello y casi la estrangulaban, y se vio obligada a sujetarlas para que no la asfixiaran.

El dolor le quemaba, tenía el cuello y las costillas ardiendo. Unas gotas de sangre le cayeron por los lados hasta la cintura. El águila la cogió con más fuerza en las garras a medida que se esforzaba para llevarla a un lugar seguro. Le fue imposible, aún con la ayuda de Darius, elevarse por encima del precipicio, así que se dirigió a la saliente más próxima y la dejó en el suelo. Sin embargo, las garras se habían enganchado a sus costillas, y el águila aleteaba desesperadamente para liberarse. Tempest procuró ayudarle y desprendió las garras punzantes enterradas en sus músculos. Luego se derrumbó sobre un montón de agujas de pino y tierra y piedras, mientras el enorme pájaro se encumbraba y se alejaba volando.

Tempest se llevó la mano al costado y vio que tenía la palma manchada con sangre. Tosió varias veces para aliviar la presión de la garganta. Aún así, no tenía ninguna duda de que aquélla era mejor suerte que ser víctima de un disparo o caer a una muerte segura en las rocas allá abajo. Hizo un esfuerzo para sentarse e intentó evaluar el daño sufrido y saber dónde podría estar. A pesar de lo que le había dicho a Darius, tenía un pésimo sentido de la orientación.

—Lo sé. Quédate donde estás.

Tempest pestañeó, sin saber si había oído su voz o si sólo era porque deseaba oírla. Darius estaba muy lejos. Intentó levantarse, concentrarse en el ruido del agua. ¿Dónde estaba Matt Brodrick? A pesar de lo débil que estaba, no podía permitirse encontrárselo de pronto, pero tenía que buscar agua.

—*Espérame, Tempest.* —Esta vez la voz era más fuerte, y no cabía duda de que se trataba de una orden.

Tempest suponía que Darius tenía derecho a hablar tan imperiosamente ya que no era la primera vez que se veía obligado a acudir en su ayuda, pero igual le molestó. Se arrastró hacia el arroyo, ignorando el dolor de los músculos, o el ruido del pájaro que le gritaba a Darius, y el miedo de que apareciera Brodrick y se abalanzara contra ella en cualquier momento. Lo único que le importaba era llegar al agua.

El arroyo era frío como el hielo y ella se sumergió entera, deseando calmar el dolor de las heridas. Quizás el agua la insensibilizara lo suficiente para poder pensar. Miró hacia el cielo azul y sólo vio el ave, que volaba, agitada. Se sentó lentamente y se arrastró hasta la orilla. El viento añadido al agua gélida caló profundo en ella, y comenzó a temblar.

—*Deberías haberte quedado dentro del perímetro que establecí para ti* —dijo Darius, con voz tranquila, con sólo un pequeño indicio de irritación en su voz.

—*Al diablo con tus estúpidos perímetros* —contestó ella, seca. Aunque se lo esperaba, no soportaba que le dieran sermones a propósito de un reportero imbécil que creía seguir la pista a una pandilla de vampiros. Al diablo con el sermón—. ¿Qué dices? —se preguntó a sí misma en voz alta—. Es verdad que hay un nido de vampiros. O puede que le llamen un aquelarre de cárpatos. No, los aquelarres son de las brujas. Sin embargo, sea lo que sea, no es culpa mía que haya un descerebrado que quiera disparar a todo el mundo.

Sentía el dolor palpitando en el cuello y las costillas. Y también le dolían las plantas de los pies. Se miró uno de los pies, hizo una mueca y volvió a meterlos en el agua.

—*No es nada seguro estar contigo, Darius. Pasan cosas. Cosas raras.*

—*Es muy seguro estar a mi lado, pero tú no conoces tus límites y, al parecer, tienes un problema para entrar en razón. Si te hubieras quedado donde debías, nada de esto habría ocurrido.*

—Oh, vete al infierno —dijo ella, en voz alta, seguro de que él no podría oírla. ¿Acaso tenía que mostrarse siempre tan superior? Le dolía por todas partes y lo último que habría querido era escuchar a un hombre que la exasperaba. No es que no agradeciera su ayuda. Sabía, por la voz de Darius, y porque estaba muy lejos, que su intervención había sido difícil. Aún así, eso no le daba el derecho a castigarla, ¿no?

—*Tengo el derecho porque me perteneces y no puedo hacer otra cosa que velar por tu seguridad y tu felicidad.* —Era una voz calmada y muy masculina, y encerraba una oscura promesa en la que ella no quería pensar.

—Lo mejor que puedes hacer es callarte —masculló ella, con tono resentido. Con los dientes apretados a causa del dolor, se descolgó los zapatos del cuello. No quería que Matt Brodrick se acercara a escondidas al campamento y disparara a Desari o a Darius desde algún arbusto.

—*No podría hacerlo* —dijo Darius, para tranquilizarla. Esta vez había un asomo de risa en su voz al escuchar su rebelión.

—*Vete a dormir o a lo que sea que hagas* —dijo ella, con voz cortante—. *Velaré por que nadie te haga daño.* —Añadió la última frase sólo para provocarlo.

Tuvo enseguida la imagen de unos dientes brillantes, la sonrisa del predador, con sus ojos negros ardiendo con la promesa de la venganza. Tempest separó bruscamente su mente de la suya, sobre todo porque él la intimidaba a distancia, lo cual no era nada justo. Con una mueca de dolor, se puso los zapatos para cubrirse los pies mojados y adoloridos, y se levantó con cuidado.

Se tambaleó cuando sus músculos retorcidos y golpeados protestaron al tener que sostenerla en pie. Dejó escapar un suspiro y decidió seguir el arroyo, esperando encontrar el camino de vuelta al campamento. No era fácil, y a medida que escalaba alejándose del lecho del arroyo, a ratos el terreno se volvía agreste. En dos ocasiones se sentó a descansar, pero finalmente llegó a los árboles donde había visto a Brodrick por primera vez.

Tempest miró con cautela a su alrededor, segura de que estaba en el lugar correcto, aunque no se veía a aquel tipo por ninguna parte. Del cielo cayó flotando una pluma negra, girando lentamente en la brisa, y Tempest levantó la vista. Varias aves volaban en círculos por encima de los árboles, y se iban juntando mientras ella miraba. El corazón le dio un vuelco. Eran buitres.

Se sentó con gesto brusco sobre una roca, con el corazón latiendo ruidosamente.

—¿*Darius?* —Sintió que su voz mental también era temblorosa, titubeaba, y sonaba opaca y perdida.

—*Estoy aquí, querida.* —Él sonaba fuerte y seguro.

—¿*Está muerto? No quiero encontrar su cuerpo. No lo habrás matado, ¿no?* —Tempest hablaba como si se lo implorara, esperando que no lo hubiera hecho. Sin embargo, de pronto entendió por qué él le había asegurado que Brodrick no podría hacerles daño y, antes, por qué no había necesidad de ir a la policía a denunciar el intento de violación de Harry. Entendió por qué él había dado a entender que ninguno de los dos agresores volvería a molestar a nadie. ¿Ella lo había sabido siempre? ¿Acaso pretendía convencerse a sí misma de que Darius era dulce y amable, aunque un poco imperioso? Ella había sabido desde el principio que Darius era un predador peligroso. Él mismo lo había dicho. Y cuando le aseguró que ella estaba bajo su protección, aquello tenía un sentido para él. Darius no era humano. Sus actos se regían por un código propio—. ¿*Lo has matado, Darius?*

Siguió un silencio largo, al cabo del cual habló Darius.

—*Murió por su propia mano, Tempest.*

Ella se tapó la cara, horrorizada. ¿Era posible que Darius lo hubiera forzado a hacer algo así? Ella ignoraba hasta dónde alcanzaban sus poderes. Podía mutar de forma. Podía convencer a un águila para que la rescatara de un precipicio. ¿Qué otras cosas podía hacer? ¿Quería, de verdad, saberlo?

—*Eres muy peligroso, ¿no es verdad?*

—*Para ti, no, querida. Para ti, nunca. Ahora, vuelve al campamento para que yo pueda descansar como es debido.*

—*Pero... su cuerpo. Alguien tiene que avisar a la policía. Tenemos que llevar su cuerpo a las autoridades.*

—*No podemos, Tempest. Se trata de un miembro de una pandilla de asesinos. Estos llamados cazadores de vampiros acudirían en tropel en cuanto tuvieran noticias de esa muerte inesperada, y todos estaríamos en peligro. Déjalo para que lo encuentre un montañista, cuando nos hayamos ido. Desde hace un tiempo que no estaba bien de la cabeza, y cerrarán el caso como suicidio, tal como debieran.*

—¿*Lo hizo él mismo?* —Tempest quería estar segura.

—*Cualquiera que venga a buscarme a mí o a los míos es claramente un suicida* —contestó él, enigmático.

Sobre eso ella no iba a opinar.

—*¿Y el otro hombre que me atacó? ¿Está vivo?*

—*¿Por qué crees que un hombre así merece vivir, Tempest? Acosaba a las mujeres. Desde hacía años. ¿Qué necesidad tiene el mundo de personas como él?*

Dios mío, Tempest no podía pensar en todo eso. ¿Por qué no se había detenido a reflexionar en las consecuencias de permanecer junto a una criatura como Darius?

—*No se puede matar a un hombre.*

—*Es la ley de la naturaleza. Nunca he matado por matar ni tampoco lo he hecho indiscriminadamente. Esto me cansa, Tempest. No puedo seguir comunicándome mucho rato. Vuelve al campamento y seguiremos esta conversación cuando yo me despierte.*

Tempest sabía reconocer una orden cuando la oía.

Capítulo 8

Tempest no estaba. En las entrañas de la tierra, unos ojos negros volvieron a abrirse, ardiendo de ira. La tierra se estremeció ligeramente, una onda inquietante que se desplazó por la superficie del parque natural. Darius irrumpió en la superficie, salpicando tierra a su alrededor como un géiser. Sintió un dolor raro que lo desorientó, y luego la abrumadora sensación de pérdida, una mancha negra que se extendía por su alma.

Respiró a duras penas, dolorosamente. En sus ojos se agitaron unas llamas rojas. Sintió el martilleo en las sienes y en lo más profundo de sí sintió que la bestia se retorcía y rugía, pidiendo ser liberada.

Intentó recuperar algo que se pareciera al autocontrol. Tempest no entendía su mundo, ni entendía la necesidad de la muerte. En su mundo, se aferraba a la idea de que si alguien mataba, era malo. Tenía que luchar contra su propia arrogancia porque ella se atrevía a desafiarlo, se atrevía a abandonarlo. Sobre todo, luchaba contra la bestia interior, que se crecía y ahora exigía que reclamara lo que le pertenecía por derecho.

—*Levantaos. Levantaos todos y venid a mí, ahora.* —Dio la orden a su familia, sabiendo que obedecerían.

Ellos se reunieron con él, todos con semblantes serios. Sólo en unas cuantas ocasiones a lo largo de siglos Darius los había llamado de esa manera. En las duras aristas de su rostro se adivinaba la furia oscura, y su boca siempre bella ahora estaba torcida por una mueca cruel.

—La encontraremos. Antes que cualquier otra cosa, ella volverá.

Darius lanzó una mirada de inquietud a su compañero.

—Quizá no debiéramos, Darius. Si Rusti ha vuelto a escapar por segunda vez, es porque no desea permanecer con nosotros. No podemos obligarla a hacer según nuestra voluntad. Nuestras leyes lo prohíben.

—Siento su desolación latiendo en mí —declaró Darius, cuya ira aumentaba por minutos. En ese momento era más peligroso de lo que nunca había sido—. Me teme a mí, teme nuestra vida juntos. Sabe quiénes somos.

Se escuchó un suspiro de sorpresa colectivo. Los miembros de su familia se miraron unos a otros. Barack rompió el silencio creado por el impacto de la noticia.

—Es verdad que ha visto cosas que no le son familiares, pero eso no puede significar que lo sabe, Darius.

Darius les lanzó una mirada de impaciencia.

—Lo ha sabido desde el primer día. No es una amenaza para nosotros.

—Cualquier humano que no pueda ser controlado es una amenaza para nosotros —objetó Barack, con tono de cautela. Se movió sutilmente hasta quedar cubriendo a Syndil.

—Rusti no es una amenaza —dijo ésta, con voz queda—. No dudaste demasiado a la hora de usarla para alimentarte, a pesar de que viajaba bajo nuestra protección.

—Venga, Syndil, no vuelvas sobre lo mismo —rogó Barack—. Acababas de empezar a dirigirme la palabra de nuevo. No vayas a exasperarte otra vez.

Con un gesto de la mano, Darius descartó la discusión con impaciencia.

—Yo no puedo sobrevivir sin ella. Debemos encontrarla. Sin ella, me perderé y me convertiré en una criatura inerte. Ella es lo único que importa en mi mundo, y debemos recuperarla.

—No puede ser —dijo Desari, con un hilo de voz, incapaz de creer que su hermano estuviera tan cerca de convertirse.

Julian se encogió de hombros con gesto tranquilo.

—Entonces, no podemos hacer otra cosa que devolverla a nuestra familia. Es una mujer joven, Darius, y es humana. Es natural que tenga miedo de lo que somos, que tema tu fuerza y tu poder. No eres un hombre con quien sea fácil tratar. Necesitas ser paciente.

Por un momento, Darius fijó sus ojos oscuros y ardientes en Julian. Y luego, parte de la tensión en sus hombros se desvaneció.

—Está herida y sola. No entiende la necesidad de que nuestras mentes se fundan. Está constantemente luchando consigo misma. Temo por su salud —dijo Darius, y suspiró apenas—. Y, por lo visto, tiene una fuerte tendencia a meterse en líos cada vez que la dejo sola.

—Eso, me temo, es una cuestión propia de todas las mujeres —dijo Julian, con una sonrisa irónica.

Desari le dio unos golpes en el pecho.

—¿Dónde está, Darius? —preguntó.

Tempest viajaba acurrucada en el asiento junto a la ventana, mirando sin ver el paisaje que pasaba a toda prisa. Había tenido suerte de parar un autobús después de llegar a la carretera principal, y más suerte aún de que el conductor la hubiera dejado subir. Sin embargo, cuanto más se alejaba de Darius, más le pesaba el corazón. Ahora era como un baúl de plomo sobre el pecho. La tristeza empezaba a apoderarse de ella. El dolor. Como si al dejarlo, Darius hubiera muerto. Ella sabía racionalmente que no era así, pero en su determinación de marcharse se obligó con firmeza a alejarse del camino que conducía a su mente. Y eso la dejaba sintiéndose horriblemente abandonada y solitaria.

Oía retazos de conversaciones a su alrededor. Dos hileras más atrás, un hombre roncaba ruidosamente. Varios jóvenes reían e intercambiaban historias de viajes. Había al menos cuatro militares en el autobús que volvían a sus hogares con permisos. Todo parecía fluir a su alrededor, como si ella no estuviera presente, como si fuera *ella* la que había dejado de vivir.

Tempest sabía que sangraba a causa de las heridas en las costillas y, probablemente, a causa de los cortes en la espalda. Si no paraba pronto de sangrar, sin duda alguien se daría cuenta. Pensó en inventarse alguna historia plausible, pero no podía pensar en otra cosa que en Darius. Tenía que esforzarse para concentrarse, para controlarse y no llamarlo, no buscarlo cuando lo necesitaba tan desesperadamente. La sangre se había acumulado dentro de sus zapatos. Si alguien se detenía a mirarla, era probable que avisaran a las autoridades. Se acurrucó todavía más profundamente en el asiento. Habría querido desaparecer, hacerse invisible. Después de haberse sumergido en el arroyo, tenía la ropa mojada. No había regresado al campamento, de modo que no tenía dinero, ni herramientas, ni planes. Más que cualquier otra cosa, ansiaba tener a Darius junto a ella.

Cuantos más kilómetros ponía entre los dos, más tensa se volvía. Sentía las lágrimas quemándole en los ojos. Ahora le costaba cada vez más respirar. Hasta la piel se le había vuelto más sensible, como si necesitara el contacto con él. Tempest cerró con fuerza los ojos para olvidarse del martilleo en las sienes, debido al constante esfuerzo de impedir que su mente no se rebelara y buscara la de él.

—Pareciera que nos espera una tormenta de las feas —anunció el conductor del autobús, mirando el cielo a través de su ventanilla.

El tiempo estaba cambiando rápidamente. Justo frente a ellos, se divisaba una enorme nube negra cuya forma era como un viejo yunque de herrero. Casi enseguida una cortina de agua se abatió sobre el autobús, tan densa y dura que resultaba casi imposible ver. El conductor lanzó una imprecación y disminuyó sensiblemente la velocidad. De pronto, la lluvia se volvió blanca. El conductor se protegió con un gesto instintivo cuando el granizo empezó a caer sobre el techo y el parabrisas. Era un ruido alarmante, como el tableteo de una ametralladora.

El granizo no tardó en reducir a cero la visibilidad del conductor, que disminuyó aún más la velocidad y quiso detenerse en la berma. El único aviso que tuvieron los pasajeros fue el vello de los brazos que se les erizaba antes de que el rayo descargara justo delante del autobús. Rugió el trueno, sacudiendo el enorme vehículo y haciendo vibrar las ventanas. Se produjo un silencio total durante unos diez segundos y varias niñas gritaron y un niño pequeño empezó a llorar. Tan bruscamente como había comenzado, el granizo paró.

El chófer miró hacia fuera, intentando ver algo mientras aparcaba el autobús, esperando que no se hubiera salido de la berma. Unos relámpagos dibujaron arcos entre las nubes y el trueno volvió a rugir. Mirando por la ventanilla hacia fuera, tuvo que encogerse cuando de la cortina de lluvia de pronto apareció una enorme lechuza.

—¡Qué diablos...! —exclamó, cuando la criatura giró en el último momento antes de estrellarse. Pensando que estaba a salvo, el chofer se inclinó para comprobar la visibilidad. Una segunda lechuza y luego una tercera volaron directamente contra el parabrisas. Eran aves enormes y de aspecto amenazante. El hombre gritó y se cubrió la cara con los brazos.

Se produjo otro silencio escalofriante, roto sólo por la lluvia. El chofer se vio a sí mismo abriendo la puerta. Habría jurado que vio un enorme felino de la jungla cruzar en medio de la lluvia, aterrorizando su ya aterrorizado corazón. Aún así, siguió abriendo la puerta. No podía impedírselo, por mucho que lo intentara. La mano le temblaba cuando cogió la palanca. Afuera oía el batir de las alas, poderosas y siniestras. Oía susurros, unos susurros insidiosos que lo impulsaban a abrir la puerta. Sin embargo, intuía que cuando la abriera dejaría entrar al diablo en persona.

Un hombre fornido y alto llenó la entrada. Era un hombre musculoso, y tenía el rostro oculto en la sombra. Por mucho que lo intentara, el chofer no podía verle la cara. Sólo tenía la impresión de una fuerza y un poder enormes. El personaje oscuro llevaba un abrigo negro largo que hacía más imponente a su misteriosa figura. Sólo los ojos, que ardían con ira reprimida, brillaban en el rostro en sombras como la mirada de un predador. El hombre ignoró al chofer y volvió su mirada implacable hacia los pasajeros.

Esta vez se hizo un silencio total. Cesaron el viento y la lluvia, como si la propia naturaleza aguantara el aliento, expectante. Tempest miró hacia la imponente figura a través de los dedos entreabiertos. A pesar de su elegancia de personaje del Viejo Mundo, tenía el aspecto de un gángster de la era moderna. Nadie en el autobús se habría atrevido a desafiar a aquel personaje impresionante y poderoso. Tempest se acurrucó hasta convertirse en una bola, a pesar de que su corazón traicionero ahora se alegraba y aunque toda ella se inflamara al verlo, lo cual la delataba. Era tan increíblemente sensual. Tempest deseó no pensar de esa manera, pero ahí estaba, no había nada que hacer.

Los oscuros ojos ardientes se posaron en ella sin vacilaciones.

—Podemos hacer esto de dos maneras, querida. Puedes salir tranquilamente, por tu propio pie, o te puedo echar al hombro como un bulto, aunque grites y patalees. —Hablaba con voz grave, un ronroneo de amenaza, una mezcla de hierro y terciopelo negro. Brujería. Oscuros métodos de persuasión.

Todas las cabezas del autobús se giraron para mirarla. Todas las miradas estaban fijas en ella, todos los oídos esperando su respuesta. Tempest quedó un rato sentada en silencio antes de moverse. Quería fingir que se resistía, pero la verdad es que deseaba estar con él. Sólo quería recuperar fuerzas.

Con un suspiro exagerado, sólo para demostrarle que aquello la contrariaba, Tempest avanzó por el pasillo hasta la cabecera del autobús, intentando no hacer muecas con cada paso que daba porque los cortes en los pies le quemaban.

Cuando Tempest se acercó al chofer, éste se giró hacia ella. Le pareció una mujer muy pequeña y frágil, con la ropa hecha jirones y manchada de sangre.

—¿Está segura de que estará bien, señorita? —preguntó, evitando deliberadamente mirar a la enorme figura a su lado.

De pronto los ojos negros dejaron de mirar a Tempest y se concentraron en el chofer. Una mirada gélida, de cementerio. Tempest empujó a Darius y lo hizo retroceder y alejarse del chofer.

—Estaré bien —le aseguró al hombre—. Gracias por preguntar.

Darius la atrajo hacia la protección de su hombro y le rodeó la delgada cintura con un brazo. Daba la impresión de que Tempest se desplomaría si él la obligaba a seguir de pie mucho rato.

El chofer los vio bajar los dos peldaños. Las puertas a sus espaldas se cerraron de golpe. Volvió a caer una cortina de agua que le nubló la visión. Pestañeando, miró por la ventanilla pero no vio a nadie. El gángster misterioso y la mujer se habían ido como si nunca hubieran existido. Ni siquiera había un coche en las inmediaciones.

Sin decir palabra, Darius cogió a Tempest en sus brazos y cubrió la distancia que lo separaba de su familia a velocidad sobrenatural, hasta que las imágenes se volvieron borrosas. Tempest permanecía junto a su pecho, acunada en sus brazos, observando al grupo que, de pronto, se reunió a su alrededor.

—¿Te encuentras bien? —preguntó Desari.

—Se encuentra bien —contestó Darius, antes de que Tempest pudiera hablar—. Nos veremos al próximo crepúsculo.

—No nos quedan muchos días antes de nuestro siguiente concierto —observó Dayan—. Te necesitaremos.

Los ojos negros despidieron llamas.

—¿Alguna vez he faltado donde me necesitaban? —Era un claro reproche.

Tempest enroscó los dedos en las solapas del abrigo de Darius.

—Estás enfadado conmigo, Darius, no con ellos —dijo con un susurro de voz, olvidando que todos tenían un oído muy fino.

—*No digas ni una palabra más, Tempest. Estoy más que enfadado contigo. Estoy furioso.*

—Eso sí que es una sorpresa —farfulló ella, resentida.

—*No estás ni la mitad de asustada de lo que debieras estar* —le reprochó Darius, con voz suave pero intimidatoria.

A Tempest no le intimidó su talante. Intuitivamente, sabía que Darius nunca le haría daño. Era probable que fuera la persona con la que estuviera más segura en este mundo. Se limitó a acurrucarse contra él y le rodeó el cuello con los dos brazos, como signo de su confianza. Puede que la mantuviera cautiva, pero no era propiamente miedo lo que sentía Tempest. Miedo de él, no. Quizá de su posesividad. De sus intenciones, quizá. Pero no de Darius como hombre. Él nunca le haría daño.

—*No estés tan segura de que no te daré una zurra por tu comportamiento infantil* —dijo él, severo, con aire de duro. Dio media vuelta y se internó con ella en la noche oscura.

—Me duele —anunció ella, reclinada suavemente contra su cuello.

—¿Crees que no siento tu dolor en carne propia? —preguntó él—. Y lo peor es que no podía ayudarte como debería haber sido.

—No estoy muerta —señaló ella.

Él dejó escapar una imprecación, y cambió del inglés a una lengua antigua.

—Has estado muy cerca, querida. Brodrick tenía toda la intención de matarte. ¿Por qué insistes en pasar más allá de las líneas de seguridad que yo establezco para ti?

—Ya te lo he advertido —dijo ella, y no mentía —. Tengo problemas con las figuras de autoridad.

—Entonces, supéralo —ordenó él, firme, y esta vez hablaba en serio. Tempest lo estaba llevando al borde de la locura—. ¿Tienes alguna idea de lo que significa despertarse cuando estoy atado a la tierra, sintiendo tu miedo, sabiendo que mis fuerzas se encuentran en su punto más bajo y que soy incapaz de ayudarte?

Darius avanzaba por un campo lleno de flores aplastadas por el aluvión de granizo. La lluvia los bañaba. Por encima de sus cabezas, los relámpagos botaban de nube en nube, y los truenos estallaban con estruendo agorero.

—Pero has acudido a salvarme —le recordó ella.

—He tenido que valerme de un ave que, sin querer, te ha herido, aunque doy gracias a Dios de que estaba ahí para ayudarte. ¿Por qué haces estas cosas?

—No es que yo vaya buscando que me ocurran estas cosas, Darius —se defendió ella—. No tenía ni idea de que Brodrick andaba por ahí. —Tempest lo miró a su cara seria y luego, con la punta del dedo, le tocó la dura comisura de la boca, queriendo calmarlo. Había tenido un atisbo de su mente, de la roja nebulosa de temor y rabia.

—Esto no puede seguir, Tempest. Es peligroso. No sólo para nosotros dos sino para todos, mortales e inmortales por igual. No puedes dejarme. ¿Qué te llevó a hacer tamaña tontería?

¿Acaso había una nota de dolor mezclada con el tono severo pero bello de su voz? Ella no había querido herirlo.

—Somos demasiado diferentes, Darius. Yo no entiendo tu mundo. Ni siquiera sé qué quieres decir con aquello de estar atado a la tierra, y nunca me explicas estas cosas. No sé de qué cosas eres capaz, o si, por ejemplo, puedes realmente matar a alguien a distancia. Todo es… inquietante, por decirlo discretamente.

Tempest se estremeció en sus brazos, y él se dio cuenta de que seguía lloviendo sin parar. Darius aspiró una bocanada de aire para centrarse y calmar la furia de la tormenta que había utilizado para recuperarla. Enseguida la lluvia se convirtió en ligera llovizna. En el cielo las enormes nubes empezaron a separarse. Se levantó un viento que contribuyó a disipar la niebla.

—Estás herida, Tempest. En lugar de esperarme, sabiendo que

vendría a buscarte en cuanto pudiera, huiste de mí. —Darius dio un salto en el aire sin el menor esfuerzo y mutó de forma.

Tempest quedó boquiabierta y se aferró a las escamas correosas que le cubrían el cuerpo a Darius. Cerró los ojos al ver la tierra que se alejaba de sus pies y sentir el aire a su alrededor. Se sintió segura y protegida en sus brazos, por extraños que parecieran esos dos apéndices en ese momento. Era asombroso para ella verlo mutar de esa forma, volar por el aire, y luego ver que él esperaba que ella lo aceptara como una cuestión de todos los días.

Darius los transportó volando por el cielo estrellado, añorando la proximidad de Tempest. La llevó por encima de una montaña y de vuelta a las alturas cerca de una cascada. Era como si los dos flotaran solos por encima del mundo. Más abajo, el rocío ascendía para encontrarse con ellos, envueltos por los vapores que subían desde la cascada, envolviéndolos en una nube.

Cuando las garras del enorme dragón se posaron en tierra, Darius volvió a mutar de forma. En un instante, Tempest observó la cabeza en forma de cuña que se inclinaba hacia ella, y en la que sólo reconoció los ojos oscuros brillando, hambrientos. Y cuando la cabeza se acercó, el dragón se convirtió en Darius, y su boca perfecta quedó a sólo centímetros de la de Tempest. Ella lo miró con el aliento entrecortado y el corazón se le desbocó.

—No puedes —murmuró, contra sus labios.

—Tengo que hacerlo —respondió él. Era verdad. No tenía alternativa. Tenía que probarla, sostenerla, poseerla en su totalidad. Había temido que, al despertar, su mente y su cuerpo no se conformarían con otra cosa que no fuera poner fin al ritual para que Tempest fuera irrevocablemente suya. Ya no le importaba si con eso desafiaba sus leyes y todo aquello en lo que él creía. Tenía que poseerla, y disfrutar del derecho de velar por su seguridad en todo momento.

Los labios de Darius se movieron rozándole los suyos, suavemente al principio, una dulce invitación que cambió rápidamente cuando él pegó su boca hambrienta a la de ella. Tempest se sintió consumida por las llamas. Darius había iniciado un fuego que no había manera de apagar, un fuego que los consumiría a los dos. Sin embargo, a Tempest no le importaba. Quizá su corazón latía con una mezcla de miedo y emoción, pero nada cambiaría lo que tenía que ser. Y ella sabía que eso ocurriría. Ella pertenecería a Darius para toda la eternidad. Una vez que la poseyera, nunca la dejaría partir.

—En ningún caso te habría dejado ir, querida —murmuró él, cerca de su cuello—. Nunca. —Ahora Darius la llevaba, con el vigor acostumbrado, por el sendero que ascendía hacia lo alto de la cascada.

—¿Tienes la intención de lanzarme desde lo alto? —inquirió ella, divertida por la intensidad latente en las profundidades de sus ojos y el fuego que a los dos les recorría el cuerpo.

—Si tuviera dos dedos de frente, es lo que debería hacer —contestó él, con tono seco.

Detrás de la cascada había una cueva, y él la transportó a través de la niebla y el agua. Era una cueva estrecha que bajaba hacia las profundidades de la montaña.

—¿Te he comentado que tengo un problema con los espacios cerrados? —preguntó Tempest, intentando no apoderarse completamente de su cuello.

—¿Te he comentado que tengo un problema con quienes me desobedecen? —preguntó él, a su vez, y se detuvo en el estrecho túnel para volver a encontrar su boca.

Quizá le había dado ese último beso como un castigo, o una distracción, pero la tierra ya se estaba moviendo bajo sus pies, y el mundo se inclinó y giró endemoniadamente en el momento en que él unió sus labios con los de ella. El deseo era como una necesidad que se procuraban mutuamente. Darius levantó la cabeza y la miró con sus ojos ardientes.

—Si no te poseo pronto, el mundo entero se consumirá en llamas.

—Eso no es culpa mía —dijo Tempest, absolviéndose a sí misma, y se llevó un dedo a la boca, asombrada—. Eres tú. Tú eres letal, Darius.

En ese momento, él descubrió que podía sonreír. A pesar de las demandas dolorosas y urgentes de su cuerpo, a pesar del miedo que Tempest le había dado, incluso a pesar de la rabia que sentía porque ella intentara escaparse, Tempest lo hacía sonreír. Le podía derretir el corazón. Ahí estaba él, un líder de su pueblo, un antiguo con enormes poderes y abismales conocimientos, en un mundo donde su palabra era ley y sus órdenes eran obedecidas sin preguntar. Ella era una mujer pequeña, frágil y humana, y en sus manos era como plastilina.

El túnel se adentraba en las profundidades de la tierra. Estaba caliente y húmedo y el ruido del agua estaba por todas partes. Se filtraba por las paredes del túnel y goteaba de la bóveda del techo sobre sus cabezas. Tempest estudió las inmediaciones con cautela. No le gustaba la idea de encontrarse en medio de una cadena volcánica de montañas, ni le agradaba que hiciera tanto calor.

—¿Has estado aquí alguna vez antes? —preguntó. Darius captó el tono nervioso de su voz.

—Claro que sí. Muchas veces. Pasamos gran parte de nuestro tiempo bajo tierra. La tierra nos habla de sus lugares secretos y comparte su poder curativo y su gran belleza con nosotros.

—¿Acaso te mencionó que era un volcán mientras te susurraba cosas? —preguntó ella, mientras sus ojos verdes buscaban, nerviosos, señales de ríos de lava candente. Olía a sulfuro.

—Tienes una lengua muy afilada, mujer —dijo Darius, y siguió hacia la derecha por una bifurcación que se internaba aún más en las profundidades.

De pronto, la débil luz que se divisaba desde la entrada de la cueva desapareció y quedaron sumidos en la oscuridad absoluta.

—Creí que mi lengua te gustaba —dijo ella, haciendo lo posible para no gritar como una histérica al encontrarse en aquel agujero subterráneo oscuro y maloliente—. Por si no te has dado cuenta, Darius, es como si estuviéramos entrando en el infierno. Ya que antes he tenido la idea de que podrías ser el diablo que ha venido a tentarme, ésta no es la mejor elección para un hotel. —Era una humedad espesa y a Tempest le faltaba el aire. El interior negro como la tinta la presionaba y sofocaba.

—Es tu miedo el que no te deja respirar —dijo él, suavemente—. El aire es perfectamente respirable. La montaña no te está aplastando. Temes lo que haré cuando estemos juntos. —Le rozó ligeramente la muñeca con el pulgar, arriba y abajo, un roce suave pero elocuente.

Sus ojos verdes eran enormes en su rostro pálido.

—¿Qué harás, Darius? —preguntó ella. El corazón, desbocado, latía a un ritmo frenético.

Él inclinó la cabeza hacia ella, sus ojos oscuros ardiendo de deseo.

—Pondré tu vida y tu felicidad por encima de la mía. No tienes por qué temer por tu vida si estás a mi lado. —Hablaba con una voz sedosa, y ella sentía que aquella ternura le llegaba al corazón.

Lo apretó con más fuerza alrededor del cuello, dejándose ir contra su pecho, sin saber si por miedo o por necesidad. Se estaba atando a una criatura de cuyos poderes no sabía nada. ¿Cuál era el código que regía su comportamiento?

Por toda respuesta, Darius siguió por un túnel más estrecho y llegó a lo que parecía un camino sin salida. Ella sabía que no había salida porque estiró la mano y tocó la roca. Sin embargo, Darius hizo un movimiento con la mano y la roca sencillamente se abrió. Un ruido gutural escapó de la boca de Tempest. ¿Qué no era capaz de hacer? ¿Cómo podía atarse a una criatura con un poder tan asombroso?

—Es fácil, Tempest —dijo él, con voz tranquila. Le leía los pensamientos y las dudas—. Así, sin más, y ya está. —Su boca encontró la de ella, dura e imperiosa, tentadora y excitante, arrancándola a esa oscura caverna y transportándola a un mundo de colores y luces. Le quitó hasta el último pensamiento cuerdo, hasta que quedó sólo él. Sólo Darius, con sus ojos ardientes y su boca perfecta y su voz hipnotizadora, su cuerpo musculoso y duro y sus poderosos brazos.

Él alzó la cabeza y volvió a hacer un gesto con la mano. Se prendieron cientos de luces al unísono, cientos de velas alrededor de la enorme cámara subterránea.

—En los últimos siglos, todos hemos encontrado nuestros lugares de retiro. Éste es uno de los míos. Las velas están hechas con los elementos más curativos de la naturaleza. La tierra aquí es especialmente acogedora con los nuestros.

Tempest miró a su alrededor y admiró la belleza de la cámara. Las paredes estaban talladas por obra y arte de la naturaleza. Unas piscinas llenas de agua relucían a la luz de las velas. Cristales colgaban del techo y unos diamantes incrustados en las paredes brillaban con el reflejo de las llamas centelleantes.

A Tempest le empezó a faltar el aire. Darius era demasiado poderoso, y era capaz de crear y mandar sobre fuerzas que ella desconocía por completo. La oscura sensualidad se convirtió en terror.

Darius se limitó a apretarla con más fuerza y la sacudió muy ligeramente.

—Todavía no lo ves, ¿no? Intenta imaginar cómo es la vida sin sentimientos, Tempest. Nada más que el hambre, cruda y desagradable, royéndote sin cesar. Un hambre que nunca puede ser saciada. Sólo la vida en la sangre de tu presa que te susurra cosas acerca del poder. Nada de colores para alegrarte la vida, todo en blanco y negro o matices del gris. Nada de texturas ni riquezas. —Con sus largos dedos la acarició, demorándose sobre su suavidad de satén—. No he tomado nada en esta vida para mí mismo. Tú eres la luz en mi mundo de tinieblas. Eres la riqueza cuando nada poseía. La alegría ahí donde había vacío. No renunciaré a ti sólo porque no puedes superar tu miedo. ¿Querrías que la primera vez que nos acoplemos sea mediante la lucha y la violencia? Confía en mí como tu corazón te lo dicta.

En sus brazos, ella temblaba descontroladamente. Hasta que hundió la cabeza en el hueco de su hombro.

—Siento ser tan cobarde, Darius. No quiero serlo. Todo es tan abrumador. Tú eres abrumador. La intensidad de tus sentimientos es abrumadora. Cuando vivo sola, conozco las reglas y es así como me gusta.

Él seguía penetrando con ella en el corazón de la cámara, hacia las piscinas relucientes.

—No, no te gusta, Tempest. Conozco tu mente. He viajado por ella a menudo. Tú me quieres a mí.

—El sexo no lo es todo, Darius.

Él la dejó suavemente en una roca plana y suave cerca de una piscina de aguas calientes.

—Tú me quieres a mí, Tempest, y eso tiene poco que ver con el sexo.

—Eso es lo que tú crees —murmuró ella. Sintió una ola de fuego en las piernas cuando él le quitó los zapatos para mirarle las plantas de los pies. Le rodeó el tobillo con la mano, firme y fuerte, pero siempre delicada. Tempest sintió ese dolor curioso cerca del corazón.

Darius frunció el ceño mientras miraba las laceraciones.

—Deberías haber tenido más cuidado, Tempest —dijo, con voz grave y malhumorado. Sus ojos oscuros de pronto se fijaron en los suyos, verde esmeralda.

Ella se pasó la lengua por el labio inferior reseco, y el pulso se le aceleró. Con sus manos tan delicadas, la mirada hambrienta y ardiendo de puro deseo, ¿cómo sabía ella que él estaba furioso? Una vez que tuvo la certeza, empezaron a encajar otras piezas del puzzle. La terrible furia de la tormenta había sido expresión de su rabia, una rabia volcánica que bullía por debajo de la superficie de algo que parecía perfectamente en calma. Lo vio cuando lo buscó a él mentalmente y lo encontró de pronto, sin que ella se lo hubiera propuesto ni él lo hubiera consentido.

Tempest tragó aire. *Ella* había hecho eso. Ahí donde nada había conseguido alterar su calma imperturbable a lo largo de siglos de existencia, ella lo había logrado.

—Darius —murmuró su nombre en medio de toda esa belleza, con la voz marcada por el dolor—. Nunca tuve intención de hacerte daño.

Darius le cogió la cara con ambas manos.

—Lo sé. Ahora estoy aquí. Puedo sanar tus heridas. Pero no vuelvas a arriesgar de esta manera tu salud, querida. No creo que mi corazón sea capaz de aguantarlo —dijo, y dejó caer las manos hasta el borde de su camiseta de algodón.

Al primer contacto de sus dedos con su vientre desnudo, Tempest sintió que le faltaba el aliento y quedó totalmente paralizada. Darius le quitó la camiseta por encima de la cabeza con un solo y fluido movimiento, dejándola vulnerable y expuesta. Apenas le dedicó un instante al sujetador, que cortó limpiamente con una uña afilada. Fijó toda su atención en las heridas punzantes que tenía en el costado y en los cortes en la espalda.

Darius lanzó una imprecación. Ella sabía que eso era lo que hacía, aunque no entendía la lengua en que murmuraba. Y luego inclinó la cabeza, hasta que su melena negra y espesa le rozó las costillas y Tempest se entregó a una andanada de dardos de fuego que bailaron sobre su piel. En cuanto sintió su lengua, cerró los ojos, incapaz de creer en la belleza absoluta de ese instante. Disfrutó al ver cómo le lamía la piel dañada con su lengua suave como el terciopelo, y a la vez un poco áspera, una mezcla de relajante sensualidad.

Mientras Darius se tomaba su tiempo y atendía a las heridas de Tempest con sumo cuidado, la ropa que vestía se volvió cada vez más incómoda, le aprisionaba los músculos y lo empapaba de sudor. Se libró de ella sin problemas, como hacía con todo, un mero pensamiento le bastó para deshacerse de la incomodidad. Se acercó a Tempest, caliente y agresivo, y volvió a su tarea. La cogió por la cintura, doblándola hacia atrás para tener mejor acceso a las heridas en las costillas.

Darius le rozó un lado del pecho con el pelo, y ella dio un respingo como si la hubiera quemado. Darius alzó enseguida su mirada ardiente hasta encontrar la de ella. Y Tempest se sintió aturdida por su deseo, su necesidad. Era imposible no vérselo en la mirada.

Darius vio que la garganta se le movía convulsivamente al tragar un nudo de miedo. Con mano suave y con infinita ternura, le pasó la mano por el cuello, sintiendo el pulso que latía en el calor de su mano.

—Entrégate a mí, Tempest —susurró, con una voz tan bella que se prendió del corazón de Tempest—. Esta noche, ven a mí como mi verdadera compañera. Yace conmigo como deseo tan ardientemente. Dame ese regalo que no he conocido en una eternidad.

Su boca estaba a sólo centímetros de ella, y Tempest sentía que todas las células de su cuerpo le pedían a gritos cerrar esa pequeña brecha. ¿Cómo podía negarle algo cuando su necesidad era tan extrema? Se movió hasta casi tocarle los labios.

—Quiero lo que tú quieras, Darius. —Mientras ese consentimiento se hacía presente en su espíritu, mientras articulaba las palabras y se las trasmitía a su ser en un aliento, el corazón le dio un brinco cuando se dio cuenta del alcance de su compromiso. ¿De verdad confiaba en él hasta ese punto? ¿O acaso era la necesidad de él la que alimentaba la suya mientras él compartía sus pensamientos?

Darius la besó con ternura, una exploración reverente que no hizo más que aumentar la necesidad que Tempest tenía de él.

—Quiero que el agua te sane, querida —dijo Darius, con voz queda—. Esta noche sólo quiero que disfrutes del placer. —Sus manos encontraron los botones de sus tejanos. Siguió mirándola mientras tiraba lentamente de la prenda, deslizándola sobre las caderas, arrastrando sus calzas de encaje blanco.

Después, la levantó en brazos.

—El agua está caliente, pero ayudará a sanarte mientras te curo. —La sostuvo por encima del agua caliente—. Creo que ha llegado la hora de que sepas que no me has de volver a desobedecer. Te encuentras bajo mi protección, Tempest. Cada vez que me retiro a dormir, tú vas y te metes en algún lío. No permitiré que las cosas sigan así.

La arrogancia de Darius le daban a Tempest ganas de hacer rechinar los dientes, aunque lo que de verdad le preocupaba era lo caliente que estaba el agua. Él seguía acercándola. Olía a sulfuro. Tempest se aferró a los hombros desnudos de Darius y le hincó las uñas en la carne.

—Sabrás que tengo una gran aversión al agua mineral. —Su cuerpo era poderoso y viril, y su miembro caliente y grueso se apretó agresivamente contra su piel desnuda mientras la bajaba a la piscina.

—Creo que necesitas confiar más en mí, Tempest —dijo, y le hundió la punta de los pies. Ella aguantó la respiración ante el escozor, agarrándose a sus bíceps con todas sus fuerzas, buscando la seguridad. El problema es que tuvo que levantar las piernas y rodearle a Darius la cintura para no tocar el agua. Aquel movimiento despertó en su centro más íntimo un deseo que la derritió, mientras presionaba de lleno contra su miembro grueso y ávido.

Darius dejó escapar un gruñido, y hasta su último pensamiento cuerdo y la última buena intención se desvanecieron en su cabeza. En su lugar quedó un deseo tan intenso y urgente que le hizo pegar ferozmente sus labios a los de ella. Fue una posesión primitiva, tormentosa, casi violenta. Su boca se alimentó de esos labios. La arrancó a la montaña que se derrumbaba, al dolor de sus heridas y al agua caliente. Tempest sintió sus manos deslizándose posesivamente sobre su piel, lentas, demorándose, como si estuvieran guardando en su memoria hasta la más mínima curva e intersticio. La tierra era suave cuando la sintió a sus espaldas, atrapada bajo Darius, que la cubría con su cuerpo, tan grande y fuerte. Su boca no había cesado en sus largos y embriagadores besos, besos que le robaban la voluntad y lo excitaban más allá de todos los límites humanos del deseo.

Tempest le cogió la melena salvaje con ambas manos, asiéndose a él como si se le fuera la vida en ello, mientras se desataba una tormenta de fuego alrededor de los dos y a través de ellos. Él le cogió los pechos en el cuenco de las manos, se deslizó por sus costillas hasta el vientre, encontró el triángulo de rizos más abajo y le acarició los muslos. Por donde tocaba, Darius dejaba un reguero de llamas, sobre su piel, dentro de su cuerpo, hasta que Tempest tuvo ganas de gritar pidiendo un alivio a su deseo.

Tempest había creído que tendría miedo de su prodigiosa fuerza, pero también ese pensamiento fue barrido por un tsunami de pasión cuando Darius la tocó donde ardía. Emitió un único sonido, un gemido ronco que escapó de su garganta y que fue como encender la mecha de su deseo. Darius dejó de besarla por primera vez, y bajó por su cuello hasta la punta de su pezón hinchado.

Ella dejó escapar un grito y se arqueó hacia él, y casi explotó cuando sus dedos encontraron su vulva apretada y caliente. Él rascó y jugó con los dientes recorriendo su pecho turgente. Con una pierna separó las de ella mientras su lengua le lamía el valle entre ambos pechos. Estaba encima de ella, su rostro endurecido pero sensual, sus ojos convertidos en dos trozos de carbón ardiendo.

Todo sucedía demasiado rápido, como si escapara al control de los dos. Tempest lo sintió, grueso y agresivo, presionando contra ella. Parecía demasiado grande para acomodarlo con holgura. Atrapada bajo su cuerpo, no podía moverse, casi no podía respirar. Él le rascó el pecho izquierdo con los dientes, un gesto que la excitó y la hizo arquearse buscando su boca. Sin embargo, el temor se apoderó de ella cuando él respondió avanzando, clavándola con todo su cuerpo, invadiéndola, tomando posesión de ella como si tuviera todo el derecho. Tempest se sentía como si estuviera invadiendo su alma, entrando en ella tan profundamente que pensó que nunca lo sacaría. En seguida se puso rígida y se quejó con un gemido junto a su hombro. Sintió que él le mordisqueaba el pecho, derramando un calor al rojo vivo, apoderándose posesivamente de su piel al hundirse en ella.

Darius penetró en su mente derribando todos los obstáculos hasta que los dos cuerpos se convirtieron en uno. Tempest sintió el calor de su propia piel, el éxtasis maravilloso de su vulva caliente, sedosa y firme cogiéndolo, soltándolo, deslizándose sobre él, sintiendo que la sangre se volvía caliente de vida y de luz, fluyendo en él, el placer y las llamas que la consumían, su hambre insaciable, su portentoso deseo. Vio las imágenes eróticas en su mente, las cosas que le haría, las cosas que quería que le hiciera a él. Vio su voluntad de hierro, su determinación implacable, su crueldad, su naturaleza de predador sin compasión. Él vio sus temores, su modestia, su fe ciega en él, su necesidad de escapar. Sintió la leve incomodidad de su cuerpo ante su grosor y cambió enseguida de posición para aliviarla. Alimentó la pasión de ella con la suya, creando un fuego entre los dos hasta que éste rugió fuera de todo control.

Darius estaba por todas partes donde ella estuviera. En su cuerpo, en su mente, en su corazón y en su alma. Compartían la misma sangre. Y, que Dios se apiadara de su alma, pero ella no le podía negar nada. No cuando se alzaba sobre ella, entrando en ella, caliente, el cuerpo bañado en sudor, su boca convertida en un frenesí de hambre y deseo. Era lo más erótico que había jamás experimentado. A Tempest le daba igual si volvía o no a ser ella misma. Ahora volaba, se elevaba, y saciaba el terrible apetito de Darius por primera vez en todos los siglos que había vivido.

La sensación de poder que eso le daba era increíble. Tempest estaba en su mente, sabía que le procuraba una dulce agonía, como fuego vivo. Sabía que el deseo lo arrasaba todo en él como lo hacía en ella. Se rindió por completo a él, sin parar mientes en nada, clavándole las uñas en la espalda, con sus débiles gemidos, implorándole al oído para que le diera más. Era lo que ella quería con él, administrarle ese tormento exquisito.

Tempest hizo aletear las pestañas y le cogió la cabeza, moviéndose junto con él, más rápida e intensamente, hasta que temblaba de placer, estallando, fragmentándose hasta que él la tuvo a salvo entre los brazos. Darius le lamió los pinchazos en la piel y cerró las pequeñas heridas que habían dejado sus colmillos. Algo en su cuerpo se tensaba y clamaba por ser liberado, ardiendo de un deseo que sólo ella podía satisfacer. Ahora estaba en su mente, y tomó el control, ordenándole que hiciera según él dictara, sin permitirle pensar ni saber qué le pedía.

Al primer contacto de la boca de Tempest con su pecho, Darius tembló del esfuerzo que hacía para controlarse. Así debía ser. Ella tenía que completar el ritual, entregarse a él para que la protegiera para siempre. Con la lengua, Tempest saboreó su piel, y el contacto lo hizo arder. Él la cogió por las caderas para hundirse aún más en ella, con más fuerza que antes. Tempest le raspaba y jugaba mordisqueándolo y él se oyó a sí mismo gemir. Eran mil años de deseo. Esta ocasión tenía que ser la tan esperada.

Darius alargó una de sus uñas y se abrió un tajo en el pecho. Cogió a Tempest por la nuca y le acercó la cara a la herida. Ella movió la boca como él ordenaba. Los labios de Tempest se cerraron, calientes y aterciopelados, apretando y masajeando hasta que él estuvo todo tenso, hasta que la embistió una vez más, sin poder remediarlo, una embestida feroz y agresiva dentro de ella que le hizo derramar su semilla en lo más profundo, reclamándola para toda la eternidad.

Darius pronunció las palabras rituales. Tenía que decirlas en voz alta. Tenía que unirla a él, convertirlos en uno. Su necesidad de entonar el cántico era tan intensa como lo había sido la necesidad de poseerla. Era tan primitivo e instintivo como las ganas de incorporar la fuerza vital de Tempest a su cuerpo y darle la suya a cambio.

—Te reclamo como mi compañera. Te pertenezco. Ofrezco mi vida por ti. Te doy mi protección, mi alianza, mi corazón, mi alma y mi cuerpo. Cuidaré como mío todo lo que te pertenece. Tu vida, tu felicidad y tu bienestar serán honrados y siempre situados por encima de mi vida y mi bienestar. Eres mi compañera, unida a mí para toda la eternidad y siempre bajo mi protección. —Murmuró las palabras por encima de su cabeza, mientras la acunaba, mientras su sangre antigua y poderosa fluía y su semilla se derramaba dentro del cuerpo de ella. El poder de aquellas antiguas palabras envolvieron a Tempest, penetraron en ella y le sellaron el alma, la mente y el corazón junto al suyo, para atarlo a él irrevocablemente.

Capítulo 9

Tempest abrió los ojos lentamente, perezosamente, sensualmente. Darius le sonrió, le rozó apenas los labios hinchados con la punta del dedo, recogió una gota color rubí y se la llevó a la boca. Ella pestañeó para enfocarlo. Su cuerpo estaba atado al de Darius. Ahora lo sentía, grueso y pesado, sepultado en lo profundo de su hendidura apretada. Su sonrisa también era de pereza, de saciedad, y en sus ojos negros se adivinaba una satisfacción masculina por haber hecho algo más que sencillamente complacerla. Daba la impresión de que en cualquier momento empezaría a ronronear a propósito de sus proezas.

Tempest se dio cuenta de que sonreía abiertamente. Darius se movía, lánguido y lento, movimientos que no paraban de quemarle el cuerpo, y le mantenían los pezones apretados contra los músculos de su pecho. Las luces titilantes de cientos de velas iluminaban la fina película de sudor en su piel. El pelo largo y húmedo le caía por los lados de la cara, lo cual le daba el aspecto de un pirata. Tempest estiró una mano y siguió suavemente el contorno de la mandíbula de Darius.

Él le cogió la mano, se la llevó a la boca y la besó. Luego entrelazó los dedos con ella. Le levantó los brazos por encima de la cabeza y los sostuvo ahí, dejándole el cuerpo abierto y vulnerable ante sus continuas invasiones. Ya no tenía miedo de él. Darius se había portado como un salvaje insaciable, incluso en ciertos momentos había sido rudo, pero había puesto siempre el placer de ella por delante del suyo. Ahora Tempest veía la satisfacción en sus ojos, la luz en su alma, y agradecía poder procurarle ese alivio en su existencia yerma y solitaria.

Darius saboreó la humedad caliente de Tempest, la perfección de su piel de satén, su cabellera sedosa. El carácter salvaje inherente a su naturaleza había quedado impreso en ella también. La pasión de ella era equivalente a la suya. Tempest había sido creada para él y, en lo más profundo de su corazón, en su alma, él lo sabía sin albergar ni la más mínima duda. Se inclinó para depositar un beso en el tentador hueco de su hombro. Le parecía increíble estar ahí con ella, porque aquello quizá fuera un sueño fabricado por su mente para aliviar el dolor de su alma agonizante.

Ahí donde antes había sido salvaje y agresivo, ahora era lento y tierno, y se movía con gestos lentos y perezosos, con la mirada clavada en ella para ver en su expresivo rostro el placer que le procuraba. Tempest tenía los ojos nublados de pasión. Sus labios se separaban cuando lanzaba breves exhalaciones de arrobo. Era tan bella que destruía la serenidad de Darius, aquella calma absoluta adquirida hacía siglos, y lo volvía tan vulnerable y descontrolado como un joven. Darius la quería para toda la vida. No sólo los pocos años que compartirían sino para toda una eternidad. Lo quería todo.

Darius cerró su mente a esa posibilidad, a esa tentación, y se inclinó para unir su boca a los labios de Tempest, para dejar que su lengua entablara duelo con la de ella, frotando el contorno de los dientes, explorando los húmedos interiores, pidiéndole que ella hiciera lo mismo con él. Darius se maravillaba hasta con los detalles más ínfimos. El brillo de su pelo, el largo de sus pestañas, la curva de su mejilla... toda una abundancia de ricos detalles, además del contacto de su cuerpo que ahora lo envolvía, como un terciopelo cálido, apretándolo y provocándolo.

Sintió que Tempest se apretaba alrededor de su miembro, y que sus músculos temblaban con la intensidad del placer, y entonces dejó que las sensaciones de su mente y su cuerpo fueran también las de Tempest. Intuyó el temblor que arrancaba de lo más profundo, como un terremoto, acumulándose cada vez más, hasta acabar en el sacudimiento de la liberación final. Tempest emitía breves ruidos guturales, con los brazos tensos mientras se retorcía bajo él, intentando librarse de sus manos. Pero él no la soltó. Quiso mirar, y entonces fue testigo de la fuerza y el poder de su cuerpo unido al de ella, mientras el tsunami la barría, fragmentando su mente cuando llegaba la gran ola. Sólo entonces, y manteniendo su mente bajo control, Darius se permitía volver a su propia excitación para que ella sintiera el placer que le daba.

Se hundió más profundamente en ella, y cada embestida era más fuerte y larga, cada vez más profunda, hasta que se fundieron del todo en un solo ser. Él quería que Tempest supiera lo que hacía por él, la belleza de su regalo incalculable. Y luego la ola se apoderó de todo, consumió su mente y su cuerpo hasta que el deseo tensó hasta el último músculo. Aún así, él no dejó de mirarla a los ojos para que ella viera la tensión en su rostro, la marca salvaje en sus ojos, el deseo y el ensimismamiento, la dulce agonía y el éxtasis que su cuerpo le transmitía. Irrumpió en ella, una y otra vez, un volcán de semillas fundidas, de fuego que abrasaba, además de la terrible oscuridad en que se consumía su alma. Ella lo traía de vuelta a la luz, y él sentía su pureza mientras lanzaba gritos de júbilo que dejaron un eco sordo en las paredes de la caverna.

Tempest lo apretó con las piernas, en un gesto casi tan posesivo como los de él. Los corazones latían al mismo ritmo endemoniado, los jadeos sincronizados en un mismo tiempo. Darius finalmente le soltó las muñecas y dejó descansar la cabeza en su pecho, apoyándose en los codos para que su peso no la aplastara. Tempest sintió que Darius le lamía las pequeñas gotas de sudor entre los pechos, y cada roce, leve como una pluma, dejaba en su estela un reguero de temblores que la sacudían. Sus manos encontraron la cabellera hirsuta de Darius, sólo para tener un asidero en él. Se quedaron tendidos como estaban, y el silencio se hizo más elocuente que cualquier intercambio de palabras.

Darius absorbió la mezcla de esencias que los dos liberaban, sintiendo su piel caliente, los pechos de Tempest en contacto con sus mejillas, los rizos sedosos de su pelo desparramados por su piel. Todos los sentidos parecían exacerbados, como si dejaran un eco en su cuerpo y luego permanecieran ahí. El sabor de Tempest, un sabor espléndido y lleno de vida, estaba en su boca y en su corazón y, por primera vez desde que tenía memoria, su hambre de sangre caliente estaba temporalmente saciada. Ahora que tenía en sus brazos a aquella fuente de satisfacción tan ansiada, nunca más volvería a ceder a la tentación de matar sólo para experimentar la lujuria del poder, como sucedía a menudo con aquellos que estaban a punto de convertirse.

Darius cambió de posición y un ligero ceño asomó en su rostro.

—No te he sanado convenientemente.

Enseguida dejó de aplastarla, y Tempest se sintió como abandonada. También se sentía perezosa y adormecida, ya que el calor agobiante de la caverna y la sesión de amor desinhibido con Darius la habían agotado.

—No me importa. Quiero dormir. Podrás sanarme más tarde. —Ya no le dolían las heridas, a pesar de que antes le quemaban y laceraban. Darius le había dado a conocer otras sensaciones, mucho más placenteras.

Darius ignoró su somnolienta sugerencia y la cogió en brazos sin esfuerzo.

—Me he portado peor que un egoísta. Antes que ocuparme de mis placeres debería haberme ocupado de tu malestar.

Tempest rió dulcemente al ver su expresión tan seria. Con la punta de los dedos, le acarició la comisura de los labios para borrar la dureza de su boca.

—¿Eso es lo que has sentido? ¿Malestar? Hmmm. Quizá debería hacerte sentir así más a menudo.

Él dejó escapar un gruñido. Tempest ignoraba si era un gruñido de advertencia o de asentimiento, pero se rió de él de todas maneras.

—Si mis sentimientos hacia ti fueran más intensos, nena, acabaría inflamándome —reconoció él y, descalzo, se dirigió a la piscina.

Ella se aferró a su pecho y le advirtió, con el ceño fruncido:

—La verdad es que no me gusta que me sumerjan en agua hirviendo, Darius.

—No está hirviendo. Tiene la misma temperatura que una bañera de agua caliente —la riñó él.

Ella se agarró a su cuello como si se le fuera la vida en ello.

—A mí me parece que está hirviendo. No quiero entrar. Además, ni siquiera me acercaría a una bañera de agua caliente. Todos siempre quieren meterse adentro desnudos, y yo no conozco a nadie tan bien como para hacer eso.

—Ahora no estamos vestidos —advirtió él, y entró poco a poco en la piscina. Intentó no reír al ver que ella intentaba encaramarse sobre sus brazos.

—Está demasiado caliente. ¿Cómo puedes respirar aquí dentro? ¿Sabes, Darius? Esto es un volcán en toda regla. La lava podría invadir este espacio en cualquier momento —dijo, lanzando una mirada a las profundidades de la piscina—. Es probable que en este momento esté presionando contra el suelo. ¿Ves esas burbujas? Es lava.

—Eres como un bebé. Mete los pies en el agua —ordenó él, y el tono risueño pasó de su voz a su mirada.

Ella lanzó chispas por los ojos. Se veía asomar el temperamento.

—No quiero entrar, Darius.

—Es una lástima, nena. Te hará bien. —Sin contemplaciones, la obligó a poner los pies en el agua caliente.

Tempest intentó patalear y levantar los pies en contacto con el agua mineral caliente, pero él la hizo bajar aún más, hasta mojarle las pantorrillas y luego los muslos. Ella aguantó la respiración.

—¡Está caliente! ¡Déjame, especie de simio! ¡Déjame salir!

Sin embargo, el agua ya empezaba a surtir efecto, calmándole el dolor de las heridas de los pies, relajando los músculos acalambrados. Pero no sería ella quien, al confirmárselo, le diera a Darius esa satisfacción.

Él mantenía la mirada fija en las gotas de sudor que se acumulaban entre los pechos de Tempest y luego bajaban hacia el vientre y desaparecían bajo el agua. La hizo bajar aún más, hasta que Tempest tocó el fondo con los pies y el agua le llegó a la cintura, de modo que él podía sujetarla por las caderas y tenerla quieta para examinarla. Inclinó la cabeza hacia sus pechos de satén y recogió una gota con la punta de la lengua.

—¿Por qué tienes que ser tan endemoniadamente bella? —murmuró, con voz pausada.

Ella hundió los dedos en la melena salvaje y le atrajo la cabeza hacia sus pechos para luego inclinarse hacia su boca húmeda y caliente. El agua le acariciaba la piel. Había burbujas por todas partes a su alrededor. El vapor ascendía lentamente.

—Y tú, ¿por qué tienes que ser tan endemoniadamente sensual? —contraatacó Tempest, que quería sentir la boca de Darius alimentándose, deseosa, de ella.

Darius le acarició las caderas con movimientos lentos y posesivos. Quería tener la certeza de que podía tocarla de esa manera, que Tempest le pertenecía. También quería que ella lo tocara. Por primera vez, en todos los siglos de su existencia, se sentía verdaderamente vivo. La suave piel de Tempest, indistinguible del satén, rozaba contra su cuerpo. Su pelo, indistinguible de la seda, le tocaba apenas los hombros, como una pluma, desatando una sucesión de ondas ardientes por todo su cuerpo.

Su boca siguió su exploración, hacia abajo, donde las garras del águila se habían hundido en su carne. Hizo una mueca al recordar la sensación de impotencia que había tenido en las entrañas de la tierra, mientras ella se debatía luchando por su vida.

—Me has dado un susto de muerte —la reprendió con voz suave, mientras bañaba sus heridas con la lengua.

Tempest se apretó contra él para sentir esos cuidados que mitigaban su dolor.

—Tienes un agente curativo en la saliva, ¿no es eso? —preguntó ella, que de pronto comprendía. Tenía que ser eso. Así cerraba los pequeños puntos que le dejaban en el cuello sus colmillos, y nunca dejaba huellas a menos que quisiera marcarla. Por eso habían sanado tan rápidamente sus magulladuras. Darius. Tan tierno y dulce, sanando cuidadosamente cada herida y cada hematoma—. Y debes tener un anticoagulante en los dientes. —Era sólo una suposición, y era bastante acertada.

Él alzó la mirada, sus ojos oscuros serios e impenetrables.

—Puedo sanarte por completo, pero debes quedarte muy quieta y aceptar lo que yo haga.

Ella asintió con gesto solemne. Darius era muy bello, de una manera puramente masculina. A Tempest le fascinaban los huesos angulosos de su cara, el tono grave y puro de su voz, la fuerza que se adivinaba en sus músculos. Vio que en su bello rostro se reflejó una intensa concentración, mientras se internaba mentalmente en sí mismo. Tempest miraba, fascinada, cómo se le marcaban los huesos de las caderas. Darius era físicamente perfecto. Como si tuvieran voluntad propia, sus manos quisieron seguir la suave línea de esos huesos.

El contacto con la piel de Darius desató en Tempest olas de calor que le llegaron hasta el estómago. Tempest exploró más allá, y sus manos se deslizaron por sus poderosas nalgas. De la garganta de Darius escapó un ruido, un gruñido suave de advertencia, y le esposó ambas manos con las suyas, manteniendo las palmas en contacto con su piel.

—¿Se puede saber qué estás haciendo?

Ella lo miró con sus grandes ojos verdes e inocentes.

—Te estoy tocando —dijo ella, y presionó con las palmas—. Me gusta tocarte.

—No puedo concentrarme si sigues, Tempest. —Quería reprenderla, pero Tempest liberó una de sus manos y con ella exploró las duras columnas de sus muslos. Darius quedó sin aliento. Era tan grata la sensación de sus dedos tocándolo que en su mente comenzó a forjarse una fantasía. Su apetito sexual era muy superior al de ella. Era un macho cárpata con una necesidad, elemental como el tiempo, de encontrar su compañera. Se había prometido a sí mismo que recordaría que Tempest era humana y que le daría todo el espacio que su propia naturaleza le permitiera. Pero, por el momento, ella no le estaba prestando demasiada ayuda.

Se endureció con un impulso repentino y salvaje, un acceso fogoso y doloroso que se añadió al calor reinante en la caverna y en la piscina. Ella lo rozó bajo el agua con la mano, se deslizó a lo largo de su miembro, se le ajustó como un guante. Él se apretó contra ella, deseoso de sentirla envolviéndolo una vez más.

—Esto no me ayudará a concentrarme —alcanzó a reclamar.

—¿En serio? Y yo que pensaba que eras tan bueno cuando se trataba de bloquear mentalmente todo tipo de sensaciones, Darius —dijo ella, provocadora, y siguió explorándolo, más profundamente, más osadamente.

Él inclinó la cabeza hasta el hueco de su hombro, y la raspó con dientes afilados. Bajo el agua caliente, desplazó la mano hasta su entrepierna. Tempest lo acomodó, empujando contra la palma de su mano. Él deslizó los dedos en el interior, pidiéndole que se montara en él.

—Quiero que me desees como yo te deseo a ti —murmuró él contra su cuello.

—¿Cómo es eso? —preguntó ella, apretando los dientes. Sentía que al contacto con su mano, Darius se iba volviendo más grueso y duro, como un hierro revestido de terciopelo. Sus dedos la estaban volviendo loca, acercándola poco a poco al borde de un precipicio. Alrededor de los dos, el agua se agitaba, chispeaba y burbujeaba con sólo tocarles la piel.

Darius la cogió en brazos. Debido a la exacerbación de su sensibilidad, le era casi imposible soportar el placer del agua caliente que chorreaba de ella hacia él.

—Rodéame la cintura con las piernas, Tempest —ordenó, con voz ronca, casi incapaz de articular las palabras. Todo su cuerpo chillaba por ella. Tempest obedeció y, lentamente, él la hizo descender sobre su miembro expectante. Cuando entró, caliente y húmedo, Darius se detuvo y la miró a la cara. A Tempest le pareció grande e intimidatorio, aunque lo acogió con su hendidura apretada, aterciopelada, cogiéndolo y envolviéndolo entero. El placer de sentirla cerrándose en torno a él, aceptando lentamente su invasión, era casi más de lo que Darius podía aguantar.

El calor en la caverna casi no dejaba respirar a Tempest. O quizás era la manera en que Darius la hacía bajar con una lentitud tan exasperante. Tempest apoyó la frente en su pecho, jadeando mientras Darius la penetraba, cada vez más profundo, con el vapor rodeándolos como si fuera humo creado por el fuego de sus cuerpos.

Él la cogió por la cintura cuando ella se montó hasta lo más hondo en él, acogiéndolo en toda su plenitud. Entonces, Tempest se movió. Fue ella, no él, la que comenzó a moverse. Tempest sentía el placer en la mente de Darius y también en la suya, y era tan intenso que llegaba a las puertas del dolor. Lo montó lentamente, y la belleza de esa imagen quedaría para siempre grabada en su recuerdo. La belleza de su rostro cuando ella lo engullía, retrocedía, volvía. Era un placer erótico el sólo ver el placer que le daba. Sabía exactamente lo que había que hacer para aumentar ese placer a partir de la mente de Darius, ahora fundida con la suya. Se apropiaba de las imágenes en su mente y hacía pequeños ajustes, y luego arqueaba la espalda para que sus pechos se deslizaran sobre la piel mojada de Darius, dejando que su pelo le cayera a él sobre los hombros, sensaciones que para Darius eran insoportablemente eróticas. Deliberadamente, Tempest alargaba el momento de la liberación, se movía lenta, rápida, luego lenta, y rápida, con los músculos tensos sujetos a él, lo dejaba ir a regañadientes, y luego volvía a capturarlo.

Mientras lo sentía agrandarse dentro de ella, Tempest lo escuchaba jadear en busca de aire, con el corazón martillando junto al suyo, hasta que sintió que su propio cuerpo comenzaba a ascender a las estrellas. No pudo concentrarse en la liberación de Darius porque ella misma comenzaba a fragmentarse. Darius tomó enseguida el control, y la cogió por las caderas. Empezó a penetrarla con embestidas certeras y duras, elevándola cada vez más alto, llevándola consigo, liberándose de sus ataduras, mientras sus gritos llenaban el espacio de la caverna. El vapor los envolvió juntos como un solo cuerpo, una sola mente y una sola piel.

Al final, Tempest estaba totalmente exhausta. Cerró los ojos y dejó descansar la cabeza en sus hombros.

—No me puedo mover, Darius. No me vuelvas a pedir que me mueva, nunca más.

—No lo haré, querida —dijo él, con voz tierna, y le apartó el pelo mojado del hombro para depositar ahí un beso. La llevó del agua caliente a la piscina contigua, cuyas aguas eran sensiblemente más frías, ya que se alimentaba de una fuente del exterior. Se hundió en el agua con Tempest en los brazos.

Ella sintió un alivio inmediato. Se soltó del cuello de Darius y se alejó flotando perezosamente. Si mantenía los ojos cerrados, podía imaginar que estaba al aire libre, con el cielo y los árboles por encima. Las opresivas capas de tierra y roca sencillamente desaparecieron de su pensamiento. Pero no podía mantener los ojos cerrados para siempre. Intentó pensar en aquello que le hacía sentir Darius, en la belleza de la caverna, en los diamantes prodigiosos que el volcán había producido a lo largo de los siglos.

—¿Qué pasa? —preguntó él, con voz queda.

—Nada, es que en esta caverna me siento como un murciélago. Es bello, Darius, no me entiendas mal —añadió a toda prisa, porque no quería herir sus sentimientos—, pero estamos a gran profundidad y está muy húmedo.

Darius nadó hasta ella, irradiando energía por todo el cuerpo. Su pelo mojado era negro como la noche.

—Ya te acostumbrarás, querida.

Tempest sintió que el corazón le daba un vuelco. ¿Qué significaba eso? No tenía ganas de permanecer en el subsuelo hasta acostumbrarse. Se mordió el labio y decidió ignorar el asunto. Dio unas cuantas brazadas por la piscina, disfrutando con sólo ver nadar a Darius, admirando su manera fluida de moverse. Bostezó y sus movimientos se hicieron más lentos, hasta que el cansancio se apoderó de todo su cuerpo. Era imposible tener una noción del tiempo en esas profundidades.

—Has tenido un día difícil —dijo Darius, que salió a la superficie muy cerca de ella. La cogió por la cintura y la atrajo hacia él—. Quiero que descanses mientras llevo a cabo el ritual curativo.

—¿Qué es eso? —Tempest se mostraba cauta, aunque su cansancio la hacía más obediente a las demandas de Darius.

Darius le miró de cerca la cara, se fijó en las ojeras que delataban su cansancio. Tempest se estaba quedando dormida de agotamiento. No le pidió que consintiera. Simplemente la cogió en brazos y la llevó hasta una pequeña alcoba, donde la tierra fértil era blanda y acogedora. Con un gesto de la mano, hizo aparecer una sábana de algodón que cubrió el lecho de tierra, y luego la depositó con mucho cuidado.

—¿Acabas de hacer esa sábana, no? —preguntó ella, alzando la mirada hacia él.

—Te sorprendería ver las cosas que puedo hacer —dijo él, apartándole el pelo mojado de la frente.

—Creo que ya nada puede sorprenderme —replicó ella.

—Esta vez no me distraigas de mi tarea, Tempest. Me liberaré de mi propio cuerpo y mi energía se introducirá en ti. Puedo sanar tus heridas desde dentro hacia fuera. El proceso de curación es mucho más rápido y, si hay una infección, puedo librar de ella a tu organismo. Pero no puedo manejar mi propio cuerpo al mismo tiempo. Debo concentrarme en lo que estoy haciendo. ¿Me entiendes? No puedo reincorporarme a mi organismo bruscamente puesto que, en realidad, estoy en el tuyo. De modo que no me distraigas de ninguna manera.

Ella se quedó muy quieta, mirándolo a la cara. Sintió que se apartaba de ella, lo vio con sus propios ojos. Al sustraerse al mundo en que se encontraban, Darius concentró toda su atención en el interior de su organismo. Ella deseaba establecer contacto mental con él. Le resultaba cada vez más fácil, pero no quería correr ningún riesgo distrayéndolo, que era precisamente lo que él le había advertido que no hiciera.

De pronto, lo percibió. Lo sintió entrar en su propio cuerpo, energía pura que se desplazaba a través de ella, como una luz interna, examinándola, cálida y relajante. Escuchó una voz en su mente. Era suave y reconfortante, y su murmullo era como el aleteo de una mariposa. No eran palabras conocidas para ella. Aún así, pensó que las había oído antes. Era un cántico. Intentó identificar algún sonido aislado, pero le fue imposible. Sólo recibía impresiones, como campanas de plata, como el agua fluyendo entre las rocas de un arroyo, como una suave brisa que agita las hojas de los árboles.

Sentía la piel cálida. Tenía la misma sensación en el interior. Las plantas de los pies dejaron de dolerle y, de hecho, las sentía en plena forma. Ignoraba qué hacía Darius, pero era evidente que se había puesto manos a la obra. Tempest se preguntó cómo era posible que pudiera sanar así. En ese momento, Darius le parecía un perfecto milagro.

Darius se reincorporó a su propio cuerpo y miró el bello rostro de Tempest. Parecía muy joven, y él se sintió como un delincuente, sabiendo que ella no tenía cómo negarse ni resistirse a la vindicación que él hacía de ella. Se había asegurado de eso. Ella no tenía ni idea de lo que implicaba el ritual, y la verdad era que quizás él tampoco lo sabía. Sin embargo, Darius sentía la diferencia en sí mismo, la diferencia que provocaban las palabras que había pronunciado, uniéndolos a ambos.

Él ya nada tenía que decir en el asunto. Tenía que estar con ella, cerca de ella. Sabía que no podían estar lejos el uno del otro sin que experimentaran ese malestar. Cualquiera fuera la alianza que esas palabras habían forjado, ahora ya estaba fuera de su alcance. Tenían que plegarse a los resultados.

Darius le tocó el rostro con un ligero roce de sus dedos.

—¿Te sientes mejor, Tempest? —Sabía que la respuesta era sí. Se estaba acostumbrando a entrar y salir de su mente, y en ese momento sintió el alivio de Tempest. Incluso la había sanado en lo más íntimo de su feminidad, de manera que esa manera salvaje, casi primitiva de poseerla no le dejara secuelas.

Ella asintió con ademán solemne.

—Es increíble que puedas hacer cosas como ésas. ¿Te imaginas lo que significaría para el mundo si los seres humanos aprendieran a sanar así? Quizá podríamos de verdad curar el cáncer. Piensa en todos los beneficios que tendría. No necesitaríamos los fármacos, Darius.

—No es una práctica humana de curación, Tempest.

—Pero tú me has curado. De modo que puede usarse con seres humanos. Quizá deberías trabajar como médico en lugar de guardaespaldas. Podrías ayudar a mucha gente que sufre.

Tempest lo decía en serio. La compasión en ella era más fuerte que el sentido común. Darius se inclinó sobre ella y le pasó la mano por el cuello con gesto posesivo.

—Yo no soy humano, querida. Si esa gente que tú quieres que salve supieran lo que soy, me clavarían una estaca en el corazón. Sabes que es la verdad. No puedo tener tratos íntimos con los seres humanos. Nada de encuentros. Desari entretiene a los humanos porque tiene la voz de un ángel y no puede hacer otra cosa. Dejar de cantar la entristecería, así que tengo que protegerla. Pero yo no trato estrechamente con esa gente.

Ella le acarició la mano y una ligera sonrisa le curvó la comisura de los labios, hasta convertirse en un hoyuelo en su mejilla derecha.

—Yo soy humana, Darius, y bien que has tenido trato conmigo.

—Tú eres diferente.

—No lo soy —protestó ella—. Soy igual que todas las demás.

—Tú primero viste la bestia en mí, Tempest. Te comunicas con los animales. Aceptaste instintivamente mi naturaleza primitiva. Sabes que soy un predador, más animal que hombre. Nosotros, cárpatos, somos una combinación de ambos. Sólo tú entre los seres humanos entiendes eso y lo aceptas.

—Pero piensas y razonas como un humano —dijo ella. Se sentó y se recogió el pelo hacia atrás, todavía mojado en el ambiente húmedo de la caverna. Volvía a sudar, y unas gotas le perlaron la piel. Miró a su alrededor en busca de su ropa, pero no recordaba qué había hecho de ella—. Eres más parecido a un humano de lo que crees, Darius.

Darius la cogió y la acunó contra su pecho.

—Quieres que sea humano porque te será más fácil lidiar con esa idea —dijo. Una nota de censura asomaba en su voz.

Tempest empujó contra la muralla de su pecho y le descargó una lluvia de golpes.

—A mí no me vengas con esa actitud. Sabes que a estas alturas me importa un rábano que seas una extraña criatura salida de esta antecámara del infierno. Yo sé que eso tú lo sabes. Has estado en mi mente como yo he estado en la tuya. Sabes qué pienso de ti. Te encuentro intrigante. Y, de hecho, no estás tan mal.

—Me encuentras sensual —le corrigió él, y la besó en la nariz.

Ella lo rechazó con un empujón y se incorporó. El cansancio que se iba apoderando de ella la hizo tambalearse ligeramente.

—No te creas que es nada especial. También te he dicho que eras como un dolor en el culo. —Tempest deambulaba por la caverna mirando el suelo.

Darius se incorporó con un suspiro y la siguió.

—¿Qué haces?

—Busco mi ropa.

—No necesitas la ropa —dijo él, con tono firme.

—Darius, si me haces el amor una vez más, creo que podría morir. Ya que eso no lo podemos tolerar, es mucho más seguro que encuentre mi ropa.

Él la cogió de la mano y la condujo de vuelta a la pequeña alcoba.

—Ni siquiera sabes lo que dices ni lo que haces —dijo. —Con otro gesto de la mano, hizo que aparecieran dos almohadas. Tempest bostezó.

—Tengo mucho sueño, Darius. Me encanta conversar contigo, pero los dos tenemos que mirar la realidad cara a cara. Aunque tú no seas humano, yo sí lo soy. No tengo ni idea de la hora que es, pero necesito dormir.

Él le sonrió con un destello provocador de sus dientes blancos.

—¿Por qué crees que he preparado esta cama? Éste es uno de mis lugares de retiro. Aquí es donde duermo.

—Eso ya lo he entendido. Pero tienes que devolverme.

—¿Adónde?

Algo en su voz fue como una advertencia para Tempest. Clavó sus ojos verdes en él. Había en Darius una quietud que no le gustó. Oía los latidos de su corazón.

—Quiero salir de aquí. Tú puedes dormir aquí, y yo dormiré en el campamento, en el vehículo que nos hayan dejado. Me da igual. Puedo dormir bajo un árbol.

—No hay ninguna posibilidad, querida, de que yo te deje dormir lejos de mí —dijo Darius. Habló con tono desenfadado, como si de verdad no importara dormir con toda una montaña por encima, un volcán, para más señas. Con un gesto, Darius se apoderó de su muñeca. No con dureza, sino ligeramente, como un flojo brazalete de dedos. Sin embargo, no dejaba de ser una advertencia.

—No puedes pedirme en serio que duerma aquí —protestó Tempest, liberándose de un tirón—. ¿Quedarse bajo tierra todo el tiempo que duermes? No puedo hacerlo, Darius, ni siquiera por ti.

—Dormirás a mi lado, donde yo sé que estarás a salvo, Tempest —respondió él, a su manera, suave pero implacable.

Ella dio un paso atrás. Palideció visiblemente.

—No puedo, Darius. Cuando me distraes, no me siento como si me sofocara, pero otra cosa es estar aquí, en la oscuridad total, e intentar dormir. No puedo ver como tú. Si las velas se apagaran o una ráfaga de viento nos dejara a oscuras, me volvería loca. Me sentiría sepultada viva. No soy como tú. Soy humana.

—No te llevaré a la superficie para dejarte a solas. Cada vez que te dejo en libertad, te ocurre algo. —Darius empezaba a sentir el latido de su miedo. Cuando conectó con su mente, descubrió que Tempest sucumbía a la desesperación y el pánico—. No te despertarás, Tempest. ¿Crees que no puedo asegurar esto? Puedo mandar a la tierra entera, si lo deseo. Puedo crear tormentas y olas gigantescas, puedo derretir la lava. ¿Por qué crees que sería incapaz de procurar que descanses junto a mí sin que nada turbe tu sueño?

Con la punta de la lengua, Tempest se tocó el labio inferior. Tenía los ojos desorbitados por el miedo.

—Tenemos que reunirnos con los demás, Darius. Yo puedo conducir todo el día. Tú puedes dormir y encontrarte conmigo donde sea que se establezca el campamento. Yo estaré ahí, te lo prometo.

Él se incorporó lentamente, con toda su implacable estatura de macho. Se movió con elegancia, dueño del poder enorme de un predador. Ella retrocedió de donde estaba y alzó las manos para protegerse. Darius se detuvo enseguida, con la oscura mirada fija en esa mano pequeña y frágil. Estaba temblando.

—No puedo dejar que esto continúe, Tempest —dijo él, tras un ligero suspiro—. He intentado darte toda la libertad que necesitas, pero tenemos que establecer un equilibrio entre nosotros. No puedo arriesgar tu vida, pero cuando te pido permiso o te doy explicaciones, tu miedo no hace más que aumentar. Si tomo el control de ti como debiera, tú no sentirías miedo ni correrías riesgos. ¿No ves que no me dejas otra alternativa?

Darius se movió en ese momento, y su velocidad fue tan prodigiosa que estuvo a su lado antes de que ella parpadeara, antes de que estuviera consciente del peligro que se cernía sobre ella. Tempest quiso golpearlo, luchó contra una fuerza superior, con la cabeza hecha un caos.

—¿Cómo puedes hacer esto después de lo que hemos compartido? —preguntó, y había tanto miedo en su voz que Darius creyó que se le derretiría el corazón.

Detestaba asustarla, aunque supiera que era por su propia protección. Nada le pasaría estando ahí. La montaña no la aplastaría. Podía respirar el aire sin problemas. Sus golpes desesperados no eran para él más que el batir de unas alas de mariposa y, sin embargo, cada uno de esos aleteos le llegaba al corazón.

—Dijiste que no me harías daño —siguió ella, aun cuando él la había arropado con sus musculosos brazos y la sostenía para consolarla—. Dijiste que siempre velarías por mi felicidad. Me mentiste, Darius. Creí que podía confiar en ti, confiar en la palabra que me dabas.

Sus acusaciones eran como pequeños golpes que él encajaba en el alma. ¿Eso era lo que Tempest creía de él, que le mentiría para salirse con la suya? Detestaba que tuviera miedo, pero ¿qué alternativa tenía?

—No te he mentido. Es mi deber velar por tu salud, por tu protección. No puedo hacer otra cosa que cuidar de tu seguridad.

—Darius, no me importa lo que seas, ni qué tipo de poderes tengas. Lucharé contra ti hasta el último aliento para conseguir mi libertad. No tienes derecho a dictarme nada, ni siquiera en lo que atañe a mi seguridad. No puedes. No tienes el derecho de «permitirme» hacer nada. Es mi libre decisión, y no lo toleraré.

Darius le miró el rostro apasionado con semblante tranquilo, pero le mantuvo esposadas las muñecas, al parecer no impresionado por su exabrupto.

—Cálmate, querida, y respira profundamente. Tu miedo al encontrarte bajo la montaña supera lo razonable.

—No me quedaré aquí contigo, Darius. Lo digo en serio. Me iré lejos, tan lejos que nunca me encontrarás —amenazó ella, y en sus ojos color esmeralda asomaron unas lágrimas que brillaron como piedras preciosas.

A Darius se le endureció visiblemente la expresión, y su boca perfecta se torció en una mueca de crueldad.

—Eso no sucederá nunca, Tempest. No hay ningún lugar donde puedas ir que yo no te encuentre. Te buscaría y no pararía nunca, hasta recuperarte. Eres el aire que respiro. Eres mi luz. Los colores de mi mundo. No hay vida sin ti. Nunca volveré al vacío y la oscuridad. Tú y yo estamos atados, así que no nos queda otra alternativa que encontrar una manera de que esto funcione. ¿Me he expresado con claridad?

—Perfectamente claro. Tú tienes la intención de convertirte en dictador y quieres que yo sea una muñeca. Eso no sucederá. Darius, yo he estado en tu cabeza, no eres el tipo de hombre que golpee a una mujer porque lo contraría.

Darius le deslizó la mano que tenía libre por la nuca, apenas una caricia ligera que le transmitió un temblor por la espalda e hizo nacer en ella una onda de fuego. Le irritó que él pudiera hacer eso, que con un ligero contacto consiguiera que su cuerpo se inflamara mientras, por otro lado, le negaba sus derechos. No podía dejarlo hacer eso. Ella no era débil. No era el tipo de mujer que cedería sólo porque él le hacía temblar las rodillas de deseo.

—No tengo que golpear a una mujer para que tome las medidas necesarias para protegerse. —Darius habló lentamente, con una voz aterciopelada, hipnótica—. Tú no eres una muñeca, querida. Nunca querría que lo fueras. ¿Acaso no te das cuenta de que lo que admiro en ti es tu valor? Pero no puedo permitir que te expongas a una situación de peligro. —La abrazó por detrás y le rodeó su cintura delgada hasta atraerla con fuerza hacia él—. Se hace tarde, Tempest. Necesito dormir. Quiero que te tiendas a mi lado y duermas también. Nada te despertará. Nada te hará daño.

—No puedo respirar aquí abajo —dijo Tempest, desesperada, limpiándose las lágrimas que se le pegaban a las pestañas y le corrían por la cara—. Darius, déjame ir, por favor, suéltame.

Él la levantó a pesar de su resistencia, como si no fuera más que una niña y, por un instante, hundió la cara en su cuello, disfrutando de su aroma, del roce de su piel.

—No hay por qué temer nada bajo esta montaña, cariño. Es un lugar propicio a la curación. —Su voz bajó una octava y adquirió un ritmo imperioso e hipnótico—. Dormirás en mis brazos, dormirás hasta que llame tu nombre.

Darius levantó la cabeza para quedar mirando directamente a sus ojos verdes. Hipnotizadores. Despiadados. Tempest no podía apartar la mirada, por muy sólida que fuera su voluntad. Él sentía su resistencia y la admiraba por ello, pero no cejaba. Eso no se lo podía conceder. Tendría que vérselas con ella al crepúsculo siguiente pero en las horas que quedaban de la noche, Tempest estaría a salvo.

Capítulo *10*

Es todo lo que tenemos. —La foto cayó sobre la mesa. Era la foto de una joven y esbelta pelirroja de pie en un arroyo con los brazos en alto. Reía y tenía el rostro vuelto hacia la luz del sol, mientras cientos de mariposas aleteaban a su alrededor.

—Matthew Brodrick está muerto. La policía dice que no cabe ninguna duda de que ha sido un suicidio. Pero yo digo otra cosa. Matt era uno de los nuestros. Sabía a qué se enfrentaba. No habría tomado fotos de cualquiera. —Brady Grand tamborileó con los dedos junto a la foto y luego dio dos golpecitos encima—. Esta mujer sabe algo. Este arroyo es el mismo arroyo donde encontraron a Matt.

—Venga, Brady —protestó Cullen Tucker—. Mira bien la foto. Hay sol. Es pleno día. Es imposible que esa mujer sea una vampiresa.

Grand paseó una mirada fría sobre los presentes.

—Yo no he dicho que lo sea, sólo he dicho que sabe algo. Incluso puede que le haya prestado ayuda a Matt. Si la encontramos a ella, encontraremos la verdad.

—La verdad es que no hemos llegado a ninguna conclusión —dijo Cullen, malhumorado—. Dices que este grupo es una pandilla de vampiros. La única «prueba» que has aportado hasta ahora es una oscura cita basada en la palabra persa *Dara*, refiriéndose a Desari, la cantante del grupo.

Aquellas palabras despertaron un murmullo de aprobación general, y el resto de los asistentes se removieron en sus asientos, expectantes. Nadie quería contradecir abiertamente a Brady Grand. Era un hombre demasiado duro. Pero habían perdido a seis hombres en el primer atentado contra el grupo, seis excelentes francotiradores y, ahora, a Matt Brodrick.

Brady lanzó una mirada a su alrededor.

—¿Eso es lo que pensáis? ¿Creéis que me equivoco a propósito de estas criaturas? ¿Qué os parece? Hemos mandado a seis hombres entrenados militarmente para matar a civiles supuestamente inocentes y todos acabaron muertos, mientras que ellos siguen muy vivos. Tú dime cómo ocurrió eso, Cullen. Tú cuéntame cómo ha podido ser que un solo guardia de seguridad haya acabado con seis de nuestros hombres y haya hecho desaparecer sus restos. Tenían un plan de escape a prueba de fuego, pero desaparecieron. Rociaron ese escenario de balas y, sin embargo, los miembros del grupo salieron relativamente ilesos. Tú explícame eso, Cullen, porque yo no entiendo cómo ha podido ser.

—El grupo tuvo suerte. Quizás el guardia es más hábil de lo que piensas. Puede que él también sea paramilitar. ¿Qué sabes del tipo que manda? No deja pasar ni una. ¿Es posible que el equipo contara con una información deficiente? ¿Qué quizá fueras tú el que la jodiste?

Brady apretó el puño con fuerza hasta que los nudillos se le pusieron blancos. Le tembló un músculo de la mandíbula.

—Yo doy por cierto que la cantante es una vampiresa. Estoy seguro, Cullen. El equipo también lo sabía, o jamás se habrían decidido a dar el golpe. Queríamos desangrarla todo lo posible, debilitarla, y atraparla viva. Hace años que los nuestros desean tener un espécimen vivo para estudiarlo. Pero si lo único que podemos conseguir es un ejemplar muerto, que así sea.

—Lo único que hemos conseguido hasta ahora es que el mundo crea que somos un puñado de locos fanáticos —protestó Cullen—. Yo digo que busquemos otro blanco, alguien que no sea tan popular. Los polis están chiflados por Desari. Los comerciantes de todas las ciudades que visita la adoran. El público la ama. Si la matamos, nos perseguirán y nos cazarán como a perros sarnosos.

—Ése es tu problema, Cullen. No tienes sentido del compromiso. Esto es la guerra. Somos nosotros contra ellos. ¿Tú crees que existen? Después de todas las pruebas que te he enseñado, ¿de verdad no crees? —inquirió Brady—. ¿Después de lo que has visto con tus propios ojos? ¿O sólo crees que se trataba de una leyenda que te contamos para que ingresaras a nuestro grupo?

—Sí creo que los vampiros existen —dijo Cullen—. Pero no esta cantante. No es más que una mujer con una voz muy bella y un guardaespaldas que es un arma más letal que cualquier cosa que he conocido. ¿Y qué pasa si ella duerme durante el día? ¿Qué os creéis? Si trabaja toda la noche. Y no podemos encontrar su lugar de campamento aunque no paremos de seguirlos. Son muy cautelosos, muy privados. Pero nunca nadie muere. No matan a ningún pequeño. Nunca dejan tras de sí un reguero de cadáveres. Si son vampiros que se alimentan de las personas, ¿dónde están los cuerpos? Todos los vampiros de los que he sabido, matan. La razón por la que no podemos encontrar a esta gente en su campamento es que el guardaespaldas es bueno. Y *ésa* es la razón por la que no hay fotos, no es porque no podamos fotografiar a nadie. Este tío hace su trabajo, y lo hace bien. Por lo tanto, no hay fotos no autorizadas.

—¿Y los leopardos? —preguntó Brady.

—Es parte del espectáculo, de la mística. Lo suyo es el espectáculo, Brady. Todos tienen algún tipo de truco. A ellos les gustan los leopardos. ¿Y qué? Los vampiros buscan la compañía de lobos y murciélagos. ¿No es eso lo que nos han contado? —Cullen había dado con un buen argumento.

El hombre que se encontraba más cerca de Cullen carraspeó. Era algo mayor que los demás y, normalmente, era muy parco en palabras.

—Es posible que Cullen tenga razón en este caso, Brady —dijo, con voz pausada—. No hay ninguna prueba que nos diga que los miembros de ese grupo hayan estado alguna vez en los montes Cárpatos o que sean originarios de esa región.

—Wallace —protestó Brady—, sé que estoy en lo cierto a propósito de la cantante. Estoy absolutamente seguro.

El hombre mayor sacudió la cabeza.

—Las piezas no encajan. Al parecer, los vampiros tienen una

usanza con sus mujeres. Las poseen por completo. Sin embargo, sabemos que esta mujer ha tenido relaciones con alguien del mundo exterior.

—Estás demostrando lo que yo mismo digo —declaró Brady, con tono triunfante—. Ella tiene una relación con Julian Savage. Él proviene de una región sospechosa de albergar a vampiros desde hace tiempo. Y Savage siempre ha sido objeto de sospechas. De pronto aparece y... ¿la cantante y él se enamoran? A mí me parece una coincidencia demasiado grande. —Brady dejó que esa información quedara flotando en el ambiente, sabiendo que había conseguido lo que quería. Julian Savage era uno de los primeros nombres en la lista de sospechosos de la sociedad, y lo era desde hacía tiempo, aunque siempre conseguía eludir a sus captores.

Se produjo un breve silencio. Todos miraban a William Wallace, el hombre mayor de habla pausada. Pertenecía a la sociedad de cazadores de vampiros desde hacía más tiempo que todos los demás. Había perdido a miembros de su familia a manos de vampiros. Los había cazado en Europa y, cuando hablaba, todos, entre ellos Brady, hacían lo que él decía.

—Es verdad —reflexionó Wallace, con voz queda—, que ahí donde va Julian Savage, la muerte le sigue. Y, sin embargo, la policía nunca lo considera sospechoso. Tenía una casa en el barrio francés de New Orleans, y varios miembros de nuestra sociedad desaparecieron ahí, nunca los encontramos. No pudimos demostrar que él vivía ahí en aquella época. Al parecer, había vendido la casa familiar, aunque sabemos que incluso los vampiros pueden falsificar los documentos y papeles necesarios. Viaja a menudo de un país a otro. Es un hombre bastante adinerado —siguió Wallace—. Ahora viaja por todo el país con un grupo de músicos. En realidad, es sospechoso —dijo, y se inclinó para mirar la foto—. ¿Estás seguro de que se trata del mismo lugar donde murió Brodrick?

—Inspeccioné personalmente el lugar. Seguro que se trata del mismo. Matt tomó una serie de fotos de esta mujer.

—¿La habéis visto alguna vez? —inquirió Wallace.

Todos negaron con un movimiento de cabeza.

—Matt tampoco tenía novia —señaló un joven con la cara llena de granos. Era el más reciente de los miembros de la sociedad, y quería hacerse notar, ponerse a prueba ante los demás—. Así que si en realidad conoció a una mujer y tomó todas estas fotos en el sector donde se rumoreaba que tenían su campamento los Trovadores, tiene que haber tenido alguna relación con el grupo.

—¿Hay alguna foto que muestre la cara más de cerca? —preguntó Wallace.

—Ésta es la mejor. Miraba de frente a la cámara. Yo digo que encontremos a esta chica y tendremos unas cuantas respuestas —sugirió Brady.

—Quizá deberíamos seguir investigando —opinó Wallace—. Si esta chica sabe algo, no debería ser demasiado difícil obtener información de ella. Encontradla y traedla a nuestro cuartel general para interrogarla.

Cullen Tucker parecía inquieto.

—¿Y supongamos que no sabe nada de nada? Quizá no sea más que una chica que Matt encontró fotogénica. Si la traéis aquí y nos ve a todos, y descubre nuestra misión, nos veremos expuestos ante el mundo.

—Wallace se encogió de hombros, como quitándole importancia.

—A veces es necesario hacer pequeños sacrificios. Por lamentable que sea, nos desharemos de la chica para proteger nuestras identidades.

Cullen paseó la mirada por la sala, escrutando los rostros, buscando a alguien que manifestara su oposición con él. Pero eran rostros impasibles, los rostros de seguidores. La prudencia le aconsejó no decir palabra.

—¿Tienes algún problema con eso? —gruñó Brady, cuyos fríos ojos de pronto habían despertado. Era la fiebre de sangre.

Cullen se encogió de hombros.

—No más que cualquiera de los presentes —dijo, conciliador—. No tiene por qué agradarme, Brady, sólo porque sea necesario. La buscaré durante el próximo concierto del grupo. Es en el norte de California. Estoy seguro de que ahora se dirigen hacia allá. No debería ser difícil encontrarla, pero en caso de que me equivoque, enviad a alguien de vuelta al parque natural. Quizá fuera alguien que acampaba por ahí. Puede que los guardias del parque la hayan visto.

Brady Grand guardó silencio un momento, apaciguando el impulso de armar una pelea. Asintió con la cabeza.

—Llévate a Murray. Será más seguro si sois dos —dijo, y señaló al joven, sabiendo que el chico estaba ansioso de hacer algo violento y obtener el reconocimiento del grupo.

—Siempre trabajo solo, eso ya lo sabes —protestó Cullen—. Si somos dos, llamaremos la atención de ese guardaespaldas. No podemos descartarlo, ¿sabes? Estaría dispuesto a apostar que fue él quien se cargó a nuestro comando.

—Puede que sí —reconoció Wallace—, aunque es más probable que haya sido Savage. Apareció justo a esa hora. No creo que el guardaespaldas de Desari sea una amenaza para nosotros, a menos que, claro está, sea uno más de ellos.

Cullen se guardó su respuesta. ¿De qué serviría? Brady Grant se había vuelto tan fanático como William Wallace en los últimos años. Llevaban armas permanentemente y entrenaban a un pequeño ejército. Era como si los dos pensaran que de verdad llevaban a cabo una guerra. Cullen sencillamente creía que si existía algo tan maligno como un vampiro, debería ser exterminado. Lo creía porque había vivido en San Francisco hacía unos años, en una época en que andaba suelto un asesino en serie. Salvo que no se trataba de un asesino en serie. La criatura había matado a la novia de Cullen ante sus propios ojos, chupándole la sangre y riendo mientras lo hacía. La policía no le creyó… Nadie le creyó. Hasta que Brady Grand lo encontró. Ahora Cullen ya no estaba tan seguro de que Brady y Wallace no estuvieran igual de sedientos de sangre que el vampiro.

Cullen miró una vez más la foto de la pelirroja que reía. Era una mujer bella, se notaba la alegría y la calidez en su sonrisa, la compasión en su rostro, una especie de dulce inocencia en su manera de ser. Más allá de su esbelta figura y esa melena de pelo cobrizo, Cullen vio a alguien que valía algo. Vio a una mujer con la misma bondad natural que había tenido su novia. Suspiró y guardó la foto. Le parecía asombroso que los demás no vieran la inocencia que reflejaba su rostro. Esa chica no tenía nada que ver con vampiros.

—Me voy —anunció, con tono seco—. Llamaré de vez en cuando para saber si alguien se ha enterado de algo, así que tened a alguna persona en permanencia atendiendo el teléfono.

Brady lo miró con una expresión rara. Asintió lentamente, y siguió a Cullen con su fría mirada de víbora hasta verlo salir. Cullen respiró hondo el aire frío de la noche, como si quisiera desprenderse del hedor del fanatismo. Había seguido a los miembros de esa sociedad con la idea de vengar la horrible muerte de su novia. En ese momento, esa necesidad ya no era tan acuciante. Quería verse libre de la rabia y el odio y volver a rehacer su vida.

Sentía que la foto le quemaba en el bolsillo del pantalón. Quizá lo más inteligente fuera desaparecer. Largarse. Esconderse. Sin embargo, conocía a Brady Grant. A aquel individuo le gustaba matar, y creía que en la sociedad había encontrado una salida legítima para sus tendencias psicóticas. Había sido expulsado incluso del ejército de Estados Unidos, y la causa alegada fueron las continuas agresiones contra los reclutas novatos y el personal civil. En su expediente había dos incidentes apuntados, dos muertes sospechosas que nadie podía demostrar como asesinatos. Cullen estaba bien enterado. Le había pedido a un amigo que entrara en los informes militares. Brady Grand no era el tipo de enemigo que Cullen quisiera tener pisándole los talones por el resto de sus días.

Cuando Cullen puso en marcha su Jeep, la foto seguía quemándole en el bolsillo. De pronto, lanzó una imprecación. No podía ir y dejar a la pelirroja sin más. Tendría que encontrarla y advertirle. A la cantante también. Puede que tuviera el mejor guardaespaldas del mundo, pero si Brady Grant era lo bastante persistente, tarde o temprano la sociedad la encontraría.

En un arranque de frustración, descargó unos cuantos golpes en el volante y luego giró en dirección al norte.

Muy lejos de ahí, en las profundas entrañas de la tierra, Darius estrechó a Tempest contra él. Algo se movía en su mente, una señal de advertencia, una señal que le había sido muy útil a lo largo de siglos. Era lo bastante fuerte para despertar a la bestia, volverla a la vida con un rugido. Sintió que los colmillos le crecían como una señal agorera. Alzó la cabeza y recorrió el interior de la cámara con su mirada oscura y gélida. Giró lentamente la cabeza hacia el sur, hacia el peligro. Algo amenazaba a Tempest, algo que provenía de esa dirección.

Nada le haría daño a la mujer que tenía en sus brazos. Él había hecho un juramento.

Bajó la mirada hacia ella, hacia su rostro, que parecía tan joven y vulnerable en su sueño. La luz de las velas le acariciaba suavemente la piel y proyectaba sombras tentadoras que lo invitaban a tocarla. Darius sintió el deseo que se apoderaba de él y permitió que así fuera. Tardaría siglos en saciar su apetito de ella. Siglos. Pero él había escogido otro camino. Había decidido conservar la naturaleza humana de ella y morir con ella cuando llegara el momento. Por eso tendría que ser más cuidadoso en su posesión de Tempest. No podía permitirse beber de su sangre cada vez que se aparearan.

Sentía que todo él se descontrolaba cuando la deseaba, y que eso era peligroso para los dos. Pero él la deseaba, y jamás dejaría de desearla. Era una sensación salvaje y primitiva y, sin embargo, también era tierna y amable. Sin embargo, él no era un hombre amable. Los largos siglos se habían encargado de hacerlo así, habían afinado su aspecto más cruel, su naturaleza de predador. Pero cuando la miraba a ella, era diferente. Algo en su interior se derretía, se ablandaba.

Todos esos siglos de existencia le avisaban cuál era el momento exacto en que el sol se ponía y la noche envolvía a la Tierra en su manto. Su tiempo. Su mundo. Darius se estiró perezosamente y se giró para acariciar con gesto posesivo la piel satinada de Tempest. Él no había dormido en la tierra acogedora ni disfrutado del sueño rejuvenecedor de los suyos. Si algo malo hubiera sucedido, no quería que Tempest se despertara sola bajo la montaña con lo que parecería ser su cadáver junto a ella. En su sueño, los cárpatos inhibían los mecanismos de su corazón y sus pulmones, una costumbre útil y rejuvenecedora que su organismo requería para conservar la plenitud de sus fuerzas, si bien para los seres humanos la sola idea era aterradora.

Al no ceder a esa costumbre habitual, el sueño de Darius había sido irregular y agitado. Sin embargo, Tempest era joven y estaba acostumbrada a hacer las cosas a su manera, así que él sacrificó su descanso para asegurar su colaboración y su seguridad. Cogió unos rizos de su pelo entre los dedos. Pelo rojo. Ojos verdes. Temperamento tormentoso. Fuerza de voluntad. Su piel era cálida e incitante. En su sueño inducido por el trance, el corazón le latía con fuerza y su respiración producía un suave vaivén de sus pechos turgentes subiendo y bajando.

Darius inclinó la cabeza para saborear su piel, a la vez que transmitía la orden a Tempest para que se despertara. Estableció contacto mental con ella cuando obedeció con pereza, y la alimentó con su propio deseo hambriento de ella, creando imágenes eróticas de sus fantasías en la mente de Tempest. Acercó la boca, lenta y lánguidamente, de pronto mordisqueando, reclamando cada parte de ella. Sintió que el ritmo del corazón de Tempest cambiaba para adaptarse al suyo. Se endureció, reclamando lo suyo, con la sangre rugiendo en las venas. Sintió que ella respondía con todo su cuerpo, que la sangre caliente en sus venas transportaba llamas y transmitía deseo.

Antes de que estuviera despierta del todo y completamente consciente del lugar donde se encontraba, Darius convirtió su mundo en una fantasía erótica. Saboreó la calidez de su garganta, y su mano tomó posesión de uno de sus pechos. Aunque Tempest era pequeña y sus huesos eran delicados, sus pechos eran llenos y turgentes y le cabían en el cuenco de las manos, como hechos a su medida. Darius experimentó una dicha casi salvaje al ver que, en su agresiva respuesta viril, se ponía duro.

Le buscó el hombro con la boca y se demoró en el hueco del hueso. La lamió suavemente, insistente, siguiendo la hondonada entre sus pechos, prestando especial atención a los pezones, sintiendo que su sangre se convertía en fuego. Cerró los ojos apenas un instante, saboreando la textura de su piel, sintiendo que su propio cuerpo no era inmune al fuego. Pero luego quiso seguir la curva de cada una de sus costillas, acercarse a su vientre.

Sus manos siguieron más abajo, hacia el elegante perfil de sus caderas, y se detuvo a acariciar su piel de satén. Bajo sus caricias, ella no dejaba de moverse, todavía medio adormecida y sólo en parte consciente de lo que él hacía. Sin embargo, todo su cuerpo latía de deseo por él. Él lo percibió gracias a su conexión mental. Darius sonrió para sí mismo, disfrutando con la certeza de que cada vez que él despertara, toda ella, con su cuerpo suave y acogedor, estaría a su lado.

Ella movió las piernas y Darius comenzó una lenta caricia de sus muslos. Tempest dejó escapar un suave gemido, como si intentara dilucidar si aquello era una fantasía erótica o la realidad. No tenía idea de dónde se encontraba, sólo tenía una noción de aquella boca que se desplazaba, perezosa pero exhaustiva, por cada rincón de su cuerpo. Darius buscó el nido de sus rizos apretados, sintió el ardor que latía en ella. Cuando ella se acercó, él inclinó la cabeza para saborearla. Tempest dejó escapar un grito mezcla de alarma y placer, con los puños perdidos en su cabellera, acercándolo más. Un calor al rojo vivo, un relámpago azul la atravesó a ella y llegó hasta él. Era una sensación asombrosa, y Darius sintió que Tempest temblaba de placer.

Su propio cuerpo se había entregado a un brutal desenfreno, y ahora estaba tan grueso y lleno que hasta temía desgarrarla si se movía con demasiado ímpetu. Cuando la acompañó hasta su ruidosa liberación, Tempest desplazó las manos hasta los duros músculos de su espalda y se detuvo en sus caderas. Darius alzó la cabeza y, cuando la miró, sus ojos ardían.

Tempest era normalmente modesta y debería haberse sentido inhibida. Pero esta vez captó las imágenes en la mente de Darius, su deseo irrefrenable, y se sintió como una lasciva sin escrúpulos, y luego vio que le gustaba. Lo empujó hacia atrás hasta hacerlo tenderse. Le siguió la línea del pecho con las manos, inclinó la cabeza para lamerle la piel caliente. Hasta su sabor era masculino. Darius se había enraizado en su mente, y Tempest sintió las lenguas de fuego que le recorrían las venas, el hambre insaciable y doliente de todo su cuerpo. Dejó deliberadamente que su pelo sedoso le cayera sobre la piel sensible, exacerbando todavía más el placer.

Darius murmuró su nombre, y apretó sin darse cuenta sus blancos dientes. Tempest se tomaba su tiempo, y lo estaba volviendo loco de excitación, siguiendo una huella con su boca hasta llegar a su vientre plano y encontrar la curva de su cadera. Lo rozó apenas con la mano y él se tensó todavía más. Volvió a mascullar su nombre, esta vez como una orden, pero Tempest se negó a escuchar. Lo probó con la lengua en una larga caricia que a él le hizo estirar las manos hasta su cabello y obligarla a mirarlo.

Tempest tuvo la audacia de reírse de él, y su aliento cálido alimentó aún más la conflagración que se iba acumulando en Darius. Ella deslizó la mano a lo largo de él, probando su peso, su grosor. Y luego él lanzó un grito ronco, cuando se sintió envuelto por la textura sedosa de su boca. Caliente, prieta, húmeda. Ella sabía lo que a él le gustaba por las imágenes en su mente, y Darius estaba perdido para el mundo. Perdido en la belleza de lo que compartían.

Ella lo provocó. Lo atormentó. Disfrutó del poder que tenía sobre él. Darius lo soportó hasta donde fue capaz físicamente. Y después le cogió la cabeza por un mechón de pelo rojo y dorado. Poco importaba si su gesto era brutal, era lo único que podía hacer en ese momento. Sus manos encontraron su cintura y tiraron de ella hacia él.

Sin dejar de mirarse, Tempest se deslizó lentamente por encima de él hasta que él la penetró, centímetro a centímetro. Su hendidura estaba expectante y caliente, humedecida y tan apretada, a pesar de su suavidad de terciopelo, que Darius clavó los dedos en sus caderas para impedirle que lo hiciera estallar. ¿Dónde estaban, se preguntaba, esos siglos de aprendizaje de autocontrol?

Para Tempest era asombroso darse cuenta de que sabía exactamente qué quería Darius. Empezó a montarlo con un movimiento suave, que no tardó en convertirse en un movimiento frenético. Tenía los músculos apretados a su alrededor, acogiéndolo profundamente en ella. Él la acariciaba por todas partes, bajaba hasta su cintura ligera, su torso estrecho, la plenitud de sus pechos. Y luego se inclinó hacia ella, un movimiento lento, inexorable que a Tempest la dejó sin aliento. Sintió el hambre en él, su necesidad de beber de su sangre, más un impulso sexual que un simple apetito. Lo había hecho muchas veces, pero ella nunca había visto otra cosa que sus dientes perfectos. En ese momento, él no hizo ni el menor intento de ocultarle a Tempest sus colmillos que se alargaban cuando inclinó la cabeza hacia su cuello.

Darius embistió, hundiéndose en lo más profundo de ella al mismo tiempo que sus colmillos se hincaban en su cuello terso. Compartió con ella esa sensación final, cuerpos y mente unidos en la esencia misma de la vida. Tenía el cuerpo que ardía, y el estallido final seguía acumulando potencia sin parar, hasta que ya no hubo manera de controlarlo. Darius la arrastró consigo hasta que los dos empezaron a sentir la liberación al unísono, mientras la tierra temblaba bajo sus pies.

Tuvo que obligarse a dejar de beber su sangre sólo porque deseaba colmar su sed insaciable de ella. Ya se había percatado de las diferencias en Tempest, de su mayor agudeza auditiva y visual. Sin quererlo, él exacerbaba sus sentidos. Estaba alterando la condición humana que se había jurado preservar. Darius la rodeó con los brazos, en un gesto protector. Nada iba a hacerle daño a Tempest. Jamás. Ni siquiera él.

Tempest se estiró alegremente sobre toda la longitud de su cuerpo duro y musculoso, sintiéndose acogida y amada en toda su plenitud. Darius era un amante perfecto, y cuidaba de ella hasta en sus momentos más desenfrenados. Ahora sentía los corazones latiendo al mismo ritmo, y así estuvo un largo rato mientras recuperaba el aliento. Cuando respiró hondo para tragar aire, sintió el calor opresivo. Se mordió el labio inferior mientras miraba a su alrededor.

Aún estaban en la caverna. Se sintió presa de una horrible humillación. Se había distraído tanto con la sesión de amor que ni siquiera se había parado a pensar dónde se encontraban. No se habría dado cuenta ni aunque estuvieran en plena calle. ¿Dónde estaba su orgullo? Aquel hombre la había prácticamente secuestrado, la había tenido cautiva en el centro de la tierra sin el más mínimo remordimiento. Y luego se había aprovechado de ella vergonzosamente.

Tempest levantó la cabeza y sus largas pestañas velaron sus ojos antes de que él pudiera interpretar su expresión. Pero entonces Darius se convirtió en una sombra en su mente, porque ahora sentía la culpa y la rabia contra sí misma, su sentido de la humillación por haber permitido que ocurriera aquello cuando estaba tan enfadada con él.

Él la hizo deslizarse enseguida debajo de él y la atrapó con su cuerpo más grande. Le enredó un puño en el pelo brillante y sedoso y se lo llevó a la boca.

—Debo disculparme por haberme aprovechado de ti mientras dormías. Ha sido un error de mi parte, ya que había cosas entre los dos que no estaban resueltas. Pero eres tan bella, Tempest, que he perdido toda mesura.

Ella abrió las largas pestañas, sólo para revelar unos ojos verdes que refulgían de rabia. Lo empujó con las palmas de las manos apoyando con fuerza en su pecho. Él se quedó tan anonadado por su reacción que no atinó a moverse, ni fingir que acusaba el empujón. El deseo se acumulaba en él como una ola, tan poderosa que casi le besó a ella en su boca hambrienta.

—Te crees demasiado, Darius. Ni te pienses que me puedes despistar con una de esas frases tuyas. Tú no has perdido ninguna mesura. Sabías exactamente lo que hacías. Querías gozar del sexo, y eso es lo que has hecho. Y yo soy tonta, eso es lo que soy, una tonta, y te seguí como una de esas heroínas descerebradas de las novelas rosa. —Tempest se dio cuenta de que sus palabras no hacían mella en él, y eso la enfureció todavía más.

—Quería hacer el amor contigo —corrigió él, con su voz aterciopelada y ronca.

Con sólo oír esa voz, Tempest sintió un torrente de fuego que le recorría las entrañas. Se requería una fuerza enorme para apartar la vista de esa intensidad quemante de sus ojos. Y Dios tendría que salvarla en persona si se atrevía a mirar esa boca perfecta de Darius. Todo aquello no hacía más que añadir combustible al fuego.

—Crees que te puedes salir con la tuya seduciéndome, Darius, pero no dará resultados. No es que yo me aprecie mucho a mí misma en este momento, y sé que no has sido sólo tú, pero déjame decirte antes de que te indigestes con tu propio ego, que hoy no te respeto ni la mitad de lo que te respetaba ayer. —Vaciló y guardó silencio—. Si es que ocurrió ayer.

—Puedes bañarte en la piscina. —Darius intentó que no sonara como una orden. Su cuerpo respondía al más ínfimo roce con Tempest. No se aventuraba a tomar una iniciativa, viendo sus ojos verdes que lanzaban dardos de fuego y su pelo rojo en llamas.

—¿Me estás dando permiso? —preguntó ella, con tono sarcástico.

Él inclinó la cabeza ante ella porque Tempest había hecho esa ligera mueca con los labios que nunca pasaba desapercibida para él. Su boca encontró la de ella, y probó la dulce miel de Tempest incluso en medio de su ira, grabando para siempre aquel momento en su corazón.

—Ahora entiendo por qué siempre te metes en líos —murmuró, y deslizó sus labios por la boca de ella, hasta llegar a su hoyuelo, y más abajo todavía, hasta encontrar su mandíbula y su cuello. Sintió el pulso que latía al contacto con sus labios, alimentando su apetito. Salió de la nada, le llegó con una intensidad y velocidad que lo hizo endurecerse, urgiéndolo a poseerla una y otra vez.

Tempest se apartó de él con una mirada de cautela en sus ojos color esmeralda. Darius era tan fuerte que su poder la anonadaba y ella veía que no tenía ningún control de la situación. En ese momento, era su prisionera, oculta en el subsuelo, y Darius podía tenerla ahí el tiempo que quisiera. La idea no se le había ocurrido hasta ese momento, y enseguida la hizo palidecer.

—¿Darius? —Pronunció su nombre con voz entrecortada, como implorando una certeza.

Él tomó contacto con su mente y percibió sin tardar el miedo en ella. La rodeó con los brazos y la atrajo hacia él con gesto protector.

—En cuanto te bañes, subiremos a la superficie. Yo tengo que cazar. Y tú tienes que alimentarte.

Ella sintió un gran alivio y creyó en la transparencia de su voz. A pesar de la rabia que sentía, se quedó abrazada a él sólo un momento, esperando que su corazón dejara de latir tan violentamente.

—Darius —confesó—. De verdad, tengo mucho miedo aquí abajo.

Darius la apretó con más fuerza, hasta aplastar su menudo cuerpo contra su pecho. Él no había conocido el verdadero significado del miedo hasta que ella había aparecido en su yerma existencia. Ella había dado vida a la definición del miedo para él. Darius temía perderla, temía que algo o alguien le hiciera daño. El miedo lo ponía nervioso y lo hacía peligroso, como un felino sujeto a estados muy cambiantes e impredecibles.

—Todas estas cosas son diferencias menores que podemos resolver, Tempest —aseguró él—. No hay ningún obstáculo entre nosotros que sea insuperable.

Ella respiró hondo para serenarse.

—De acuerdo, Darius, yo pienso igual. Solamente que no tienes por qué controlarme todo el tiempo. Me agrada mi libertad. Es así como soy.

—Tú eres mi otra mitad, así como yo lo soy para ti —dijo él.

Ella se liberó de su abrazo y se incorporó, apartándose de él para no ceder a la tentación de darle una patada en las espinillas. Darius era tan arrogante, siempre con esa palabrería sin sentido y anticuada, que le dieron ganas de empujarlo a la piscina y verlo perder esa magnífica calma suya que tanto la irritaba.

Darius ocultó su sonrisa. No podía evitar decir ese tipo de cosas para provocarla. Le gustaba ver esos ojos que brillaban como gemas, aquel destello de fuego que mostraba su naturaleza apasionada, a la vez que su rabia.

Tempest entró en la piscina y descubrió que el agua clara en contacto con su piel era más erótico de lo que hubiera deseado. Sabía que mientras ella nadaba, él la observaba con sus ojos negros ardientes. Algo femenino y salvaje pareció adueñarse de ella. Se mojó el pelo lentamente, girándose para que su perfil estuviera orientado hacia él, el agua lamiéndole la cintura y corriéndole por los pechos desnudos. Llamándolo. Incitándolo.

Gracias a su mayor agudeza de oído, Tempest oyó sus imprecaciones en sordina. Una sonrisa le curvó la boca suave, y la rabia desapareció cuando lo miró y vio la expresión de su deseo, una expresión que a Darius le era imposible ocultar y a ella no ver. Ella se inclinó deliberadamente hacia delante, y volvió a aclararse el pelo, dándole a él una visión espléndida de la curva de sus caderas y nalgas. Darius se merecía ese leve sufrimiento. Y ella se divertía.

Pequeña bruja pelirroja. Lo estaba volviendo loco, y era algo premeditado. Él lo sabía. También sabía que Tempest se divertía al recuperar su sentido del control y del poder. Darius dejó escapar un ronco gruñido de frustración. Ella respondió con una risa ronca que enseguida fue ahogada por el ruido del agua que salpicaba. Qué descarada. Un hombre podía aguantar hasta cierto punto. En cualquier caso, el deseo le nublaba el juicio, y nada sabía como la sensación de sus encuentros eróticos. Aún así, no podía permitirse beber de su sangre en abundancia. Reemplazarla con la suya era un pasatiempo peligroso, y alteraba a Tempest de una manera cuyas consecuencias él no conocía. Las pocas ocasiones en que, a lo largo de los siglos, había conocido a mujeres humanas que se convertían, éstas acababan transformándose en vampiros y alimentándose de niños pequeños. Él se había visto obligado a destruirlas.

La sola idea lo aterraba. ¿Qué pasaría si de alguna manera llevaba a Tempest hasta ese límite? Sus mentes estaban constantemente buscándose. ¿Era posible que ella estuviera corriendo un riesgo por su culpa? ¿Tendría Julian la respuesta a esa pregunta? Aunque no le agradaba la idea, tendría que preguntarle al compañero de Desari para que lo iluminara en ese asunto. Si Tempest corría algún peligro, el orgullo pasaría a segundo plano.

Se volvió nuevamente para mirarla. Era una mujer exquisita. Todo en ella lo conmovía, despertaba en él sentimientos intensos, ya fueran de protección, sexuales o emocionales. Le fascinaba la línea de su cuello, su delgada cintura, la curva de sus pechos, el torso y las nalgas.

Tempest se estrujó el pelo con parsimonia y salió de la piscina. Se encontraba a sólo un metro de Darius y ya había sentido la llamada ronca de su cuerpo, el calor que emanaba de su piel. Lo miró con una sonrisa en los labios, provocadora, desafiante, apenas una leve mueca burlona con que reconocía su evidente malestar.

—Tienes un problema, por lo visto —dijo, en voz alta.

Era magnífico. No había otra palabra para describir su cuerpo. Y le seguía sorprendiendo que pudiera despertar en él esa reacción tan poderosa, tratándose de una criatura tan fuerte y controlada como Darius. Ese poder para ponerlo fuera de sí la intrigaba y a, a la vez, la excitaba. Era emocionante, como montarse en el lomo de un tigre y aferrarse a él como si fuera una cuestión de vida o muerte.

Darius esperó a que ella pasara delante de él antes de estirar la mano y tomar lo que era suyo. Le cogió los brazos por atrás y luego le hizo apoyar las manos por delante, sobre una roca plana. Enseguida la atrapó con todo el cuerpo, empujando agresivamente contra sus nalgas, mientras con sus dedos exploraba y se cercioraba de que estaba húmeda y cremosa, deseosa de él. Le cogió las caderas con fuerza y entró en su hendidura apretada y húmeda. Tempest estaba lubricada y caliente, esperándolo. Darius se permitió ceder al instinto natural de dominación propio de los machos de su estirpe. Sus colmillos encontraron su hombro y la clavaron en su lugar, mientras se hundía en ella una y otra vez con embestidas largas y profundas.

Tempest sintió la dulce ola de fuego que la consumía, la fuerza de sus manos que la cogían por las caderas, su miembro grueso y duro entrando cada vez más hondo en ella, sólo para salir y volver a penetrar. Sintió su boca en la piel, el calor ardiente al hincar los dientes profundamente y mantenerla en una posición de sumisa. Se sentía en parte muy vulnerable, y entonces él ajustó su posición para acomodarse a su hendidura prieta, mientras no cesaba de alimentar el fuego, más y más. Tempest sintió que se tensaba, cogiéndolo a él, lanzada en una espiral descendente. No quería que acabara, no tan rápido ni tan pronto. Ella quería compartir ese tiempo con él, temiendo que quizá nunca ocurriera de nuevo cuando volvieran a su mundo, el mundo al que ella pertenecía. Esto era demasiado. Demasiado de todo. Demasiado fuego y demasiado sentimiento.

—Darius —exhaló su nombre en un susurro, una mezcla de agonía y éxtasis.

—Sólo Darius —gruñó él, junto a su espalda—. Eres mía. —En algún rincón profundo de su corazón, Darius sabía que ella todavía pensaba en los dos como figuras separadas. Que creía que él no permanecería junto a ella, que ella podía marcharse y que, en algún momento, de hecho *se marcharía*. Tempest lo quería, pero tenía terror de necesitarlo, de ser parte de él, no había Darius sin Tempest y no había Tempest sin Darius. Él, al contrario, había aceptado aquello casi desde el momento en que la vio. Darius se había hinchado, estaba caliente y húmedo, hierro y terciopelo, y seguía moviéndose, queriendo prolongar el momento, queriendo llevarla a ella hasta un punto sin retorno.

Darius quería oír esos gemidos suyos que le nacían en la garganta, unos ruidos que le derretían el corazón, flechas que le traspasaban el alma. Eran ruidos que lo hacían enloquecer. En su boca guardaba el sabor delicioso de ella, desnuda y suave y tan vulnerable, toda para él. Saboreó aquel momento, lo prolongó, llegando cada vez más alto, hasta que la sintió cogida y apretada en torno a él, estrujándolo de toda su esencia, estimulando una explosión de fuego y llamas, una tormenta ardiente de un placer sin parangón que los consumía a los dos.

Tempest respiraba entrecortadamente, y él tuvo que sostenerla para impedir que cedieran sus piernas temblorosas. Ella se giró para mirarlo, y sus ojos verdes brillaban como piedras preciosas.

—No tenía idea de que podía ser así, Darius. Eres increíble. —Lo decía en serio. Tempest había leído libros. ¿Quién no los había leído? Había vivido en la calle, crecido entre putas. Como es natural, había hecho algunas preguntas. Nadie había descrito nada parecido a lo que Darius despertaba en ella. Puede que hablaran de la mecánica del asunto, pero no de la belleza y la pasión de lo que hacían juntos.

—Somos los dos, juntos —explicó él, paciente, esperando que ella entendiera. Tempest estaba tan acostumbrada a estar sola, a vivir su existencia solitaria, que mentalmente se negaba a comprender el verdadero significado de su unión.

—¿No te sientes de esta manera cuando haces el amor con otras mujeres? —preguntó. Le costaba creer que un hombre tan viril, que hacía el amor con esa frecuencia y vigor, no había tenido cientos de mujeres en el pasado. ¿Cómo podía una sola mujer satisfacer sus demandas? Su propia experiencia no era demasiado dilatada. ¿Qué haría para mantenerlo feliz?

Darius se dio cuenta de que fruncía el ceño mientras le leía el pensamiento. La cogió en sus brazos con gesto repentino y volvió con ella a la piscina para lavarla una vez más.

—Tú respondes a todo lo que pido —señaló él—. Y me satisfaces perfectamente. No puede haber otra mujer, Tempest. Puedes leer en mi mente. No puedo mentirte. Lee mis pensamientos y verás que digo la verdad. Sólo existes tú en mi corazón. Mi cuerpo te aceptará sólo a ti. Nunca habrá otra mujer. Es para toda la eternidad.

—Yo envejeceré y moriré, Darius —dijo ella—. Al cabo de unos cien años, encontrarás a alguien —dijo, y se rió de sí misma por lo bajo—. Si lo piensas, un siglo es tiempo suficiente para llorar mí pérdida.

—Pon los brazos alrededor de mi cuello. Mírame —ordenó él, pidiendo toda su atención—. Te quiero a ti, Tempest, no quiero a ninguna otra mujer. No es el amor de los humanos, es más grande y violento y, aún así, más puro y cariñoso.

—No me has conocido el tiempo suficiente para sentir amor verdadero —objetó ella, sacudiendo la cabeza—. Te sientes atraído sexualmente por mí, nada más—. Sonaba desesperada, incluso a sus propios oídos.

—He estado dentro de tu mente incontables veces, Tempest. Lo sé todo acerca de ti. Todos los recuerdos de infancia, los buenos y los malos. He captado tus pensamientos secretos, los pensamientos que los humanos nunca comparten con nadie. Conozco qué cosas no te gustan de ti misma. Conozco tus puntos fuertes y aquellos que consideras puntos débiles. Sé más acerca de ti en el tiempo que hemos estado juntos de lo que podría saber cualquier ser humano en toda una vida. Yo te amo. A ti, entera.

Desplazó la mano con la intención de lavarle las pruebas de su acto amoroso de entre las piernas, y sus dedos eran suaves y agradables.

—Sé que piensas que soy el hombre más sensual que has conocido. Crees que soy guapo. Te fascina mi voz. Te gustan especialmente mi boca y mis ojos y mi manera de mirarte. —Siguió con su oscura mirada hasta su rostro, y el vago tono de humor en su voz se fue desvaneciendo—. Temes mis poderes y, sin embargo, los aceptas, así como aceptas las diferencias que hay en mí con sorprendente serenidad. Te sientes segura y protegida a mi lado, y temes esa sensación porque no confías demasiado en ello. No quieres atarte a mí plenamente porque temes que no podrías conservar a tu lado a un hombre tan poderoso como yo, y no puedes permitirte el dolor de perderme.

Ella intentaba librarse de sus brazos, pero él la mantenía estrechamente cercada, hasta que Tempest le lanzó una mirada furibunda.

—¿Y mientras inspeccionabas mi cabeza, descubriste qué es lo que me dan ganas de hacerte la mitad del tiempo?

Darius la miró, la boca torcida en una mueca de diversión consigo mismo.

—¿Quieres decir, cuando no estás deseando mi cuerpo dentro del tuyo?

—Como ahora, por ejemplo —asintió ella, furiosa.

Darius le apartó de la frente unos rizos mojados. Sus ojos quemaban al mirarla.

—Tienes una inclinación asombrosa a cierta violencia muy femenina —dijo Darius, con tono relajado.

—Empiezo a pensar que la violencia es la única manera de manejarte. —Tempest logró meter una mano entre ella y el pecho de Darius y empezó a empujar con toda sus fuerzas, hasta que no pudo más. Si Darius no caía en la cuenta de sus sutiles indirectas y la soltaba de una vez por todas, tendría que recurrir a la violencia, y entonces sí que lo lamentaría. Unos buenos puñetazos quizá le harían bien a su ego demasiado pagado de sí mismo. Volvió a mirarlo con rabia, esperando fulminarlo ahí mismo—. No creo en el amor. El amor es un mito. Las personas lo utilizan para conseguir lo que quieren. No existe tal cosa llamada amor. No es más que atracción sexual.

Darius estuvo a punto de lanzarla fuera de la piscina.

—¿De verdad te crees esas sandeces que dices? Yo soy la oscuridad. Tú eres la luz. Yo soy un predador. Tú llevas en ti la compasión y la bondad. Y, siendo así las cosas, ¿yo debo explicarte a ti qué es el amor?

—Se te vuelve a notar demasiado el ego —declaró ella, con un tono de ligera soberbia—. ¿Sabes una cosa, Darius? No es necesario que pensemos igual o creamos siempre en las mismas cosas. No tengo por qué ver todo como lo ves tú.

Algo profundo, oscuro y aterrador se agitó en el fondo de sus ojos, y Tempest aguantó la respiración. Él pestañeó, y la ilusión desapareció. Tempest quiso creer que lo que había visto reflejado en sus ojos eran las velas de la caverna.

—Tienes tu ropa sobre las sábanas. Vístete, Tempest. Tengo que alimentarme.

En cuanto él pronunció esas palabras, Tempest se dio cuenta de que el corazón le latía deprisa. Sonaba demasiado fuerte, como el golpeteo de un tambor. Peor aún, oía los latidos de Darius. El ruido del agua que se filtraba por las paredes de la roca también le pareció ensordecedor, mientras que la noche anterior casi no se había fijado en ello. Y también oía otra cosa, un ruido muy agudo y lejano, algo que le pareció amenazador cuando pensó en el ruido que metería una gran aglomeración de murciélagos.

Tempest respiró hondo y se mordió el labio inferior. No le agradaba que Darius usara la palabra *alimentarse*. Tampoco le agradaba que, de pronto, su oído se hubiera agudizado tanto. ¿Qué significaba aquello? Darius la había mordido en varias ocasiones. ¿Era posible que la infectara y la convirtiera en una criatura de otro mundo? Cogió lentamente la ropa que él le había preparado, otro detalle que no quería examinar de cerca. No era su ropa. ¿De dónde la había sacado?

—Estás metida en esto hasta el cuello, Rusti —masculló.

Darius ya estaba a su lado, impecable, elegante, poderoso. Le acarició el pelo con gesto cariñoso.

—Deja de hablar sola.

—Siempre hablo sola.

—Ya no estás sola. Ahora me tienes a mí, así que no tiene sentido conservar esta costumbre. ¿Estás preparada?

Enseguida él la miró con sus ojos negros, le escrutó el rostro pálido, hasta que se fijó en su boca temblorosa. Le divertía pensar que Tempest se asustaba de cuando en cuando a sí misma con sus propias emociones y ansiedades. Le asombraba ver que no estaba permanentemente asustada con él, que aceptara sus diferencias de la misma manera que aceptaba las diferencias del color de la piel o de la religión. De la misma manera que aceptaba a los animales.

Tempest le cogió inesperadamente la mano.

—Aunque seas el ser más arrogante que jamás he conocido, gracias por lo de anoche. Fue muy bello, Darius.

Era lo último que él habría esperado, y lo conmovió más que cualquier otra cosa. Volvió la cabeza a un lado para que ella no viera el brillo de las lágrimas que, de pronto, asomaron en sus ojos. Aquello era un pequeño milagro. Darius no se creía capaz de derramar verdaderas lágrimas, pero quería llorar porque ella se lo había agradecido. A pesar de su rabia, a pesar de que Tempest temía sus poderes y recelaba de aquel lugar, la noche había sido tan importante para ella que ahora se lo agradecía.

Mientras la llevaba hasta la superficie de la montaña, Darius pensó que era la primera vez que alguien le daba las gracias por algo. Su rol de proveedor y protector de su familia había quedado establecido hacía mucho tiempo y ahora todos lo daban por sentado. Esa pequeña mujer, tan delicada y, sin embargo, tan valiente, le hizo recordar la razón por la que había decidido encarnar el papel de proveedor y protector.

Capítulo *11*

La noche era lo más bello que hubiera visto nunca Tempest. Estaba despejado y hacía un poco de frío, y miles de pequeñas estrellas se disputaban el firmamento intentando brillar unas más que otras. Respiró el olor de los pinos. Una brisa ligera trajo hasta ella el aroma de las flores silvestres. El rocío de la cascada limpiaba el aire de los alrededores. Le dieron ganas de correr descalza por el bosque y gozar de las cosas bellas de la naturaleza. Por un instante incluso olvidó a Darius cuando alzó los brazos hacia la luna, una silenciosa oferta de alegría.

Darius le miró la cara y la vio embargada por la felicidad. Tempest estaba concentrada en lo que estuviera haciendo en ese momento, asimilándolo en cuerpo y alma y disfrutando al máximo. Daba la impresión de que sabía vivir de verdad. ¿Acaso era porque había tenido tan pocas alegrías en la vida? ¿Era porque había luchado tanto y tan duro para sobrevivir? Darius tomó contacto con su mente, como una sombra silenciosa y vigilante en el trasfondo, para compartir con ella la intensidad de ese momento.

Y eso fue lo que hizo. Lo vio todo. Cada vívido detalle por separado de su sentido de lo maravilloso. La belleza exquisita de las hojas bañaba en una luz plateada. Las gotas de rocío lanzaban destellos en el aire cerca de la cascada. El agua que caía, espumosa, formaba prismas de vivos colores. Los murciélagos giraban en el aire y bajaban de pronto en picado en busca de insectos. Darius incluso se vio a sí mismo, alto y poderoso, intimidatorio, masculino. El pelo largo le llegaba hasta los hombros, y su boca era... Se acercó con una sonrisa en los labios. A Tempest decididamente le gustaba su boca.

Tempest le dio de puñetazos en el pecho.

—Bórrate esa sonrisa de engreído de la cara. Sé exactamente lo que estás pensando.

Él deslizó la mano junto a la suya y le atrapó el puño cerrado contra su pecho.

—He observado que no haces nada por negarlo.

De sus ojos verdes brotó un desafío provocador.

—¿Por qué habría de negarlo? Tengo buen gusto. La mayoría de las veces —añadió, deliberadamente.

Él soltó un gruñido ronco, destinado a intimidarla, pero ella rió.

—Cálmate, chico. Cualquiera tan arrogante como tú puede aguantar unas cuantas bromas. —Cuando él llevó la mano hasta su boca y le mordisqueó los nudillos, amenazador, su risa se convirtió en un brusco grito de alarma.

—No estés tan segura —le advirtió, y los dientes blancos le brillaron como a un predador—. Soy como cualquier hombre. Espero que la mujer que amo me adore y me crea perfecto.

—En ese caso todavía tendrás que esperar un buen rato —dijo ella, con un bufido poco elegante.

Sus ojos negros, tan imperiosos y ardientes, le escudriñaron el rostro.

—No creo que tenga que pasar tanto tiempo, querida.

—Ve a buscar algo para alimentarte. Tenemos que reunirnos con los demás —dijo Tempest, un poco desesperada. Darius no debería mirarla de esa manera. Sencillamente no debería.

—¿Y si te hago caso, qué harás por mí? —preguntó él, frotando los nudillos de ella contra su barba crecida. Aquella sensación desató en Tempest lenguas de fuego que le llegaron a la sangre.

—Me portaré como una chica buena y te esperaré aquí sin moverme —dijo, con una mueca—. No te preocupes tanto, Darius. No soy del tipo aventurera.

Él gruñó con esa mentira flagrante.

—Mi corazón no aguantaría si fueras más aventurera —dijo, clavándola con sus ojos negros—. Obedéceme en esto, Tempest. No quiero volver y encontrarte colgando de otro precipicio.

Ella entornó los ojos.

—¿Cómo me iba a meter en problemas aquí arriba? No hay nadie en kilómetros a la redonda. De verdad, Darius, te estás volviendo totalmente paranoico. —Tempest se acercó a una roca plana—. Me sentaré aquí y contemplaré la naturaleza hasta que vuelvas.

—La otra alternativa es que te ate a un árbol —dijo él, como pensando en voz alta, impasible.

—Inténtalo —lo desafió ella, y de sus ojos verdes brotaron llamaradas.

—No me tientes —dijo él, y lo decía en serio. Él mismo examinó la roca. Con Tempest podía pasar cualquier cosa. Una víbora debajo de la roca, un cartucho de dinamita para hacerla volar por los aires.

Tempest se burló de él.

—Vete. Si supieras lo pálido que estás. Espero que dentro de un rato no decidas servirte de mí como si fuera un tentempié a medianoche. —Balanceó una pierna sobre la otra, fingiendo indiferencia, y lo miró parpadeando, deseando que pudiera retirar esas palabras. No quería darle ideas—. ¿Tienes alguna idea de lo increíblemente raro que es todo esto?

Él se alzó por encima de ella, alto y enormemente fuerte.

—Sólo puedo decirte que será mejor que te encuentre sentada aquí cuando vuelva —dijo, y lo convirtió en una orden. Esta vez, nada de hierro revestido de terciopelo. Sólo hierro. Lo dijo mascullando entre dientes para demostrarle que hablaba en serio.

Tempest le sonrió con expresión de absoluta inocencia.

—Ni se me ocurre qué otra cosa podría hacer.

Darius la besó en ese momento porque era tan endiabladamente tentadora que él pensó que, si no la besaba, ardería en combustión espontánea. Su boca era increíblemente suave y dúctil, una mezcla de dulce fuego y miel caliente que tuvo dificultades para separarse. El deseo comenzaba a adueñarse de él hasta el punto que le costó no hundir la cara en su cuello y buscar su sabor, rico y caliente, fluyendo en su cuerpo. Sintió que sus colmillos se alargaban con sólo pensarlo, y se apartó bruscamente. Su sueño agitado y larga noche de actividad sexual lo habían despojado de su autocontrol. Tenía que alimentarse.

De pronto, Darius la estaba besando como si nunca la fuera a dejar ir, y al instante siguiente se había ido, simplemente desaparecido. Quedó sólo una estela de rocío que se alejaba de ella y se internaba en el bosque. Tempest se quedó mirando tranquilamente ese efecto parecido al de un cometa, sin saber si había sido Darius o algún fenómeno extraño creado por la atmósfera y la cascada a esas alturas. Era bello, con su prisma de colores y luces que titilaban como luciérnagas entre los árboles. Se preguntó si Darius había olido a alguna presa, y tembló al darse cuenta de las palabras que le habían venido a la mente.

Respiró hondo, aspiró los aromas de la noche y llenó de aire los pulmones. Era asombroso lo que podían contar los diversos olores. Darius tenía razón. Sólo era una cuestión de estarse muy quieta y escuchar con todo el ser. Concentrarse. Era casi agobiante. Los árboles, el agua, los murciélagos, los animales. Dio unos golpecitos sobre la roca, contenta de que fuera tan sólida. Se sentía como si Darius la hubiera despertado y la hubiera transportado desde las entrañas de la tierra para redescubrir la belleza de la naturaleza.

Algo ligeramente fuera de tono de pronto apareció en su mundo de magia, pero fue tan lento, tan subrepticio que apenas se dio cuenta. Todo a su alrededor era tan emocionante, visto a través de una nueva mirada, de un verdadero despertar. El color del agua captó particularmente su fascinación, por la manera en que el viento jugaba con la superficie, tirando de ella y revolviéndola hasta convertirla en espuma. Sin embargo, aquella intrusión molestosa seguía presente, una nota dolorosa, como un tintineo, como si hubiera algo fuera de lugar en aquella imagen perfecta que ella veía.

Tempest frunció el ceño y se frotó la frente. Le comenzó a doler, a palpitar con fuerza, y empeoró mientras ella se quedaba quieta. Se puso de pie, cambió el peso de un pie a otro y miró atentamente a su alrededor, intentando ver sin los vívidos colores y detalles, percibir la realidad.

Comenzaba a dolerle el pie. Se quitó el zapato y se arrodilló para frotárselo. Pero el dolor no provenía de la herida que se había hecho. Estaba dentro de los tejidos, más profundo, y Tempest supo que no era su dolor. Estaba sintiendo el eco de algo o alguien que sufría. Pareció adueñarse del bosque una repentina quietud, una pausa que hizo callar a todo ser vivo. Oyó el roce de las alas y creyó entender el silencio repentino. Una lechuza que cazaba espantaría a todos los ratones y pequeños animales, que se refugiarían en sus madrigueras. Sin embargo, los murciélagos seguían ocupados con los insectos por encima de su cabeza. Volvió a ponerse el zapato, intrigada, y se enderezó.

Un sendero estrecho de venados se internaba en el bosque. Tempest empezó a caminar siguiendo esa dirección, como si algo la empujara. No iría lejos. Sólo quería encontrar esa nota discordante que irrumpía en la belleza de la naturaleza. El sentimiento persistió mientras seguía por el angosto sendero. En ciertos trechos, pasaba junto a matorrales de arbustos y zarzas. Intuía la presencia de los conejos ocultos por debajo de las espinas. Permanecían totalmente inmóviles, y sólo movían los bigotes.

La nueva intensidad de los colores y detalles de la naturaleza empezó a eclipsar la necesidad de encontrar el origen de aquel sonido doloroso que se le colaba en el cerebro. Se encontró mirando el cielo estrellado y girando en círculos para tener una visión panorámica del bosque. Los helechos se hacían más grandes a medida que se internaba más profundamente. Los árboles que se alzaban hacia el cielo estaban recubiertos de musgo. Tocó la corteza de un árbol y se quedó admirada por la riqueza de los matices de la textura.

Pensó que sus sentidos se habían agudizado tanto que no había droga que pudiera igualársele. Se alejó un instante del sendero para mirar de cerca una curiosa formación rocosa. Las piedras tenían una parte cubierta de musgo y diminutas formas de vida, pequeños insectos que creaban su propio mundo. Tempest volvió a mirar el cielo, sorprendida por la agudeza de su visión incluso bajo la sombra de los enormes árboles.

Se internó en un bosque más espeso, más oscuro, aunque seguía viendo con claridad, una visión tan aguda como su oído. Se concentró en los sentidos que acababa de descubrir. Tenía el estómago ligeramente revuelto. Se sentía llena. Con sólo pensar en comida, le entraban náuseas y, sin embargo, tenía sed. Creyó oír el canto del agua de un arroyo que bajaba alegremente hacia la cascada. Se dirigió hacia allá, atravesando unos arbustos.

Al arrodillarse junto al arroyo, volvió a sentir esa nota discordante. Esta vez era más fuerte, más estridente, y le provocó dolor de cabeza. En alguna parte no lejos de ahí pasaba algo malo. Algo doloroso. Metió una mano en el agua y se la llevó a la boca sedienta. Empezó a buscar mentalmente a Darius sin proponérselo. Necesitaba ese contacto. Tempest no sabía por qué, pero si no lograba encontrarlo, aunque no fuera más que un momento, se sentiría aterrada. Lo necesitaba.

La idea de necesitarlo la alarmó, pero se dio cuenta de que ya lo había encontrado. Con sólo un toque ligero, no era más que una débil sombra que se insinuaba, buscando el consuelo de saber que él estaba vivo y bien, que estaba saciando su hambre voraz. El corazón le latió con fuerza durante un rato. Se retiró enseguida, enfadada consigo misma por necesitarlo, enfadada porque su primera idea había sido pensar si acaso había buscado una mujer para alimentarse. En lugar de sentir celos, debería preocuparle más la suerte de la presa, por muy pasajera que fuera la situación.

Tempest parpadeó y volvió a concentrarse. ¿Dónde estaba? ¿Cómo había llegado hasta ahí? Nada parecía familiar. ¿Dónde estaba el sendero de venados? Debería encontrarlo y volver a la roca donde había prometido esperar.

—La has vuelto a liar, Rusti —se reprochó a sí misma por lo bajo, intentando que Darius no la buscara mentalmente y sintiera su confusión. Se incorporó lentamente y miró a su alrededor.

No había ningún sendero en las proximidades.

—¿Dónde está tu sentido de la orientación? —murmuró para sí misma, esperando que Darius no captara esos pensamientos no dichos. No olvidaría jamás esa aventura si no era capaz de encontrar el camino de regreso antes de que él volviera. Decidió seguir el arroyo. Sabía que desembocaba en la cascada, varios metros por encima del pequeño claro que dominaba el precipicio. Si ella llegaba por encima de la cascada, podía bajar hasta el claro. Tenía todo el sentido del mundo.

Con un suspiro de alivio, empezó a caminar a paso rápido por la orilla del arroyo, cuyas aguas cobraban velocidad. Enseguida vio que había un problema. El arroyo volvía sobre sí mismo en varios lugares y seguía un laberinto a través de las partes más densas del bosque. Las zarzas le tiraban de los tejanos y la vegetación a su alrededor parecía adquirir proporciones selváticas.

A medida que avanzaba, la misma sensación dolorosa que la había distraído al principio aumentó. Tempest sabía que se encontraba cerca de la fuente, fuera lo que fuera.

Un animal adolorido. Lo supo con una claridad súbita. Era un animal grande, y sufría enormemente. Estaba herido, y la laceración estaba infectada, y la pata dolía cuando la apoyaba en el suelo para caminar. Se sentía con fuerza en el aire nocturno, y las vibraciones encontraban en ella a un receptor sensible.

El animal no emitía ruido alguno. Pero Tempest siempre había sido capaz de comunicarse con los animales y lo oía en su cabeza, un grito silencioso de dolor. Intentó ignorarlo, e incluso dio unos cuantos pasos siguiendo el arroyo, pero el dolor del animal era agobiante.

—No puedo ir y dejar al pobre bicho —dijo para sí misma—. Puede que esté cogido en una trampa. Una de esas cosas horribles que le rompen la pata a un animal y lo condenan a una muerte ignominiosa. Yo sería tan culpable como el que colocó la trampa. —Ya empezaba a volverse, decidida a seguir las vibraciones de su mente.

Nada le advirtió que estaba casi encima de la bestia, hasta que apartó unos arbustos y vio a un enorme puma encaramado por encima de ella en una saliente rocosa. Sus ojos amarillos estaban fijos en Tempest con un dejo de malevolencia. Era un felino musculoso, algo delgado, y anunciaba tanta hambre como dolor. ¿Por qué no lo había entendido antes?

Presa de cierta agitación, Tempest se mordió el labio inferior. De acuerdo. Ahora no había marcha atrás. Era la última brizna de paja. Se iba a meter en un buen lío cuando Darius se enterara. El puma la miraba, inmóvil, y sólo movía la punta de la cola aquí y allá. Tempest pensó en salir corriendo, pero sin duda el animal la atacaría si cometía ese error. Intentó tomar contacto con la mente del felino.

Hambre. Rabia. El puma estaba nervioso a causa del dolor. Tenía algo incrustado en la pata, y le dolía cada vez que intentaba cazar. El felino había intentado quitársela mordiéndola y arañándola, pero sin éxito. Llevaba varios días sin comer, y el hambre se había vuelto acuciante. Ahora se había topado con una presa fácil, y la miraba con evidente satisfacción.

Tempest intentó calmar al puma, enviarle la impresión de que ella le ayudaría. Ella podía quitarle aquella dolorosa espina. Podía procurarle carne fresca. Los ojos amarillos seguían observándola, un temible presagio de muerte. Tempest se obligó a no pensar en la posibilidad de un ataque y siguió transmitiendo su confianza al felino. Mantuvo mentalmente el miedo a raya para que el puma no se abalanzara sobre ella.

El puma ladeó la cabeza, intrigado. Tempest captó la confusión, percibió su necesidad de comer y, sin embargo, el animal veía en ella a un ser curioso, nada familiar, y la miraba perplejo. Aquel puma necesitaba que le quitaran la espina, y Tempest se concentró en eso, en imágenes de la espina extraída y la pata curada. Si no ayudaba a la criatura, ésta sería incapaz de cazar y moriría. Era joven y era hembra, podía reproducirse. Tempest sabía que el felino era sumamente peligroso. El hambre y el dolor podían hacer impredecible a cualquier animal, pero no era propio de ella dar media vuelta y no ayudar. Había conseguido controlar perros grandes. En una ocasión, había establecido contacto con un tigre del zoo.

Se quedó quieta, observando atentamente al animal para ver alguna señal de aceptación. Tempest tenía una paciencia infinita. El suyo era un regalo de Dios, y ella creía en él implícitamente. Otros la verían como un pájaro raro, pero ella sabía que podía ayudar a los animales, ayudarlos de verdad en momentos como ése. Se comunicó mentalmente y le habló con suavidad, transmitiendo imágenes de la espina extraída, de la pata aliviada del dolor. Inundó al felino de estas imágenes, lo mantuvo a la expectativa.

La mayoría de felinos son curiosos por naturaleza, y aquel puma no era ninguna excepción. Lanzó un gruñido sordo, pero su decisión de matar y comer al instante empezaba a desvanecerse. Quería librarse de aquella espina, librarse del dolor. Tempest apuró su ventaja y procuró ampliar sus imágenes mentales y vibraciones de buena voluntad. El felino se relajó y los ojos amarillos parecieron bizquear, señal de que su atención se volvía más difusa y menos implacable.

Tempest se permitió respirar más holgadamente y se acercó con cautela, su mirada ahora fija en la pata herida. Estaba bastante hinchada y purulenta.

—Pobre gatita —dijo, con voz cantarina—. Tenemos que sacarte eso que tienes ahí. —Durante todo ese rato, no dejaba de crear imágenes del felino sometiéndose a la extracción de la espina—. Puede que te duela, así es que más vale que decidamos ahora mismo que no perderás la cabeza ni me comerás. A la larga, será mucho mejor para ti si me dejas quitártela. —Ahora estaba muy cerca, lo bastante para tocar al animal.

La herida era peor de lo que había imaginado al principio. La infección se había extendido. Era posible que no pudiera ayudar a la pobre criatura. Dejó escapar un suspiro. No quería darse por vencida. Siempre había una posibilidad de que, al extraer aquel objeto extraño hincado tan profundamente en la pata, el felino sobreviviera. Ahora el animal parecía más dispuesto a aceptarla, y se mostraba curioso ante ese afán suyo de comunicarse, ante el hecho de que ella comprendiera su dolor y su hambre. Por el momento, dejó de lado su deseo y su necesidad de comer.

Tempest cambió deliberadamente el objeto de su concentración. Sabía instintivamente que cuando el puma sintiera el intenso dolor que significaría arrancar la espina, lanzaría un zarpazo a lo que tuviera más cerca. Tempest exacerbó ese sentido de la curiosidad.

—Por mucho que te pese, gatita, soy yo. ¿No me encuentras interesante? Apuesto a que no has visto a muchas como yo por aquí, ¿eh? —dijo, con voz suave. Respiró hondo y se inclinó para mirar la herida purulenta, confiándose por primera vez a la suerte y dejando de mirar al felino a la cara.

El terror. Terror puro y genuino. No había otra palabra para describir su emoción. Darius oía su corazón latiendo con tanta fuerza que temió que le estallara en cualquier momento. Había dejado a Tempest tranquilamente sentada sobre una roca junto a la cascada. ¿Por qué habría creído que la encontraría donde la dejó? En medio de ese terror que ahora sentía, se insinuó la certeza de que, en realidad, no esperaba encontrarla. La conocía demasiado bien. Los problemas nunca estaban muy lejos de ella. No, era aún peor que eso. Ella misma se buscaba los problemas.

La ira. Negra y terrible. Una ola feroz de ira que amenazaba con consumirlo. Darius se apaciguó y se quedó muy quieto, hasta convertirse en parte de la noche, como sólo él sabía hacer. Su templada mirada interior nunca le quitó los ojos de encima al felino, atento ante la más mínima señal de agresión. Sabía lo rápido que era un puma. Herido, ése era todavía más peligroso. Desde donde estaba, podía matarlo. Podía apoderarse de su mente, mantenerlo indefenso mientras ella le curaba la pata. Pero tenía una alternativa. Era lo bastante rápido como para sacar a Tempest de ahí antes de que ella o el puma se dieran cuenta de que estaba presente. Pero no hizo nada. Se quedó escuchando su voz. Suave, tranquilizadora. Su entonación se parecía al cántico del curandero. Tempest intentaba de verdad que el puma la dejara ayudarle.

El orgullo. Surgió de pronto, de la nada. Puro orgullo. A Tempest le daba miedo aquella situación, así como le daba miedo su enorme poder, su naturaleza salvaje e indomable. Sin embargo, estaba decidida a salvar al animal. Darius estaba en su mente, sólo una sombra oscura e inmóvil, para no distraerla. Sin embargo, ahí estaba, y vio que su concentración era total. Tempest estaba decidida a darle al felino una oportunidad para vivir.

Y luego, Darius sintió que algo nacía en él, algo cuya existencia desconocía, o que había enterrado u olvidado hacía tiempo. Algo poderoso y avasallador. Era una emoción tan intensa que se estremeció frente a su revelación. *El amor.* Si antes no la había amado por lo que era, sabía que ahora sí la amaba. Darius había atravesado el largo desierto de su existencia sin responder a otros sentimientos que no fueran proteger y conservar a los miembros de su pequeña familia. Tempest le había dado una razón de ser y una vida más profunda, una alegre razón para ir por el mundo, para existir. Darius admiraba su valentía, si bien al mismo tiempo juraba en silencio que Tempest jamás volvería a desafiarlo, que jamás volvería a ponerse en una situación de peligro como ésa.

Pero la admiraba, y aquella revelación fue asombrosa para él. Admiraba su manera de ir por la vida, aceptando a la gente como era sin emitir juicios, sin grandes expectativas. Admiraba su gran valentía, su sentido del humor. ¿Cuál era la mejor manera de ayudarla? Darius estudió atentamente la situación. El puma era ciertamente impredecible, tenía miedo, estaba hambriento y sufría. Darius comenzó a sumar su energía mental a la de Tempest, con lo cual ella tendría un mayor control del puma.

—*Cuando le saque la espina, Darius, ¿podrías acabar con la infección de la pobre criatura?* —A pesar de que mantenía un rígido control del animal, su voz era suave pero firme en su mente.

Debería haber sabido que Tempest percibiría su presencia enseguida. El más mínimo contacto suyo despertaba su atención. Tempest ahora estaba sintonizada con él, en cuerpo y mente, en corazón y alma. Él los había unido. Ahora ella lo encontraba con más facilidad que antes. Además, Tempest era muy sensible, mucho más que la mayoría de los humanos con que él había tenido contacto. Aún así, seguía concentrada en el animal herido. Era una mujer asombrosa.

¿Curar a un animal? Lo haría porque ella se lo pedía, porque sabía que si no le hacía caso, ella intentaría encontrar otra manera de salvar al puma. *No me necesitas para esto*, murmuró suavemente, sabiendo que era verdad. Mientras trabajaba en su pata, era capaz de mantener a la criatura destrozada por el dolor bajo control. Darius percibía la fuerza en ella, su determinación, y ella era la única que actuaba.

Tempest no miró a su alrededor para buscar a Darius. Supo instintivamente que estaba presente. En su rostro apareció una ligera sonrisa y asomó el pequeño hoyuelo que a Darius le fascinaba. Ella sentía el flujo de su poderosa voluntad, multiplicando su poder de control. Quizá debería sentirse más insegura, pero Tempest siempre sabía cuándo había amansado a un animal. Aquel puma era receptivo, y Tempest le tocó la pata para que el felino se acostumbrara a su contacto.

Siguió tranquilizando al felino mientras examinaba la herida infectada. El puma tembló al sentir que lo manipulaba ahí donde la piel se volvía de un color marrón barroso. Tempest respiró por el animal, respiró por los dos, cuando buscó la espina. Estaba profundamente enterrada, y la pata estaba hinchada y tenía un aspecto horrible. Fue más difícil saber si seguía controlando al felino cuando tocó el extremo de la gruesa astilla y comenzó a extraerla.

Darius observaba atentamente al felino, la expresión de su morro y las imágenes en su mente. Quería lanzar un zarpazo, acabar con el terrible dolor, pero era Tempest quien mandaba. Tiró de la gruesa astilla, un trozo de unos tres centímetros rematado en una peligrosa punta. El puma se estremeció y aulló, pero no se movió. Darius no pudo evitarlo. Aunque sabía que Tempest controlaba la situación, inmovilizó al felino, se adueñó de su mente y lo mantuvo indefenso bajo su absoluto control.

Tempest lo miró una vez, pero no protestó. Percibía la necesidad imperiosa de Darius de ayudarla. Pedirle que se apartara y la dejara hacer sola habría sido como pedirle que le pusiera el cañón de una pistola a la cabeza. Le agradeció que se concentrara en la pata del animal y usara su poder para extraer el veneno purulento hasta que consiguió purgar la herida. Tempest vio que la pus se deslizaba por la pata del animal hasta caer al suelo.

—*Ahora, apártate, Tempest* —ordenó Darius. No podía seguir sometido a tanta tensión.

—*Tiene mucha hambre. ¿Podrías encontrarle algo para comer?*

—*Apártate, Tempest.* —Esta vez Darius mordió las palabras, como una orden seca y definitiva.

Tempest entornó los ojos en un gesto de exasperación. Aquel hombre acabaría por sacarla de quicio. Se apartó a regañadientes del animal, lenta y atentamente, intentando no despertar los instintos cazadores del felino.

—*Te pediría que dejaras de hablar como si fueras el dueño del castillo. Es muy desagradable.*

Tempest desapareció entre los arbustos y comenzó a caminar sin prisas por el sendero hacia lo alto de la cascada. Darius buscó un viejo cervatillo para el puma. El animal estaba herido y tenía el hocico lleno de llagas que le impedían alimentarse. Tempest se alegró de que hubiera encontrado un animal agonizante en lugar de uno joven y saludable.

—¿Adónde vas? —Darius se había materializado a su lado, y aminoró su ritmo para ajustarse al de ella. Apenas la rozó, pero ella ya estaba plenamente consciente de su presencia.

—Vuelvo a la cascada. ¿Adónde crees que voy?

Darius sacudió la cabeza.

—Creo que tendré que conseguirte una brújula.

Tempest se detuvo bruscamente, con una sonrisa de picardía pintada en el rostro.

—Nunca me he interesado en saber cómo funcionan. Quiero decir, sé que la aguja señala al norte pero, ¿de qué te sirve eso? Nunca sé que hay en el norte.

Él alzó las cejas.

—¿Un mapa? —Pero ella ya negaba con la cabeza, y su sonrisa se hizo más generosa, algo que a él le fascinaba—. ¿No sabes leer un mapa? —gruñó—. Desde luego que no sabes leer un mapa. ¿En qué estaría pensando? —dijo Darius, y le tocó el codo—. Te estás alejando de la cascada, Tempest.

—No puede ser, puesto que sigo el arroyo —señaló ella, con un aire ligeramente altanero.

Él volvió a fruncir el ceño y miró alrededor.

—¿El arroyo?

—Sí está por aquí cerca en alguna parte.

Darius soltó una carcajada y le puso un brazo alrededor del hombro.

—Tienes suerte de tenerme para que cuide de ti.

Ella lo miró con sus ojos verdes centelleantes. Las estrellas del cielo parecían estar atrapadas en ellos, brillando y titilando.

—Eso lo dirás tú.

Él encontró su boca, en un gesto un poco brusco, pero a la vez con ternura, algo entre la risa y una descarada impronta de posesión. Ella se derritió en sus brazos y aceptó sus emociones contradictorias. Le echó los brazos al cuello y se apretó contra él, suave y dúctil.

Darius la alzó en vilo, con su boca pegada a ella.

—Esta noche tendré que llevarte con los demás. Tienes que comer algo. —Susurró las palabras en su boca, y la sensación era cálida y sensual, aunque Tempest no tenía nada de hambre.

Sin embargo, ya percibía el cambio que se estaba gestando en él. Empezó con su mente. Ella lo vio en una vívida imagen. Era sobrecogedoramente real, y cada pluma era perfecta. Darius alzó la cabeza, poniendo fin al beso a regañadientes, cuando empezó a mutar. Tempest quedó anonadada al ver que era capaz de tamaño prodigio. Todo ese rato su mente se mantuvo fundida con él, lo que le permitió vivir de cerca sus emociones.

La sensación de libertad era abrumadora. Las poderosas alas se extendieron hasta casi dos metros.

—*Sube a mi lomo.*

Tempest negó con un gesto de la cabeza. Temía hacerle daño.

—Darius, eres un ave. Soy demasiada pesada para que me lleves encima.

—*Me niego a discutir contigo.* —Tempest captó la amenaza implícita. Darius la obligaría a obedecer. A pesar de que ahora era un pájaro, seguía siendo igual de poderoso.

—Me recuerdas a un niño consentido, siempre hay que hacer lo que él quiere —le espetó ella, indignada. Sin embargo, le obedeció porque no se atrevía a correr el riesgo de que él impusiera su voluntad. Había ciertas cosas que no podía tolerar, y la imposición de la voluntad era una de ellas.

Era una lechuza sumamente fuerte. Tempest sentía su poderío físico bajo las piernas. El movimiento de las alas era elegante pero poderoso, y la corriente de viento que creaba casi la lanzaba hacia atrás. El suelo se alejó a toda velocidad cuando la lechuza cobró impulso. Tempest quedó sin aliento, con el aire cogido en los pulmones y al borde de un infarto. Las plumas eran suaves, el silencio, total. Ahora se encontraba en un mundo del todo distinto.

Tempest miró hacia abajo, vio las copas de los árboles y cerró rápidamente los ojos cuando la lechuza siguió ascendiendo, más y más. Tardó unos cuantos minutos en caer en la cuenta de que tenía que respirar. Después de inhalar profundamente varias veces, miró a su alrededor.

—Calma, Rusti, de verdad, no pasa nada —se murmuró a sí misma—. Esto no es real. Sabes que no lo es. No es más que una fantasía, la historia del rey del castillo que se te ha metido en la cabeza. Tú, déjate llevar. No pasa nada. Todos siempre queremos volar. Disfruta de la alucinación.

No podía oír sus propias palabras. El viento se las llevaba de un latigazo y quedaban flotando en el silencio que dejaban atrás.

—*Sigues hablando sola. Yo estoy aquí. Si quieres, puedes hablar conmigo.*

—*Tú no eres real. Eres un invento mío.*

La risa de Darius rozó los lindes de su conciencia, y Tempest sintió el calor que la envolvía como lava ardiente en la boca del estómago.

—*¿Por qué crees eso?* —preguntó él.

—*Porque ningún hombre del mundo real tendría esos ojos. Ni esa boca. Y nadie en la realidad puede ser tan arrogante y estar tan seguro de sí mismo como tú.*

—*Tengo muchos motivos para estar seguro, nena* —dijo él, provocador, y su humor de macho le hizo rechinar los dientes.

—*¿Alguna vez te han desplumado?* —Era la amenaza que tenía más a mano, dada la premura—. *Me imagino que es sumamente doloroso.*

Él rió, lo cual la hizo sonreír. Tempest sabía que Darius no reía a menudo. Era el hombre más serio que jamás había conocido y, sin embargo, parecía que empezaba a descubrir el sentido de la diversión. Al menos con ella.

A medida que pasaban los minutos, Tempest descubrió que disfrutaba de la sensación de volar. La noche la envolvía, las estrellas se disputaban un lugar en el firmamento y la luz de la luna creaba un agudo relieve en el paisaje terrestre. A todo eso, se añadía un increíble sentido de la libertad. Empezó a relajarse, y vio que se volvía ligera, parte de la lechuza y de Darius.

Cubrieron cientos de kilómetros, y la fuerza del ave era prodigiosa. El aire era frío, y el cielo nocturno, sembrado de piedras preciosas, era un contraste perfecto para aquel paseo, el gran paseo de su vida. Se sentía como si le hubieran dado un gran regalo. *Darius.* Suspiró su nombre en la oscuridad de la noche y lo guardó en su corazón. Darius era mágico. Por un instante, Tempest se permitió pensar que su unión duraría para siempre. Algo verdadero. El cuento de hadas. Él le hacía creer que podía ser posible.

Darius nunca se separó del todo de su conciencia. Así parecía mucho más seguro. Si Tempest salía del alcance de su vista, podía convertirse en un peligro. Darius sabía que Tempest podía convencerse a sí misma de abandonar la relación en cualquier momento. Bajo su forma de lechuza, sonrió, una sonrisa leve, secreta y masculina. Tempest no tenía ni idea de sus poderes. Así era su Tempest. Aceptaba su naturaleza y sus especiales talentos, pero no estaba en ella formular preguntas demasiado agudas sobre cosas que no entendía. Jamás había pensado que él hablaba en serio cuando decía que nunca la dejaría ir. No concebía que pudiera quererla de la manera que decía quererla. O necesitarla.

Por debajo de ellos, las viñas del valle de Napa comenzaron a cobrar forma. Tempest divisó las montañas que se alzaban, majestuosas, por encima del valle verde y fértil. En la distancia refulgieron las aguas de un lago reflejando la pátina argéntea de la luna. Al parecer, la lechuza se dirigía hacia ese lago, girando mientras descendía, hasta llegar a un tupido bosque de pinos. Parecía mucho más oscuro debajo de los árboles, pero la visión de Tempest lo era aún más que la noche anterior.

Divisó el lugar de campamento del grupo instalado perfectamente entre los árboles. La enorme caravana, la furgoneta y el coche deportivo rojo estaban aparcados. Tempest se sintió inesperadamente desanimada. Pensó que era un poco malsano sentirse así, después de haber cruzado los cielos a lomos de una lechuza. Unas cuantas personas no tendrían por qué molestarle.

—*No, querida, no te molestarán. Te he dicho muchas veces que estás bajo mi protección. ¿Acaso no entiendes que te protegería con mi vida?* —La voz de Darius en su mente era suave y tranquilizadora.

La lechuza planeó hasta tocar tierra, con las alas totalmente desplegadas, dio un pequeño salto y esperó a que Tempest desmontara. Tempest tocó suavemente las plumas, a regañadientes, por última vez, cuando ya empezaban a desaparecer. Enseguida aparecieron los músculos y la fibrosa figura de Darius. Ella experimentó aquella familiar ola de calor cuando él la abrazó por el hombro y su larga melena negra le acarició la cara.

—Estas personas son mi familia, Tempest. —Su voz era suave, hipnótica e imperativa—. Eso los convierte también en tu familia.

Ella apartó la mirada de él y se cerró mentalmente a esa posibilidad. Sus grandes ojos buscaron enseguida un camino, como si ya pensara en escapar. Darius estrechó aún más su abrazo y la llevó hacia el campamento. La suave risa de Desari flotó hasta ellos, pero no apaciguó el corazón atribulado de Tempest.

Al presentarse en el círculo, Desari le sonrió para darle la bienvenida. Tempest se fijó que Julian no estaba lejos, y que su postura era la de un macho que protegía a su compañera.

—Rusti, me alegro tanto de que hayas llegado. No creerás lo que ha ocurrido. Alguien ha saboteado el camión. Creo que la intención era hacernos perder tiempo. Lo más probable es que haya sido uno de esos periodistas que andan metiendo las narices en todo lo que hacemos y luego publican esos reportajes increíbles sobre nosotros.

Tempest sintió un gran alivio. «Rusti» podía unirse al grupo mucho más fácilmente como su mecánico que como la novia de Darius.

—¿*Novia?* —Darius frunció bruscamente el ceño—. *¿Eso es lo que crees ser?* —Con su risa sarcástica de macho, se burló de ella.

Ella le lanzó una mirada furibunda.

—*No, eso es lo que tú crees que soy. Pero yo sé la verdad.* —Tempest habló con un tono deliberadamente altanero.

Darius no pudo aguantar la risa. Toda la familia se giró para mirarlo, sorprendidos por ese ruido tan raro. Él los ignoró e inclinó la cabeza, su aliento cálido contra la oreja de Tempest, hablándole suavemente, aún sabiendo que los demás podían escuchar gracias a su agudo sentido del oído.

—Quiero que comas antes que nada. Ya podrás mirar la furgoneta más tarde.

—Tempest lo miró con los ojos encendidos de ira.

—¡Y tú puedes ir y meter tu cabeza de lechuza en el árbol más cercano! —dijo, con un silbido de voz, indignada—. ¿Qué te hace creer que puedes ir dándome órdenes cuando quieras?

Él le sonrió, aunque sin una pizca de arrepentimiento.

—Porque es algo que sé hacer bien —dijo, y hurtó una mirada a Syndil.

—*Échame una mano. Tiene que comer.*

Dayan pareció sucumbir a un acceso de tos. Desari y Julian reían abiertamente. Syndil pasó y echó a un lado a Barack, lanzándole una mirada furibunda, hasta que él lanzó un gemido. Se acercó a Tempest y le cogió la mano.

—Venga, Rusti, no prestes atención a estos hombres. Creen que nos pueden mandar pero, en realidad, es al revés. —Mientras hablaba señalaba sin tapujos a Barack.

—Vamos, Syndil —rogó éste—. No puedes recriminarme toda la vida un solo error. Se supone que eres una persona compasiva.

—Sí, a veces lo soy —dijo ella gentilmente, mientras acompañaba a Tempest al autobús.

Barack lanzó una imprecación, cogió una piedra y la lanzó lejos en un gesto de profunda frustración. La piedra se incrustó unos cuantos centímetros en el tronco de un pino.

—Esa mujer es la criatura más testaruda que hay en este mundo —dijo, sin dirigirse a nadie en particular.

Darius se acercó a Julian.

—Te pido tu ayuda —dijo, con tono formal, a pesar de que le desagradaba tener que hacerlo. Lo único importante para él era velar por la seguridad de Tempest.

Julian asintió con un gesto de cabeza y caminó junto al hermano de su compañera.

—Claro que sí, Darius —dijo Julian, igual de formal—. Pertenecemos a la misma familia.

—Ya he conocido a mujeres humanas alteradas por los vampiros. Sin embargo, estaban desquiciadas, y atacaban a los niños humanos. Me vi obligado a destruir esas abominaciones. Ahora me pregunto si no he expuesto a Tempest a la misma suerte. ¿Cómo cambian estas mujeres? Sé que Tempest ya ha cambiado, su visión y su oído son mucho más agudos, y le cuesta alimentarse de la comida de los humanos.

—Se necesitan tres intercambios de sangre para convertir a una mujer humana. Es evidente que no has completado el ritual. Es un proceso muy doloroso. Si algo así llegara a ocurrir, deberías ponerla a dormir cuando sea seguro para que se convierta sin sufrir demasiado dolor.

—¿Se convertiría en una desquiciada? —Darius estaba preocupado. Ya la había puesto en peligro al intercambiar sangre con ella en dos ocasiones—. ¿Se conoce algún caso de una mujer humana que haya sobrevivido después del trance? —Darius no quería jugar con la suerte, pero necesitaba tener esa información en caso de un accidente desafortunado.

—El príncipe Mijail, líder de nuestro pueblo, convirtió con éxito a su compañera. Su hija es la compañera de tu hermano mayor, Gregori. Mi propio hermano gemelo acabó accidentalmente la conversión que había comenzado un vampiro. Se llama Alexandria y es su compañera. Si una mujer humana tiene habilidades psíquicas, al parecer puede someterse a la conversión con su compañero cárpato. Y no cabe duda de que Tempest es tu compañera.

—Cuando usas frases como «al parecer» —dijo Darius—, me preocupa. No quisiera exponerme al riesgo de hacerle daño a Tempest.

—¿Qué alternativa tienes, Darius? —inquirió Julian, con voz pausada—. Ella te ha traído la luz. Si la perdieras, te destruirías. Sabes que no sobrevivirías. Te convertirías en vampiro, en criatura inerte y perderías tu alma.

—He decidido envejecer con ella y también morir con ella —anu_ ció Darius.

Julian percibió el eco de la respiración entrecortada de su propia compañera. Desari estaba anonadada y triste al oír esa decisión. Julian también tuvo que hacer un esfuerzo para no cuestionar a Darius.

—Ya sabes que nuestra raza se encuentra en peligro. Somos muy pocos los que quedamos para asegurar la continuidad de nuestro pueblo. No nos podemos permitir perder ni siquiera una pareja. Y, sobre todo, a una pareja donde hay una mujer joven, saludable y capaz de parir hijos.

—Sé muy pocas cosas acerca de los nuestros, Julian —dijo Darius, sacudiendo la cabeza.

—Es necesario que todos los machos cárpatos encuentren su compañera. Si no la encuentran, deben enfrentarse al alba y poner fin a su vida antes de que sea demasiado tarde y pierdan su alma, antes de que se conviertan en criaturas inertes. Nosotros somos predadores, Darius. Sin una compañera que aporte sentido y traiga luz a nuestro mundo oscuro para completarnos, nos convertiremos en vampiros. Sin embargo, hay tan pocas mujeres que sobreviven a la infancia que la mayoría de nuestros machos se convierten y deben ser destruidos. Antes de encontrar a Desari, había tomado la decisión de poner fin a mi vida. El príncipe Mijaíl, a través de Gregori, me envió para advertirle que se encontraba en peligro debido a aquella sociedad humana de cazadores de vampiros. Desde luego, no teníamos ni idea de que vosotros estabais todavía vivos después de las masacres llevadas a cabo en nuestro territorio. Creíamos que Desari era humana y que la sociedad se había fijado en ella por error. Sin embargo, cuando me presenté ante ella y empecé a distinguir los colores, supe que era mi compañera, que estaba destinada a vivir conmigo.

—Eso significa que Barack y Dayan deberán encontrar pronto a una compañera o correrán el peligro de convertirse, como me pasaba a mí —observó Darius, pensativo e inquieto.

Julian asintió con un leve gesto de la cabeza.

—De eso no hay duda, Darius. Por eso, los que podemos, debemos intentar tener hijas. Es la única manera que tiene nuestra raza de sobrevivir. Aún así, puede que ya sea demasiado tarde. La mayoría de las mujeres cárpatas dan a luz a niños varones. Si nace una mujer, debe luchar para sobrevivir después de aquel primer año tan peligroso.

Darius recordó lo difícil que había sido mantener vivas a las dos pequeñas y frágiles niñas que eran Desari y Syndil en aquel entonces, hacía siglos.

—Es necesario que intentemos encontrar hembras para los nuestros, hermanos y amigos —continuó Julian, con voz pausada, persuasivo—. Sin embargo, también debes pensar que si atas a Tempest a ti sin convertirla, como sucede con todas las parejas, ninguno de los dos será capaz de soportar una separación física o mental. Tú, como cárpato, debes dormir en las entrañas de la tierra. Ella necesitará aire. Cuando duermas el verdadero sueño de los nuestros, ella será incapaz de comunicarse contigo. Nadie puede aguantar eso durante un tiempo demasiado prolongado. No funcionará.

—Tempest ya está unida a mí, y no puedo soportar estar separado de ella. Sin embargo, ella no lo entiende. Piensa en términos humanos —reconoció Darius, con un suspiro.

—No puede continuar así mucho tiempo —dijo Julian—. Somos perseguidos. A lo largo de los siglos hemos sido cazados. No somos invulnerables, a pesar de nuestros numerosos dones. Ella debe estar protegida como una de las nuestras.

—He sido muy exigente con ella estos días —dijo Darius, negando con la cabeza—. No voy a pedirle, además, que se convierta.

—Antes de que te cierres a la idea, Darius, piénsatelo. Las otras mujeres de las que te he hablado llevan una vida feliz. Fue necesario hacer ciertos ajustes, y no diré que no sufrieron pero, al final, aceptaron lo inevitable.

—Porque no tenían alternativa —señaló Darius, con voz queda—. Lo último que querría es hacerle daño a Tempest. Para ser tan joven, ya ha sufrido suficiente.

Capítulo *12*

Tempest suspiró y dejó la llave que estaba usando mientras comprobaba los desperfectos de la furgoneta. No quería cometer errores ni olvidarse de comprar alguna pieza que pudiera necesitar más tarde. El ambiente era inusualmente caluroso. Se secó el sudor de la frente, y empezó a recordar la noche anterior. Syndil fue muy amable con ella. Mientras hablaban, le preparó un caldo de verduras. Sin embargo, Tempest no experimentó apetito alguno por el caldo, aunque intentó beberlo para no herir los sentimientos de Syndil. Aun así, sin la ayuda de Darius, es probable que no lo hubiera tragado.

Darius estaba muy silencioso cuando se reunió con ella. La observó trabajando en el camión, y se mostró claramente contrariado cuando la vio escribiendo una lista de cosas que necesitaba y que no tenían. Aquello significaba que tendría que desplazarse hasta la ciudad más próxima durante las horas del día. Él no discutió con ella, pero le dijo que dormiría el sueño de los humanos, no de los cárpatos, y así estaría disponible si ella lo necesitaba.

Tempest ordenó todo cuidadosamente mientras pensaba en lo que quería decir Darius. ¿Qué diferencia había? ¿Le haría daño de alguna manera? Tempest sabía que ninguno de los miembros del grupo estaba de acuerdo con su decisión. A ninguno le gustaba y, aún así, nadie discutió con él, nadie se atrevió siquiera a insinuar una protesta, por leve que fuera. Ahora percibía la inquietud de todos. Se dio cuenta de que ninguno la culpaba a ella por la decisión de Darius y, sin embargo, sabía que estaban preocupados por él y por su manera de actuar.

El dinero que le entregaron de forma tan poco formal era un buen fajo de billetes. Lo plegó, se lo metió en el bolsillo y subió al coche deportivo rojo. Tenía un presentimiento de que Darius podría resultar herido, así que no correría el riesgo de perderse. La noche anterior habían recorrido juntos la ruta a la ciudad con Darius en dos ocasiones, sólo para asegurarle que podría llegar hasta allí y volver sin problemas. Aun así, la aprehensión de Tempest persistía. Era como si atrajera a los problemas como un imán por donde fuera.

Tempest disfrutó de la soledad del paseo, de la carretera sinuosa que bajaba por la montaña, de las curvas cerradas y de la velocidad y suavidad del vehículo. Sin embargo, algo le pesaba en el corazón, que se volvía más inquietante por minutos, hasta que fue difícil ignorarlo. Se dio cuenta de que necesitaba tomar contacto con Darius. Sintió un dolor que la embargaba, pensamientos agoreros. De que algo le hubiera sucedido a Darius. Que estuviera herido e indefenso en algún sitio. Que estuviera en peligro. No tenía sentido, le decía su conciencia. Sin embargo, se dio cuenta de que tenía unas ganas incontrolables de llorar.

Calistoga era una bonita ciudad balneario, bastante famosa por sus aguas minerales y tierras. Tempest encontró la tienda de piezas de recambio sin problemas, compró lo que necesitaba y salió. Ya que iba pensando en Darius en lugar de mirar por dónde iba, casi tropezó con el hombre apoyado contra el coche en la acera. El hombre le impidió caer, le cogió los paquetes de los brazos y los dejó dentro del coche. Tempest lo miró pestañeando. El hombre la miraba como si la conociera. No era especialmente alto, pero era un tipo atractivo, estilo rubio surfista.

—¿Lo conozco? —preguntó, incapaz de situarlo.

—Me llamo Cullen Tucker, señorita —dijo él. Tenía un ligero acento del sur. Le tendió una fotografía.

Tempest se mordió el labio al tiempo que caía en la cuenta de que ése era el problema que había presentido. Era una foto de ella.

—¿De dónde ha sacado esto? —Era un retrato muy fiel de ella, con las mariposas a su alrededor o aterrizando sobre su cabeza y sus hombros. Tenía los brazos alzados y reía. El sol estaba a sus espaldas y tenía los pies en el arroyo.

Cullen escrutó su expresión.

—¿Conocía al hombre que tomó esta foto?

—No, desde luego no he posado para ella —dijo Tempest, y pasó a su lado, preparándose para saltar al volante. Era un piloto consumado, y en más de una ocasión durante su accidentada juventud había despistado a la policía. También confiaba en el coche. Si conseguía ponerse al volante, desaparecería.

—No se asuste —dijo él, con voz tranquila—. En realidad, quiero ayudarla. ¿Podemos hablar en algún sitio?

—Estoy en medio de un trabajo importante —dijo ella, y lo esquivó para pasar.

—Por favor. Es importante. Sólo unos minutos. Iremos a algún lugar público, para que no tenga miedo de mí. No quiero sonar dramático ni parecer un loco, pero es un asunto de vida o muerte —insistió el hombre.

Tempest cerró los ojos un momento y dejó escapar un suspiro de resignación. Desde luego que era un asunto de vida o muerte. ¿Qué otra cosa podía ser si ella estaba involucrada? Al final, se presentó y le tendió la mano.

—Soy Tempest Trine. —Había algo en Cullen Tucker que no podía definir, pero pensó que en el fondo era un hombre sincero. A la vez, tuvo ganas de lanzar un gruñido después de presentarse. Darius prefería que pensara en sí misma como Tempest en lugar de Rusti. Era realmente penoso no poder sustraerse a su influencia ni un solo instante.

Cullen le estrechó amablemente la mano.

—¿Le importaría si comemos algo? Llevo unos cuantos días viajando y no he tenido un momento de descanso.

Tempest caminó a su lado, aliviada porque había mucha gente en la calle. Cullen no le transmitía un sentimiento negativo, como Brodrick pero, aun así, prefería no encontrarse a solas con él.

Cullen esperó hasta pedir su comida en un bar que encontraron, y comenzó su explicación.

—Le voy a contar ciertas cosas muy extrañas. Quiero que me escuche lo que tengo que decir antes de que me declare loco. —Dio un golpecito con el dedo sobre la foto de Tempest—. Hace algún tiempo que pertenezco a una sociedad que cree que los vampiros existen realmente.

Tempest sintió que palidecía y se reclinó en su silla, necesitada de un apoyo. Antes de que respondiera, Cullen alzó una mano.

—Sólo le pido que me escuche. Que usted crea o no que hay vampiros entre nosotros, no tiene importancia. Lo que importa es que las personas con que yo estoy asociado sí lo creen, y se han propuesto capturar, destruir y diseccionar a cualquier vampiro que encuentren. Mucho me temo que algunos se han vuelto irremediablemente locos. La cantante con la que usted viaja... y no niegue que está con ella, porque sé de qué hablo... es uno de los objetivos de mi sociedad. Ya han atentado contra su vida y, créame, volverán a intentarlo.

Tempest tamborileó nerviosamente en la mesa.

—¿Por qué no va a ver a la policía? ¿Por qué me lo cuenta a mí?

—La policía no me creería, eso usted lo sabe. Pero yo puedo intentar ayudarla a usted y, quizá, a su amiga la cantante. Esta foto fue tomada en el mismo lugar donde encontraron el cuerpo de Matt Brodrick. Él pertenecía a la sociedad y, desafortunadamente para usted, a los ojos de ellos esta foto la condena. Me han enviado para seguirle la pista y llevársela a ellos para que puedan obtener información acerca del grupo antes de... eliminarla. Y estoy seguro de que no seré el único que van a mandar. Mi intención es sacarla de aquí, llevarla a un lugar seguro, donde pueda estar tranquila un tiempo hasta que pierdan interés en usted.

—¿Así, sin más? —preguntó Tempest, sacudiendo la cabeza—. ¿Se supone que tengo que creerle y luego irme con usted? Si todo esto fuera verdad, lo único que yo podría hacer es advertir a Desari y al grupo, ir a la policía y esperar que les echen el guante a esos locos.

—No sea tan puñeteramente testaruda —dijo Cullen, con un silbido de voz. Se inclinó por encima de la mesa y se acercó a centímetros de su cara—. Intento salvarle la vida. Esta gente es peligrosa. Creen que Desari es una vampiresa, y es probable que su novio también lo sea. Se han propuesto secuestrarla o matarla. Matarla sería hacerle un favor, si uno piensa en la alternativa que tienen en mente. Pero la primera en la lista es usted, porque la ven como una fuente de información acerca de ella y del grupo. Tiene que esconderse, alejarse de ese grupo todo lo que pueda. Es su única alternativa, Tempest.

—¿Acaso creen que yo soy de los vampiros? Dios mío, tienen una foto de mí a plena luz del sol. Estoy comiendo con usted en un bar a mediodía —respondió ella, exasperada, pero un poco asustada.

Darius la mataría cuando se enterara de que estaba comiendo con un hombre que conocía a cazadores de vampiros y a Matt Brodrick. Quizá no se atrevería a volver con el grupo. O quizá conduciría al enemigo directo hasta donde estaban.

—Usted no es vampiro —dijo Cullen, con voz grave—. Yo he visto un vampiro, un vampiro de verdad. Esos imbéciles de la sociedad no tienen ni la más mínima idea de lo que son capaces las criaturas inertes. Desari tampoco es vampiro. Pero ellos ya sospechan de mí, así que yo también tendré que esconderme. Es probable que manden a sus «comandos» en mi búsqueda porque los conozco a todos, sé de sus identidades. He visto sus caras y he asistido a sus reuniones secretas. Tiene que venir conmigo, Tempest.

Tempest inclinó la cabeza a un lado. Ella no era vampiro, pensó, pero tenía algo decididamente diferente. Ahora oía los latidos del corazón de Cullen. Unos latidos fuertes y sanos que dejaron un eco en su propio torrente sanguíneo. Oía el agua corriendo en la cocina, el entrechocar de los platos, el murmullo de una conversación entre el cocinero y una camarera. Una pareja reñía al otro lado del bar a golpe de susurros. También olió los platos que se cocinaban, los diversos perfumes y colonias, todos mezclados, cada uno más potente que el otro, hasta que el estómago se le revolvió con aquel asalto a los sentidos.

Los colores eran vivos y brillantes, casi como cuando estaba con Darius. Vio las ligeras venas en las hojas de la margarita en el florero de vidrio en la mesa, los extraordinarios pétalos y cada uno de los pistilos que contenían el polen. Se quedó con la mirada perdida en la rara belleza de la flor, la creación perfecta de la naturaleza.

—¡Tempest! —le espetó Cullen en un silbido de voz desde el otro lado de la mesa—. ¿Me está siquiera escuchando? Dios mío, tiene que creerme lo que le cuento, no soy ningún chiflado. Esta gente no va a detenerse. Déjeme al menos llevarla a un lugar seguro. Intentaré protegerla, aunque es probable que esté más a salvo sin mi compañía.

Puede que renuncien a encontrarla a usted, pero cuando se enteren de que los he traicionado, no pararán de buscarme. Sólo tiene que esconderse unos cuantos meses. Y es absolutamente necesario que tome distancias con ese grupo.

—¿Y qué pasará con Desari? Ella no ha hecho nada malo. Si yo me voy con usted, esta gente loca seguirá buscándola a ella. Y quizás esta vez la maten —dijo Tempest, sacudiendo la cabeza—. No puedo huir así y dejar que ellos la encuentren.

A Cullen le dieron ganas de abalanzarse al otro lado de la mesa para sacudirla, cogerla y sacar su pequeño culo de ahí. Había visto morir a otra mujer, una mujer que amaba y que tenía la misma inocencia que Tempest en los ojos.

—Maldita sea, es usted tan testaruda, tan poco sensata. La encontrarán, Tempest. Si yo todavía estuviera con ellos, ya habríamos encontrado su escondite. —Con un gesto de frustración, miró por la ventana, intentando pensar en algo con que convencerla para que se marchara con él. Si ella decidía no marcharse, él tendría que quedarse para intentar protegerla. Y eso significaba que iba a morir. Significaba que sus posibilidades eran nulas.

Tempest guardó silencio mientras el camarero ponía los platos frente a ellos. Su estómago se retorció con el olor invasor de la comida. Era incapaz de comer si no era con ayuda de Darius. Su interior había cambiado de alguna manera. No sabía cómo tenía esa certeza, pero la tenía. Era lo mismo que sucedía con los sentidos de la visión y el oído.

—No puede dejar de llamarme la atención que no le cause estupor la idea de que la buscan unos cazadores de vampiros. ¿Y eso, cómo se explica? —La mirada de Cullen era grave, casi acusadora—. ¿Cómo es posible que la mera idea de los vampiros no la haga reír? —preguntó.

Tempest señaló la foto.

—Brodrick solía confesar que creía que Desari era vampiro. Yo creía que estaba loco, pero ahora veo que se trata de una organización más poderosa. ¿Por qué narices se han obsesionado con Desari? Ella es muy amable con todo el mundo. ¿Por qué la creerían capaz de algo tan raro?

—¿Sus hábitos nocturnos? ¿Su voz que hipnotiza? Y cuando

mandaron a un comando paramilitar para atentar contra ella, de alguna manera logró escapar, mientras que los hombres del comando murieron o desaparecieron. Eran asesinos profesionales. Destrozaron el escenario a balazos con armas automáticas, pero ella escapó ilesa.

—¿Es por eso? ¿Es la razón por la que creen que es vampiro?

—Tempest quería creer que Cullen se había inventado toda esa historia aunque, en el fondo, sabía que no se la inventaba.

—Se queda despierta toda la noche. Nadie la ha visto jamás de día.

—Yo la he visto durante el día —se atrevió a mentir Tempest. Aquello empezaba a agitarla. No podía permitirse enfadarse. Darius estaba tan sintonizado con ella que Tempest estaba segura de que perturbaría su sueño. Le preocupaba su salud, ya que había notado lo inquieta que estaba su familia.

Cullen cambió de posición en la silla de respaldo recto y la miró fijo. Sacudió la cabeza y suspiró al coger el tenedor.

—Va a morir, Tempest. Y no será una muerte fácil. Maldita sea, ¿por qué no me presta atención? Le juro que digo la verdad.

—Le creo. No sé por qué le creo, porque todo es muy absurdo, pero le creo. Incluso estoy bastante segura de que no intenta convencerme de que vaya con usted para luego entregarme a ellos. —Tempest jugó con su vaso lleno de agua. Estaba empezando a sudar. La cabeza le martilleaba. Tenía que comunicarse con Darius. Sólo por un instante, sólo para asegurarse de que estaba vivo y a salvo.

—Entonces, ¿por qué no me deja esconderla? Podemos advertirle a Desari si cree que servirá de algo, pero no vuelva con ellos. Aléjese de ellos —imploró Cullen.

—¿Por qué hace esto? —preguntó Tempest—. Si lo que me cuenta es verdad, los suyos nunca se lo perdonarán. ¿Por qué arriesgaría su vida por mí?

Cullen se quedó mirando el plato que tenía al frente sin verlo.

—Hace mucho tiempo, estaba prometido con la mujer más hermosa de este mundo. Me quería y era una buena persona, no había nadie como ella. Estábamos en San Francisco, juntos en una visita turística. Y la asesinaron.

Tempest sintió el dolor de aquel hombre como un navajazo.

—Lo siento mucho, señor Tucker. —Los ojos se le llenaron de

lágrimas y quedaron colgando de sus largas pestañas—. Qué experiencia más horrible para usted.

—La policía creyó que se trataba de un asesino en serie que en esos días tenía aterrorizados a los habitantes de la ciudad. Pero yo vi cómo ocurrió. Aquella criatura le hincó los dientes en el cuello y le chupó la sangre. Y luego tiró el cuerpo como si fuera una basura. Tenía los dientes y el mentón manchados de sangre. Me miró a los ojos y rió. Yo sabía que iba a matarme a mí.

—Pero no lo mató —dijo ella, y le cogió la mano para consolarlo.

Cullen sacudió la cabeza. Cuando volvió a mirarla, sus ojos reflejaban un dolor profundo y penetrante.

—Durante mucho tiempo, deseé que lo hubiera hecho. Pero algo o alguien lo asustó antes de que pudiera acabar conmigo. Una luz, como un cometa, vino hacia nosotros desde el cielo. El vampiro lanzó una especie de chillido cuando lo vio. Era repulsivo ver cómo se movía de esa manera lenta y ondulante que tienen las víboras. Y luego se disolvió literalmente ante mis ojos y se alejó en dirección contraria a la luz que venía hacia nosotros. Yo ví que ésta lo seguía por el cielo hacia el océano. Era la criatura más fría y repugnante que jamás he visto. En cuanto a mí, me propuse perseguir, cazar y abatir a cualquier cosa que se le pareciera.

—Eso ya lo entiendo —dijo Tempest, compasiva.

Cullen sacudió la cabeza.

—No, no lo entiende, y ésa es la diferencia. Usted me recuerda a esa mujer. Era una mujer con gran capacidad de compasión, como la que, al parecer, usted también tiene. Ella nunca pretendería vengarse, e intentaría encontrar una manera de perdonarlo. Creo que eso es lo que haría usted. —Cullen lanzó un suspiro y jugó con la comida en su plato—. La torturarán para obtener información. Y aunque usted ceda a lo que le piden, la matarán. Dios mío, Tempest, ¿que no lo ve? Yo no puedo vivir con eso en mi conciencia.

—Darius no dejará que ellos me secuestren —dijo Tempest, convencida, sacudiendo la cabeza.

Cullen alzó las cejas.

—¿Darius? Debe ser el guardaespaldas. Reconozco que se trata de un tipo competente, pero no importará lo bueno que sea. Ellos la encontrarán. Llegarán hasta usted y la secuestrarán. Me parece que no lo ha entendido. Esta gente es mortalmente peligrosa.

Ella se inclinó hacia delante para mirarlo fijo a los ojos. Así él sabría que ella decía nada más que la verdad.

—No, Cullen, es usted el que no entiende. Ellos no entienden. Darius vendría a buscarme. Nadie podría detenerlo. Nada en este mundo podría detenerlo. Es un hombre absolutamente incansable. Es implacable y cruel, es silencioso como un leopardo y se mueve como el viento. Ellos no lo verían, no lo olerían, en su viaje por el tiempo o el espacio. Y él no pararía. No pararía hasta tenerme junto a él y acabar con cualquier amenaza que pesara sobre mí para toda la eternidad. Con él tendrían que enfrentarse.

Cullen se echó hacia atrás, como si Tempest lo hubiera golpeado. Palideció visiblemente.

—¿No es humano? ¿Está usted diciendo que ese guardaespaldas es un vampiro?

—Señor Tucker. Es usted el que tiene vampiros en la cabeza. Por supuesto que Darius no es un vampiro. ¿Acaso le parezco el tipo de mujer que sale con vampiros?

—¿El guardaespaldas es su amigo? —preguntó Cullen, incrédulo—. Él... —titubeó, y calló bruscamente—. ¿Está segura de que sabe lo que hace? Por como lo describe, parece peligroso, Tempest. Muy peligroso. Yo pensaba que tenía algún tipo de relación con la cantante.

—Así es. Darius es el hermano mayor de Desari. —Tempest se echó el pelo hacia atrás y de pronto se preguntó qué aspecto tendría. Había trabajado toda la mañana y no había pensado en arreglarse antes de venir a la ciudad. También estaba cansada. Se había quedado toda la noche despierta con el grupo y Darius, y ahora comenzaba a sentir el impacto del sol. Incluso le quemaba ligeramente los ojos y la piel. Las insolaciones no eran infrecuentes cuando se trataba de pelirrojas de piel blanca, pero esta quemazón era diferente. Era más profunda. Intentó no parecer alarmada.

—El guardaespaldas no es invencible, Tempest —dijo Cullen—, aunque a usted le parezca muy espectacular, a usted y a la sociedad de cazadores de vampiros.

—Quiero agradecerle por arriesgarse tanto y prevenirnos —dijo

Tempest, con voz queda, y posó la mano suavemente sobre la de Tucker—. Lamento terriblemente lo de su pérdida pero, por favor, no se preocupe por mí. Darius cuidará de todos nosotros.

—*¡Quita la mano de encima de ese hombre, Tempest!* —Era una furia desatada, una ira oscura que convertía en amenaza la voz aterciopelada—. *Si en algo aprecias su vida, haz lo que digo.*

Tempest retiró bruscamente la mano y hundió la cabeza para ocultar la ira que reflejaban sus ojos.

—*No tienes derecho a darme órdenes. Tú no tienes ni idea de lo que está ocurriendo aquí, Darius.*

—*Sé que estás con un macho.*

—*Madre mía, ¡qué crimen más horrible!* —dijo ella, sin poder evitar el sarcasmo.

—¿Tempest? ¿Pasa algo? —Cullen volvió a pedir su atención—. ¿Qué ocurre? —Era imposible no darse cuenta de que Tempest se había puesto rígida, y que la expresión de la boca se le había endurecido, como si algo la contrariara.

—Nada especial —dijo ella, encogiéndose de hombros—. Sólo que hay una banda de cazadores de vampiros locos que quieren secuestrarme, torturarme y asesinarme. Nada demasiado extraordinario. Puedo manejarlo. Sobre todo me preocupa Desari. No se merece pasar por más traumas.

—Quisiera que me escuchara. ¿Qué pasa si la acompaño y yo mismo hablo con el guardaespaldas? Si es tan bueno como dice, puede que mi información le sea útil —aventuró Cullen, que no estaba demasiado seguro de por qué se ofrecía a aquello. Sabía que seguiría a Tempest, que intentaría protegerla lo mejor que pudiera. Aunque no fuera con ella al campamento, procuraría cuidar de ella cuando los otros vinieran a buscarla.

Tempest ya negaba con la cabeza.

—*Tráelo de vuelta contigo* —ordenó Darius.

—*No pienso llevarlo, Darius. No tengo ni idea de lo que le harás. Este hombre ya ha sufrido demasiado.*

—*Deberías confiar en tu compañero.*

—*Confiaría en él, si lo tuviera* —le espetó ella, sin vacilar—. *Lo único que tengo es un macho mandón que cree que puede darme órdenes. Será mejor que vuelvas a dormir.*

—*Eres muy valiente cuando crees que no puedo tocarte, querida.* —Había desaparecido la irritación en su voz, que ahora sonaba divertida. Tempest sintió el roce de sus dedos en el cuello. Ese contacto desató en ella la ola de calor acostumbrada, con la consiguiente agitación y nerviosismo. Nadie más podía hacer eso, tocarla físicamente sin estar presente. Sabía que Darius estaba lejos, percibía la distancia.

—¿Tempest? —Cullen temía que la estaba perdiendo. Tempest no paraba de perderse en una especie de ensimismamiento, concentrándose en algo ajeno al peligro que corría en ese momento.

Tempest inclinó la cabeza a un lado.

—¿Por qué querría exponerse a más riesgos, señor Tucker? ¿Acaso no se expone aún más si viene con nosotros? Puede que los suyos no se enteren de que me ha advertido del peligro, pero si viene al campamento, creerán que ha cambiado de bando.

—Lo sé —reconoció Cullen, que de pronto parecía cansado—. Siento que le debo algo a la cantante. Sólo me enteré de que habían lanzado la operación del atentado cuando ya era demasiado tarde, pero yo pertenecí a esa banda de locos un tiempo y me siento culpable. —Su mirada iba de la ventana a la puerta, comprobando sin cesar que los hombres de Brady Grand no le seguían los pasos.

—La culpa no es un motivo demasiado sólido para arriesgar la vida —señaló Tempest.

—*Deja de discutir con ese hombre y tráelo al campamento.*

—*No quiero que le hagas daño.*

—*Si dice la verdad, nadie le hará daño* —prometió Darius.

—No puedo dejar que esta gente la asesine, Tempest —insistió Cullen—. Matt Brodrick tenía esta foto suya en su cámara cuando murió siguiendo a su grupo. Ahora saben qué aspecto tiene, y vendrán a por usted —afirmó, e hizo una pausa—. ¿Y cómo fue que murió, por cierto? Al parecer, se suicidó. ¿Usted no estaba presente? —Cullen volvió a dar un golpecito sobre la foto—. Es exactamente el mismo lugar donde encontraron su cuerpo.

—No tengo ni idea. Ni siquiera sabía que tomaba fotos de mí. Estaría escondido entre los arbustos. Es una zona muy boscosa —dijo Tempest intentando confundir a Cullen con aquella explicación improvisada.

—No tiene sentido, Tempest —dijo Cullen, en voz baja—, que Matt tomara su foto y luego se disparara en la sien. La policía se lo creyó porque no había indicios de otras personas en el lugar. Pero yo conocía a Matt. Era un sádico hijo de perra. Jamás se habría matado.

Por un instante, a Tempest le costó respirar. Recordaba la mirada fría y calculadora del reportero.

—*Estoy aquí, muñeca* —la tranquilizó Darius—. *Este hombre hace muchas preguntas pero no intuyo que haya trampas.*

Ella respiró hondo y empezó a contarle la verdad a Cullen Tucker.

—Yo no lo vi matarse. Pensaba dispararme a mí, pero yo caí por un precipicio. Recuerdo que oí un disparo, pero no tengo ni idea de lo que ocurrió.

—No había nadie más —confirmó Cullen.

—Yo no vi a nadie —respondió Tempest, con toda honestidad.

—Salgamos de aquí —dijo Cullen, con un suspiro—. Cuanto más tiempo nos quedemos en el pueblo, más probable será que nos vean. ¿Por qué se le ha ocurrido venir en un coche tan llamativo?

—Es verdad —convino ella—. Nadie se habría dado cuenta si hubiera venido en el autobús de la gira con las enormes leyendas pintadas en los lados.

Él sonrió y Tempest se dio cuenta de que era la primera vez que aquel hombre sonreía.

—Me la jugaría a que le da más trabajo a ese guardaespaldas que todos los miembros del grupo juntos, ¿eh? —preguntó, con tono de picardía.

Ella alzó el mentón e ignoró la risa silenciosa de Darius.

—¿Y por qué se le ocurre decir algo así?

—Porque conozco a los guardaespaldas. Y es evidente que éste es potente, hasta puede que sea letal. Diría que es del tipo dominante, agresivo y sumamente celoso y posesivo en cuanto se enamora de una mujer.

—Que interesante evaluación. *Ahí tienes, Darius* —añadió Tempest, alegremente—. *Ni siquiera te ha conocido y ya sabe exactamente cómo eres. Es una descripción bastante interesante, ¿no te parece?*

—*Lo que me parece es que traigas ese dulce culito tuyo a casa, querida, o puede que me den ganas de darte un azote.*

—*Bienvenido, si quieres intentarlo* —dijo ella, sabiendo que estaba perfectamente a salvo.

Cullen Tucker se levantó, dejó un dinero sobre la mesa y le apartó la silla a Tempest. Ella dejó escapar un suspiro. Su existencia solitaria y agradable solía ser tan sencilla y anodina. Oyó el gruñido ronco y agresivo de Darius cuando Cullen la llevó hacia la puerta con la mano en la espalda, y volvió a suspirar. Las palabras que dejaban un eco en su mente pertenecían a otra lengua, una lengua que ella no conocía, si bien el tono encendido de Darius le decía que se trataba de imprecaciones.

—*Apártate de él. No tiene por que ponerte la mano en la espalda.*

—*Es sólo una muestra de buena educación.*

Cullen soltó un grito, y le soltó la espalda para llevarse la mano a la boca.

—¡Auch! Algo me ha picado.

—¿En serio? Yo no he visto ninguna abeja. —Tempest se mostraba todo lo simpática que podía, dadas las circunstancias, pero le dieron unas ganas irreprimibles de reír.

—*El reyezuelo consentido del castillo.*

—*Aprende a respetar un poco, querida* —ordenó Darius.

Cullen le abrió la puerta del coche, y entonces volvió a gritar por segunda vez cuando la cogió por el codo para ayudarla a subir. La miró frunciendo el ceño.

—¿Qué diablos ocurre?

Tempest buscaba sus gafas de sol. Era como si el sol proyectara sobre sus ojos una lluvia de astillas de vidrio. Al instante se hincharon, enrojecieron y se volvieron vidriosos con los rayos de luz que la quemaban.

—No sé a qué se refiere —dijo a Cullen.

Volvió al campamento a una velocidad más moderada que al bajar a la ciudad. Sabiendo que Cullen la seguía, se guardó de respetar los límites de velocidad, por muy aburrido que fuera. Aquella carretera estaba hecha para un coche deportivo, un camino sinuoso y estrecho que subía, con grandes caídas a un lado y la montaña imponente al otro. Tempest tuvo que reprimir el impulso de dejarse ir y disfrutar de lo que el coche podía dar de sí.

Cuando llegó al bosque, condujo por las intrincadas redes de caminos de tierra con la destreza de una profesional. Cullen no tenía para qué saber que había practicado conduciendo por esos meandros para no perderse después. Tempest maniobró a través del laberinto de rutas estrechas, hasta que siguió por un desvío a la derecha. Experimentó en seguida una sensación que le cambió el ánimo, como una opresión oscura al entrar en una red temporal del mal. Eran los perímetros de seguridad que Darius había establecido alrededor del campamento para mantener alejados a los extraños. Ahora era más sensible de lo que había sido en otras ocasiones. No era lo bastante potente como para que no pudiera pasar, pero temió que Cullen experimentara reacciones adversas.

Éste se detuvo detrás de ella, a unos metros de la barrera.

—¿Por qué se detiene? —preguntó.

Ella avanzó, esperando ver que pasaría con Cullen. Éste siguió unos cuantos metros y, de pronto, se detuvo de un golpe de frenos. Tempest miró por el retrovisor. Vio que Cullen temblaba y que tenía la frente bañada en sudor.

—*¿Puede superar la barrera? ¿O se pondrá peor a medida que avancemos?*

—*Un poco más de un kilómetro. Aguantará.*

—*¿No puedes desactivarla, Darius?*

—*Tú guíalo.* —Darius era implacable. No eliminaría la barrera sabiendo que alguien los perseguía y que, en ese caso, Tempest correría un peligro inminente.

Tempest farfulló algo acerca de los hombres obstinados, bajó de su coche y se dirigió al de Cullen. Éste respiraba a duras penas y se apretaba el pecho con ambas manos.

—Creo que me va a dar un infarto —alcanzó a titubear.

—Muévase —dijo ella—. Yo conduciré. No es más que una medida de seguridad que se ha inventado Darius. Es un verdadero genio, ¿sabe? —dijo, despreocupada—. Aleja a los extraños de los alrededores.

—Es una sensación maléfica, como si algo quisiera arrastrarnos al infierno —dijo Cullen, pero cambió de asiento de todas maneras.

—Pues, después de que conozca a Darius, es posible que piense que eso es lo que ha pasado —dijo ella, con voz grave—. Dios se apiade de usted, Cullen, si no está diciendo la verdad. Darius no es alguien a quien quisiera mentirle.

—Si él fue quien diseñó este sistema de seguridad tan especial —dijo Cullen, con cierto tono de admiración y asombro—, le creo.

—¿Se le pasa? —preguntó ella, esperanzada. No quería dejar el coche deportivo donde alguien lo encontrara y delatara su ubicación. Por otro lado, hacía demasiado calor para llevarlo al campamento y volver caminando a buscarlo.

—Lo bastante para dejar de pensar que es un infarto. Puedo seguirla. Sólo sáquenos de aquí lo más rápido que pueda —imploró él.

Tempest le dio unos golpecitos en el hombro, bajó del coche y subió al deportivo. Anduvieron un buen rato por los caminos, Cullen prácticamente pegado a ella.

El campamento parecía desierto cuando llegaron. Tempest sabía que el grupo y Darius dormían en algún sitio, seguros y a salvo. Los felinos, que percibieron al extraño, reaccionaron rugiendo para mostrar su rechazo ante aquella incursión. Cullen se negó a bajar de su coche, después de oír lo que le pareció una manada de leopardos, hambrientos y decididos a servírselo como presa de mediodía. Tempest tardó unos minutos en silenciar a los felinos, exasperada porque Darius había escogido ese momento para retirarse y dejarla sola.

—¿Dónde están todos? —preguntó finalmente Cullen, que había bajado del coche y ahora paseaba la mirada por el campamento. Siguió a Tempest hasta la furgoneta.

—Darius está en el bosque, no sé dónde. Le gusta tender una hamaca entre dos árboles lejos de todos y disfrutar de lo que llama, con mucho cariño, su tiempo a solas.

—*Muy divertido, querida. Eres la mentirosa más grande que he conocido. Y deja de tocar a ese hombre. Si me sigo poniendo celoso, seré yo quien sufra un infarto.*

—*Vuelve a dormir. Empiezas a molestarme* —advirtió Tempest, severa. Sonrió a Cullen amablemente.

—Es un hombre de ánimos cambiantes, ya sabe.

—¿Y dónde está Desari? —preguntó Tucker, lanzando una mirada de reojo a la caravana.

Tempest se dio cuenta de su mirada y se echó a reír.

—Está en un ataúd en el interior. Si quiere dejo salir a los felinos para que pueda echar una mirada adentro.

Cullen miró con actitud más bien tímida.

—Supongo que mi actitud es absurda. Sin embargo, esos felinos son una más de las razones por las que mi sociedad marcó a Desari como blanco. —Le entregó con gesto ausente una herramienta que Tempest le señaló—. Se supone que los vampiros tienen siempre a un animal del infierno que vele por ellos mientras duermen. Esos leopardos se ajustan a la descripción.

Tempest rió con él.

—En realidad, el autobús está vacío, excepto los felinos. Yo lo uso más que los otros. Ellos suelen quedarse hasta tarde, ensayando o actuando o conduciendo hacia un nuevo destino. Yo me ocupo de los vehículos, así que me toca ir a la ciudad, hacer las compras y cuidar del negocio. Es probable que Desari y Julian ya se hayan levantado —dijo, en un nuevo arranque de improvisación—. Les gusta salir a la montaña. Personalmente, creo que lo hacen para hacerse mimos a gusto sin que nadie los vea.

—¿Julian Savage? Es uno de los primeros en la lista de la sociedad. Tiene toda una reputación. Hay quienes piensan que a él se debe que Desari haya escapado con vida del atentado —confesó Cullen.

Tempest se dio un golpe en los nudillos, farfulló unas imprecaciones muy suyas y volvió a su tarea.

—Por lo que yo he sabido, es verdad que él le salvó la vida.

—¿Fue él quien mató a todos los hombres del comando? —preguntó Cullen, picado por la curiosidad.

—No lo sé. Ni siquiera sabía que habían muerto. Rara vez leo los periódicos —respondió Tempest. Lo dijo como si estuviera ausente, como si no le prestara atención.

—No creo que haya sido Julian —dijo Cullen, cauto, mirándola atentamente—. Creo que los mató el guardaespaldas.

Esta vez, Tempest no sólo volvió a darse en los nudillos sino también en la frente. Se volvió hacia Cullen con mirada furiosa.

—Tengo trabajo que acabar. Déjeme un rato tranquila, ¿quiere? Vaya a buscar al grupo en el bosque. Dayan tiene una de esas tiendas pequeñas. Por cierto, no lo despierte si lo encuentra durmiendo. Es muy gruñón si lo molestan antes de que se cumplan sus ocho horas de sueño. Syndil podría estar en el autobús, con los felinos, si quiere echar una mirada —sugirió, sabiendo que Cullen no le aceptaría la invitación.

—No será necesario —dijo él, sacudiendo la cabeza. No quiero que nadie se moleste. Sólo revisaré unas cuantas cosas para ver si es posible mejorar un poco las medidas de seguridad.

—Ya, es justo lo que necesitamos. Un macho más que disfruta mandando y diciéndonos lo que hay que hacer —farfulló Tempest para sí.

—*He quedado impresionado con tu habilidad para hacer creer que todos andamos paseando bajo el sol.*

—*Ya ves, soy una mentirosa de primera cuando tengo que serlo* —dijo ella—. *Supongo que se debe a la vida que tuve cuando era una niña. Puede que me sirva de algo si estos maniáticos llegan a ponerme las manos encima.*

Darius percibió el vago eco del miedo en su voz. Tempest intentaba valientemente fingir que las cosas que Cullen le había revelado no la asustaban, pero él habitaba en su conciencia, y sabía que tenía miedo. *Torturar y matar.* Eran las palabras que había empleado Cullen Tucker, y Tempest tenía una viva imaginación.

—*Estás bajo mi protección* —le aseguró Darius.

Tempest sonrió ante esa arrogancia suya. Sabía que su comentario debía supuestamente consolarla, pero Tempest estaba acostumbrada a contar sólo consigo misma, no con la protección de un hombre.

—¿*Un hombre?* —dijo Darius, como un eco.

Ella percibió su risa disimulada, esa manera amable de provocarla que le fundía el corazón.

—*Escucha, Darius, intento trabajar. Vete.*

—*Es verdad que tienes ciertos problemas con las figuras de autoridad.*

—*Y tú tienes problemas con cualquiera que te diga que no, ¿no es así?* —se defendió ella, y volvió a darse un golpe en los nudillos—. *¡Maldita sea, Darius! ¡Deja de distraerme!*

—*Presta atención a lo que haces y deja de mirar a ese hombre.*

—No lo estoy mirando —negó ella, enfadada, y alzó la mirada para ver dónde había ido Cullen. No quería que fuera a meter las narices cerca del autobús y caer presa de los dos felinos, que quizá seguían órdenes de Darius.

Una risa burlona y ligera quedó como un eco en su pensamiento.

—Ya estás, otra vez mirando. Presta atención a lo que haces o quizá tengamos que despedirte.

—Desari no te lo permitiría. Vuelve a dormir mientras el sol todavía está en lo alto.

Capítulo *13*

Cuando Tempest vio a Syndil salir de la caravana, vio confirmada su idea de que Darius era capaz de comunicarse en privado con cada uno de los miembros de su familia como lo hacía con ella. Seguro que a esas alturas los habría puesto al corriente de lo ocurrido mientras dormían, y eso implicaba contarles lo que Tempest se había inventado acerca de la actividad de cada cual.

Cullen casi trastabilló hacia atrás al ver acercarse a Syndil. Quedó literalmente boquiabierto, observando el vaivén de sus caderas y su lustrosa cabellera negra. Syndil le sonrió a Cullen a su manera, dulce y tímida a la vez. Parecía una mujer inusualmente bella, una belleza exótica que podía dejar a un hombre sin aliento. En cuanto a Cullen, parecía que le hubieran dado con un mazo en toda la cabeza. Sólo atinó a balbucear un saludo a la cantante de oscuros cabellos.

—Qué atento de su parte venir a vernos, señor Tucker —dijo Syndil, con voz suave, una voz tan dulce y fresca como la brisa del aire que los rodeaba—. Espero que Rusti lo haya atendido como es debido. Tenemos muchos refrescos en el autobús.

Cullen se pasó la mano por el pelo y lo dejó mas revuelto de lo que lo había dejado el viaje en coche.

—Oh, sí, claro. Se ha portado muy bien.

—¿Y la furgoneta está reparada, Rusti? —preguntó Syndil, muy serena, intentando no reír ante la reacción bobalicona de Cullen. Hacía mucho tiempo que nadie la hacía sentirse bella y deseable. Sabía que eso era culpa suya, porque se ocultaba del mundo, pero en ese momento, con Cullen Tucker que la hacía sentirse viva nuevamente, de pronto se sintió feliz.

—Todo solucionado —avisó Tempest.

Syndil estiró el brazo y le cogió la mano a Tempest. Se la giró para mirar los nudillos malheridos.

—Estás sangrando. Te has hecho daño. —Su voz y su expresivo rostro delataban una genuina inquietud. Le lanzó una mirada a Cullen, una sonrisa sensual y traviesa pintada en su boca, sin dejar la mano de Tempest mientras le curaba las heridas—. ¿Darius sabe que tienes una visita?

Tempest sintió que se ruborizaba. Syndil sabía muy bien por qué había venido Cullen Tucker. Lo único que pretendía era provocarla. Syndil le sonrió a Cullen.

—Darius está loco por Rusti, y es un hombre muy celoso. Quizá debiera quedarse cerca de mí para que pueda protegerlo.

Cullen acogió la idea con mucho entusiasmo.

—¿Cree usted que necesito protección?

—Absolutamente —aseveró Syndil, ahora coqueteando descaradamente—. Darius nunca deja que nadie se acerque a Rusti.

—Eso no es verdad, Cullen. —Al menos Tempest esperaba que ésa fuera la verdad. Darius permitía que las mujeres estuvieran cerca. Al parecer, sólo tenía objeciones con los hombres.

—¿Qué es esto, una fiesta? —Era Dayan, que de pronto apareció desde el bosque, dando grandes zancadas. Llevaba una mochila al hombro y una tienda plegada como un perfecto cubo en las manos—. ¿Por qué no me habéis invitado?

—Porque eres tan gruñón cuando intentamos despertarte —dijo Syndil, saludándolo y guiñándole un ojo a Tempest a hurtadillas. Se puso de puntillas y le estampó a Dayan un beso en el mentón—. Está bien. Te perdonamos. Si quieres, te damos la bienvenida. Rusti ha traído de visita a un amigo.

Dayan le tendió enseguida la mano que tenía libre a Cullen, con una generosa sonrisa de acogida.

—Me llamo Dayan. Los amigos de Rusti son nuestros amigos.

—Se frotó el mentón, pensativo, mientras sus ojos iban de Cullen a Tempest, y de vuelta a Cullen.

—¿Darius sabe que está aquí? ¿Se lo han presentado?

Cullen lanzó una mirada inquieta a Tempest.

—Empiezo a pensar que venir aquí no ha sido una idea demasiado buena. ¿Es muy celoso ese guardaespaldas?

Dayan rió por lo bajo.

—Darius tiene una cosa muy especial con su bonita criatura.

—¡No soy su «bonita criatura!» —negó Tempest, enfática—. ¡No soy su nada! *Ya sé que oyes todo lo que decimos. Estás asustando deliberadamente a Cullen. ¡Ven aquí, ahora mismo!* —le espetó a Darius, en son de reproche.

—*Al parecer, Cullen no es el único que está nervioso* —respondió él, complaciente—. *Y la verdad es que tú eres mía, eres mi todo.*

—*La verdad es que tienes que salir de tu burbuja de fantasía, Darius.*

Dayan tuvo la audacia de enmarañarle el pelo a Tempest, como si fueran viejos amigos.

—No se puede negar que eres el único amor de Darius. Y que a él no le gusta compartir.

Syndil asintió con gesto solemne.

—La verdad es que no. Creo que nunca aprendió a compartir cuando niño. —Sus ojos negros se habían encendido de puro traviesos, algo que agradecieron todos los que ahí estaban—. De verdad, señor Tucker... ¿O puedo llamarlo Cullen?... Yo lo protegeré.

Cullen volvió a mesarse el pelo.

—Ningún hombre está dispuesto a compartir la mujer que ama, Syndil. Pero Tempest y yo nos conocimos hace sólo unas horas en la ciudad. Le he traído algunas noticias que, creo, deberían escuchar todos ustedes. Sin embargo, el guardaespaldas no tiene de qué preocuparse. No era mi intención flirtear con Tempest.

La mirada de Dayan de pronto se volvió dura y fría.

—Espero que no le hayamos dado una falsa impresión de Darius. Él nunca se *preocuparía*. Eso no es lo suyo. —La amenaza estaba más latente en el tono de voz que en las palabras.

Tempest emitió un sonoro gruñido, deseando que ojalá tuviera la suficiente familiaridad con Dayan como para asestarle un buen golpe en la cabeza. Hizo un gesto para asegurar a Cullen, que ahora miraba como si hubiera caído en un nido de víboras. Dayan se desplazó, discreta y deliberadamente, hasta quedar, cuan grande era, entre Tempest y el hombre. Syndil cogió a Cullen por el brazo y lo llevó hasta unas sillas de descanso instaladas a la sombra de un árbol.

La oscuridad empezaba a caer rápidamente. Los murciélagos iniciaban su ritual nocturno y caían sobre los insectos haciendo toda suerte de acrobacias en el aire. Se levantó una brisa fresca que meció suavemente las copas de los árboles. De pronto aparecieron Desari y Julian, cogidos de la mano y equipados con mochilas y botas de montaña. Los dos parecían sorprendidos de encontrarse con una visita, pero Tempest sabía por su aspecto que la sorpresa era fingida.

Llevado por su instinto de protección, Julian se situó entre Desari y Cullen mientras le tendía la mano a éste. Cullen parecía incómodo cuando farfulló un saludo. Aquel era el hombre que la sociedad describía con toda certeza como vampiro. Cullen lo miró atentamente, y la primera impresión que tuvo fue la de estar frente a un poderío absoluto. Julian Savage era un hombre extraordinariamente fuerte, aunque se cuidó de no hacerle añicos los dedos al estrecharle la mano. A Tucker le resultaba imposible saber qué edad tenía mirando ese rostro cuyas facciones no acusaban el paso del tiempo. Físicamente, era casi bello, de una manera puramente masculina, como las estatuas de los dioses griegos.

—¿Es usted un admirador de mi mujer? —preguntó Julian.

—Ha venido con Rusti —intervino Dayan, sonriendo.

Julian frunció el ceño.

—¿Con Rusti? ¿Entonces, por lo visto, todavía no ha conocido a Darius, señor Tucker?

—Venga, no empieces —dijo Tempest—. Lo digo en serio, Julian. Ya hemos escuchado más de lo mismo. Darius no es para nada el ogro que todos queréis hacer creer. Le daría igual, aunque vinieran diez hombres a visitarme.

—*Nunca te arriesgues con esa posibilidad, querida* —dijo Dayan, suave, en su mente, y Tempest hasta creyó distinguir el ruido del violento cierre de una mandíbula.

—¿No tendrá la intención de provocar un asesinato en masa? —preguntó Dayan.

Tempest alzó el mentón con gesto desafiante.

—Darius no es para nada así.

De pronto apareció Darius. Salió del bosque, alto, elegante, el poderío en persona. Cullen incluso se levantó de la silla. El guardaespaldas era el hombre más impresionante que jamás había visto. Todo su cuerpo reverberaba con fuerza contenida, el poderío físico era palpable en todos y cada uno de sus movimientos. Llevaba el pelo largo y oscuro como la noche recogido en una cola y atado con una cinta por atrás. Su rostro duro y anguloso parecía tallado en granito. En su boca se disimulaba una sensualidad latente, pero también un asomo de crueldad. Sus ojos negros lo veían todo, hasta el más ínfimo detalle y, sin embargo, nunca dejaban de mirar a Tempest.

Se movió silenciosamente, como una pantera al acecho, y se fue recto hacia Tempest, a la que abrazó posesivamente. Inclinó la cabeza para encontrar su boca suave y temblorosa.

—Pareces cansada, nena. Quizá deberías tenderte y descansar antes de que partamos esta noche. Has trabajado todo el día.

En cuanto su boca perfecta tocó sus labios, Tempest se olvidó de sus provocaciones y se entregó a la burbujeante química que se activaba entre los dos. Tempest le rodeó media cintura con un brazo y enroscó los dedos en su camisa.

—Estoy bien, Darius. La furgoneta está reparada, así que podemos partir cuando queramos. He venido con este señor para que hable contigo.

Darius posó sus ojos negros sobre Cullen Tucker. Sin querer, éste se estremeció bajo su mirada gélida. Era como mirar en un cementerio, o como mirar a los ojos de la muerte en persona. Cullen se sintió como si el guardaespaldas le leyera sus pensamientos, como si en ese momento lo estuviera juzgando como digno o indigno, y que su propia vida pendía de esa estimación. Luego vio que el guardaespaldas le cogía con cuidado y deliberadamente la mano a Tempest, se la llevaba a la boca y empezaba a lamerle los nudillos heridos con lengüetazos lentos, casi eróticos, sin que esos ojos negros en ascuas dejaran de mirarlo. Cullen sentía a Syndil, situada a su derecha, cerca de él pero sin tocarlo. Cullen era consciente de que Syndil aguantaba la respiración.

—Soy Cullen Tucker —se presentó, agradecido de poder articular unas palabras. Tempest le había contado la verdad a propósito de ese hombre. Iría a por cualquiera que intentara quitársela, y no pararía hasta encontrarla. Tal como había pensado antes, el guardaespaldas era ese tipo de hombre absolutamente implacable que no conocía el perdón.

—Darius —respondió lacónicamente el guardaespaldas. Sus manos bajaron hasta el hombro de Tempest, y la empujó suavemente hacia donde estaba el compañero de Desari—. Julian, quizá puedas llevar a las tres mujeres a un lugar seguro mientras hablo con este señor. Desari, hay que cuidar de los felinos y asegurarse de que Tempest coma antes de ir a acostarse.

Syndil se acercó a Cullen, por primera vez en su vida desafiando a Darius.

—*Me quedaré aquí a escuchar.* —Darius la vio alzar el mentón en señal de beligerancia.

De pronto irrumpió Barack en escena, con su atractivo semblante desfigurado por la rabia. Se abrió paso literalmente a empujones entre los otros hombres, cogió a Syndil por el brazo y le dio un fuerte tirón para arrancarla del lado de Cullen.

—¿En qué estás pensando, Darius, permitiendo que un hombre venga a nuestro campamento cuando nuestras mujeres están desprotegidas? —preguntó, obligando a Syndil a retroceder a pesar de su resistencia. Se paró como una sólida y musculosa pared, y apartó a Syndil del grupo.

—¿Cómo te atreves a tratarme así? —protestó Syndil, con un silbido de voz, enfurecida.

Barack se giró y la miró con sus ojos negros que lanzaban llamaradas de ira.

—En estos asuntos, harás como yo diga. Deberías saber que no debes situarte en una posición de vulnerabilidad.

—Barack, ¿acaso te has vuelto loco? —preguntó Syndil.

Él dejó escapar un gruñido, una amenaza velada que quedó reverberando en el aire. Sus dientes blancos se cerraron de golpe, como las fauces de un predador.

—*No discutiré contigo. Si no quieres pasar vergüenza, Syndil, enseguida harás lo que te he dicho. ¿Crees que no me he dado cuenta de que buscabas la compañía de este hombre?*

246

Syndil se apartó a la sombra de los árboles, en parte porque Barack no le dejaba alternativa y en parte porque estaba demasiado asombrada. Barack era el más afable de todos los hombres. Solía divertirse con cualquier cosa y flirteaba descaradamente con las mujeres humanas, disfrutando de su reputación de *playboy* del grupo.

—*No tienes derecho a decirme lo que tengo que hacer, Barack. Si quiero buscar mil hombres, estoy en mi derecho.*

—*Eso, ni te lo creas.* —Barack la alzó literalmente en vilo por la cintura y la llevó hacia el interior del bosque—. ¿Quién es este hombre con el que de repente tienes tantas ganas de estar? Nunca antes has mostrado interés por los humanos.

—Y bien, puede que eso haya cambiado —dijo Syndil, alzando el mentón.

—¿Qué ha cambiado? ¿Qué ha hecho este hombre? ¿Te ha embrujado? Te lo advierto, Syndil, no estoy con ánimo de tolerar necedades. Lo has tocado. Le has puesto la mano en el brazo. Has coqueteado con él. —Barack lanzaba lenguas de fuego por los ojos.

—¿Y eso es un delito? ¿Acaso tengo que recordarte todas las veces que has estado con mujeres humanas? No te atrevas a juzgar mi conducta. Este hombre me hace sentirme bella, deseable, como una mujer, no como una sombra que todos ignoran. Cuando me mira, vuelvo a sentirme viva —se defendió Syndil.

—¿Es ése el motivo? ¿Porque te hace sentir viva? Cualquier hombre puede hacer eso —ladró Barack.

—Pues, resulta que ése es el que yo quiero —dijo ella, desafiante.

Barack le puso una mano al cuello y la cerró, derramando furia por sus ojos oscuros.

—He esperado pacientemente que te recuperes, he sido todo lo amable que puedo ser. Pero esto no lo consentiré. Si te atreves a acercarte a ese hombre, lo destrozaré con mis propias manos. Y ahora sube a la caravana, donde sé que estarás a salvo. Y aléjate de él.

Syndil se lo quedó mirando, anonadada, boquiabierta ante esa actitud tan poco característica en él.

—Voy, pero no porque tú me lo ordenes. No quiero tener una escena delante de un desconocido.

—Me da igual las razones que tengas, por absurdas que sean

—dijo Barack, y la empujó hacia el autobús—. Harás lo que yo *ordene*. Venga. Vete. Lo digo en serio.

—¿De dónde has sacado la idea de que eres mi amo y señor? —le espetó ella por encima del hombro, indignada, mientras se dirigía a la caravana.

—Tú no olvides que sí lo soy, Syndil —respondió él, seco. Se quedó mirando para asegurarse de que Syndil le obedecía y luego fue a reunirse con los demás hombres, que ahora interrogaban a Cullen.

Rusti y Desari se encontraron con Syndil en la puerta del autobús. Desari abrazó a Syndil por los hombros.

—¿Barack estaba muy enfadado?

—No sé si él lo estará —dijo Syndil—, pero yo seguro que lo estoy. ¿Qué se habrá creído tratándome de esa manera? Como si fuera su hija, o su hermana menor. ¿Tienes alguna idea de la cantidad de mujeres con que ha estado él? Es asqueroso, eso es lo que es. Me pone enferma ese doble rasero que tienen los hombres, uno para juzgar su propio comportamiento y otro para nosotras. La única razón por la que le he hecho caso es que se trata de un asunto de tu seguridad, Desari. Si no, le habría dicho que se pudra en el infierno. Y puede que se lo diga. Hasta puede que después de tu próximo concierto simplemente me vaya. Necesito tomarme unas vacaciones y alejarme de ese imbécil.

—Puede que yo quiera acompañarte —dijo Tempest—. Darius es incluso peor que Barack. ¿Qué les habrá picado a estos hombres?

—Son autoritarios y dominantes —dijo Desari, riendo por lo bajo—. Y suelen ser peor que una espina. Julian no para de decirme cómo deben ser las cosas según la ley. Lo que pasa es que hay que plantarles cara.

Syndil se mesó el pelo, todavía agitada.

—Puede que tú y Rusti. Pero yo no pertenezco a nadie. Tengo el derecho de hacer lo que me da la gana.

Tempest se hundió en una silla de cojines mullidos. Los dos leopardos se enroscaron enseguida alrededor de sus piernas.

—Yo no pertenezco a Darius. ¿Por qué todos creen que soy su mujer? Y aunque lo fuera, no tendría por qué obedecer ni una sola de sus malditas órdenes.

—Rusti —explicó Desari con voz pausada—, no puedes contrariar a Darius. Nadie puede, ni siquiera ninguno de nosotros, y todos somos muy poderosos. Cuando encuentras a tu compañero no es como en las parejas humanas. Hay instintos más poderosos. Cada una de nosotras sólo tiene un único compañero de verdad, incluyéndote a ti y a Darius. Tú debes ser la otra mitad de su alma. La luz de su oscuridad. No puedes cambiar lo que existe sólo porque lo temes.

Syndil asintió, demostrando que compartía la opinión de Desari. Cogió un cepillo y le quitó a Tempest la horquilla que llevaba en el pelo para peinarle la densa melena pelirroja.

—Darius es siempre muy gentil contigo, pero sigue habitando en él una gran oscuridad. Debes entenderlo como es. No puedes pensar en él como en un ser humano, porque no lo es. Es bastante capaz de obligarte a obedecer cuando se trata de tu salud o tu seguridad. Los hombres siempre protegen a las mujeres.

—¿Por qué? ¿Por qué son tan dominantes? Me pone los pelos de punta.

Desari suspiró suavemente.

—Darius nos ha salvado la vida una y otra vez. La primera vez sólo tenía seis años. Ha hecho cosas milagrosas, pero para conseguirlo tenía que creer implícitamente en su propio juicio. Con el tiempo, eso le ha dado cierta arrogancia.

Tempest dejó escapar un bufido poco elegante, si bien en parte quedó asombrada por lo que Desari le contaba. Había tenido atisbos de los recuerdos de la vida de Darius, había escuchado algunas de sus anécdotas, y le impresionaba tanto como la determinación de mantener viva a su familia.

—Julian me ha dicho que la raza de los cárpatos se está extinguiendo —dijo Desari—. Hay muy pocas mujeres, y contando a Syndil y a mí, no somos más de veinte. Somos el futuro de nuestra raza. Sin nosotras, los hombres no tienen ninguna posibilidad de sobrevivir. Antiguamente, una mujer solía esperar un siglo antes de asentarse con su compañero, y otro siglo antes de tener hijos. Sin embargo, ahora a los machos no les queda otra alternativa que reclamar a sus compañeras cuando éstas son todavía muy pequeñas. Debes entender por qué es de vital importancia para todos que estemos protegidas —dijo Desari.

Tempest sintió que el corazón le daba un vuelco. Era preferible no pensar demasiado en las dimensiones del lío en que se había metido esta vez. Cuando Desari lo describió en voz alta, Tempest supo que era como si el terror llamara a su puerta. Se mordió con fuerza el labio inferior. Las dos mujeres oyeron el ritmo acelerado de su corazón. Ella era humana, no cárpata, y no se sentía segura en su mundo.

Desari cayó de rodillas frente a Tempest.

—Por favor, no nos temas —dijo, con voz suave, persuasiva—. Eres nuestra hermana, eres una de nosotras. Nadie de nuestra familia te haría daño. Darius está dispuesto incluso a dar su vida por ti. Es lo que está haciendo ahora. —Sus ojos se llenaron de lágrimas.

Tempest se la quedó mirando con sus grandes ojos verdes totalmente abiertos, inquieta por la desazón de Desari, por las palabras que había usado.

—¿A qué te refieres cuando dices que está dando su vida por mí?

—Nosotros los cárpatos somos muy longevos, Rusti. Es a la vez nuestra bendición y nuestra maldición. Ya que tú eres su compañera y eres mortal, Darius decidirá vivir como los humanos. Envejecerá y morirá contigo, en lugar de seguir siendo inmortal —explicó Desari, con voz triste.

—Ya ha empezado a mostrar signos del estrés —añadió Syndil—. Se niega a volver a las entrañas de la tierra y dormir adecuadamente.

—¿Qué significa eso? —inquirió Tempest, curiosa. Darius usaba esa frase a menudo, pero ella todavía no estaba segura de su significado.

—La tierra es beneficiosa para nuestros organismos —dijo Desari—. Nuestro cuerpo necesita el sueño de una manera diferente a vosotros. Debemos hacer que nuestro corazón y nuestros pulmones dejen de funcionar para rejuvenecernos. Sin eso, no podemos contar con toda nuestra fuerza. Darius es nuestro protector. Es él quien debe enfrentarse a los humanos asesinos y acabar con las criaturas inertes que nos amenazan. Si no vuelve a la tierra como es debido, perderá sus poderes.

Tempest sintió que se le cortaba la respiración. La idea de que Darius corriera peligro era aterradora.

—¿Por qué no va y duerme como se supone que tiene que dormir? Se pasa todo el tiempo volviéndome loca, siempre hablándome, dándome órdenes, siempre aprovechando para pronunciar alguna amenaza, como si así todo fuera más interesante.

—Darius nunca te dejaría desprotegida. No podría. Tú eres su compañera. No puede estar separado de ti.

Tempest suspiró. Disfrutaba de cómo la hacían sentirse las dos mujeres, como si perteneciera a su círculo familiar.

—Y bien, tendrá que superarlo. Yo le insistiré para que duerma como es debido. Si no lo hace, no me quedará más alternativa que marcharme.

Desari sacudió la cabeza.

—Sigues sin entender. Darius nunca puede estar separado de ti. Lo destruiría. No creas que cambiará algo si intentas dejarlo. Sólo conseguirás que te controle más de cerca, Rusti. En todos estos siglos jamás ha querido nada para sí mismo. Pero ahora te quiere a ti. Te necesita.

—Puede que yo no lo quiera a él —protestó ella—. ¿Acaso no tengo derechos?

Syndil y Desari rieron al unísono, y su risa era como el tintineo de campanillas de plata, como el agua cayendo por la roca.

—Darius no puede hacer otra cosa que hacerte feliz. Él habita en tu conciencia. Si no lo amaras, él lo sabría. ¿No lo entiendes, Rusti? —preguntó Desari—. No puedes estar sin él, así como él no puede estar sin ti. ¿No lo sientes cuando te separas de él? ¿Cuándo él duerme el sueño de los mortales?

Tempest escondió la cabeza. Tenía el recuerdo de ese malestar tan especial muy claro en la memoria.

—*Tempest. Estoy aquí.* —Sus palabras la inundaron con una sensación de calidez y seguridad.

—*Estoy bien. Sólo que me hago la tonta.*

—*Vendré a tu lado si me necesitas.*

—*Tu contacto es suficiente.* —Y lo era. Las dos mujeres tenían razón. Ella lo necesitaba, aunque no estuviera dispuesta a reconocerlo ante nadie más que sí misma. Sintió el roce de sus dedos, una tierna caricia que siguió la línea de su pómulo hasta su boca. Toda ella respondió enseguida, sintió la calidez, el calor, la pena de ver que el contacto desaparecía a regañadientes.

—¿Rusti? —preguntó Desari—. ¿Te encuentras bien? —Le cogió la mano a Tempest para mirarle las heridas en los nudillos.

—¿Cómo te has hecho esto? ¿Darius lo ha visto? Cerró su mano sobre las heridas de la misma manera que Syndil. Tempest sintió de inmediato un calor reconfortante.

—Desde luego —reconoció Tempest, sonrojándose ligeramente al recordar la sensación de Darius lamiéndole la mano—. A Darius no se le escapa ni una. —Tras una pausa, preguntó—: ¿Qué son, exactamente, las criaturas inertes? Habéis dicho que Darius caza a las criaturas inertes. ¿Habláis de vampiros?

—Si nuestros hombres no encuentran a su compañera, con el tiempo pierden su alma a la oscuridad que habita en ellos. Se transforman en vampiros, y atacan tanto a los nuestros como a los humanos. Deben ser destruidos —concluyó Desari.

Syndil tocó a Tempest en el hombro para atraer su atención.

—El que me atacó, que creció como mi hermano, como parte de la familia y como protector... se convirtió en vampiro. Casi mató a Darius. Si Darius no hubiera sido tan poderoso, no habría vencido. De todos modos, acabó gravemente herido. Yo también estaría muerta y, quién sabe, Desari también. ¿Quién sabe?

—Cullen me dijo que había visto a un vampiro en San Francisco. Que la mujer con que iba a casarse fue asesinada por uno de ellos —explicó Tempest. Le cogió la mano a Syndil con la que tenía libre, y así las tres quedaron conectadas—. ¿Darius todavía podría convertirse? —preguntó. En su voz se adivinaba una ligera aprehensión.

—No, a menos que algo te ocurriera a ti. —Desari volvió a mirarle los nudillos a Tempest—. Tenemos que limpiar esa piel muerta.

—¿Hay alguna posibilidad de un hijo? ¿Podríamos tener hijos? —Ahora había en su voz un temblor inequívoco.

Desari y Syndil se miraron un largo rato.

—No estoy segura, Rusti —contestó, sinceramente—. Julian me contó acerca de una mujer que tuvo una madre humana y un padre cárpato. No fue criada según nuestras costumbres y lo tuvo difícil para sobrevivir. No había nadie para enseñarle, para amarla, ayudarla a crecer adecuadamente, porque la madre se suicidó y el padre se convirtió en vampiro. Sin embargo, la niña sobrevivió y, con el tiempo fue encontrada por su compañero.

Tempest cerró los ojos, cansada, y se frotó la frente, que empezaba a dolerle.

—Entonces, si me quedo con Darius —y, al parecer, no tengo otra alternativa— puede que tenga hijos, o puede que nunca los tenga. La verdad es que nunca creí que el cuento de hadas se cumpliría hasta en los últimos detalles.

—Darius está entregando su vida por ti —señaló Syndil, con voz queda—. Cuando el sol está en lo alto, los de nuestra raza somos vulnerables. Incluso Darius. En la tierra, no pueden hacernos daño, pero mientras duerma el sueño de los mortales, no podrá volver a las entrañas de la tierra. Cualquiera que encontrara su lugar de descanso podría matarlo fácilmente. A medida que pasa el tiempo, pierde cada vez más el sueño rejuvenecedor y se debilitará a ojos vista.

—¿Qué puedo hacer para remediarlo? Yo no quiero esto. Nunca se lo he pedido. No lo soportaría si algo le ocurriera porque intenta cuidar de mí. Es una locura que desatienda a sus propias necesidades por cuidar de mí. —Tempest no podía pensar más allá. Todo lo demás era demasiado agobiante—. ¿Alguna vez una mujer normal y corriente se ha convertido en compañera de uno de los vuestros? Es imposible que yo sea la única. Tiene que haber alguien que sepa qué hacer. No puedo permitir que Darius siga exponiéndose al peligro. —La idea de un vampiro o de un asesino que encontrara a Darius mientras dormía era aterradora.

Desari le apretó con más fuerza la mano.

—Julian me dijo que la compañera de su hermano era humana.

Tempest retiró la mano con un gesto brusco, intentando evitar que Desari no sintiera su pulso acelerado. Desari había hablado en pasado.

—¿Está muerta?

—¡No! Oh, no, ahora es una de nosotros. Es como Syndil y yo. —Desari lanzó una mirada de reojo a Syndil, sabiendo muy bien que a Darius no le gustaría demasiado enterarse de que compartían esa información con Tempest y le daban motivos para inquietarse.

Syndil abrazó tiernamente a Tempest.

—Te voy a preparar un poco más de caldo de verduras. Estás muy pálida.

Tempest sacudió la cabeza y negó con un gesto casi ausente, como si tuviera la cabeza en otra parte.

—No tengo hambre. Gracias, en cualquier caso. ¿Qué quieres decir que ahora es como vosotras? ¿Cómo es posible?

—Darius puede convertirte —reconoció Desari, con actitud cauta—. Dijo que no lo haría, que nunca correría el riesgo de que algo malo ocurriera. Se ha propuesto vivir como un ser humano hasta tu muerte. En ese momento, él se irá contigo.

Tempest se incorporó y empezó a caminar de un lado a otro. Los leopardos se asustaron.

—¿Cómo se hace eso? ¿Cómo me convertiría?

—Tiene que intercambiar sangre contigo tres veces. Es evidente que ya lo ha hecho al menos una vez, puede que dos. —Desari la observaba mientras paseaba. Estaba inquieta porque le había contado a Tempest cosas que Darius se había guardado a propósito—. Pero Darius no quiere ni pensar en ello. Cree que es demasiado arriesgado, puesto que sólo un par de mujeres han sobrevivido a esas conversiones... y salido indemnes.

Tempest se puso rígida.

—Intercambio de sangre. Él ha tomado la mía. ¿Qué es un intercambio?

Se produjo un silencio largo y elocuente. Y, de pronto, Tempest prefirió callar. Empezaba lentamente a tomar conciencia de la realidad. Se llevó la mano a la boca. La idea era tan aterradora que quiso sacársela de la cabeza mientras intentaba entender lo que le contaban las mujeres.

—Por eso veo y escucho cosas tan diferentes —musitó, y las miró para obtener una confirmación.

—Y por qué te cuesta tanto comer la comida de los humanos.

Siguió otro silencio, mientras Tempest asimilaba lo que le decían. Pensó en ello desde todos los ángulos posibles.

—Así que si él me convierte, tendría que beber sangre.

Syndil le acarició la cabellera con gesto tierno.

—Sí, Rusti, serías como nosotras en todos los sentidos. Tendrías que dormir como nosotras y mantenerte apartada del sol. Serías igual de vulnerable y poderosa que nosotras. Pero Darius se niega a correr el riesgo. Ha decidido que el único que corre riesgos es él —dijo, con voz suave, una bella mezcla de notas benignas y reconfortantes. Pero aquello no sirvió de nada.

De pronto, los lados de la caravana empezaron a cerrarse en torno a Tempest, sofocándola, aplastándola como había ocurrido con la montaña. Se apartó de las dos mujeres y se acercó a la puerta tambaleándose. Tenía que respirar. Necesitaba aire. Salió a toda carrera del autobús. Tenía ganas de correr y huir hacia la noche y la libertad.

Darius la cogió en medio de su carrera, cuando bajaba corriendo las escaleras, y la atrajo hacia la seguridad de sus brazos.

—¿Qué ocurre, nena? —murmuró con voz queda junto a su cuello—. ¿Qué te ha asustado? —No invadió su pensamiento, porque quería que Tempest confiara en él lo suficiente para decírselo. Si se negaba a decírselo, le quedaba la alternativa de fundirse mentalmente con ella.

Tempest ocultó la cara en su cuello.

—Sácame de aquí, por favor, Darius. Sólo quiero que me lleves a un lugar abierto.

Él levantó la vista, y sus ojos negros y furiosos encontraron la mirada culpable de su hermana. Se giró y se alejó con Tempest del campamento. Una vez que estuvieron lejos de miradas indiscretas, Darius se lanzó a toda velocidad, tan rápido que los árboles al pasar no eran más que una nebulosa. Cuando se detuvo, estaban en un claro retirado, oculto por una arboleda en una ladera del monte.

—Ahora, cuéntamelo, querida. —Todavía esperaba que ella le hablara de viva voz en lugar de leerle el pensamiento. Quería que Tempest confiara en él y le contara por decisión propia a qué se debía su miedo—. Estamos en un claro despejado, a cielo abierto. Sólo las estrellas nos ven. —Le acarició la mejilla, el cuello, y bajó por su brazo hasta encontrar su mano. Con un gesto muy suave, se llevó los nudillos a su boca cálida y la humedeció con su lengua mágica de terciopelo.

Ella cerró los ojos con fuerza y disfrutó del contacto. Lo había echado de menos en las últimas horas. Lo añoraba tanto que ni siquiera se sentía viva a menos que él le estuviera encima regañando.

—No sé cómo pertenecer, cómo ser parte de algo, Darius, parte de ti. —Apoyó la frente contra su hombro, temerosa de mirarlo—. He estado sola toda mi vida. No conozco otra manera.

Darius la estrechó aún más en su abrazo.

—Tenemos todo el tiempo del mundo, querida. Aprenderás a

sentirte cómoda con una familia y, si es demasiado para ti hacerlo de golpe, te apartaré de los demás hasta que aprendas a ser parte de mí. Si te parece agobiante, no tendrás que estar con todos nosotros a la vez.

—¿Y que pasará si no puedo, Darius? ¿Qué pasará si sencillamente no puedo?

Él le acarició la nuca y luego le masajeó suave y lentamente el cuello, hasta que consiguió aliviarle la tensión.

—Querida —murmuró, con su voz de terciopelo negro, la voz con que mandaba al viento y todas las fuerzas de la naturaleza, la voz que a ella le aceleraba el pulso y le activaba hasta la última terminación nerviosa—. No hay nada que temer. Yo no haré otra cosa que asegurarme de que estés feliz. Confía en que yo puedo lograrlo.

—Podría perderte, Darius. Sabes que es una posibilidad. Es tanto más fácil estar sola que perder a alguien. —Tempest habló con voz queda y temblorosa, lo cual le partió el corazón a Darius—. Ya te niegas a cuidar de ti mismo. Aprovechas mi ignorancia acerca de tus necesidades y tu manera de hacer las cosas. Algo podría ocurrirte por culpa mía. ¿Que no lo ves? No podría soportarlo.

Darius maldijo en silencio a su hermana. Sentía que los temores y el cansancio estaban afectando a Tempest, y a él también. Ella necesitaba alimentarse y, sin embargo, no podía comer. Era culpa suya. Él le había hecho aquello.

—¿Qué historias absurdas te ha contado mi hermana? Tú no puedes ser la responsable de las decisiones que yo tomo. Quiero estar contigo. Vivir contigo, amarte, tener una familia contigo.

Tempest sacudió la cabeza y luego volvió a mirarlo a los ojos.

—Sabes que eso no podrá ser nunca. No dejaré que hagas esto, Darius, y quiero decir lanzar tu vida por la borda, volverte vulnerable, quizás enfermar. Sé que, con el tiempo, dormir en la superficie como yo, te debilitará. No lo toleraré. ¿Por qué haces eso? No necesito una protección constante. Llevo mucho tiempo cuidándome sola.

Él le contestó de la única manera que sabía, que era estampando con fuerza un beso en sus labios. Enseguida se produjo aquella energía que formaba un arco eléctrico entre los dos, chisporroteante y repentino, porque el deseo se disparó y las llamas les lamieron la piel.

Darius volcó todo lo que sentía por ella en ese beso, el fuego, el deseo, la necesidad, su entrega absoluta a ella. Y luego le cogió la cara con ambas manos para mantenerla quieta bajo su mirada auscultadora.

—Mírame, querida, Quiero que me creas. Quiero que te fundas mentalmente conmigo para que sepas que digo la verdad. Es lo que quiero. No tengo ningún tipo de reparos. Quiero compartir mi vida contigo, envejecer y morir contigo. Sería un milagro maravilloso vivir siglos contigo, pero reconozco que no puede ser, y no deseo que sea de otra manera. —Se inclinó para besarla en la comisura de los labios. —No temas por nuestra unión. Es lo que quiero hasta la última célula de mi cuerpo. Es lo único que quiero. Estaré contento con nuestra vida juntos.

Tempest se puso de puntillas para abrazarlo por el cuello y lo obligó a inclinar la cabeza, desesperada por besarlo, frotándose sin cesar contra él, necesitándolo con un hambre casi igual al de los cárpatos. Él sintió las lágrimas en su cara y supo que Tempest lloraba por él, sabía que temía hacerle daño, que en cualquier momento se sentiría tan agobiada por el hecho de que él compartiera su vida con ella de esa manera que le darían ganas de escapar.

—¿Por qué no me has contado el daño que te estabas haciendo, Darius? —susurró ella, cerca de su cuello. Él metió la mano por dentro de su blusa, la levantó poco a poco hasta que encontró su piel sedosa, con su mano caliente e incitante, y le acarició los pechos. Tempest apenas podía pensar debido al fuego que la embargaba y el deseo que la consumía—. Tienes que prometerme que no volverás a hacerlo. Yo puedo cuidar de mí misma mientras tú permanezcas en la tierra. Me quedaré donde tú me digas. Lo prometo, Darius.

Él le besó los pechos, y ella le cogió la cabeza, mientras hundía la mano en su densa melena, sintiendo las olas de fuego que la recorrían de pies a cabeza.

Tempest era seda y terciopelo, era miel caliente, era el aroma fresco y limpio de la noche que él tanto amaba. Tempest era todo lo bueno y bello que había en el mundo, todo lo que él pudiera desear. Sus manos llegaban a todas partes, acariciando cada centímetro de su piel. Le quitó los tejanos para tenerla entera.

Darius se consumía de deseo por ella, sentía una necesidad feroz de hundirse en la perfección de su cuerpo. La necesitaba caliente, acogiéndolo en su apretada hendidura para quitarle el miedo por su seguridad, un miedo del que no podía desprenderse. Le bajó los tejanos y quedaron al descubierto sus finas caderas, sin dejar de acariciarla, moldeándole el cuerpo con las manos, cogiéndole las nalgas en el cuenco de la mano, de modo que podía aplastarla, apretarla contra su miembro, grueso y endurecido. Darius dejó escapar un gruñido de placer al tocarla, caliente y húmeda, buscándola, mientras todos los aromas salvajes de su cuerpo lo llamaban.

Parecía tan frágil que Darius tenía miedo de aplastarla, de perder el control hasta el punto de olvidar su fuerza descomunal y hacerle daño. Procuró ser gentil, buscar la satisfacción de ella antes que la propia. Pero su aroma y su contacto lo excitaban tanto que sus instintos animales estaban a punto de ganarle la partida.

—¿Qué voy a hacer contigo, Darius? —murmuró ella, suave, contra su pecho desnudo. Lo besó por todas partes, probando el sabor de su piel con la misma pasión que él la besaba a ella. Había dolor en su voz.

Él volvió a besarla con fuerza, unos besos largos y embriagadores que alimentaron aún más su fuego.

—Quiéreme como yo te quiero, Tempest. Necesítame como yo te necesito a ti.

Darius estaba por todas partes, y sus anchos hombros ocultaban el cielo de la noche, bebiendo de su aliento, arrastrándola al mundo de ellos dos, donde nada podía interferir.

—No sabes lo que me haces sufrir con tu ciega desobediencia. —Darius no paraba de besarle el cuello y los pechos con un deseo que parecía no conocer límites—. Debes aprender a obedecerme. —Desplazó la mano hasta su entrepierna, y la acarició húmeda y caliente, dispuesta. Oyó su propio gemido cuando se endureció aún más, una dulce agonía que sólo ella podía aliviar—. Dios mío, nena, voy a explotar si no te poseo enseguida. —Sus dedos encontraron su dulce hendidura, la exploraron y la excitaron hasta hacerla enloquecer de deseo por él.

Tempest le besó los hombros, pequeños mordiscos de los que no podía abstenerse, moviéndose sin parar, buscándolo y pidiéndolo.

—Darius, deja de darme órdenes por una vez y hazme el amor.

Él la llevó hasta un árbol caído, la hizo girarse en sus brazos para que se apoyara en el enorme tronco. Le acarició las nalgas, siguió sus curvas, su línea divisoria, los dos pequeños hoyuelos en la espalda. Impaciente, Tempest reculó contra él, lo cual aumentó su deseo. La cogió por las caderas para mantenerla quieta y, cuando tocó con su punta de terciopelo en su caliente hendidura, quedó sin aliento.

—¡Darius! —chilló ella, intentando empujar contra él, queriendo acogerlo en toda su extensión.

—Prométemelo —gruñó él, suavemente, mientras le acariciaba las caderas, deslizándose entre sus nalgas para inflamarla todavía más. Al verla así, tan pequeña y perfecta, sintió que una descarga eléctrica lo sacudía de pies a cabeza.

—Lo prometo —aseguró ella, impaciente, incapaz de seguir pensando.

Darius le pasó las manos por debajo para cogerle los pechos con gesto posesivo. Penetró en su mente al tiempo que avanzaba las caderas de un golpe para hundirse profundamente en ella, más suave y más prieta de lo que recordaba. Se arrimó a su cuello y la mordisqueó con leves dentelladas eróticas. Sintió que Tempest lo cogía con más fuerza, excitada y, a pesar de todas sus buenas intenciones, surgió la bestia en él. Sus colmillos se alargaron y se hundieron en su cuello.

La poseyó con fuerza y rápidamente, hundiéndose en ella, rodeándola y envolviéndola como ella lo rodeaba a él. Ahora estaba en su mente transmitiéndole imágenes eróticas creadas por su naturaleza salvaje, primitiva y bestial, como un lobo que reclama a su compañera, como un leopardo poseyendo a una hembra, en posición de sumisión. Al mismo tiempo, era Darius, llevándola a alturas cada vez más insospechadas, a un placer compartido más allá de lo humano, hasta el éxtasis. Tempest tembló al sentir la descarga y arrastró a Darius hasta el límite, hasta sentir su semilla caliente derramándose en ella, una y otra vez, hasta sus profundidades.

Darius la mantuvo quieta, atada a él, renuente a abandonar esa conexión física, a renunciar a ese sabor suyo. A regañadientes, se vio obligado a cerrar los diminutos agujeros en el cuello. Se había alimentado lo suficiente lejos del campamento, sabiendo que la poseería antes de que la noche acabara, y sabiendo que quizá tendría que matar a Cullen Tucker, por mucho que le pesara. No quería correr el riesgo de convertir a Tempest sin proponérselo, de que algo saliera mal.

Le acarició todo el cuerpo, explorando cada una de sus curvas. Con la boca, siguió la línea de su columna y la besó a lo largo de toda la espalda.

—¿Tienes alguna idea de lo que siento por ti, nena? ¿Tienes la más remota idea? —gruñó.

Tempest sintió que las piernas se le convertían en gelatina. Quería tenderse en alguna parte. Habían pasado toda la noche anterior despiertos, y ni siquiera se había permitido una siesta. De pronto, con todas aquellas intrigas, el trabajo y el amor que había compartido con Darius, estaba exhausta.

Darius lo supo enseguida. Se retiró lentamente de ella, sintiéndose ligeramente abandonado. Le avergonzaba que pudiera necesitarla tanto, sentir tanto deseo de su sangre, del sabor de su cuerpo, la sensación de ella acogiéndolo con fuerza. Tenía que encontrar un equilibrio entre tratarla con la suficiente dulzura como para no asustarla y obligarla a cumplir su voluntad de modo que siempre pudiera tenerla sana y salva a su lado.

La estrechó con ternura por detrás, y Tempest se dejó ir contra él, sonrojándose violentamente al pensar en lo deseosa que se había mostrado, rogándole que la poseyera. Hundió las manos en su cabellera pelirroja y él le cogió en seguida los pechos levemente alzados por ese gesto, desatando una chispa eléctrica al contacto con sus pezones, una chispa que también lo sacudió a él. Ella apoyó la cabeza contra su pecho, demasiado cansada para sostenerse sobre sus propios pies, y Darius la cogió en sus brazos. Ella cerró los ojos mientras se desplazaban en una nebulosa a través del tiempo y el espacio.

No sabía qué le había dicho a los demás ni cómo lo había conseguido, pero cuando volvieron, totalmente desnudos, Tempest se sintió agradecida porque, con la excepción del autobús, el campamento estaba desierto. Cuando hacía el amor con Darius, se sentía totalmente libre y desinhibida. Pero cuando volvían al mundo real, recuperaba sus reflejos de siempre y volvía a ser una mujer dolorosamente modesta.

Darius la llevó a la caravana y la dejó en el sofá entre multitud de cojines.

—Ahora descansarás, Tempest. —Era una orden, y lo decía con una voz que debía ser obedecida.

Ella lo atrapó cuando él iba a apartarse, lo trajo de vuelta al sofá y lo hizo sentarse a su lado. Siguió con los dedos el contorno anguloso de su cara, una dulce caricia que desarmó a Darius por completo. Quedó inmediatamente perdido en la dicha, en el placer elemental de tenerla junto a él. Se tendió a su lado, sólo por unos minutos, y la estrechó en sus brazos.

Capítulo *14*

Qué vamos a hacer con esta gente que persigue a Desari? —preguntó Tempest cuando se acomodó en el hueco de su brazo.

Él la miró y le rozó tiernamente la frente con los labios.

—¿Vamos? ¿Qué quieres decir con «vamos»? Según lo entiendo, el primer objetivo de esa sociedad es atraparte a ti. Harás exactamente lo que prometiste y me obedecerás al pie de la letra.

—En realidad —dijo Tempest, con voz pausada e ignorando su tono brusco—, creía que Cullen Tucker dijo que la sociedad no tenía dudas de que Julian es un vampiro. Por eso diría que el primer blanco es él.

—La seguridad es una cosa de hombres, Tempest, no es para ti. A partir de ahora, harás lo que yo te diga y procurarás no meterte en más líos.

Tempest estaba medio adormecida, feliz de encontrarse en brazos de Darius y sonreírle a esa furia oscura que se acumulaba en sus ojos. Le tocó ligeramente la boca, una caricia como el roce de una pluma, siguiendo la línea de sus labios perfectos.

—Es verdad que adoro tu boca —dijo, antes de que pudiera reprimir sus palabras.

Darius sintió que su irritación se desvanecía por completo. Bastaba que ella lo tocara una vez y ya ni siquiera recordaba cómo se llamaba, para no hablar del sermón que pensaba darle. Le besó posesivamente la mano, tomándose su tiempo para explorar su dulzura, para enseñarle a Tempest exactamente dónde pertenecía. Cuando levantó la cabeza, encontró su mirada divertida, tan bella y sensual que sólo atinó a soltar un sordo gruñido.

—Descansa mientras te preparo algo para comer —ordenó Darius.

Ella cerró sus largas pestañas. Sólo pedía que Darius volviera a besar sus suaves labios de terciopelo. Él tuvo que apartar la vista o no tendría la fuerza de voluntad para dejarla.

Ella le cogió la mano.

—La verdad es que no tengo hambre, Darius. No te molestes en preparar nada. Sería una pérdida de tiempo. En realidad, tengo un poco de náuseas.

Un sentimiento de culpa se apoderó de él. Él era el culpable de que ella tuviera problemas para comer. Le tocó la cara, con el corazón dolido.

—Comerás lo que te prepare, querida. Yo me aseguraré de que lo guardes. —Pero sólo se hablaba a sí mismo porque Tempest ya dormía.

Darius pasó unos cuantos minutos mirándola, absorbiendo el ritmo de su respiración en su propio cuerpo. Su vida. Al final, era eso. Aquella criatura frágil y delicada era toda su vida, era su mundo. Tenía que cuidar mejor de ella, ocuparse de su estado de salud y su seguridad. Daba la impresión de que Tempest pasaba de una crisis a la siguiente. Él tendría que poner las cosas claras y someterla a algo que se pareciera a un control. Empezaría por echar pequeñas siestas en las horas del atardecer para recuperar sus fuerzas.

Con gesto ausente, Darius fabricó unos pantalones vaqueros y se los puso. Se los abrochó mientras se dirigía descalzo hasta la puerta del autobús. Los leopardos habían salido al bosque, y Darius tuvo que llamarlos para que volvieran a la seguridad del campamento. Cuando abrió la puerta, la brisa de la noche le dio de lleno en la cara, trayendo aromas y sonidos de kilómetros a la redonda.

Enseguida sus ojos negros se volvieron fríos y despiadados. Respiró emitiendo una especie de silbido. El enemigo los había encontrado. No eran uno o dos. Si su agudo sentido del olfato no lo engañaba, estaban rodeados por lo que parecía todo un ejército. Los hombres avanzaban lentamente a través del bosque, con la intención de rodear el campamento. Darius olió el miedo, la adrenalina y el sudor de los cuerpos. Olió su excitación. Captó sus intenciones, su avidez de matar.

Dejó escapar un gruñido ronco en respuesta a la amenaza. Estaba obligado a quedarse en la caravana con Tempest, incapaz de actuar como lo habría hecho estando solo. Un gruñido dejó al descubierto sus largos colmillos. La verdad era sencilla. Darius se entregaba con gusto a la lucha. Estaba harto de las amenazas contra su familia y nunca había rehuido el camino de la acción. Emitió el espeluznante llamado de los leopardos, advirtió a los demás y fue a despertar a Tempest.

Ella lo sorprendió, escuchó sus explicaciones y se puso la ropa que él le dio casi sin hacer preguntas.

—¿Tienes algún arma? —inquirió Tempest.

—¿Quieres decir armas de fuego? —preguntó él.

—Yo vengo de la calle, Darius —dijo Tempest, riendo—. No dejes que te engañe el hecho de que he sido atacada en un par de ocasiones. Yo no lo ví venir. Cuando no lo ves venir, es un poco difícil defenderse.

—Nuestras armas están en la caja junto al armario. Pero úsalas sólo si es absolutamente necesario para protegerte. Déjame que me ocupe de esos imbéciles —dijo, con expresión ceñuda. Tempest con un arma en las manos era una proposición peligrosa.

—¿Dónde están los demás?

—Han continuado hasta nuestro próximo destino, y se han llevado a Cullen Tucker. Por lo que he detectado, él no ha tenido nada que ver con esto —dijo Darius, con voz pausada.

Salió a buscar en la noche mientras ella preparaba deprisa el autobús en caso de que fuera necesaria una huida rápida. Encontró a un hombre que se acercaba por el norte con un largo rifle en sus diestras manos. Un francotirador camuflado. Darius envió a los leopardos a cazar. La hembra se dirigió hacia el hombre que avanzaba más cerca del francotirador, unos metros a su izquierda. Se encontraban en medio de la espesura, por lo que eran presa fácil para los leopardos, y Darius sabía que sus muertes serían rápidas y silenciosas. No sabía si conservar su propia forma y proteger a Tempest o salir al bosque, donde podría ser más útil.

—Ve —dijo ella, cargando las escopetas que tenía al frente—. Sé que no estarás lejos si te necesito.

Darius se inclinó para besar sus suaves labios. Tempest tenía unas ojeras muy marcadas, y temblaba ligeramente, pero lo miró fijo a los ojos. Él percibió la determinación en su voz.

—No dejes que nada te ocurra, Tempest. Por el bien de todos los mortales, procura antes que nada tu propia seguridad. —Lanzó una mirada al arsenal que Tempest preparaba—. Y no me dispares cuando vuelva.

—Resistiré a la tentación —dijo ella, y le acarició el cuello—. Quiero que vuelvas sano y salvo. —El dolor que sentía en el corazón era real y no cejaba. *El miedo*. Tempest lo conocía por su sabor.

Darius desapareció. Un instante estaba ahí, real y en carne y hueso, frente a ella, y al instante siguiente se había esfumado. Tempest ignoraba si se había disuelto en vapor o si se movía tan rápidamente que ella no alcanzaba a verlo. Afuera comenzó a soplar un viento fuerte, como un gemido prolongado y espeluznante. Hablaba de muerte. Tempest se estremeció. Ignoraba cómo lo sabía, pero tenía una absoluta certeza. El viento era la muerte. Darius era el viento.

Se miró en el espejo. Estaba pálida, con el pelo enmarañado, los ojos desorbitados por el miedo. Era una visión absurda, una mujer pequeña vestida con vaqueros y camiseta, cargando una escopeta enorme, aunque en su expresión se adivinaba una férrea determinación. Estaba descalza, cosa que remedió rápidamente, porque estaba segura de que tendría que renunciar a la ilusión de seguridad que proporcionaba la caravana. Se sentó en el estribo del autobús con la escopeta en las rodillas y otras dos al alcance de la mano, y esperó.

Darius surcó los aires como un rayo, observando la posición de cada uno de los atacantes. Eran diecisiete hombres y estaban todos armados. El campamento estaba rodeado, y todos los caminos que conducían a la carretera principal estaban bloqueados por unos camiones grandes puestos de través para impedir que el autobús escapara. En ese momento, Forest arrastraba el cuerpo del décimo octavo hombre a través de la espesa vegetación. El leopardo macho se movía con sigilo, una figura soberbia y mortal, sin que lo detectaran los cazadores que avanzaban arrastrándose a sólo metros de él.

Darius se dejó caer detrás de un hombre grande equipado con

todas las armas imaginables, desde granadas de mano hasta un machete. Con un movimiento seco, le torció el cuello, que sonó como una cerilla rota. No le dio tiempo a emitir ruido alguno, sólo una ráfaga de viento que dejó Darius al ir hacia el asaltante siguiente. Éste permanecía agachado y miraba entre los árboles, como intentando calcular la posición del autobús plateado. El viento lo cogió en su abrazo de muerte, como una mano gigantesca en torno al cuello, y lentamente le quitó el aire, mientras lo sostuvo, impotente, a medio metro del suelo, hasta dejarlo caer bruscamente.

—¿Murphy? —preguntó alguien con un silbido de voz. Se encontraba a la derecha de Darius—. No veo nada. ¿Dónde está Craig? Se suponía que no debía alejarse del grupo.

Apareció Darius, sus rasgos duros e implacables, sus ojos negros convertidos en dos ascuas de ira. Dejó ver unos colmillos largos y blancos cuando sonrió.

—Los dos son bajas. —Sus palabras eran suaves e hipnotizadoras. El hombre quedó petrificado por el terror, incapaz siquiera de levantar el arma cuando aquella aparición llegó hasta él a una velocidad sobrehumana. El cazador sintió el impacto en alguna parte del pecho y bajó la mirada, horrorizado al ver el agujero abierto. Quiso gritar, pero le fue imposible emitir un sonido. Murió de pie, frente a Darius, con el rostro desencajado por la horrenda visión.

Implacable como el viento, Darius avanzó hacia el siguiente atacante. Era un joven con la cara salpicada de granos, un asomo de bigotillo y pintura de camuflaje por toda la cara. Respiraba con dificultad, con la adrenalina al máximo. Con el dedo no dejaba de palpar el gatillo de su fusil automático. Darius pasó a su lado, una nebulosa de músculo y fibra. Al pasar, con sus garras afiladas como navajas, le rasgó la yugular.

A cierta distancia se oyó la detonación de un arma y en la oscuridad brilló una lengüeta de fuego. Se oyó un grito agudo mezclado con el rugido sobrenatural de la hembra de leopardo. Darius se giró hacia el ruido. Varias armas vaciaron erráticamente sus cargadores, barriendo el punto de donde provenían los ruidos, hasta que una voz de mando varios metros a la izquierda de Darius ladró una orden.

Tempest se incorporó y lo primero en que pensó fue la suerte que habría corrido Darius. Lo buscó enseguida mentalmente, e hizo una mueca al percibir el halo rojizo de su furia asesina. Interrumpió ese contacto y buscó la causa del rugido. Supo de inmediato que la hembra corría peligro. Lanzó una imprecación por lo bajo e intentó calmarse para decidir qué hacer. *Sasha* estaba herida. Tempest percibía el dolor y la rabia del felino mientras se arrastraba a través de la vegetación hacia el autobús y sus compañeros humanos.

Tempest sólo vaciló un segundo antes de ponerse una pistola al cinto, cogió el fusil automático y corrió hacia los árboles. Contactó con *Sasha* para asegurarle que iba en su rescate, que la ayudaría a llegar a un lugar seguro y le sanaría la herida.

Se oyó otro grito, mucho más cerca de lo que Tempest habría querido, seguido de una andanada de disparos. Tempest volvió a tomar contacto con Darius mentalmente, aterrorizada ante la idea de que estuviera herido. Darius estaba mutando de forma, acomodando su cuerpo al robusto esqueleto de una pantera mientras saltaba para encaramarse a la rama de un árbol. Quedó por encima de un francotirador que se arrastraba por la vegetación con el vientre pegado al suelo. El fusil del francotirador apuntó hacia *Forest* cuando el leopardo se aproximó a otro de los atacantes, que disparaba a *Sasha* mientras la hembra retrocedía.

Tempest quedó sin aliento al compartir los pensamientos de Darius. Sin compasión alguna, sin emociones, tranquilo y certero, despiadado con los que amenazaban a su familia. Se abalanzó sobre el francotirador con un brinco silencioso, implacable, letal. Cuando hundió los colmillos en el cuello del tirador, Tempest interrumpió el contacto. No quería ser testigo de cómo Darius aniquilaba a su adversario.

Se ocultó debajo del techo de ramas a escasa altura, intentando no meter ruido ni agitar los arbustos. Como era pequeña, se movió con facilidad entre los estrechos senderos dejados por los animalillos del bosque, pero casi tropezó sobre la hembra de leopardo, que yacía en silencio y herida. *Sasha* estaba agachada, inmóvil, entre los grandes helechos que crecían al pie de los árboles. Tempest le puso una mano en el lomo para calmarle el dolor y, al arrodillarse para mirarle la herida, le transmitió seguridad.

Tenía la pata trasera derecha empapada en sangre. Tempest masculló para sí unas imprecaciones nada femeninas. El felino era demasiado grande para que Tempest lo levantara sola. Le rodeó el vientre con un brazo y lo levantó justo lo suficiente para permitirle arrastrarse hacia delante. El terreno era irregular y el felino, que estaba muy malherido, se apoyaba cada vez más en Tempest para avanzar hacia el autobús.

De pronto, *Sasha* giró la cabeza hacia la izquierda, mostró los colmillos con un gruñido de advertencia, y se quedó completamente quieta. Tempest se aplastó contra el suelo mientras lanzaba una mirada hacia donde había mirado *Sasha*. Apareció un hombre. Avanzaba mirando en la dirección opuesta a ellos, con un fusil en los brazos y otro en bandolera. Iba vestido de oscuro, la cara estriada de manchas negras. Parecía un gorila saliendo de la niebla.

La noche, que había sido clara al comienzo, comenzaba a llenarse de una niebla espesa que se quedó flotando a ras del suelo como un vapor blanco y misterioso. Tempest se quedó junto al leopardo herido, temblando de miedo, debilitada por la falta de comida y casi exhausta. Hasta el arma en sus manos le parecía demasiado pesada. Parecía una tarea imposible ayudar al leopardo a llegar hasta el autobús, donde estaría a salvo.

El hombre desapareció entre los árboles, envuelto por la niebla. Tempest se incorporó, con las rodillas temblando y la boca seca. *Sasha* se arrastró hacia delante con ayuda de ella, un proceso lento y doloroso que parecía interminable. La densa niebla era su única protección cuando salieron del bosque al claro del campamento. Tempest imploró en una oración silenciosa que el vapor compacto impidiera que las detectaran.

Darius captó la perturbación unos metros más adelante. Se había abierto camino entre los intrusos, y el leopardo macho volvía desde el lado opuesto del campamento para encontrarse con él. En dos ocasiones, Darius se había servido de la niebla para coger a un francotirador en su puño mortal y estrangularlo. No había dejado atrás a ningún enemigo con vida y sabía que *Forest* había hecho lo mismo. El número de atacantes había disminuido de manera sensible, y *Sasha* había dado cuenta de dos de ellos antes de que le dispararan.

Darius sabía con bastante certeza dónde se encontraba Tempest en cada momento y qué estaba haciendo. No había intentado impedirle que saliera en ayuda del felino porque tendría que haberla obligado a obedecer. Aún así, temía que pudiera ocurrirle algo horrible. El miedo casi lo paralizó. Sintió que el hombre se acercaba a ella a través de la niebla con su arma apuntando hacia su cabeza. *Sasha* intentó lanzarse encima de Tempest para protegerla, siguiendo las órdenes de Darius, mientras él tomaba el control del arma y utilizaba su mente y los ojos del leopardo para volver el cañón del arma hacia el asesino.

El hombre empezó a gritar como un loco cuando el arma que sostenía, se giró lenta e inexorablemente hacia su propio corazón como si tuviera voluntad propia. Aunque intentaba decirle a su cerebro que parara, vio que su propio dedo apretaba el gatillo. Darius se había movido a velocidad sobrenatural y llegó al lugar indicado justo cuando el hombre cayó al suelo. Dio un salto hacia Tempest y la aplastó contra el suelo. Quedó sin aliento cuando una bala le alcanzó en la parte de arriba del hombro, quemándole y rasgándolo por dentro.

Darius quería quedarse un rato ahí y recuperar fuerzas, pero el hombre que le había dado se acercaba para rematarlo. Dejó de lado su dolor y se concentró en la mente del enemigo. Sin embargo, ya había puesto en movimiento al leopardo macho, despertado el viento y creado una densa niebla. Ahora estaba cansado y su enorme fuerza se desvanecía, junto con su sangre, derramada sobre el suelo.

Pero de pronto surgió como una aparición, contorsionándose, con el rostro convertido en un morro alargado y los colmillos afilados ahora visibles. El lobo dio un salto hacia delante y se lanzó contra el pecho del hombre que se acercaba. El hombre quedó tan paralizado por el terror al ver a esa criatura mitad lobo, mitad hombre, que sólo atinó a mirar, boquiabierto.

Tempest había dado en el suelo con tanta fuerza que quedó sin aliento. Por un momento, no pudo hacer otra cosa que quedarse ahí, intentando recuperar el sentido. Ni siquiera estaba segura de quién la había golpeado. Fue *Sasha* la que la incitó a reaccionar con sus aullidos dolientes, la cruda imagen de la carne desgarrada. Tempest se giró y vio a Darius que dejaba caer un cuerpo al suelo. Lanzó un grito de aviso, él se giró de inmediato para enfrentarse a un atacante enorme que se abalanzaba hacia él con un machete.

Cogió el brazo alzado del hombre y se lo quedó mirando, neutralizándolo con la mirada. Lentamente, inclinó la cabeza y bebió, necesitando reponer su sangre perdida, sediento de ese rico nutriente que era la sangre mezclada con adrenalina. La ola de energía lo golpeó con fuerza en su estado de debilidad, y bebió vorazmente.

—¡*Darius!* —susurró Tempest, con voz urgente. Algo le decía que tenía que detenerlo. No sabía por qué. Sabía que había matado, pero no de aquella manera, nunca de aquella manera—. *Darius, te necesito.*

Su voz hermosa y suave penetró en su conciencia, sometió a la bestia desatada, apaciguando el hambre salvaje de muerte y sangre. Se obligó a soltar a su presa y dejó caer al hombre al suelo mientras todavía estaba vivo. Sin mirar hacia el bosque, envió su mensaje al leopardo macho. Aquel hombre debía ser ultimado, no debían quedar testigos de lo que había ocurrido en ese lugar. Era necesario para la supervivencia de su raza.

—Yo llevaré a *Sasha* —dijo Darius, con voz ronca, porque aún quedaban reminiscencias de la bestia. Una llama roja ardía ferozmente en sus ojos.

Tempest quedó sin aliento cuando vio la sangre en la oscuridad, negra como la tinta, derramándose por la espalda de Darius.

—Te cubriré con algo.

—Vienen desde la izquierda —dijo él, empujándola para que avanzara por delante, inclinándose para coger al gran felino.

Ella se situó por detrás y disparó una andanada para cubrirlos. Las balas silbaban, cargadas de muerte, pero le dio tiempo a Darius a llevar a *Sasha* hasta el autobús. Tempest retrocedía hacia donde estaba él cuando, de pronto, él la cogió en brazos y le quitó el arma de las manos.

Darius sabía muy bien que Tempest no le disparaba a nadie, que sólo los mantenía a distancia. Tempest no tenía instintos asesinos. Valentía y fidelidad, sí, nunca lo dejaría a él ni a los felinos, y haría todo lo posible por protegerlos, pero le costaría mucho llegar a matar a un ser humano.

Implacable, se apoderó de las decisiones.

—Cuida de *Sasha*. Utiliza las hierbas que hay en el armario. Ella te dejará. —Literalmente la lanzó hacia dentro del autobús, y dio media vuelta antes de que ella tuviera tiempo de protestar.

Empezó a llover de golpe. No ligeramente, sino cortinas de agua que caían como si las compuertas del cielo se hubieran abierto y descargado un océano entero. Tempest se concentró en su tarea. *Sasha* movía la cola de un lado a otro, agitada, y de sus fauces escapó un rugido amenazador.

Darius protegió el autobús, cubriéndolo de los cazadores ocultos, que ahora se habían convertido en su presa. Su forma, sólida y real, se estremeció brevemente bajo la tupida lluvia y luego se evaporó sin más. En el brillo plateado de la lluvia, unas gotas rojas de sangre salpicaron el suelo.

El viento aumentó hasta convertirse en un silbido frenético, chillando entre los árboles, cortante como una hoja de cuchillo. El leopardo macho era una nebulosa torbellinesca de garras y colmillos salvajes, un instrumento de venganza. Por un breve momento, el bosque cobró vida con los gemidos y los gritos, el horror y el hedor de la muerte. Cuando finalmente acabó, sólo quedó el ruido del viento y la lluvia.

Darius se arrodilló por un momento bajo la lluvia, exhausto y herido, sintiendo repugnancia por quienes habían planificado aquel ataque porque lo creían necesario. Inclinó la cabeza mientras el agua comenzó a fluir en riachuelos a su lado. Parecía que aquellos hombres habían sido atacados por animales salvajes. Sin embargo, si eran examinados en detalle, despertaría en todo el mundo un interés clamoroso. Él no podía permitir que eso sucediera.

Dedicó un tiempo considerable a disimular el terreno de batalla de tal manera que los humanos lo aceptarían sin plantearse demasiadas preguntas. Se había desatado una lucha entre facciones rivales de guerreros de fin de semana, y se habían matado unos a otros, tras lo cual sus cuerpos fueron pasto de las bestias carroñeras del bosque. Darius también se cuidó de borrar todo rastro de la presencia de su familia. Ni siquiera se podían permitir dejar huellas de las ruedas de los vehículos. El agua acumulada daría cuenta de ese detalle. Podía ocultar el autobús y hacerlo indistinguible para las miradas indiscretas hasta que llegaran a una carretera principal.

Al borde de sus fuerzas, finalmente llamó a *Forest* y hombre y felino emprendieron juntos el camino al autobús. *Sasha* estaba tendida en silencio, y el leopardo macho se acercó en seguida a ella, tocándola varias veces, examinando la herida, con sus puntos de sutura y su vendaje. Tempest se giró para mirar a Darius con una mirada llena de afecto. Él se sintió como si hubiera vuelto a casa, y el agotamiento se desvaneció. En lugar del hedor de la muerte, encontró la luz de Tempest que lo acogía.

—Estás sangrando —dijo ella, con voz queda.

—Viviré —contestó él. Normalmente, los cárpatos inhibían el funcionamiento del corazón y los pulmones para conservar la sangre, pero Tempest y él todavía no estaban a salvo del todo. Antes de llegar a la carretera, todavía tenían que cruzar los caminos bloqueados por los camiones, y Darius sabía que habría más hombres en esos camiones esperándolos.

—Dime lo que necesitas —dijo Tempest, sabiendo que el cuerpo de Darius sanaba de una manera diferente al de ella.

—Las hierbas y la tierra que necesito están en el armario por encima del sofá.

Darius sonaba cansado, lo cual asustó a Tempest, que apartó la mirada para que él no viera las lágrimas en sus ojos. Ver a Darius, empapado, agotado, embadurnado de tierra y sangre, con el pelo negro pegado a la cabeza, casi le destrozó el corazón.

Lo curó con presteza. Resultó más fácil de lo que había imaginado, ya que la bala había atravesado el hombro y él había comenzado a sellar las heridas desde dentro hacia fuera. Pero se requería una energía tremenda de parte suya para curar las heridas interiores sin la ayuda de la tierra ni del sueño rejuvenecedor. Tempest le tapó la herida con una mezcla de su saliva curativa, tierra y hierbas. Resultaba extraño seguir sus instrucciones para mezclar la tierra con su saliva, pero Tempest aceptó su explicación, según la cual los cárpatos pertenecían a la tierra y se aprovechaban de sus propiedades curativas. Ella le acarició el cuello, le transmitió su amor con la punta de los dedos porque todavía no lo podía expresar con palabras.

Darius le cogió la mano y se la llevó a la boca.

—Lo siento, Tempest. Jamás habría querido exponerte a este aspecto de nuestra existencia. A menudo somos víctimas de las partidas de caza de los mortales. A lo largo de los siglos, muchos de los nuestros han sido masacrados. Desearía haberte ahorrado todo esto.

—No suelo desfallecer bajo el sol, Darius, ni derretirme con la lluvia. Soy bastante dura, ¿lo sabías? Ahora, deja que yo conduzca para salir de aquí. Tú duérmete. Duerme un sueño de verdad. Ya sé que no puedes penetrar en las entrañas de la tierra para sanar, pero puedes dormir como es debido y confiar en mí para cuidarte. —Sus ojos verdes captaron la mirada oscura de Darius y se lo quedó mirando tan fijo a él como él a ella—. Confías en mí, ¿no?

Él se dio cuenta de que sonreía. En medio de la sangre y la muerte, del dolor y el agotamiento, Tempest lo hizo sonreír.

—Con toda mi vida, querida —respondió, con voz suave, aterciopelada, rozándola interiormente como el contacto de sus dedos. Le cogió el mentón en una mano—. Te lo prometo, descansaré cuando sepa que tú estás a salvo.

La mirada de Tempest se tiñó de resignación. No tenía sentido discutir con Darius cuando ya había tomado una decisión.

—Dime qué tengo que hacer.

—Tendrás que conducir el autobús. La tormenta está llegando a su máxima fuerza. Tenemos que aprovecharnos de ello. El agua confluirá en los arroyos porque el suelo no la puede retener, así que habrá una inundación. Tenemos que calcular cómo llegar al puente a tiempo antes de que la crecida de las aguas lo arrastre. No podemos utilizar los caminos, ya que están bloqueados —explicó.

Ella se mordió el labio inferior, si bien ésa fue su única señal de aprehensión. Cuadró los hombros y se giró decididamente para ocupar el asiento del conductor.

Darius la cogió por su fina cintura y le selló la boca con sus labios. Saboreó su miedo, su dulzura y su compasión. Saboreó el amor que Tempest sentía por él, volviéndose inevitablemente más duro con cada minuto que compartían. Se tomó su tiempo, su beso se volvió ferozmente posesivo, deleitándose en esa cercanía física con ella. Muy a su pesar, alzó la cabeza.

—Deberíamos irnos, querida. —Sus ojos se volvieron aún más oscuros al observar su expresión, ligeramente divertida. Era tan bella. Le había vuelto el color al rostro, y tenía los labios semiabiertos, una invitación que Darius no tenía la fuerza de resistir. Volvió a besarla, y esta vez fue un beso enérgico pero breve.

Tempest se acomodó al volante del autobús. La lluvia daba de lleno en el parabrisas y la visibilidad era prácticamente nula. Le lanzó una mirada a Darius, como si por un momento no las tuviera todas consigo. Pero él miraba por la ventana y, desde ahí, dirigía la virulencia de la tormenta. Tempest vio en él la certidumbre de que ella sabría hacer lo que él le había pedido. Darius tenía una fe ciega en ella.

—Se nota la huella de un sendero, Darius —dijo—. Desaparece bajo el agua, pero creo que lo puedo seguir—. El autobús avanzó lentamente por el sendero embarrado, y las ramas caídas de los árboles que flotaban chocaban contra los lados.

—No enciendas las luces —advirtió Darius, con voz suave.

—Las necesito —dijo ella—. No puedo ver demasiado en la oscuridad. Si el terreno es muy profundo, quedaremos atascados.

—Puedes ver. Yo lo veo a través de tus ojos. Es la mente humana la que hay en ti que se niega a confiar en tus sentidos —corrigió él, con una mirada casi ausente, como si tuviera la cabeza en otra parte.

Tempest respiró lentamente. En cuanto se sintió calmada y capaz de controlarse, hizo avanzar el largo autobús a través de la corriente de agua. Tuvo la impresión de que su mente le jugaba una mala pasada, porque creyó ver pequeños remolinos de sangre, roja y oscura, en las aguas del arroyo. Sin embargo, la lluvia caía con tanta fuerza que prácticamente no podía ver. Los limpiaparabrisas no alcanzaban a evacuar el agua que se derramaba desde el cielo.

Tempest sintió a Darius a sus espaldas, sintió el calor de su cuerpo que reconfortaba al suyo, frío. Darius se acercó para cogerle la cara con ambas manos y con los dedos le secó las lágrimas.

—Lloras por la muerte de esos asesinos. —Lo dijo como una afirmación, ni buena ni mala. Sentía la intensidad de la lástima de Tempest en su propio corazón.

—Lo siento, Darius —dijo ella, con voz grave, casi ahogada, como si su angustia le quitara el aliento—. Tenían familias, madres, mujeres. Hermanos y hermanas. Tenían hijos.

—A ti te habrían matado, querida. Yo vi esa intención en sus mentes. Algunos pensaban que antes de matarte, se aprovecharían de ti. Matarían a mi hermana y eliminarían a su compañero. Yo no podía permitir esas atrocidades —dijo, con voz grave.

—Lo sé —convino ella—, y no te culpo por lo que tuvo que ocurrir. Entiendo que te han puesto entre la espada y la pared, pero eso no quita que sienta tristeza por sus familias y porque hayan muerto.

Quizás algunos creían que estaban haciendo lo correcto. Eso no lo convierte en algo bueno, pero eran seres humanos.

Darius apartó la espesa melena de Tempest hasta dejarle la nuca al desnudo y se inclinó para besarla.

—No tienes por qué explicar lo que ya sé, querida. Yo vivo en tu conciencia, así como tú puedes vivir en la mía en cuanto lo desees. —Dejó descansar brevemente las manos sobre sus hombros, temblando por la intensidad del amor que sentía por ella. Se apoderó de él como un río de emociones que amenazaba con engullirlo cuando todavía le quedaba tanto por hacer. Tuvo que apartarse de ella antes de que cediera a la tentación de estrecharla contra su pecho, sentir su piel rozando la suya. Respiró hondo para recuperar el aplomo y se apartó deliberadamente de ella.

Tempest siguió conduciendo en las aguas cenagosas mientras el nivel no paraba de subir. En dos ocasiones cruzó un camino pavimentado y siguió por otro camino de tierra. De pronto se acercó a un camión enorme cruzado a lo ancho del camino. Uno de sus ocupantes fumaba. Tempest se mordisqueó el labio inferior pero consiguió pasar sin percances. Miró a Darius y observó el color de su rostro. Tenía el semblante gris y cansado, surcado de arrugas. La tensión de ocultar un objeto tan grande como ese autobús era enorme. Debido a su estado de debilidad, había empezado a temblar.

Tempest desvió enseguida la mirada. Sentía que el corazón le latía con tanta fuerza que en cualquier momento le estallaría. La sola idea de que algo le ocurriera a Darius era aterradora. Siguió conduciendo por aquel terreno desconocido lo más rápido que pudo, tanteando cuidadosamente el camino, concentrándose en el peligro que representaban las corrientes. Había momentos en que se internaba por senderos tan estrechos que las ramas de los árboles rascaban los lados del vehículo con un chillido metálico que Tempest creyó la perseguiría por el resto de sus días.

Cuando el puente surgió ante ellos, Tempest se limpió la cara, como queriendo despejar el velo que le dificultaba tanto la visión. Entre la lluvia y la niebla, tenía la sensación de que avanzaba conduciendo a ciegas. El puente se meció bajo el peso del autobús y ella dejó instintivamente de apretar el acelerador, casi presa del pánico.

Darius estuvo enseguida a su lado y, con el pie descalzo empujó el de Tempest para que acelerara. La parte trasera del autobús osciló antes de que las ruedas encontraran su punto de tracción.

—Sigue, cariño —dijo, con voz suave.

No le dio ninguna alternativa, porque empujó el pie con firmeza. Tempest se agarró al volante, temerosa, con el corazón alojado en la garganta. El agua comenzaba a desbordar la estructura, de modo que tuvo que luchar para mantener el vehículo encima del puente. El agua quería llevarse el vehículo por delante y sumergirlo en la corriente. Sólo cuando el autobús hubo cruzado el puente volvió a respirar. Apartó la pierna de Darius para aflojar la presión en el acelerador. Temblaba con tanta violencia que le castañeteaban los dientes.

—Lo estás haciendo magníficamente, querida —susurró Darius, mientras le acariciaba la brillante melena—. Casi lo hemos conseguido.

—¿Casi? —Tempest se giró, alarmada—. ¿Hay más? Estoy muy cansada, Darius—. Se sintió ridícula diciendo aquello, sabiendo que él estaba herido y tenía más necesidad que ella de descanso—. Creo que he tenido suficientes aventuras por una noche.

Por toda respuesta, él le enmarañó el pelo con gesto afectuoso. Tratándose de alguien que era en parte bestia y todo un predador, Darius descubrió que había en él algo en que nunca había reparado. Tempest lo volvía más dulce interiormente.

—No aflojes, querida. Nos queda una última barrera y llegaremos al camino.

Tempest oyó el rugido del agua y supo que río arriba se estaba formando una pared de agua que se llevaba por delante todo lo que encontraba. Puso en marcha inmediatamente el autobús y avanzó poco a poco en medio de la espesa niebla y la lluvia. Sin previo aviso, apareció ante sus ojos un enorme camión a sólo unos metros, atravesado directamente en el camino. Un hombre apoyado contra el capó, observaba con un visor de rayos infrarrojos.

Un relámpago surcó el cielo, una y otra vez, iluminando la noche como si fuera de día. El hombre dejó caer el visor de infrarrojos al lodo y se tapó los ojos cuando Tempest se salió del camino y casi se estrelló contra un árbol. Luchando para mantener el control, apretando los dientes, Tempest logró devolverlo al camino y dejaron atrás al camión.

Darius se dejó caer en el asiento a su lado, con el rostro tan gris que Tempest casi dio un golpe de frenos.

—Ve a tenderte, Darius —ordenó, asustada por la palidez de su rostro—. Llegaré a donde se supone que nos espera Desari. El Konocti Harbor Inn, un balneario. Queda en alguna parte cerca de Clearlake. Lo encontraré. —La ruta estaba bien marcada, y Tempest esperaba que no le costaría seguirla. Tenía escaso sentido de la orientación, pero sin duda podía seguir las señales en la carretera.

Darius se arrastró a la parte trasera del autobús sin rechistar y se tendió en el sofá, cerca de la hembra de leopardo herida.

—Sabes muy bien que conseguirás que nos perdamos sin ayuda de nadie, amor mío.

A Tempest le dio un vuelco el corazón al percibir esa nota de ternura en su voz. Quería que Darius durmiera el sueño rejuvenecedor propio de los suyos, que pudiera curarse en las entrañas de la tierra para que volviera a recuperar todas sus fuerzas. El dolor de la herida lo debilitaba, y lo acuciaba el hambre causado por la pérdida de sangre pero, cuando ella leyó su pensamiento, sólo encontró su preocupación por ella y por su seguridad.

—Te crees indispensable —lo riñó con tono deliberadamente sarcástico—. Soy perfectamente capaz de encontrar el camino hasta el balneario y al campamento que piensan montar esta noche. Vete a dormir, y yo te despertaré en caso de que necesite a un guerrero herido.

—Nunca vuelvas a intentar dejarme, Tempest —murmuró él, con voz tan débil que ella apenas lo oyó. Había en la voz de Darius un dolor que no podía disimular, y a Tempest los ojos volvieron a llenársele de lágrimas.

En toda su vida, nadie nunca la había querido. Nadie la había necesitado. Desde luego, nadie había sido tan afectuoso ni protector con ella. A pesar de sus costumbres avasalladoras y dominantes, Tempest no podía decir que Darius no la ponía por encima de todo. Tampoco podía decir que su corazón no había quedado completamente cautivado. Darius había tejido a su alrededor un embrujo tan poderoso que Tempest dudaba que algún día pudiera romperlo.

Cuando salió a la carretera, la lluvia comenzó a amainar. Tempest intentó como pudo mantener la mente lejos de lo que había sucedido. Le parecía devastadora la idea de que todos esos hombres hubieran desperdiciado su vida atacando a personas de las que nada sabían. No tenía idea de cuántos eran los adversarios, pero sabía que los leopardos habían dado cuenta al menos de dos hombres cada uno. Ella había capturado las imágenes en su mente. Darius había matado a los demás, pero ella no tenía ni idea de cuántos eran, ni tenía ganas de averiguarlo. Era preferible no saberlo, no pensar tanto en la locura de lo que estaba ocurriendo en su vida.

Cárpatos. Vampiros. Cazadores de vampiros. Era todo demasiado extraño.

Capítulo *15*

Tempest condujo el autobús hasta la berma de la carretera, aparcó, y dejó descansar la cabeza en el volante. Se sentía como si llevara una eternidad conduciendo aunque, en realidad, no fue la noche sino las condiciones del camino y la lluvia lo que finalmente acabó con las pocas fuerzas que le quedaban. Agotada, intentó mantener los ojos abiertos. En cualquier caso, había seguido la autopista principal hasta que encontró una bifurcación que la confundió. Decidió seguir recto, esperando que la dirección correcta no fuera la del camino de la izquierda. Se frotó los ojos, al borde del agotamiento.

El corazón le dio un vuelco cuando, de pronto, una nube de vapor se filtró por la ventana que había entreabierto esperando que el aire la despertaría. Junto a ella se materializó Julian Savage, que se dirigió enseguida a donde yacía Darius, con la ansiedad pintada en su bello rostro. Tempest apoyó la cabeza contra el respaldo, demasiado cansada para hacerle preguntas.

—¿Cuánto tiempo lleva así? —preguntó Julian.

—Le han disparado —dijo Tempest, sin siquiera abrir los ojos—. Le he dicho que durmiera, que ya os encontraría a todos los demás.

Julian se inclinó junto a Darius, se rasgó la muñeca de una dentellada y aplicó la herida con fuerza a los labios de Darius.

—Toma lo que se te ofrece libremente, para que puedas vivir

para el bien de tu compañera y de ti mismo. —Julian habló con una voz amable, una mezcla de inquietud y de imperativo hipnótico.

Darius se movió, por primera vez en horas, y levantó débilmente la mano para cogerle la muñeca a Julian y llevársela a la boca. Julian comenzó un cántico curativo ritual y, desde varios kilómetros de distancia, el resto de los cárpatos, gracias a su vínculo telepático, se unieron a él. Todos sintieron la debilidad y los dolores de Darius. Todos sabían que no se retiraría a las entrañas de la tierra como era necesario.

Tempest se arrancó del asiento del conductor y, tambaleándose, se dirigió a la parte trasera de la caravana y se dejó caer de rodillas junto a Darius.

—¿Se pondrá bien, Julian?

—Está débil. Ha entrado en combate cuando sus fuerzas ya estaban mermadas. Utilizó su energía mental para crear la tormenta y ocultar el autobús. —Julian parecía preocupado, y su mirada delataba, de hecho, una grave inquietud—. Deberá retirarse a las entrañas de la tierra y sanar. Tiene que dormir el sueño de los nuestros.

Darius se despertó. La sangre de los antiguos volvía a fluir por sus venas.

—Ha vuelto a perderse, ¿no?

—No me he perdido —protestó Tempest, con voz cansina—. Sólo buscaba un buen lugar para descansar.

—Ha tomado una dirección equivocada hace sólo unos kilómetros —dijo Julian, encogiéndose de hombros—. Os conduciré a los dos junto a los demás. Tienes que dormir, Darius.

—Debo proteger a Tempest. —Era una declaración implacable, una orden impartida por alguien acostumbrado a que le obedezcan.

Tempest apoyó la cabeza contra su pierna.

—En este momento, tú me puedes proteger tanto como un espagueti pasado por agua, Darius. Seré yo quien te proteja a ti. —Le habría lanzado una mirada cargada de rabia, pero no tenía energía suficiente para levantar la cabeza—. ¿Lo entiendes? Para variar, seré yo quien asuma la responsabilidad.

Julian los miró sacudiendo la cabeza.

—Los dos dais un poco de pena. No me queda otra que ofreceros mi protección, pero tenéis que descansar.

—Buena idea —dijeron al unísono Tempest y Darius.

Darius estiró el brazo hasta encontrar la mano de Tempest, entrelazó sus dedos y los mantuvo conectados. Por un momento, se contentaron con permanecer en silencio un largo rato, y el bamboleo del autobús era, curiosamente, reconfortante. Luego Darius empezó a mover el pulgar, un roce ligero como una pluma, acariciando los nudillos de la mano de Tempest.

—Necesito sentir tu cuerpo junto al mío —murmuró, por lo bajo.

Tempest percibió la urgencia de su necesidad. Él nunca intentaba ocultársela, nunca se preocupaba si se mostraba vulnerable. Tempest estaba tan agotada que le costó desplazarse de un lado al otro del sofá. Se deslizó junto a él y se acurrucó. Darius se giró inmediatamente para rodearla con los brazos. Ella se sentía como si estuviera en casa, a salvo y protegida, donde pertenecía. Cerró los ojos y durmió, sin percatarse de que Darius la había ayudado mentalmente para que conciliara el sueño.

Tempest se despertó de golpe menos de una hora más tarde, cuando Julian aparcó la caravana en el sitio escogido y abrió la puerta a los demás. Desari subió a toda prisa, y dejó escapar un grito ahogado de alarma al ver a su hermano y a Tempest. Se llevó la mano al cuello.

—¿Julian? —preguntó, y su voz suave tembló esperando la respuesta de su compañero.

—Necesita más sangre y la tierra para sanarse —avisó Julian.

Darius logró sentarse y su mirada oscura se paseó por las caras familiares que lo rodeaban.

—No pongáis esa cara de preocupados. No es la primera vez que me veis herido. No es nada —dijo, y se giró para mirar a Tempest.

Ella no tenía energía suficiente para moverse. Permaneció tendida, el cuerpo inerte como una masa de plomo, y sólo atinó a lanzarle una mirada de ternura. Él le acarició la mejilla y luego bajó hasta su cuello. Darius la miraba como si Tempest fuera todo su mundo.

Desari le acarició el pelo a Tempest.

—Has estado maravillosa, Rusti. Has sido muy valiente. Siento que tienes encima un cansancio horrible.

Tempest consiguió apenas sonreír.

—No me digas que Darius os tenía al corriente de cada uno de nuestros movimientos mientras luchábamos.

—Desde luego. Teníamos que saberlo, en caso de que algo saliera mal y tuviésemos que volver a prestaros nuestra ayuda —explicó Desari—. Para ayudar en la creación de la ilusión, hemos logrado que las personas con que nos cruzamos en la carretera recuerden que la caravana viajaba con nosotros. Si las autoridades interrogan a alguien, dirán que todos los vehículos viajaban juntos anoche, mucho antes de que tuviera lugar esa horrible batalla en nuestro campamento.

—Eres todo un comentarista deportivo, Darius —dijo Tempest, enfadada porque éste había gastado más energía de lo que ella había pensado en un principio. No era de extrañar que estuviera tan pálido y demacrado—. Llevadlo a donde sea que tenga que ir, ponedlo a dormir y dejadme descansar.

Darius cerró la mano sobre su cuello.

—No nos separaremos. Tienes que comer algo antes de que duermas, Tempest. No has ingerido nada en las últimas veinticuatro horas.

Tempest frunció el ceño.

—Ahora entiendo. Tú no tienes para que cuidar de ti mismo, pero yo sí. Así no funcionarán las cosas, Darius. Puedes enfadarte conmigo todo lo que quieras, pero si insistes en imponerme esta relación, tendrás que preocuparte de ti mismo para que descartemos la posibilidad de que me dejes sola.

Darius sintió ese derretimiento característico en la zona del corazón cuando Tempest le hablaba. Ella intentaba decirle su sermón, procurando mostrarse dura y, sin embargo, la voz le temblaba. Darius entendió con toda claridad que Tempest tenía miedo de lo que pudiera ocurrirle a él. Se inclinó para besarla ligeramente en los labios.

—Harás lo que yo te diga, querida, como deben ser las cosas.

Tempest le lanzó una mirada furibunda.

—Ya está. Uno de vosotros, por favor, alguien que vaya a buscarme un palo. Que sea grande. Es evidente que Darius necesita que le den en la cabeza para que recupere la cordura. Tiene que haberla perdido en algún lugar del bosque. Escúchame, imbécil, no soy una niña a la que se le dice lo que tiene que hacer. Soy una mujer madura perfectamente capaz de tomar mis propias decisiones. Ahora, por una vez en tu vida, haz lo que tienes que hacer y vuelve a las entrañas de la tierra o como sea que lo llamáis.

Julian cometió el error de dejar escapar una carcajada, que intentó prontamente disimular con una tos. Darius lo miró con rabia y luego vio que los demás también sonreían.

—Estoy seguro de que todos tenéis cosas que hacer —declaró sin ambages.

—En realidad, no —dijo Barack.

—Esto está mucho más entretenido, Darius —dijo Dayan, negando con la cabeza—. ¿Sabes?, sigo intentando entender esto de las relaciones, así que creo que será mejor que observe muy de cerca.

Syndil optó por una explicación más inocente.

—Desde luego, nuestra preocupación sois Rusti y tú, Darius. No hay nada que sea más importante que ayudaros.

Julian lo miró sonriendo.

—Esto es muy edificante. Yo no conozco tu manera personal de actuar, Darius, y no me importa aprender a manejar a las mujeres cuando se niegan a obedecer.

Desari frunció el ceño.

—Ya te enseñaré yo a ti a obedecer —amenazó.

—Iros todos —gruñó Darius.

—Tú también, vete —ordenó Tempest, acomodándose entre las almohadas—. Tengo que dormir.

Darius percibió el cansancio en su voz.

—No es seguro, querida. No podemos quedarnos aquí. Nos quieren dar caza y ninguno de nosotros se puede quedar en la superficie durante nuestras horas de vulnerabilidad. Hay unas cuevas no lejos de aquí. Ahí estarás cómoda, te lo aseguro.

Tempest pestañeó un par de veces, y el latido de su corazón se hizo audible para todos.

—Ya estamos otra vez con los murciélagos —dijo, obligándose a usar un tono humorístico—. Creo que tendré que seguir una terapia si continúa esta historia de las cavernas. Los lugares cerrados no son para mí.

—Yo te haré dormir —dijo Darius, con voz conciliadora.

—Entonces, vamos. —Tempest alzó la mirada y captó la preocupación en la expresión de Desari. Cuando miró a los demás, vio la misma inquietud en sus expresiones—. ¿Qué ocurre? ¿Pasa algo malo?

Los ojos negros de Darius de pronto revivieron, ardiendo con una especie de feroz instinto protector. Luego miró al resto de su familia.

Tempest dejó escapar un sonoro suspiro y se sentó. Se arregló el cabello enmarañado que le caía por todas partes.

—Darius, estoy demasiado cansada para entender. ¿Por qué están todos tan preocupados? No es justo que no me contéis sólo porque no estoy familiarizada con vuestras necesidades.

—Él debe dormir el sueño de los nuestros en la tierra —balbuceó Syndil, sin atreverse a mirar a Darius.

—¿No es eso lo que hacemos? Yo me voy a la maldita cueva. Dormiré mientras él está en la tierra —dijo Tempest—. Ése es el plan.

Syndil sacudió la cabeza, ignorando el gruñido de advertencia de Darius.

Tempest le tapó a Darius la boca con la mano para hacerlo callar.

—Dímelo.

—Él no dormirá en la tierra. Dormirá como un mortal contigo porque teme dejarte indefensa ante un ataque.

Siguió un largo silencio mientras Tempest asimilaba esa información. Era evidente que Darius estaba descontento con Syndil por haber intervenido. En un gesto de ternura, le acarició el cuello, calmándolo mientras pensaba en una solución. Al final, se encogió de hombros.

—Entonces, hazme dormir y así los dos podremos dormir en la tierra. —La sola idea le removía el estómago. Aquello se parecía a un entierro en toda regla. Sin embargo, si ella era del todo inconsciente de lo que ocurría, no tenía importancia si con ello Darius sanaba de sus heridas.

Su serena afirmación despertó la admiración de todos.

—¿Estarías dispuesta a algo así por Darius? —inquirió Desari, cogiéndola por las muñecas—. Darius nos ha dicho que sufres mucho en los espacios cerrados.

Tempest se encogió de hombros.

—No sufriré si estoy durmiendo —señaló ella—. Venga Darius, acabemos con esto, estoy cansada. —Y era la verdad. Tempest sentía que el cuerpo le pesaba y se movía con torpeza. No miró a Darius porque no quería ver su reacción cuando viera el terror que se reflejaba en sus ojos ante la idea de que la enterraran viva.

Darius la rodeó con un brazo y la atrajo hacia el refugio de su pecho, con el corazón estallándole de orgullo. No necesitaba mirar su expresión para conocer sus pensamientos. Una parte de él permanecía en su conciencia como una sombra. El terror que representaba para Tempest ser enterrada en una cueva apareció nítidamente ante sus ojos y, aún así, supo que estaba dispuesta a hacer el sacrificio si con ello favorecía su recuperación.

—Es un gran regalo el que me ofreces, Tempest, pero es imposible. Mi cuerpo está hecho para que mi corazón y mis pulmones dejen de funcionar. El tuyo, no. Te ahogarías enterrada. Puede que tarde un poco más, pero con el tiempo sanaré —le aseguró.

Por encima de ella, Darius lanzó una mirada fulgurante al resto de su familia. Nadie se atrevió a desafiar aquella mirada, excepto Julian, que sonrió. Desari apretó con fuerza la mano de su compañero para disuadirlo de seguir provocando a su hermano.

—Por favor, prepárale un caldo de verduras —dijo Darius a su hermana.

Tempest negó resueltamente con un gesto de la cabeza.

—En realidad, no podría comer nada, Desari, pero gracias. Sólo quiero dormir durante una semana, más o menos.

Darius miró a su hermana, una firme mirada de reojo, y Desari supo con toda claridad lo que le decía. Asintió con un gesto casi imperceptible.

—Venga, tenemos que dejaros para que os lavéis un poco.

Barack gruñó roncamente.

—Syndil, *Sasha* necesita tus poderes curativos. Yo la traeré y tú prepara las hierbas.

—¿Te has olvidado de que tenemos un invitado? —preguntó Syndil, frunciendo el ceño—. Pensaba prepararle la comida y luego salir a pasear con él.

Barack la cogió por el brazo.

—No sigas contrariándome, Syndil. Sabes que mi paciencia tiene un límite.

Ella le devolvió una mirada altiva.

—No tengo por qué responderte a ti, bárbaro. Ni ahora ni nunca.

—Dayan dará un paseo por el bosque con tu querido invitado. Enviaré a Forest a buscarlo —respondió Barack, seco—. Tú te quedarás conmigo.

—Creo que has perdido el juicio —dijo Syndil, con una mirada de rabia—. Pienso irme por un tiempo, tomarme unas pequeñas vacaciones.

Se produjo un breve silencio. Darius alzó la cabeza, y su mirada refulgía de ira, pero reprimió la violenta reacción que estaba a punto de estallar. Dayan se detuvo cuando iba a bajar del autobús, y su rostro se endureció. Incluso Julian quedó inmóvil, como si Syndil hubiera dejado caer una bomba.

—¿Con ese humano? —preguntó Barack, con un silbido de voz, amenazante, apretando los dientes.

—No es asunto tuyo —respondió Syndil, alzando el mentón con gesto belicoso.

Barack deslizó la mano desde el brazo hasta el cuello de Syndil. Le cogió el mentón en el cuenco de la mano, manteniéndola quieta mientras inclinaba la cabeza hacia ella. De pronto, pegó sus labios a la boca de Syndil delante de todo el mundo. Caliente. Ardiente. Barrió con todo lo que había existido antes y lo reemplazó con el deseo convertido en fuego abrasador. Barack alzó la cabeza a regañadientes.

—Eres mía, Syndil. Nadie más puede tenerte.

—Eso no puedes decidirlo tú solo, sin más —murmuró ella, con la mano pegada a la boca y los ojos desmesuradamente abiertos.

—¿No? —Barack le puso ambas manos sobre los hombros—. En presencia de tu familia, te reclamo como mi compañera. Te pertenezco. Ofrezco mi vida por ti. Te doy mi protección, mi alianza, mi corazón, mi alma y mi cuerpo. Cuidaré como mío todo lo que te pertenece. Tu vida, tu felicidad y tu bienestar serán honrados y siempre situados por encima de mi vida y mi bienestar. Eres mi compañera, unida a mí para toda la eternidad y siempre bajo mi protección. —Pronunció las palabras en voz alta, totalmente decidido, furioso porque Syndil no se había dado cuenta, porque se negaba a reconocer su derecho sobre ella.

—¿Qué has hecho? —chilló Syndil. Miró a Darius—. No puede hacer eso. Nos ha unido sin mi consentimiento. No puede hacerlo.

Díselo, Darius. Tiene que obedecerte —clamó. Parecía al borde de un ataque de nervios.

—¿Alguna vez te has preguntado por qué Barack no perdió su capacidad de tener sentimientos, como nos sucedió a Dayan y a mí? —preguntó Darius, con voz queda—. Podía reír cuando nosotros no podíamos. Sentía el deseo que nosotros no conocíamos.

—Con cualquier mujer que le echara el ojo. No quiero tener un compañero como él —dijo Syndil, firme—. Retira lo que has dicho, Barack, retíralo ahora mismo.

—Pues, de verdad que es una lástima —dijo Barack, sin dudarlo—. Soy tu compañero, y lo he sabido desde hace algún tiempo. Tú sencillamente te negabas a verlo.

—No quiero tener un compañero —protestó Syndil—. No consentiré que un macho pagado de sí mismo me diga qué hacer con mi vida.

La dura expresión de Barack se suavizó hasta convertirse en un bello rostro masculino.

—Afortunadamente para ti, Syndil, no soy un macho pagado de sí mismo. Tengo que hablar de esto contigo a solas. Ven conmigo.

Ella negó con la cabeza a pesar de que Barack ya la arrastraba fuera del autobús.

Cuando salieron, Desari se volvió hacia su hermano.

—¿Tú lo sabías? ¿Todo este tiempo lo has sabido?

—Lo sospechaba —reconoció Darius—. Barack veía los colores. Conservó gran parte de las facultades que Dayan y yo perdimos. Cuando Savon atacó a Syndil, Barack se convirtió en el monstruo más feroz que jamás he sometido. Sufrió una rabia desatada durante semanas, tan irrefrenable que Dayan tuvo que prestarme su ayuda para controlarlo.

—No me había dado cuenta —dijo Desari, con voz ausente.

—No te lo hicimos saber porque estaba tan violento e irritado que temíamos que se volviera loco. Después de perder a Savon, no queríamos correr el riesgo de perderlo también a él. Me di cuenta de que no sólo experimentaba el deseo del macho de protegerla, sino también el dolor y la rabia, la violación y la traición que sentía Syndil.

—Tuvo que volver a las entrañas de la tierra durante un tiempo —recordó Desari.

—Lo hice dormir para que dejara de ser un peligro para mortales e inmortales. Estaba tan destrozado y tan dolido que no tenía alternativa. Syndil necesitaba tiempo para que la horrible experiencia se fuera desvaneciendo en su recuerdo y Barack fuera capaz de soportar su dolor.

—Por eso estaba tan callado, tan diferente de cómo suele ser —dijo Desari, dándole un codazo a Julian—. ¿Por qué habrá tardado tanto en reclamarla?

Julian se encogió de hombros con su habitual elegancia.

—Hace mucho tiempo que no hemos visto nacer a mujeres cerca de su compañero. No conozco ningún caso que se le parezca, así que no puedo responder. Puede que la proximidad le permita al macho muchos años de libertad.

—¿Libertad? —dijo Desari, lanzándole una mirada censuradora—. A mí no me hables de la libertad de los machos, compañero. Tú me has robado la libertad de la misma manera que Barack se la ha robado a Syndil.

Tempest se giró, interesada en la conversación.

—Ella puede negarse, ¿no? —preguntó—. Quiero decir, son tiempos modernos. Los hombres no pueden ir y llevarse a las mujeres contra su voluntad, ¿no?

—Una vez que un macho cárpata ha pronunciado las palabras rituales ante su verdadera compañera, sus almas quedan unidas para siempre. Ella no puede escapar de él —explicó Julian, con voz serena.

—¿Por qué? —preguntó Tempest, girando la cabeza para que Darius viera toda la intensidad censuradora en sus ojos verdes.

Darius ni siquiera pestañeó ni asumió una actitud de arrepentimiento. Tampoco se dignó contestarle. Incluso tuvo la audacia de sonreír.

—Una verdadera compañera es la mitad que le falta a nuestra alma —dijo Julian—. Las palabras rituales vuelven a unir esas almas. Una no puede existir sin la otra. Es muy… —vaciló, buscando la palabra adecuada—, muy *incómodo* estar separado de su compañera.

—¿Y el hombre puede decidir la existencia de ese vínculo aunque la mujer no lo quiera? —Tempest estaba indignada. No estaba del todo segura de creerle pero, si era la verdad, era una costumbre propia de los bárbaros. Una costumbre absolutamente cavernícola.

290

Darius le rodeó los hombros con el brazo no herido.

—Sólo es una cuestión práctica, querida. Las mujeres rara vez saben lo que quieren. Por otro lado, una mujer tampoco puede escapar a la necesidad de su propio compañero. Él también es su otra mitad, como puedes ver.

Sin prestar atención a su herida, Tempest lo empujó para apartarlo. Darius no se movió ni un centímetro. Ella sabía que sólo quería provocarla, aunque su rostro permanecía inmutable.

—Igual no me lo creo. Yo no soy cárpata, por lo tanto, conmigo no funcionará. Y pienso hablar con Syndil acerca de esta tontería.

Darius la besó en el cuello. No fue un beso breve ni al pasar sino un beso largo que a Tempest le hizo sentir escalofríos en toda la columna y un fuego que le recorría las venas. Le lanzó una mirada furibunda.

—Creí que habíamos quedado de acuerdo en que nada de eso. ¿Acaso no hemos tenido una larga conversación sobre este tema?

Él le mordisqueó la clavícula, y con la barbilla empujó el borde de la blusa hasta encontrar su piel.

—¿Eso hicimos? Parece que no me acuerdo.

—Sin embargo, te acuerdas de todo lo demás. —Tempest hacía todo lo posible por fingir severidad, pero no le resultaba fácil, sobre todo con ese arco eléctrico que se formaba entre ambos—. ¡Darius, estás herido! Compórtate, ¿quieres? Necesitamos atención médica, camillas y quién sabe cuántas píldoras para tumbarte.

Darius se movió, con su gracia tan particular y elegante, dúctil y ágil ahora que la sangre de un antiguo corría por sus venas. El brazo alrededor de su cintura era duro como la piedra cuando alzó a Tempest en vilo para llevarla al cuarto de baño.

—Tengo que limpiarme del hedor de la muerte, Tempest, antes de que te pueda tocar como quiero.

Lo dijo inesperadamente, y fue como una confesión. Tempest tomó contacto mental con él y quedó asombrada ante la facilidad con que él había llevado a cabo esa proeza. Darius sentía lástima. No por aquellos que él había eliminado durante el combate. Darius era muy pragmático en ese sentido. Hacía lo que era necesario para su gente y volvería a hacerlo. Protegería a Tempest sin sentir remordimiento ni tristeza por quienes eran tan perversos como para amenazarla. Pero sí sentía lástima por no poder presentarse ante ella como un hombre inocente. Darius no deseaba que Tempest viera en él a una bestia, a un asesino sin escrúpulos. Quería que ella entendiera que él sólo dispensaba justicia, algo muy necesario para los suyos.

La levantó y la hizo entrar con él en la bañera. Tempest agradeció el agua fresca sobre su piel ardiendo, un agua que le devolvió un soplo de vida a su cuerpo maltrecho. Le lavó a Darius la sangre pegada en el hombro y la espalda, y no pudo evitar una mueca al ver la gravedad de la herida. Le lavó la espesa cabellera con champú y le masajeó el cuero cabelludo con manos tiernas. Darius inclinó la cabeza hacia delante para facilitarle la tarea.

A pesar de su agotamiento, al encontrarse desnuda a su lado, Tempest sintió que el pulso se le disparaba. Él despertó a la vida, y se apretó, duro y grueso, contra ella.

—Es imposible, no podemos —murmuró ella. Sin embargo, sacó la lengua y le lamió unas gotas que le corrían por el vientre hacia abajo. Siguió aún más abajo, y él sintió que se le tensaba todo el cuerpo. Tempest siguió incursionando, deslizó las manos por sus caderas, masajeándolo, apretándolo, siguiendo los duros músculos de sus nalgas.

Ella adoraba sentir su piel velluda contra la suavidad de su propia piel. La hacía sentirse bella y femenina. Caliente e impaciente. Hambrienta y sensual. Darius la hacía sentirse segura, como si nunca más pudiera volver a estar sola. Se aferró a él, apretándose contra el refugio de su cuerpo.

Darius se obligó a inhibirse mentalmente de su boca hambrienta. Tempest estaba lasa de cansancio. Él podía poseerla (ella nunca se lo negaría, y Darius sabía que podía darle placer), pero su cuerpo clamaba por un poco de descanso y de alimento. Antes que nada, él tenía que ocuparse de cuidarla y protegerla.

Le levantó la cabeza para besarla tiernamente.

—Tienes razón, nena —dijo, con voz queda—. Es imposible que podamos antes hasta que no hayas descansado. Quiero que duermas.

La estrechó con su brazo sano mientras el agua los bañaba, lavándolos del hedor de la sangre y la muerte.

—Hazme como tú. —Tempest habló en voz tan baja, casi ininteligible incluso para su agudo sentido del oído, que Darius no estaba seguro de haber entendido bien. Quizás era simplemente su mente que le jugaba una mala pasada.

—¿Tempest? —Pronunció su nombre junto a su cuello, mientras el corazón le martilleaba de la tentación que lo embargó. Cerró los ojos, implorando fuerzas para resistir la seducción aterciopelada de sus palabras.

Ella levantó la cabeza hasta que sus ojos verde esmeralda lo miraron fijamente.

—Podrías hacerlo. Hacerme como tú. Entonces podrías descansar sin preocuparte. Dormir como se supone que tienes que dormir. Simplemente hazlo, Darius. Toma mi sangre y dame la tuya. Quiero que vivas.

Había un tono de firmeza en su voz y en su mente y, sin embargo, todo su frágil cuerpo temblaba pensando en la enormidad del paso que pensaba dar. Sus pensamientos se centraban sólo en él, en su bienestar. Darius gruñó, luchando contra la bestia egoísta, que lo quería todo, quería su compañera y el fuego del éxtasis ardiendo entre ellos para toda la eternidad. No sabía lo que le costaría. El sol. La sangre. Los cazadores. Los seres humanos que la aborrecerían por su futura condición. Pensó incluso en el peligro del experimento.

Hundió los dedos en el pelo de Tempest.

—No podemos, Tempest. Ni siquiera podemos considerar esa posibilidad. No vuelvas a mencionarlo porque no sé si tendré la fortaleza para rechazar una tentación como ésa.

Ella le acarició la cara, y él sintió el cuerpo entero envuelto en llamas hasta que no podía pensar en otra cosa que en poseerla.

—He pensado mucho en ello, Darius, y es la única manera. Si fuera como tú, no habría necesidad de preocuparse de mi seguridad porque descansaría contigo en la tierra.

Él sintió el impacto en el corazón de Tempest cuando lo dijo, tuvo la imagen mental de la tierra que se cerraba sobre su cabeza, de verse enterrada viva. Tempest rechazó aquel pensamiento, pero ya se le había acelerado el pulso.

Darius le cogió la mano para detener los dedos que lo acariciaban antes de que perdiera toda noción de las cosas. El aroma de Tempest lo llamaba. Él estaba duro y lleno de necesidad. Casi podía saborearla mentalmente, la especia caliente y tentadora de su sangre. Jamás había deseado nada con tanta intensidad.

—Ni siquiera lo consideraré, Tempest. Correrías un peligro demasiado grande. Yo he tomado la decisión de vivir como los humanos lo mejor posible. Estoy dispuesto a envejecer contigo, morir cuando tú mueras. Convertirte es un riesgo que no estoy dispuesto a asumir.

—Y ver cómo tu salud y tu fuerza te abandonan es un riesgo que yo no estoy dispuesta a correr, Darius —protestó ella, y lo abrazó por la cintura. Sus manos descansaron sobre sus nalgas y comenzaron un movimiento lento y erótico que amenazaba con hacerlo estallar por dentro—. No voy a tomar una decisión impulsiva, sin pensármelo. De verdad, he pensado mucho en ello. Es la única respuesta que tenemos. Lo único que tiene sentido. —Tempest lo besó en el pecho, le mordisqueó las tetillas con la lengua, siguiendo perezosamente una gota de agua hasta su vientre plano, y dio vueltas alrededor de su ombligo hasta que Darius sintió que cada músculo de su cuerpo la reclamaba.

—No lo has pensado lo suficiente —dijo, con una voz ronca de deseo. Sin poder evitarlo, Darius le acarició su piel de satén, subió para coger el dulce peso de su pecho en una mano, mientras le rozaba el pezón con el pulgar y la hacía estremecerse y apretarse contra él—. Tú no soportas los lugares cerrados. La idea de ser enterrada bajo tierra te parece repulsiva. Tu mente no puede hacerse a la idea de beber sangre.

Darius creía que la haría retroceder con una mueca ante esa imagen deliberadamente gráfica, pero Tempest sólo parecía preocupada con seguir una gota que estaba a punto de derramarse desde la punta de su palpitante erección. Su lengua despertó una tormenta de fuego que se apoderó de él. Su boca estaba apretada, caliente, exquisita. Le cogió un montón de pelo y la mantuvo ahí un largo rato, en algún lugar entre la agonía y el éxtasis.

Darius sintió que su deseo aumentaba, la necesidad de dominar, de coger lo que le pertenecía, de alimentarse vorazmente de ella, de sentir su boca acogiéndolo en su cuerpo como una verdadera compañera. Sus colmillos crecieron, peligrosos, y la bestia que habitaba en él bramó pidiendo libertad. Tempest se había comprometido con él. Había sido idea suya. Él podía poseerla sin sentir remordimiento, traerla a su mundo y tenerla para toda la eternidad. Era una tentación tan grande que Darius la obligó a levantar la cabeza, con las manos enredadas en su melena, con el cuello, suave y vulnerable, dispuesto a su asalto.

Ella fue a su encuentro, voluntariamente, sin experimentar ni el más mínimo miedo, alzando el mentón para brindarle mejor acceso. Enseguida, Darius la hizo girar y la situó de espaldas a él. La atrapó con su potente brazo, hundió la cara en su cuello, respirando con fuerza, intentando alejar la tentación que lo acosaba. Por segunda vez, desde que recordaba, unas lágrimas se deslizaron por su rostro y se derramaron mezclándose con el agua que le caía a Tempest en los hombros. Llegaba a dolerle de las ganas que tenía de poseerla, saborearla, enseñarle lo que sabía. Sin embargo, más que todo eso, se sentía humilde ante su generosa oferta, pensando que Tempest lo amaba tanto como para tomar la decisión voluntaria de entrar en su mundo.

No era que Tempest aceptara o reconociera ante sí misma que amaba a Darius. Ni siquiera había compartido su mente lo suficiente como para conocerlo a él tan bien como él la conocía a ella. Eso era lo que hacía de su regalo algo todavía más increíble. Su completa aceptación, su voluntad de poner su vida y su salud antes que la suya propia. Darius conocía cada uno de sus temores. Vivía en su conciencia. Sin embargo, ella estaba dispuesta a renunciar a todo lo que conocía con tal de que él viviera a salvo del peligro, como tenía que ser. En todos los largos siglos de su existencia, nadie había pensado jamás en protegerlo ni en renunciar a sus necesidades en aras de las suyas. Dudaba de que alguna vez alguien se hubiese detenido a pensar en sus deseos. Era su deber proveer para los demás, cazar, proteger, orientar, vigilar. Sencillamente era su deber.

Tempest le ofrecía amor incondicional. No lo reconocía por lo que era, ni pensaba en ello. Él necesitaba algo y ella estaba dispuesta a remover cielo y tierra para proporcionárselo. Darius percibía con nitidez su determinación. Y ella era muy capaz de seducirlo con ella. Él lo quería. Lo necesitaba. Tenía hambre de ello.

—Querida —murmuró dulcemente, mientras con los dientes le rozaba la dulce tentación del pulso—. No te expondré al peligro. No puedo arriesgar tu vida de esa manera. Si decidiera hacerlo y algo fallara, los dos estaríamos perdidos. Te agradezco tu voluntad de hacerme un regalo tan magnífico, pero no puedo aceptarlo, sencillamente no puedo. —Tempest era toda una lección de humildad, y también lo era su amor incondicional de ella.

—Ya se ha probado con éxito en el pasado, Darius. Si temes mi reacción, he pensado en algunas soluciones a los problemas que se plantean. Podrías dormirme antes de que volvamos a la tierra, por lo menos hasta el momento en que mi cerebro acepte vuestro modo de vida.

Él cerró el grifo con gesto resuelto. Ante aquella seductora oferta, necesitaba darse un respiro.

—Es verdad, Tempest, pero...

—Espera antes de protestar. Ya me has dado tu sangre en dos ocasiones. Yo ni siquiera supe que lo hiciste. Tú podrás proveer para mí mientras yo aprendo vuestra manera de vivir. No debería ser tan difícil. —Mientras él la envolvía en una toalla, ella le cogió la mano y le hizo apoyar la palma contra uno de sus pechos—. Ya estoy a medias en tu mundo y a medias en el mío, y no me encuentro en casa en ningún lugar. Tú no puedes vivir sin tu fuerza, y yo no soporto ver cómo ésta va menguando día a día. Tú no estabas destinado a eso. Hay mucha grandeza en ti, Darius.

Él sonrió, y sus ojos oscuros se volvieron más amables, la comisura de sus labios, más tierna.

—¿Y qué pasa contigo? ¿Acaso te crees menos que yo como para tener que sacrificarte?

Ella negó con un gesto enérgico para que Darius se quitara esa idea de la cabeza.

—Desde luego que no. En realidad, creo que me necesitas a tu lado para impedir que actúes como un dictador arrogante y despótico, para mantenerte en la buena senda.

—¿Dictador despótico? —repitió él, como un eco, y en el timbre sedoso de su voz asomó cierto humor típicamente masculino. Se inclinó y le rozó la nuca con los labios.

—Exactamente. —Tempest dejó de sonreír y se volvió más solemne—. No soy como otras personas, Darius. Nunca encajo en ningún sitio. No sé si esto funcionará entre nosotros, pero si haces el esfuerzo de no controlar todos los aspectos de mi vida, estoy dispuesta a intentarlo. Sé que quiero estar contigo. Sé que no te tengo miedo a ti ni a los tuyos.

Él frunció el ceño ante tan descarada mentira.

—Venga, no digas nada —dijo Tempest, y le lanzó una toalla—. No me mires así. Sé que nunca me harías daño, Darius. Nunca. Hay muchas cosas en las que no creo pero en ti sí creo. —Tempest echó una mirada a su alrededor en busca de ropa limpia, y luego se dio cuenta de que no había pensado en traer algo. El cansancio le empezaba a ganar la partida, y ya no parecía tan importante convencerlo. Tempest quería tenderse y dormir una semana entera—. Sólo prométeme que pensarás en ello, Darius. En realidad, es la única solución sensata. Y si las cosas no funcionan entre los dos, cuando nos hayamos enterado yo ya debería ser capaz de cuidar de mí misma —dijo, y se sentó en el borde de la bañera porque ya no podía mantenerse en pie.

Darius tuvo que apagar su hambre y ponerle coto a su deseo, y tuvo que apaciguar las emociones que le nublaban el buen juicio. Echó mano del albornoz que había creado para ella unos días antes. Colgaba de la puerta, una prenda gruesa y cálida. Darius la abrigó con el suave tejido.

—Primero comeremos, querida, y luego dormiremos. Podemos pensar la solución de todo esto cuando volvamos a despertarnos.

—¿No será el día de la siguiente actuación de Desari? Quienes sean que hayan enviado a esos hombres, volverán a intentarlo. Y Desari será muy vulnerable, Darius. Tenemos que solucionar esto antes de que ella vuelva al escenario.

Él percibió su cansancio, que se le pegaba como una segunda piel. Los machos cárpatos no podían sino proteger a sus compañeras, cuidar de todos los aspectos de su bienestar. Por eso, se limitó a cogerla por un brazo y, sin decir otra palabra, la llevó a la cocina y la sentó ante la mesa.

Desari había preparado un caldo de verduras humeante. El aroma de la comida llenaba la habitación, pero la única reacción de Tempest fue llevarse la mano al vientre y reprimir una arcada.

—*Ya ves, Darius. De todas maneras, me es imposible comer. No puedo seguir viviendo con un pie en mi mundo y otro en el tuyo. Estoy dispuesta a arriesgarme a la conversión y tener una oportunidad de compartir un futuro contigo.*

Él ignoró su voz dulce y persuasiva y deliberadamente invadió su conciencia. No lo hizo con suavidad sino con firmeza, tomó el control sin darle tiempo a resistirse.

—*Te beberás el caldo y lo conservarás para que te alimente.* —Era una orden en toda regla que la obligaba a obedecer, aunque su estómago se rebelara e intentara rechazar de la comida.

Tempest lo miró pestañeando y descubrió que el plato de sopa estaba vacío. Se apartó el pelo mojado de la cara y sus largas pestañas se abatieron, presas del cansancio.

—Sólo quiero dormir, Darius. Vamos a dormir.

Él la cogió con su brazo sano, la levantó sin problemas y salió con ella de la caravana a la oscuridad de la noche. Volvían a encarnar los papeles de guerrero y cautiva, pero a Tempest ya no le importaba. Cerró los ojos y apoyó la cabeza tiernamente en su hombro.

El túnel que Darius escogió para adentrarse en las entrañas de la tierra era un espacio caldeado por la actividad geotérmica. Ella quedó enseguida sin aliento y sintió que se sofocaba. Intentó ocultarlo a Darius porque no quería que se diera cuenta de su malestar. Se estrechó aún más contra su pecho y se entregó por completo a su protección. Sabía que él no buscaría las entrañas de la tierra porque ella no podía acompañarlo. Ahí, en la seguridad del subsuelo, él procuraría un espacio donde Tempest durmiera el sueño de los humanos y donde él haría lo posible por imitarla. Sin embargo, Darius necesitaba la tierra rejuvenecedora, sobre todo ahora que estaba herido. Necesitaba inhibir el funcionamiento de su corazón y sus pulmones y dormir como era costumbre entre los cárpatos. Tempest sonrió, apoyada en sus fuertes músculos, de pronto confiada en la posibilidad de persuadirlo para que pensara como ella. Sólo necesitaba descansar antes de reanudar su ofensiva. Darius no podría resistirse para siempre. Ella había estado en su conciencia, conocía su vulnerabilidad. Si ella persistía, él cedería, porque Darius deseaba su conversión hasta la médula de sus huesos.

Ella sabía que Darius creía que debía protegerla, que la creía frágil y delicada. Pero Tempest sabía que eso no era así. Quizá físicamente sí fuera débil, comparada con los de su raza, pero tenía una enorme fuerza de voluntad, tanto como él en todos los sentidos. Encontraría una manera de mantenerlo a salvo, protegerlo de la misma manera, con ferocidad, con el mismo amor desatado que Darius manifestaba por ella.

Capítulo 16

El Konocti Harbor Inn, famoso por su cocina y sus conciertos, estaba situado a orillas de un lago grande, semioculto entre los montes, en un paraje fresco a la sombra de majestuosos pinos. El balneario atraía a grandes multitudes a sus conciertos al aire libre, en su espectacular anfiteatro, o a sus ambientes interiores más íntimos, donde los clientes podían cenar y escuchar a sus intérpretes preferidos. El festival de verano era legendario, y atraía a público de todo el país. Era uno de los escenarios predilectos de Desari, que programaba varios conciertos en aquel lugar cada vez que venía a California. Para Darius y Julian, la seguridad era una pesadilla logística.

El jefe de seguridad era un hombre de cuarenta y pico años, y se veía que conocía bien su trabajo y era capaz de manejar cualquier situación imprevista. Escuchó con atención los problemas especiales del grupo. Sabiendo que Desari ya había sufrido un atentado unos meses antes, había tomado sus propias precauciones adicionales. Aún así, se mostraba más que colaborador y dispuesto a contrastar ideas con ellos. A Darius el tipo le cayó bien, hasta el punto de otorgarle el respeto gruñón que normalmente reservaba para los suyos. Darius esperaba su colaboración y la obtenía por consentimiento o por imperativo, pero era más fácil cuando contaba con toda la dedicación del equipo de seguridad.

Desari actuaría en el interior. Los tres hombres estaban de acuerdo en eso. Era más seguro y el ambiente era más fácil de vigilar. El jefe de seguridad les enseñó las instalaciones, con sus últimas innovaciones, les mostró los planos de la planta y señaló todas las posibles entradas y salidas. Era un hombre con el que resultaba fácil congeniar y, además, contaba con un personal bastante competente para manejar el pequeño complejo turístico. Aún así, sospechando la magnitud de los problemas que surgirían, la opinión unánime era que no darían abasto.

El personal del evento, en su mayoría jóvenes, eran habitantes de las localidades cercanas, y no tenían ni de lejos la experiencia necesaria para lidiar con el tipo de amenaza que representaban los enemigos de Desari. Darius y Julian sabían que tendrían que vigilar ellos mismos las entradas y permanecer atentos a los pensamientos de quienes cruzaban sus puertas. Dayan y Barack podrían ayudarlos al menos hasta el momento de la actuación. Gracias a su capacidad de disimular su semblanza a voluntad, podían mezclarse con los miembros de seguridad sin delatar su condición de músicos del grupo.

Mientras los hombres se encargaban de las medidas de seguridad antes del espectáculo, Tempest disfrutaba de la ducha en una de las suites contiguas ofrecidas por el hotel. Darius había aparecido con un surtido de ropa para ella, prendas de una calidad que Tempest jamás había tenido, tejanos sin agujeros, vestidos con una caída perfecta que le ceñían deliciosamente el talle. Por un momento, pensó que ni siquiera se los pondría, porque se sentía como una mujer mantenida cualquiera, pero al final no pudo resistir. Formaba parte del grupo, le gustara o no le gustara. Tanto Desari como Syndil eran mujeres muy elegantes y llamativas. Ella no podía ir por ahí vestida con su mono de trabajo manchado de aceite.

Salió al aire de la noche, y en el último momento recordó que debía prenderse la tarjeta que la identificaba como miembro del equipo. Dio unas vueltas por el exterior, respirando el aroma de los pinos y las flores. El lago no estaba más que a unos pasos de distancia. Los botes estaban amarrados al muelle en hileras y las olas lamían la orilla. El lago la llamó, la brisa le acarició suavemente la cara.

Se sintió libre al poder caminar sola, aún sabiendo que Darius se enfadaría mucho. Darius se estaba volviendo cada vez más protector con ella, y por eso Tempest pensó que le sentaría bien salir de aquella cárcel un par de horas, quizá durante el concierto. Darius estaría ocupado y no se enteraría de lo que tramaba.

—*No cuentes con ello, querida. No debes salir a caminar sin escolta. Vuelve a la habitación mientras estoy trabajando. Más tarde, podrás venir a escuchar el concierto.*

En su voz latía esa magia, una caricia aterciopelada que despertaba el calor que latía en ella. ¿Cómo podía hacer eso a tanta distancia? ¿Cómo podía rozarle la nuca con su boca perfecta y seguir la línea de su cuello con la palma de la mano? ¿Cómo lograba que su pulso se disparara y su sangre se convirtiera en lava candente?

—*Qué amable eres de darme tu autorización* —replicó—. *Concéntrate en tu trabajo, Darius. Sólo he venido a mirar el lago. ¿Hay algún problema?*

Él rió con esa risa masculina sarcástica, que ella percibió mentalmente como el roce de unas alas de mariposa.

—*No me sorprendería que consiguieras hundir todo el muelle. Si alguien me contara que intentas salvar por ti sola a siete personas que están a punto de ahogarse, ni pestañearía. Te lo advierto, no quiero saber nada de actos heroicos, nada de vuelos en ala delta, de carreras de lancha motora, y nada de flirteos. Te prohíbo terminantemente ayudar al equipo de seguridad cuando trate con borrachos, peleas o cualquier otra situación. Vuelve a la habitación.*

—*No soy tan mala* —le reprochó ella, indignada—. *Presta atención a tu trabajo y déjame en paz.*

—*No quiero imponerte mi voluntad, cariño.* —Aquello era a todas luces una amenaza.

—*Sin embargo, es lo que harás si no te obedezco.* —Su genio terrible empezaba a asomar. Si Darius hubiese estado al borde del muelle, vestido con su elegante traje, ella lo habría empujado al agua—. *No tienes ningún derecho a decirme lo que tengo que hacer. En caso de que lo hayas olvidado, vivimos en tiempos modernos. Las mujeres tenemos derechos. Estás empezando a irritarme.*

—*No tengo tiempo para esta absurda discusión. Hazme caso y vuelve adentro.* —Había un ligero asomo de resignación en la voz de Darius, y eso le arrancó a Tempest una leve sonrisa. Darius empezaba lenta pero seguramente a entender el mensaje de que dictándole lo que tenía que hacer no conseguía necesariamente lo que se proponía.

Y ella empezaba a entender su necesidad instintiva de protección. Tempest compartía cada vez más sus pensamientos, incluyendo los recuerdos de su infancia y de su vida.

—¡Tempest! —Era Cullen Tucker, y le había dado un susto de muerte—. Debo reconocer que es bastante sorprendente encontrarte sin Darius.

Ella entornó los ojos, exasperada.

—¿Esto es contagioso, o qué? Venga, Cullen, ¿por qué habría de necesitar un guardaespaldas en todo momento? —Sabía que su tono era beligerante, pero después del sermón de Darius, le había entrado la rabia contra la población masculina del mundo entero.

Él alzó enseguida una mano prudente, dando a entender que se rendía.

—Oye, Tempest, ya te puedes guardar ese mal genio que tienes. Yo no creo que necesites un guardaespaldas en todo momento pero, al parecer, Darius no pierde de vista su propiedad.

Tempest frunció violentamente el ceño y en sus ojos verdes asomó la ira.

—Para su información, señor Tucker, no soy propiedad de *nadie*. Y sobre todo no de Darius. Por favor, no le dé usted alas.

—*Sí que eres decididamente de mi propiedad* —objetó Darius, y en su voz asomó la risa burlona.

—*Anda, tú, cállate* —murmuró ella, con ternura.

—De acuerdo —dijo Cullen, que pretendía apaciguarla, ya que la mejor parte del valor es la prudencia. Señaló el lago con un gesto de la mano. —¿Es hermoso, no?

Tempest asintió en silencio, sin dejar de mirar las olas.

—Siempre hay algo en el movimiento del agua que nos serena.

Cullen le señaló un barco junto al muelle que hacía pensar en los viejos barcos del Misisipi.

—Es muy atractivo. Me han dicho que se puede alquilar para fiestas privadas o que uno se puede apuntar a una vuelta de tres horas alrededor del lago. Esta noche hay una gran despedida de soltero. Darius me pidió que revisara la lista de invitados por si reconocía algún nombre.

Tempest frunció una ceja y lo miró con una sonrisa medio burlona.

—¿Una despedida de soltero? Con una chica que sale de la tarta desnuda y todo eso?

—¿Quién sabe? —dijo Cullen, riendo. Luego suspiró—. ¿Sabes?, tenías razón cuando hablabas de conducir durante la noche. Yo suelo levantarme temprano, pero después de viajar toda la noche, te aseguro que hoy no podía despertarme. Cuando conseguí salir de la cama, eran las siete de la tarde, y ya se habían levantado todos. Incluso Julian. —Cullen miró alrededor como si quisiera asegurarse de que nadie los escuchaba—. Para ser franco, la verdad es que sospechaba que fuera un ya sabes qué, pero lo he visto cenando con Desari. Casi habían acabado cuando entré en el comedor. Los he visto comiendo con mis propios ojos.

—¿*Cómo es posible?* —preguntó Tempest, sabiendo perfectamente que Darius estaba atento a los giros de la conversación—. *Fisgón.*

—*Podemos comer. Después sencillamente nos deshacemos de las sustancias que hemos ingerido lo más rápidamente posible.*

—*¡Aaj!* —Tempest rechazó la imagen mental y volvió su atención a Cullen.

—Era una idea bastante descabellada.

—Sin embargo, he visto un vampiro. Lo he visto matar a mi prometida en San Francisco. Eso no fue una alucinación.

Ella le frotó el brazo para consolarlo.

—Lo sé, Cullen. Le creo. Yo hablaba de Desari. Es tan dulce y buena con todo el mundo. ¿Por qué alguien habría de pensar que es un monstruo? No me lo explico.

De pronto aparecieron Dayan y Barack de la nada y se situaron despreocupadamente a ambos lados de Tempest, dejando a Cullen al margen. Fue un movimiento sutil, pero la obligaron a apartar la mano del brazo de Cullen. Tempest lanzó un suspiro ruidoso, sabiendo perfectamente que los dos cárpatos habían sido enviados por Darius para sacarla de ahí.

—*Eres un canalla, ¿te enteras?* —dijo. Sin embargo, le costó que su voz no acusara las ganas de reír. Era evidente que tendría que haber esperado esa reacción suya.

—*Lo que sé es que no tienes por qué tocar a otros hombres. Te dije que volvieras a la habitación, donde sé que estás a salvo.*

—*Ya me iba.*

—*No lo bastante rápido, para mi gusto.*

Barack se apoderó del brazo de Tempest. No lo hizo con fuerza, pero ella sabía que no podría liberarse. Casi no aguantó las ganas de reír.

—*Supongo que debo pensar que Barack no es un hombre.*

Por toda respuesta, Darius emitió un leve gruñido. Ella le sonrió deliberadamente a Cullen.

—Yo diría que es peligroso para *usted* pasearse por aquí. ¿Qué pasará si la sociedad envía a alguien aquí y lo ven?

—Espero verlos yo primero, dijo Cullen, encogiéndose de hombros. Es lo menos que puedo hacer, considerando las circunstancias.

Barack seguía aplicando presión, apartando a Tempest lentamente de Tucker para llevarla a su habitación.

—Darius quiere que vayas a ver a Desari y Syndil, hermanita. Ha insistido mucho en ello —dijo. Él también había oído el gruñido.

Dayan se acercó pausadamente a Cullen y lo miró con una sonrisa de simpatía.

—Darius es como el diablo en persona con esa mujer. La controla de cerca y tiene una vigilancia de más de un kilómetro de radio.

—Pareciera que todos vosotros hacéis lo mismo.

—Así somos. De modo que te has quedado conmigo, el soltero. —Dayan lo acompañó a la sala de conciertos. Darius había señalado puntualmente que se encargaran de cuidar a Tucker. Puede que no fuera cárpato, pero les había advertido del peligro, y eso significaba que se exponía a las represalias. Darius no lo dejaría morir sin más. Dayan entendía en parte los sentimientos de Cullen. El pobre hombre todavía lloraba a su amor perdido, se sentía completamente solo, una condición que Dayan conocía demasiado bien. Mientras los demás iban sintiendo cada vez más emociones, él intuía que la oscuridad en él ganaba terreno, como una mancha que no podía limpiar. Podía entrar en contacto con los demás y tener emociones vicarias y pasajeras, pero eso no hacía más que extender el desierto de su existencia, porque acababa perdiendo asidero en sus mentes.

Tempest caminaba junto a Barack, furibunda porque, una vez más, Darius le imponía su voluntad. Al parecer, Barack no se daba cuenta de que avanzaba a regañadientes, a paso deliberadamente lento, y la acompañó hasta la suite de Desari. Abrió la puerta y casi le dio un empujón para hacerla entrar. Ella se giró con una mirada de rabia.

—¿Sabes?, Barack, te vendría bien aprender unas cuantas buenas maneras

—Puede que sí —respondió él—, pero a ti te vendría bien aprender a obedecer.

Syndil le cerró la puerta en las narices.

—Ese hombre es un bruto por donde lo mires. No sé de dónde ha sacado la idea de que de pronto nos puede mandar a todas pero, te lo juro, diría que ha pasado demasiado tiempo junto a Darius.

Desde el otro lado de la puerta, oyeron la risa burlona de Barack. Syndil lanzó un zapato contra la puerta.

—¡Imbécil! —Se dejó caer en una silla y miró a Desari con toda la rabia visible en su expresión—. ¿Cómo aguantas a Julian?

—No es fácil —reconoció Desari—. Cuando pasa los límites, yo tengo que hacer un rodeo. Es mucho más fácil que darse de cabezazos con él.

—A mí me gustaría mucho darle a Barack en la cabeza —dijo Syndil—. Deberías oír lo que dice. Cree que puede darme órdenes porque al muy imbécil se le ocurrió unirnos en juramento.

Desari rió suavemente.

—No podría haberos unido en juramento si no fueras su verdadera compañera, Syndil. Eso lo sabes de sobra.

—Lo que sé es que lleva siglos acostándose con mujeres. ¿Quién lo querría? —Aún presa de la rabia, lanzó el segundo zapato contra la puerta, deseando que la madera fuera la cabeza de Barack—. Y deberías oírlo cuando se pone a hablar de mis flirteos y dice que los hombres me desean. Te lo digo en serio, Desari, por mí, que se hunda en el lago.

—No ha formulado su última vindicación —observó Desari. Si Barack hubiera hecho el amor con Syndil, todos se habrían dado cuenta enseguida, como se habían dado cuenta cuando Darius vindicó lo suyo con Tempest.

—Lo he rechazado —dijo Syndil, y se miró las manos, con los ojos humedecidos por las repentinas lágrimas—. Él ha estado con muchas mujeres. Yo sólo tuve a Savon, y fue una violación. Fue horrible, y me dolió. No podía correr el riesgo. Casi lo deseaba, pero no me atreví. Si no conseguía aceptarlo de esa manera…

Desari la abrazó por los hombros y la estrechó.

—Oh, Syndil, no habría sido así. Tendrías que haber compartido tus temores con Barack.

—No puedo —dijo ella, negando con la cabeza—. He cerrado mi pensamiento a él.

Tempest entrelazó sus dedos con los de Syndil.

—Savon cometió un horrible crimen contra ti, Syndil. Cuando estás con alguien que amas, él hace lo imposible por procurarte placer antes que nada. Si Barack te ama y quiere estar contigo para siempre, será tierno.

—¿Y qué pasará si no le gusto? ¿Si no puedo hacer lo que él quiere? Pienso en ello, y lo deseo, pero luego vienen los recuerdos, y creo que no soportaría que me pusiera las manos encima. O que se monte sobre mí —confesó Syndil, desolada. Hablaba como si hubiera perdido toda esperanza.

—Un compañero está tanto en la mente como en el corazón y en el alma. Él se encargaría de que no te falte nada, te ayudaría a superar tus miedos. Debes darte una oportunidad para ser feliz, Syndil. No deberías permitir que lo que Savon hizo destruya tu vida y también la de Barack. Recuerda, lo que te ocurre a ti le ocurre a él.

—¿Y por qué tienen que ponernos las cosas tan difíciles? —preguntó Tempest—. Se comportan como si debiéramos estar encerradas en un convento cuando no estamos con ellos.

—Tienen los viejos valores, Rusti —explicó Desari—. Al fin y al cabo, nacieron hace siglos. Y hay muy pocas mujeres cárpatas. En realidad no se les puede culpar por querer protegernos.

—Yo nunca encajaré —dijo Tempest, triste—. Aunque convenza a Darius para que me convierta, sé que nunca seré capaz de soportar esa manera suya de decirme lo que tengo que hacer. —Sus sentimientos amorosos hacia Darius se hacían cada vez más intensos, a un ritmo alarmante, se adueñaban de su corazón y su alma, de modo que ella ahora lo veía a través de sus oscuros recuerdos, lo veía como el hombre que realmente era. Necesitaba amarlo y protegerlo de la misma manera que él a ella.

Syndil y Desari intercambiaron una larga mirada.

—¿Le has pedido a Darius que te convierta? —inquirió Desari, alarmada.

—No quiere hacerlo —dijo Tempest, y se encogió de hombros—. Dice que es demasiado peligroso. ¿Es verdad? ¿Alguien lo sabe?

—Yo le he preguntado a Julian —confesó Desari, sin titubear—. Dice que debes tener alguna habilidad psíquica. De otra manera, como humana, no podrías convertirte en compañera de Darius. Y, créeme Rusti, a mí me parece bastante obvio que eres su compañera. Nunca había visto a mi hermano así.

—No tengo ninguna habilidad psíquica. Es verdad, no tengo nada —protestó Tempest, que parecía confundida.

—Claro que sí —objetó Syndil—. Te comunicas con los animales.

—Ah, eso. —Tempest se encogió de hombros—. Eso no es nada especial.

—Es lo que te ayuda a entender la naturaleza de predador de Darius —explicó Desari, entusiasmada—. La conversión funcionaría. Estoy segura que sí.

—¿Y si no funciona? —se aventuró a preguntar Tempest.

Desari se mordió el labio inferior, un gesto que reflejaba su inquietud. Apartó la mirada de Tempest.

—Te convertirías en una vampiresa desquiciada y tendrías que ser destruida.

Se produjo un breve silencio.

—Una vampiresa desquiciada —dijo Tempest, con tono de sarcasmo—. Ahora entiendo por qué Darius no quiere correr el riesgo. —Se inclinó para a mirar a Desari fijamente a los ojos—. ¿Qué otra cosa no me has dicho?

Desari miró a Syndil, que asintió con un leve gesto de la cabeza.

—Julian dice que el proceso de conversión es muy doloroso.

Tempest se apartó el pelo que le caía sobre la cara.

—Vale, resulta que es doloroso. ¿Sabíais todo esto la primera vez que se mencionó el tema? Supongo que teníais la intención de que también reflexionara sobre eso, ¿no?

Desari la miró con expresión de culpable.

—Lo siento, Rusti. Lo que pasa es que amo a mi hermano, y ya empiezo a ver en él los efectos de la tensión. Darius nunca se desentendería de sus deberes. Aunque su fuerza está menguando, seguirá luchando contra quienes nos amenazan. Pensaba en él, no en ti. Te pido que me perdones.

—Darius estaba furioso con las dos —explicó Syndil—. No alzó la voz, ni tiene para que hacerlo, pero estaba visiblemente temblando de rabia.

Tempest había comenzado a pasear de arriba abajo por la habitación.

—¿Qué tipo de dolor?

Desari se sintió barrida por el remordimiento. A pesar de las ganas que tenía de que su hermano viviera, sabía que éste se pondría furioso con esa conversación, con Syndil y Desari por utilizar sus sentimientos hacia él para persuadirla.

—No puedes hablar en serio. —Desari se acercó y la cogió por los hombros—. He cometido un error al sugerir algo así. Va en contra de los deseos de Darius. Me ha dicho que ha tomado la decisión de envejecer y morir contigo, que no se arrepiente de nada. Yo debo aceptar su voluntad, aunque eso resulte muy difícil.

—Darius dice que la mujer no debería arriesgar su vida por el hombre —añadió Syndil—. Se miró los dedos, recordando el castigo de Darius—. Dijo que ya había cometido suficientes errores privándote de tus posibilidades y de tu antiguo estilo de vida, y que nunca pondría voluntariamente tu vida en peligro. —Cuando alzó la mirada hacia Tempest, ésta vio el dolor en su rostro—. No deberíamos haber seguido hablando de esto.

—Pero entonces, en realidad, no es ni su riesgo ni su decisión, ¿no es cierto? —preguntó Tempest, con voz suave—. Yo tengo el mismo derecho de preocuparme de su salud y su bienestar.

—Es deber del macho velar por la salud y la felicidad de su compañera —señaló Desari—. No puede hacer otra cosa.

—Mi felicidad —repitió Tempest varias veces, como si se hablara a sí misma.

El ruido de una llamada en la puerta la sobresaltó. En ese momento, sólo pensaba en las revelaciones de Desari y Syndil. ¿Era capaz de hacerlo? ¿De intentarlo? ¿Tenía esa clase de valor? Las palabras *vampiresa desquiciada* no evocaban un cuadro demasiado halagüeño. En realidad, no le gustaba en absoluto. Sin embargo, la imagen de Darius perdiendo su fuerza y envejeciendo cuando no tenía por qué hacerlo, era un fardo demasiado pesado para su corazón.

¿Seguía creyendo en el cuento de hadas? Quizá Darius creía que envejecería a su lado, pero quizá pronto se cansaría de ella como les ocurría a muchos hombres con sus mujeres. Ningún hombre podía consagrarse a una sola mujer para toda la vida. Desde luego, no para una eternidad. Tempest era una solitaria, y lo era por naturaleza. Sin embargo, la idea de una eternidad de soledad no le atraía demasiado. A Tempest no le importaba vivir una vida una segunda vez, pero volver a vivirla todas las veces ya no parecía tan fascinante. Y, luego, estaba todo aquello de la sangre.

Tempest hizo una mueca. Chuparle la sangre a alguien por el cuello era una idea que le daba náuseas.

—*Nena, piensas en las cosas más deprimentes. Quítate todas esas ideas de la cabeza. Yo estaré bien, no me cansaré de ti y nunca dejaré que le chupes la sangre a nadie. Yo, por el contrario, tendré permiso para chuparte el cuello y otras partes de tu anatomía con toda la frecuencia posible. Después de que estrangule a mis dos hermanas pequeñas, todo volverá a estar bien.*

—*No tienes por qué estrangularlas. He sido yo la que ha preguntado.*

—No te dejaré, amor —dijo Darius, y su voz era como una caricia, pero dueña de una absoluta convicción. Al estar unidas las conciencias, ella podía fundirse fácilmente con sus pensamientos, sus creencias, incluso sus recuerdos de los tiempos de antes de conocerla. Darius había vivido una existencia gris y desierta. Ella era su mundo. Siempre lo sería. Él creía eso implícitamente.

—Tengo que encontrar el valor para hacerlo —murmuró para sí misma.

Desari se inclinó hacia ella.

—Eres nuestra hermana, y te queremos por lo que le has dado a Darius. Ya has demostrado tener mucho valor, aunque no fuera más que por estar con él. No te dejes asustar por nosotras. Darius ha escogido. Que así sea.

—*¿Y creéis que eso os absolverá de la responsabilidad de hacer que mi compañera tema por mí, hermanita?* —preguntó Darius.

Desari sacudió la cabeza como si él pudiera verla. Volvieron a llamar a la puerta, señal de que había llegado el momento de subir al escenario.

—Ven con nosotras, Rusti —invitó Desari.

Tempest dio un paso atrás. De pronto, se sintió intimidada. Nunca le habían gustado las multitudes y antes prefería mil veces el anonimato.

—Yo observaré de lejos. Buena suerte, a las dos.

Syndil actuaba por primera vez con el grupo desde el traumático episodio de su violación. En el pasillo esperaban Barack y Dayan, junto al personal de seguridad y de la organización, para escoltarlos hasta el escenario. Julian y Darius vigilaban las entradas. La seguridad sería máxima durante todo el concierto, y cualquier cliente que se levantara a merodear por el auditorio sería visto.

Tempest siguió al grupo a lo largo de una parte, mientras buscaba a Darius. Cuando no lo encontró, se quedó al exterior de la puerta y escuchó. Hasta ella llegaron los vítores del público, lo cual señalaba que Desari había subido al escenario. El grupo comenzó con una balada larga y un poco triste, que se adecuaba particularmente a la bella voz de Desari. Llenaba la sala y se vertía más allá, una melodía de ensoñación, sensual y mística.

Tempest apoyó ligeramente la mano en la puerta. Nadie tenía una voz como Desari. Una vez que se escuchaba, era imposible olvidarla. Evocaba sueños, fantasías e intensas emociones en cualquiera que la oyera. Tempest sintió una especie de orgullo por ella. De alguna manera, se había convertido en miembro del grupo. Era aceptada. Y respetada. Un miembro más de la peculiar familia.

De pronto apareció Cullen. Venía casi sin aliento, y el corazón le latía con tanta fuerza que Tempest podía oírlo.

—¿Dónde está? ¿Dónde está Darius?

—Creo que en la entrada de la segunda planta —respondió ella.

—La fiesta en el barco. La despedida de soltero. He visto a Grady Brand entre las personas que subían al barco, pero no creo que haya subido. Si él es el que alquiló el barco, entonces, es parte de un plan. Ha reunido a todo un equipo.

—¿Quién es Brady Grand? —Tempest caminaba al lado de Cullen mientras éste corría escaleras arriba en busca de Darius.

—Es alguien a quien no te gustaría conocer. Es el jefe de la sociedad aquí en la costa oeste. Maldita sea, ¿dónde está Darius? —Cuando quiso subir por las escaleras, un guardia de seguridad le cerró el paso. Él le señaló su tarjeta de identificación con gesto de impaciencia y siguieron.

Tempest dio media vuelta y corrió hacia la puerta. Salió a toda prisa, dio la vuelta corriendo alrededor del edificio y se dirigió hacia el muelle. El barco todavía estaba atado. Unos hombres reían y se daban empujones mutuamente mientras se dirigían por el muelle hacia el barco. No sabía qué buscaba exactamente. A ella todos le parecían asistentes a una fiesta. Se quedó muy quieta, intentando ver al que desentonara, algo fuera de lugar. Los invitados seguían subiendo al barco, entre comentarios obscenos, muchos empujones y bandazos. La mayoría de los hombres tenían aspecto de haber pasado por otra fiesta antes de venir.

Tempest sacudió la cabeza y se alejó de los matorrales hacia la tienda del puerto. Sintió casi enseguida un objeto punzante en la espalda. Creyendo que era una rama, comenzó a girarse. Vio algo borroso que se acercaba a su cara, nada que pudiera identificar, pero no tuvo ni tiempo para levantar los brazos y protegerse. Fuera lo que fuera, le dio con fuerza en toda la cara, y ella se desplomó.

En el interior del edificio, Darius se quedó paralizado. No se le movió un músculo. Era como si hubiera dejado de respirar. Y luego ya estaba en movimiento, pero tan rápido que el ojo humano no podía verlo. Salió a toda prisa del edificio, mientras la bestia en él clamaba por ser liberada. Él mismo sintió que interiormente se volvía más intenso y letal. Dejó que el instinto lo consumiera, buscándolo, hasta que desapareció la pátina de civilización. El predador salvaje estaba suelto, y no había ni una fibra de misericordia en su alma.

—*Tempest*. —Su nombre era un susurro de cordura en su mente, lo único que le impedía transformarse en un guerrero loco. No podía matar a cualquiera que se cruzara en su camino. Tenía que mantenerse centrado. Se la habían quitado. Sin embargo, el hecho de que Tempest no contestara su llamada no significaba que estaba perdida para siempre. Él lo sabría si ella estuviera muerta. Su alma sabría. No, de alguna manera la habían dejado sin sentido, lo cual le impedía comunicarse con ella. Habían preparado una trampa y, en su arrogancia, él había caído en ella. Pensando que Desari era el blanco último, él había concentrado la protección en torno a ella. Cullen tenía razón. Esa gente quería a Tempest.

—*Julian, han raptado a Tempest. Quédate y protege a Desari y Syndil. Pon en alerta a Dayan y Barack. Yo iré a buscarla.*

—*Es una trampa.*

—*Claro que es una trampa. ¿Para qué, si no, la cogerían a ella cuando estábamos todos aquí? La están usando como cebo. Iré yo.*

Darius se alejó rápidamente de las multitudes, en busca de espacios abiertos. Envió una llamada a la noche, y luego pidió a un viento que buscara respuestas. Éste trajo el aroma de su presa, intenso y penetrante, hasta sus fosas nasales. Darius voló hacia lo alto, mutando de forma mientras se elevaba, hasta convertirse en un cazador alado nocturno. Allá abajo divisó la carretera que bajaba serpenteando, el coche lanzado a toda prisa por el camino de montaña. La llevarían a un lugar en las cercanías. Lo conducirían hasta la trampa.

Darius se lanzó en picado surcando el cielo hacia el parabrisas del coche con las alas enormes totalmente abiertas. El ave tapó todo el ancho del vidrio y el conductor gritó y se agachó instintivamente para esquivarlo. En el último momento, Darius se elevó y desapareció, como si nunca hubiera estado ahí. El coche viró bruscamente, oscilando cerca del barranco. La parte trasera giró, chocó contra la tierra y las rocas, rebotó y se arrastró varios metros antes de que el conductor recuperara el control del vehículo.

Brady Grand lanzó una imprecación mientras se agarraba al asiento de delante.

—¿Qué haces, Martin? Casi hemos chocado. Ve más despacio si es necesario. Wallace ha dicho que la quiere viva. Necesitamos información, y la única manera de tenderle una trampa a uno de ellos es a través de una mujer.

—¿Que no la has visto? —Martin se limpió el sudor de la cara—. Era una lechuza. La lechuza más grande que he visto en mi vida.

—No había nada —gruñó Brady—. No seas gallina. Venga, sigue. —Brady le apartó a Tempest la mata de pelo rojo de la cara para examinar la herida que Martin le había dejado al darle con la porra—. Le has dado demasiado fuerte. Está sangrando como un cerdo.

Una ráfaga de viento sopló con fuerza sobre el coche, desplazándolo varios centímetros hacia el otro carril. Por delante empezaba a urdirse una trama de nubes negras salidas de la nada. Los relámpagos dibujaban líneas quebradas entre nube y nube. Los truenos estallaban con tanta fuerza que sacudían el coche. Martin volvió a agacharse y lanzó una imprecación—. Esto se está saliendo de madre, Brady. Yo diría que es una especie de aviso. Si hay algo que puede hacer esto, yo no quiero estar en su contra. Déjalos que la recuperen.

El coche empezó a perder velocidad hasta que se detuvo en la berma. Brady golpeó con fuerza a Martin en la cabeza.

—Sigue. ¡Es lo que queremos! Él nos seguirá, tenemos un veneno que lo dejará indefenso. Al final, conseguiremos hacernos con uno de ellos. Tú sigue conduciendo.

Una nube, negra y siniestra, penetró en el coche a través de una pequeña abertura en la ventanilla trasera. Fluyó en el interior y se difuminó como un vapor oscuro que no dejaba ver. Brady cogió a la mujer, pero sintió que algo se la arrebataba.

—¡No! ¡La mataré! —Brady apuntó con su arma y apretó el gatillo lo más rápido que pudo. Era demasiado tarde. Aquel vapor negro se había enrollado alrededor de su cuello, y ahora lo apretaba cada vez más. Brady sintió que su rehén se deslizaba al suelo e intentó apuntar y volver a disparar, en medio de imprecaciones. Los ecos de los disparos reverberaron con fuerza dentro de la cabina.

—Pensaste que podías apoderarte de mi mujer —dijo Darius, con voz pausada.

El vapor negro venenoso de pronto era real, era como un nudo corredizo, un garrote que se le hincaba en la garganta, cortando la carne de manera que la sangre le corrió como un río por el cuello y le empapó la inmaculada camisa blanca. Brady seguía jurando cuando murió.

Darius lanzó un gruñido sordo ante el olor de pólvora que salía por la ventana y la nube negra cobró forma lentamente. La sangre le goteaba del muslo izquierdo, y una segunda bala le había dado cerca de la cadera cuando se había lanzado sobre Tempest para protegerla. Tempest no se movía y, al verla, Darius sintió verdadero terror. El conductor estaba muerto. Grand le había descerrajado un tiro.

Darius sacó del coche salpicado de sangre el cuerpo casi inerte de Tempest. Reprimió su propio dolor, y se tomó el tiempo para examinar cada trozo de su piel antes de elevarse hacia el cielo. Unas gotas de sangre cayeron al suelo y se mezclaron con la tierra. Darius la llevó hasta la caverna.

—*Uno de vosotros tiene que ocuparse del coche. Debe ser destruido y luego debemos encontrar a quien dirige esta organización que quiere dar caza a Desari y a nosotros. No podemos seguir arriesgándonos con ellos, Julian. Deben tener un escondrijo en alguna parte.*

—*Estás herido. Vendré adonde estás y te procuraré ayuda.*

—*No dejes a las mujeres hasta que sea seguro hacerlo.* —Darius hablaba con una serena autoridad. Sabía que Julian no era como los otros. Dayan y Barack estaban acostumbrados a seguir sus órdenes, mientras que Julian era un solitario desde hacía tiempo y no respondía ante nadie, excepto en las raras ocasiones en que estaba en contacto con su Príncipe, o con El Oscuro, el chamán de su pueblo. Era probable que ignorara a Darius y accediera al deseo de Desari, que era curar a su hermano. Darius respiró lentamente, reconociendo que Julian tomaría sus propias decisiones—. *No puedo protegerlas en este momento y dependo de ti. En cuanto acabe el concierto, déjalas en un lugar seguro y luego os reunís todos conmigo para encontrar a este cazador.*

—*¿Estás bien?* —preguntó Julian, después de un breve silencio.

—*Sí, lo estoy.* —Darius no sabía si decía la verdad. No tenía consigo todas sus fuerzas y había perdido una gran cantidad de sangre. Normalmente, su corazón y sus pulmones habrían dejado de funcionar para preservar el precioso fluido hasta que los suyos vinieran a ayudarle. Pero no tenía ni el tiempo ni se lo podía permitir en ese momento. Tempest estaba herida.

Tempest se movió, gimió suavemente y se llevó una mano temblorosa al corte en la cabeza.

—¡Auch! —Sus largas pestañas aletearon, se alzaron y Tempest le sonrió—. Sabía que vendrías, Darius, pero tengo un dolor de cabeza que no me aguanto.

Él se inclinó sobre ella y le puso un paño húmedo en la cabeza.

—Cierra los ojos, querida, y quédate quieta para que vea qué puedo hacer.

—Querían que uno de vosotros los siguiera, ¿no es eso? —murmuró, y las pestañas volvieron a caer. Se sintió enferma.

—Tienes una leve contusión, Tempest. —Darius sabía que su

voz reflejaba su aprehensión. Le era imposible mantener el dolor a raya mientras sus propias fuerzas iban flaqueando. Afortunadamente, Tempest no se había recuperado lo suficiente para darse cuenta de sus heridas. Recogió puñados de tierra, la mezcló con su saliva curativa y le cubrió las heridas abiertas en la carne.

Se volvió inmaterial para indagar fuera de su cuerpo y dentro de Tempest. Le costaba concentrarse todo lo que debía porque su fuerza y energía menguaban por minutos. Había intentado ralentizar el pulso cardiaco para disminuir la pérdida de sangre y así darse más tiempo. Sentía su miedo, las palpitaciones y el martilleo en la cabeza. Había perdido sangre, pero no las grandes cantidades que caracterizan a las heridas en la cabeza. No necesitaría una transfusión.

Examinó la herida y trabajó meticulosamente para cerrarla desde el interior y luego el exterior del cráneo, hasta conseguirlo del todo. Eliminó su dolor de cabeza, se apartó unos metros y se desplomó, agotado, sobre el suelo de la caverna.

Durante mucho rato, sólo se oyó el latido de los corazones. Tempest flotaba en una especie de sueño. Al cabo de un rato, se dio cuenta de que los corazones latían a ritmos diferentes. Siempre latían al unísono cuando estaban uno cerca del otro y, sin embargo, ahora el corazón de Darius parecía más lento, casi vacilante. Tempest se obligó a despertarse del todo. Giró lentamente la cabeza hacia Darius y vio, horrorizada, que estaba tendido junto a una roca en una posición rara. Tenía la piel de la cara tirante, el rostro pálido y perlado de gotas rojas de sangre.

Tempest se arrodilló a su lado, horrorizada. Darius tenía la camisa y los pantalones empapados de sangre.

—Dios mío —murmuró Tempest.

No hubo respuesta. Tempest le cogió el puño para tomarle el pulso, lo encontró, apenas un hilo de latido. Tempest supo de inmediato que se había ocupado de ella antes que de sí mismo. Estaba inconsciente. Había perdido demasiada sangre. Tempest temía que pudiera morir. Estaban atrapados en las entrañas de la tierra. No había manera de sacarlo de la caverna y conseguir ayuda a tiempo.

Tempest se obligó a no ceder al pánico. Darius no era humano. ¿Qué podía hacer para revivirlo con lo que tenía a mano? No tenía cómo ponerse en contacto con los demás. El canal telepático a través del cual se comunicaba con su familia sólo funcionaba entre ellos. Observó la tierra que Darius se había puesto en las heridas. Había intentado parar la hemorragia utilizando emplastes de tierra. Tempest miró rápidamente alrededor, buscando la tierra que, según Darius, era rica en minerales y agentes curativos. Hizo una argamasa nueva y le tapó las heridas.

—Darius, dime qué tengo que hacer —murmuró. Se sentía más sola que nunca. Le apartó dulcemente el pelo de la cara, sintió que el corazón le daba un vuelco y que luego comenzaba a latir. De alguna manera, se había enamorado de él. Darius no era un ser humano. Era despótico y dominante. Era probable que no tuvieran ni la más mínima posibilidad de que su relación prosperara, pero se dijo que no le iba a fallar en ese momento.

De alguna manera, en el breve tiempo que llevaban juntos, Darius se había convertido en su otra mitad, y era más importante para ella que su propia vida. Él compartía con ella su vida y sus recuerdos. Reía con ella y la cuidaba, sanaba sus heridas antes que las propias. A pesar de su arrogancia, la amaba, le cocinaba y se ocupaba de todas sus necesidades. Ella sentía su amor. Más importante aún, a través de sus recuerdos, cuando sus mentes se fundían, ella veía su grandeza. Y sabía que Darius estaba decidido a envejecer con ella y morir por ella.

Y ella no pensaba perderlo. Lo tendió en el suelo, en una posición más cómoda. No había nadie para darle lo que más necesitaba. Así que se tendió a su lado, y giró la cabeza para apoyarla en su hombro.

—Éste es el trato, querido —murmuró—. Tomarás de mi sangre, todo lo que necesites para reponerte. Si funciona, te despertarás y me salvarás la vida. Es de esperar que no me convertiré en desquiciada —dijo, con una mueca—. En realidad, no quiero que eso suceda. Así que hagámoslo de una vez por todas y no pensemos más en ello, ¿de acuerdo? Es una decisión que he tomado libremente. Se inclinó hacia él y le rozó el cuello con los dientes.

—¿Me escuchas, Darius? Es mi decisión. Mi libre voluntad. Quiero hacer esto por ti. Toma mi sangre. Ofrezco mi vida por la tuya. Creo que eres un gran hombre y que te lo mereces.

Sacó la navaja de sus tejanos y, mordiéndose con fuerza el labio, se hizo un corte profundo en la muñeca, que acercó enseguida a su boca.

—*Bebe, amor. Bebe por los dos. O vivimos juntos o morimos.*
—Decía cada palabra muy en serio. No había dudas, ni remordimientos, pero el dolor era infernal.

Al principio, sintió que la sangre fluía sola en su boca, pero luego Darius se movió ligeramente y le cogió el puño para llevárselo a la boca con avidez. Movió los labios para tragar el precioso líquido que alivió su cuerpo desfalleciente, un instinto de supervivencia ciego y arrollador.

Tempest cerró los ojos y dejó que la oscuridad que se hacía a su alrededor se la llevara flotando.

Capítulo 17

El agua caía lentamente de la bóveda de la caverna y se filtraba por las paredes hasta acumularse en pequeños charcos en el suelo. Se mezclaba con la fértil tierra roja hasta formar lo que parecían regueros de sangre sobre la superficie vaporosa. En alguna parte cayó una roca, chocando en su camino con alguna piedra que sobresalía. Luego volvió el silencio.

Darius se dio cuenta de que yacía en el suelo, sintió los miembros pesados y entumecidos. El hambre le roía las entrañas, le dolía como una herida abierta. Era consciente del dolor, más aún, tenía la impresión de que flotaba en un mar de dolor. Algo lo mantenía sujeto al suelo, pero no tenía ni idea de qué había ocurrido ni de dónde estaba. Giró lentamente la cabeza, y le sorprendió la dificultad que tuvo para realizar ese sencillo movimiento. Su mente era una nebulosa y funcionaba penosamente. Tardó un momento en ver con claridad. Cuando lo consiguió, la mano que tenía sobre la boca cayó como un peso muerto hasta su pecho.

Desde el fondo de su alma escapó un grito desgarrado de dolor y miedo. El eco quedó reverberando entre las paredes de la caverna, un grito atormentado y ronco que se alzó hasta el cielo. Darius le cogió el brazo a Tempest y selló rápidamente la herida abierta con que ella le había salvado la vida.

—Amor, amor mío, ¿qué has hecho? —La atrajo hacia sí y con

la mano palpó su corazón titubeante. Tempest luchaba por respirar y su corazón latía en vano. La pérdida de sangre era mortal. Tempest estaba muriendo.

Sin pensárselo dos veces, Darius se abrió la muñeca de un corte y se la acercó a la boca. Una pequeña cantidad de su sangre la mantendría viva hasta que tuviera la oportunidad de alimentarse y darle otra transfusión. Tenía la mente en blanco. Sólo quedaba como la letanía de una oración. Tempest no podía morir. Él jamás la dejaría ir. Se lo juró a sí mismo. Lo juró ante Dios. La hizo dormir, bajo la orden de mantenerse viva, forzando aquel mandato en su cerebro con su voluntad de acero. Le advirtió con absoluta claridad que no se atreviera a desafiarlo en ese trance particular.

Cuando recobró fuerzas, la dejó y alzó el vuelo hacia el cielo para cazar. No tardó en elegir una presa. Se alimentó rápido y vorazmente, dejando caer a las sucesivas víctimas con gesto implacable antes de que desfallecieran del todo y murieran. En ese momento, sólo pensaba en volver donde Tempest. Ya no le importaba si los demás vivían o morían. Sólo había espacio para ella. Toda su voluntad estaba concentrada en conseguir que ella siguiera con vida en este mundo.

Esta vez, con su energía renovada, la cogió en brazos, la acunó contra su pecho y, de un corte junto al corazón, brotó su sangre. La alimentó con devoción, asegurándose de que bebiera lo suficiente para recobrar el aliento. Cuando Tempest empezó a responder al vital líquido, intentó apartarse de él. Darius la obligó a acercarse más y la sostuvo con fuerza. Esta vez le obedecería, y no había más vueltas que darle. Le había dado a Tempest mucha más libertad de lo que jamás habría imaginado, aún cuando podría haberla obligado a obedecer, pero esta vez no le dio alternativa. Se trataba de la vida de Tempest, y del alma de Darius. Si ella moría, él estaba condenado. Nunca se mostraría serenamente al sol. Desataría su venganza sobre el mundo de una manera nunca vista. Elegiría deliberadamente ese camino para vengarse de aquellos que se la habían arrebatado.

Cuando se aseguró de que Tempest estaba totalmente recuperada, introdujo suavemente la mano entre la boca de ella y su pecho, cerró la herida, y la tendió en el suelo. Tendría que limpiar la sangre de los dos antes de que se despertara. Cerró los ojos y se introdujo en el interior de su propio cuerpo para reparar el daño desde dentro hacia fuera. La herida en la cadera era grave, la bala había astillado el hueso y provocado más daño de lo que creía Darius. La herida del muslo era más fácil de sanar. Logró unir los tejidos y cerrar venas y arterias sin demasiado esfuerzo. Incluso se dio un baño en la piscina antes de cambiar los parches de tierra en sus heridas. Esta vez añadió hierbas a la tierra y la saliva.

Tempest comenzó a moverse, agitada. Darius estuvo enseguida a su lado, la abrazó por los hombros, acercándola hasta que pudiera descansar la cabeza en su pecho. Sus largas pestañas aletearon, pero no abrió los ojos. Darius le siguió con el dedo la línea de la mejilla, deslizó la mano abierta por su cuello hasta sentir el pulso.

—Despiértate, querida. Necesito que abras los ojos —invitó, con voz queda.

—Primero me lo estoy pensando —dijo ella, con voz cansada.

—¿Pensando? —dijo él, como un eco—. ¿Me has arrebatado siglos de vida y te lo estás pensando antes de abrir los ojos?

—Primero, dime qué aspecto tengo —pidió ella, apenas con un hilo de voz.

—No tiene sentido lo que dices. —La voz de Darius era como una caricia aterciopelada.

—¿Mis dientes han crecido? ¿Parezco una vieja bruja? No me siento desquiciada, pero nunca se sabe. —Sus pestañas se abrieron y ella lo miró, con un fondo de risa en sus ojos verdes—. Podría tener ese aspecto, ¿sabes?

—¿Qué aspecto? —Tempest era tan bella que le quitaba el aliento.

—Aspecto de desquiciada. ¿Que no me escuchas? Al fin y al cabo, he elegido donde me veré obligada a chuparle la sangre a los hombres.

—¿A los hombres? —Darius volvía a respirar, y respirar de verdad. Era recomendable que su corazón volviera a latir—. Nunca, en ningún momento, chuparás la sangre a los hombres a menos que, desde luego, se trate de mí. Soy un hombre celoso, cariño, un hombre muy celoso.

—¿Por qué no siento como si tuviera hambre de sangre? ¿No debería tener antojos? —Se giró para mirarlo. Darius había recuperado el color y volvía a estar impecablemente vestido. ¿Cómo lo conseguía? En realidad, a Tempest no le importaba. Estaba tan cansada que sólo quería dormir—. Siguen sin gustarme los lugares cerrados —dijo—. Creí que me despertaría con ganas de colgarme cabeza abajo, como los murciélagos o algo así —dijo, riendo.

Él captó el tono de inquietud, algo que ella intentaba desesperadamente ocultarle. Hundió los dedos en su cabellera y comenzó a masajearle suavemente la cabeza.

—Lo conseguiremos, Tempest. No puedo creer que hayas arriesgado tu vida de esa manera. Tendré muchas cosas que decirte cuando te sientas mejor. Sabía que ya había tomado una decisión y, sin embargo, decidiste deliberadamente arriesgar tu vida. No lo olvidaré en siglos. —Darius nunca olvidaría su valor, la prueba de amor sin límites que le había dado Tempest. *Por él.* Sentía que el corazón se le derretía, a la vez que latía con fuerza ante el terror de lo que se avecinaba.

—Deja de darme sermones, Darius —dijo ella, con voz suave, y se llevó una mano al vientre. Empezaba a sentir que sus órganos interiores se volvían calientes, incómodos, como si de pronto se estuviesen retorciendo y girando—. Oh, Dios, tengo náuseas.

Él le puso inmediatamente la mano en el vientre y sintió cómo su cuerpo se retorcía por dentro, aguantando sucesivas olas de calor. Lanzó una imprecación por lo bajo. De pronto, Tempest soltó todo el aire en los pulmones, y aquello le arrancó un grito de dolor. Se incorporó de golpe y luego rebotó de vuelta contra él. Él entrelazó los dedos con los de ella.

—Ha comenzado, mi amor. Empiezas a sufrir la conversión. —Darius hizo que ambas mentes se fundieran, y se concentró en aguantar todo el dolor que le fuera posible.

La primera ola de dolor duró varios minutos. Una eternidad. Darius no paraba de sudar y de imprecar en todas las lenguas que conocía. Cuando Tempest se calmó, Darius le limpió las gotas de sangre de la cara con dedos temblorosos.

Tempest se humedeció los labios. Tenía los verdes ojos como nublados por el estado de shock.

—Si después de esto me abandonas al cabo de un siglo, Darius, te lo juro, te cazaré como a un perro sarnoso. Desari y Syndil me dijeron que era doloroso. Recuérdame que les diga que «doloroso» es un eufemismo.

—Puede que no estén vivas para escucharte —amenazó él, y le apartó el mechón sedoso de pelo humedecido que se le pegaba a la cara. Habría estrangulado a Desari y a Syndil por haberse entrometido.

Tempest se aferró a él con fuerza y sus músculos se pusieron rígidos. Darius tuvo que sujetarla en el suelo mientras se agitaba y perdía el control. El fuego que arrasaba tejidos y huesos le apretó el corazón y los pulmones, cambiando y remodelando sus órganos, con un dolor tan intenso que le vació la sangre del rostro, aún cuando Darius soportaba parte de la agonía con ella.

Al final, la ola se apaciguó poco a poco y le dio a Tempest otro respiro. Tenía las uñas hincadas en el brazo de Darius.

—¿Puedes hacer que pare, Darius? —Era una imploración que se arrancaba a sí misma, porque no quería preguntarlo. Conocía a Darius lo suficiente como para saber que pondría fin a cualquier dolor si era capaz—. Lo siento, no quería decir eso —murmuró, con voz ronca, y alzó una mano para tocarle sus finos labios con dedos temblorosos—. Puedo lograrlo. Sé que puedo.

Sin embargo, aquello volvía a hincharse dentro de ella, como un fuego al rojo vivo que amenazaba con arrebatarle toda cordura.

A Darius le costaba creer que, en medio de su agonía, Tempest quisiera darle seguridad a él. Él sólo podía sostenerla, sintiéndose impotente, viendo cómo los ojos se le llenaban de lágrimas, implorando misericordia desde el fondo del alma, con su mente fundida con la de Tempest lo más estrechamente posible.

Tempest sólo quería gritar y gritar, pero de su boca no salía ni un gemido. Empezó a tener náuseas, y un impulso de insensata modestia la hizo arrastrarse lejos de Darius. Pero él estaba tan íntimamente fundido con ella que conocía las reacciones de su organismo. Tempest intentaba desesperadamente expulsar las toxinas, los últimos restos y desechos de la sangre humana. Darius la sostuvo en sus brazos, llorando lágrimas rojas como sangre que le dejaban surcos en la cara.

Él nunca había deseado eso para ella, nunca había querido verla sufrir los fuegos de la conversión. Se dio cuenta de que apenas podía respirar, sufriendo el dolor que sufría Tempest por él. Parecía tan pequeña y frágil en sus brazos, a punto de estallar en mil pedazos.

Quédate conmigo, amor. En unos minutos, podré hacerte dormir, y el dolor no podrá afectarte. Por favor, quédate conmigo.

Aún bajo el efecto del fuego que la desgarraba de arriba abajo, sacudida por las convulsiones, Tempest intentaba tranquilizarlo. Le tocó el cuello con la punta de los dedos antes de dejar caer la mano. Darius sollozaba con el pecho tan tenso que creyó que se le desgarraba el corazón.

En cuanto acabó el peligro de que Tempest se ahogara en su propio vómito o en su sangre, Darius la hizo dormir profundamente para que su organismo acabara de conformarse solo. La estrechó en sus brazos, una parte de él todavía atada a su conciencia, una garantía de que nada grave podía ocurrir. Sólo cuando se cercioró de que la conversión había acabado y que Tempest estaba a salvo, la despojó de sus ropas inmundas y la lavó con movimientos suaves y llenos de amor.

Se quedó sentado largo rato, agotado y atontado por aquella experiencia terrible de Tempest. Su mente, que solía estar serena, era un caos. Nunca había imaginado que hubiera alguien capaz de amarlo tanto como para sufrir los fuegos del infierno por él. Se sentía pequeño ante su sacrificio. La besó, tierno, reverencial, antes de abrir la tierra. Y después de tenderla a dormir el sueño de los cárpatos, hizo que la tierra se cerrara por encima de ella para que la rejuveneciera.

Cuando la tierra se cerró, Darius se giró lentamente hacia el túnel de la caverna que conducía a la superficie. Su mirada oscura se había vuelto fría, despiadada. Sentía que la bestia crecía dentro de él, pero nada hizo por detenerla. En sus ojos negros ardieron dos ascuas rojas. No había dado caza y destruido a aquellos asesinos meses atrás, cuando habían atacado a su hermana. Sus instintos le habían impulsado a encontrarlos y destruirlos a todos, pero los suyos siempre habían intentado insertarse en el mundo civilizado para no llamar la atención sobre sí mismos ni sus actividades. Sin embargo, en ese momento ya no había dudas. No había en Darius ni la más mínima huella de civilización, ni en su cuerpo ni en su alma.

Rodeó la caverna de las protecciones más sólidas que jamás había usado, decidido a que nadie, ni humano ni cárpato, se acercara a Tempest mientras dormía. Si intentaban entrar a la caverna, no vivirían para contarlo. Luego salió volando por el túnel hacia el cielo de la noche, con el pensamiento obnubilado por la sangrienta venganza.

El concierto había acabado. Desari y Syndil estaban en una habitación bien custodiada, acompañadas de Cullen. De pronto, todos callaron. Intercambiaron una larga mirada cargada de certeza. Julian miró hacia lo alto.

—Se ha despertado. Ya nada podrá detenerlo. Se ha propuesto acabar con los que raptaron a Tempest. —Julian hablaba con tono complaciente y se inclinó sin prisas para besar a Desari. Después, con Dayan y Barack salió al pequeño balcón de la suite.

Dayan tomó carrerilla y alzó el vuelo.

—Ahora resulta un poco paradójico dejar al humano con nuestras mujeres —dijo—. Empezó a mutar de forma mientras hablaba y las plumas asomaron por sus brazos abiertos.

—Nuestras mujeres pueden manejar a un macho humano —gruñó Barack al alcanzar a Dayan, que también se había convertido en lechuza para salvar la distancia que los separaba de su líder.

—*Syndil, tú quédate al otro lado de la habitación, lejos de aquel playboy rubio. Si te veo lanzándole miraditas, arderá el infierno.*

—*¡Ah, con que ahora podemos manejar a un macho humano! Me gusta eso. De modo que si quiero llevarlo a la habitación que encuentre más a mano, no tienes por qué quejarte.*

—*No me obligues a matar a ese hombre. A Darius le cae bien, aunque no tengo ni idea de por qué.*

—*¿Barack?* —Siguió una larga pausa antes de que Syndil pudiera expresar su inquietud con palabras—. *Por favor, cuídate. No quiero que Desari tenga que llorarte.*

Él rió por lo bajo, una caricia de seda en la mente de Syndil.

—*¿Y quieres que crea que tú no llorarías? Nunca he pensado en mí mismo como ángel, pero mi paciencia contigo sin duda me puede poner a la altura de los santos.*

—*No me imagino a nadie viéndote como ángel ni como santo.* —Volvió a producirse una ligera vacilación—. *Ten cuidado, Barack, siento la intensidad de Darius. La oscuridad está en él. No retrocederá, sea cual sea el peligro.*

—*Su compañera ha elegido nuestra naturaleza. ¿No has sentido su dolor durante el tiempo que ella sufría?* —En la voz de Barack había un asomo de reproche.

Enseguida percibió que a Syndil se le llenaban los ojos de lágrimas.

—No me lo recuerdes —dijo—. *Compartió con nosotras lo que habíamos desencadenado por entrometernos. Tempest ha sufrido mucho por Darius.*

—*Ya ha pasado, amor mío.* —A Barack se le partía el corazón pensando que la había hecho llorar—. *Acabaremos con la amenaza que pesa sobre ti y Desari, y todo volverá a estar bien* —le aseguró Barack.

—*Darius está de verdad muy enfadado con nosotras. Pasará mucho tiempo antes de que nos perdone.*

Barack tuvo el impulso de dar media vuelta para ir a consolar a Syndil. En su lugar, le transmitió sucesivas ondas de seguridad, calor y amor. Sabía que Darius estaba furioso. Fríamente furioso. También sabía que Darius era capaz de cosas que ninguna de las dos mujeres imaginaría. Era un enemigo duro e infatigable. Su mujer, que él tenía por su alma, esa noche había sufrido hasta la agonía. Darius no lo perdonaría fácilmente. Barack imprimió más velocidad a su vuelo, surcando el cielo oscuro en busca del cazador.

Cuando los tres cárpatos se reunieron con Darius, Julian les hizo una señal para que bajaran a tierra. Deseaba sobre todo cerciorarse del estado en que se encontraba Darius. Los tres machos sabían que lo habían herido y ahora se proponían protegerlo.

Con una mirada impaciente, Darius miró a Julian.

—¿Qué ocurre?

Se encontraban en un huerto, no lejos de donde Darius había sacado del camino el vehículo donde llevaban a Tempest. Julian había hecho volar el coche por los aires. Los bomberos y la policía ya abandonaban la escena.

—Cullen me ha dicho que un hombre llamado Wallace vino de Europa y contrató a un tal Brady Grand para que acabara con el grupo, y con Julian y Desari en particular —explicó Dayan. Mientras hablaba, escrutaba la expresión de Darius.

Éste tenía un aspecto cansado y endurecido. Todavía tenía una mancha de sangre en la cadera, y otra mancha, más grande que aumentaba de tamaño, en el muslo. Dayan lanzó una mirada inquieta a Barack y Julian pero se abstuvo de hacer comentarios. Había en los ojos de Darius una furia gélida, un extraño fulgor escarlata que parecía venir de la luna roja como la sangre atrapada y reflejada al exterior desde las profundidades de aquellos ojos negros. Era una flama extraña de ira salvaje, primitiva e implacable como el tiempo. Esta noche nada detendría a Darius, convertido en el más mortífero de los predadores. Su presa jamás conseguiría escapar.

—¿Has oído hablar de este tal Wallace? —preguntó Darius a Julian con voz queda.

—Hace unos años había un hombre que perseguía a nuestro pueblo, a nuestro príncipe y su compañera, y a su hermano. Torturaba y mataba por igual a humanos e inmortales. Ese hombre se llamaba Wallace, pero fue destruido. Sé que pertenecía a una sociedad de fanáticos. Sólo puedo suponer que los dos están relacionados, sobre todo si ha venido de Europa. Actualmente, debe ser el jefe de la sociedad.

—Estos lunáticos son como Medusa, la mujer serpiente. Les cortas una cabeza y les crece otra en su lugar. Si cortamos esta cabeza, al menos tenemos la esperanza de que se verán obligados a reagruparse durante un tiempo —dijo Darius, tranquilo—. Nos dará tiempo para recoger más información acerca de ellos.

Julian asintió con ademán solemne.

—Los cazadores humanos de vampiros nos han perseguido a lo largo de miles de años. Mientras haya machos de nuestro pueblo que se conviertan, siempre habrá humanos que sospecharán y seguirán cazándonos a todos.

—Quizá la solución esté en saber algo más acerca de estos fanáticos y cazarlos activamente —sugirió Darius, con voz grave.

—Algunos de los nuestros han recogido información sobre ellos. En uno de sus laboratorios han desarrollado una toxina. Si se la inyectan a un cárpato, lo dejan paralizado —Julian le informó, con voz neutra—. Nuestro sanador, tu hermano, Darius, ha encontrado un antídoto. Pero estamos tratando con gente decidida a todo. Si cogemos a este Wallace, puede que vuelvan a perseguirnos y que sigan desarrollando nuevos y más mortíferos venenos contra nosotros.

—No *si* lo cogemos, Julian —advirtió Darius, como una amenaza velada—. Yo destruiré a ese hombre. Si eso le da un respiro a nuestro pueblo, tanto mejor. Si no, no retrocederemos ante nuestro deber.

—¿Tienes el olor de nuestra presa? —inquirió Julian.

—Es un hedor que tengo en las fosas nasales. No podrá escapar a su destino esta noche.

—Tu compañera todavía vive —dijo Dayan, con voz apaciguadora.

Darius se giró de golpe, los ojos ardientes del fuego al rojo vivo.

—Sé muy bien en qué estado se encuentra mi compañera, Dayan. No tienes para qué recordármelo.

—Tempest es una de esas mujeres poco comunes que nunca guardan rencor —dijo Julian, sin dirigirse a nadie en particular—. Resulta difícil imaginarla haciéndole daño a una mosca.

—Gracias por señalármelo, Julian —dijo Darius, seco, y se elevó hacia el cielo.

Eran pocos los que podían lograr algo así. Ya estaba en lo alto, una estela nebulosa que surcaba el tiempo y el espacio. Julian rió por lo bajo y lo imitó para no ser menos que su cuñado. Dayan se encogió de hombros, le sonrió a Barack y dio un salto en plena carrera. Barack sacudió la cabeza y los siguió a todos. Al fin y al cabo, se dijo, era necesario que los acompañara alguien sensato.

La nube oscura y agorera se hizo más densa cuando las cuatro estelas se juntaron y se desplazaron rápidamente por el cielo, tapando las estrellas a medida que avanzaban. Abajo, los animales corrían a buscar refugio o se escondían bajo los árboles o en sus madrigueras. Percibían al oscuro predador moviéndose por encima de sus cabezas y entonces decidían hacerse pequeños y quedarse lo más quietos posible.

De pronto la nube se detuvo, como si el viento hubiera dejado de soplar. Darius dejó que la brisa flotara a su alrededor y a través de él, que le revelara exactamente hacia dónde tenía que ir, siguiendo el rastro del olor de los compañeros de Brady Grand. Lo reconocería en cualquier sitio.

Allá abajo, en la hondonada de un monte, había una casa de rancho en forma de ele. A primera vista parecía desierta, pero nada podía ocultar el hedor de las presas a los cárpatos. La nube se movió lentamente, extendiendo una sombra negra sobre el cerro. El viento sopló con fuerza y debería haberse llevado la nube, pero ésta permaneció flotando allá arriba, un portento de muerte y destrucción.

El viento tiró de las ventanas del rancho, buscando cómo entrar, probando los puntos débiles. Se hizo más fuerte, y temblaron los vidrios y las persianas empezaron a golpear sin parar. En ese momen to, se produjo un movimiento en el lado sur de la casa. Alguien abrió una ventana en la planta baja para intentar cerrar una persiana.

El golpe de la nube negra y agorera fue duro y rápido. Bajó del cielo y entró en la casa por la ventana abierta, inundando la habitación como un humo sofocante. El hombre dio unos pasos hacia atrás con la boca abierta en un grito mudo. Ningún ruido escapó de su garganta, silenciado por el denso vapor que se movió por su cuerpo, apoderándose de su aliento y vaciándolo del aire como una aspiradora.

Uno tras otro, los cárpatos asumieron su forma humana. Darius ya se movía, capaz de oír todos los ruidos de la casa. Había cuatro hombres jugando al billar en una sala, tres puertas más allá. Arriba, había otros dos. Alguien miraba la televisión en una habitación de la planta de arriba y a la izquierda. Darius se desplazó por la casa como un predador sigiloso acechando a su presa.

En la planta baja, dos hombres descansaban en una habitación y hablaban en voz baja. Eran los soldados. Esperaban la llegada de Tempest. Esperaban a una mujer indefensa para torturarla y usarla como cebo para atraer a uno de los cárpatos. Cada uno de esos soldados llevaba una jeringa. Darius estaba seguro de ello. No le importaba. Lo único que le importaba era que esos dos hombres habían planeado el ataque contra su compañera y su hermana. Nada lo detendría.

Se paró en la puerta abierta de la sala de billar, con los ojos encendidos de un fulgor rojo y mostrando sus blancos dientes. Los hombres se volvieron al unísono, un paso en cámara lenta coreografiado por un director implacable, ejecutado con la gracia de un ballet. Todos se llevaron las manos a la cabeza coordinadamente, apretándose las orejas con fuerza. Darius los miró con una sonrisa amenazadora de diversión y burla. Aplicó más presión, una punzada de dolor constante y fulminante. Todos cayeron de rodillas a la vez.

—Creo que ustedes, señores, me estaban buscando —dijo, con voz suave, sin que se inmutara la dureza de su rostro, sus emociones frías como el hielo. Los vio morir a los cuatro, insensible a su dolor, y se preguntó al pasar cómo se explicaría el forense la muerte simultánea de cuatro hombres por aneurisma cerebral. Darius no dedicó ni un segundo más a pensar en sus víctimas.

Julian, Dayan y Barack podían encargarse de los hombres en ese sector. Darius se movió como un viento frío y asesino hasta la otra ala de la casa, donde sabía que encontraría a la cabeza pensante del monstruo. Se movía tan rápidamente que uno de los soldados que se acercaba por el pasillo rozó contra él sin saber con qué había topado. El hombre dio un paso atrás, miró a su alrededor, se rascó la cabeza y siguió rumbo a la sala de billar. Darius lo despachó como si ya estuviera muerto. Julian había sido testigo del primer atentado contra Desari hacía muchos meses, cuando hombres como ése habían destrozado el escenario a balazos y casi habían acabado con ella. A pesar de su sentido del humor un poco excéntrico y de su actitud irónica, Julian era tan letal como Darius. Sencillamente lo ocultaba mejor. No dejaría escapar vivo a ninguno de los asesinos.

El enorme salón tenía techos altos y una chimenea de roca en una pared con un espacio dispuesto para un grupo de invitados. Había dos hombres descansando en unos sillones mullidos, tomando café mientras esperaban a la víctima. Darius llenó el marco de la puerta con su enorme figura. Se quedó ahí, simplemente esperando.

El hombre mayor tenía que ser Wallace. Era de estatura mediana, pelo algo canoso, rasgos atractivos más bien fríos, y una mirada vacía. Su compañero era unos veinte años menor, un hombre de pelo oscuro que a todas luces quería probarse a sí mismo. Darius leyó en sus mentes. En Wallace descubrió una naturaleza enfermiza y perversa, un hombre cruel con los animales y las mujeres. Disfrutaba haciéndoles daño, se excitaba al ver sufrir a otros. Este Wallace mayor había sin duda entregado su legado a su hijo, el hombre que habían matado los cárpatos en Europa unos años antes. Su odio era fuerte y profundo, y pensaba que su sesión con Tempest sería larga y placentera. Las fantasías perversas de su cabeza despertaron al demonio que había en Darius hasta una intensidad casi incontrolable. Darius luchó por dominarlo, y lo consiguió.

Cuando ninguno de los dos hombres levantó la vista, una situación que a Darius le pareció risible en esas circunstancias, Darius carraspeó suavemente para llamar la atención.

—Entiendo que habéis solicitado mi presencia. Era del todo innecesario enviar ese tipo de invitación. Aunque ahora que os he visto y me he asomado a la podredumbre de vuestras mentes, entiendo por qué lo hicisteis así. —Su voz era bella, un arma de la magia negra que él manejaba a su antojo—. Por favor, no es necesario que te levantes —añadió, mirando al más joven—. Tengo asuntos que tratar con tu jefe.

Alzó una mano y con un gesto descuidado clavó al soldado joven de vuelta en su asiento y lo mantuvo ahí, bajo su poder, a pesar de la distancia.

William Wallace miró al hombre alto y elegante que llenaba el marco de la puerta. Su pelo negro como la noche le llegaba hasta los anchos hombros. En sus ojos brillaba un fulgor rojo y demoníaco. El poder emanaba de él y sus dientes blancos brillaban amenazadoramente cuando sonreía. Su actitud era inusualmente correcta, pero Wallace sintió la grave amenaza latente. Físicamente, era un ejemplar bello, atractivo, intensamente masculino. La sensualidad de su boca sólo tenía rival en un dejo de crueldad que se adivinaba en la comisura de los labios.

Wallace sintió que el corazón le latía con fuerza, señal de su alarma. Apretó los puños con fuerza.

—¿Quién eres? —preguntó.

—Más bien, creo que habría que decir, ¿*qué* soy? ¿Alguna vez ha conocido un vampiro, señor Wallace? —inquirió Darius, con voz amable—. Ya que ha desplegado tantos esfuerzos por invitar un vampiro a su casa, supongo que se habrá hecho una idea más o menos fiel de los seres con que trata.

Wallace lanzó una mirada a su acompañante, paralizado donde estaba por la mera osadía del intruso. Decidió que sería igual de discreto que él, y que esperaría el momento para cogerlo con la guardia baja. La casa estaba llena de sus hombres. Tarde o temprano, uno de ellos aparecería. En cualquier caso, contaba con un arma secreta, si sólo pudiera tener al vampiro lo bastante cerca.

—Por favor, entra —dijo, haciendo un gesto generoso con la mano y señalando una silla.

Darius sonrió, una hilera de dientes blancos, y una lengua de fuego en la profundidad de sus ojos. Pero no se movió.

—Por favor, actuemos como seres civilizados. Estoy seguro de que eso es lo que ha pensado cuando envió a sus asesinos en busca de mi mujer. No se moleste en negar sus intenciones. Puedo leer sus pensamientos con mucha facilidad.

Wallace decidió plantarle cara a la situación.

—El mal llama al mal. Conozco a los de vuestra estirpe y sé de qué son capaces. Otros como tú mataron a mi hijo y asesinaron a mis dos cuñados. Sí, tenía planeado tomarme mi tiempo disfrutando a la mujer. Es bastante guapa. Habría sido... delicioso.

Darius extendió los brazos y se miró las uñas impecables. Una tras otra surgieron de sus dedos unas garras afiladas como navajas. Volvió a sonreír, una señal más de la amenaza del predador, y su mirada volvió a posarse sobre el hombre mayor. Wallace se sintió como si le hubieran asestado un golpe. El dolor le sacudía el cerebro y se cogió la cabeza a dos manos, fulminado. Experimentó el poder terrible del visitante, y sus entrañas se convirtieron en gelatina.

Darius entró en la habitación como si flotara, fluido y ágil, sus músculos poderosos marcándose bajo su elegante camisa blanca. Era como si ocupara la totalidad del espacio y consumiera todo el oxígeno que había en la habitación.

—Veo que ha decorado las ventanas con ristras de ajo. ¿Acaso cree que algunos vegetales me molestan, que quizá me debilitan?

—¿Acaso no es verdad? —preguntó Wallace, que quería ganar tiempo.

El brillo de la hilera de dientes blancos fue la única respuesta. Darius se acercó a la chimenea, estiró la mano y tocó la maciza cruz de plata.

—Al parecer, tiene usted todos los artilugios para hacerse con un vampiro.

Wallace estaba horrorizado. Lanzó una mirada a la puerta, de pronto consciente del silencio que reinaba en la casa.

Darius se acercó.

—¿Qué es, concretamente, lo que quería averiguar acerca de mí, señor Wallace? Ésta es su oportunidad.

Con un movimiento rápido, Wallace extrajo la jeringa llena de la toxina y se la clavó profundamente en el brazo a Darius. Luego dio un salto atrás con una sonrisa victoriosa pintada en la cara.

—Ah, sí, es el veneno en el que tanto habéis trabajado —dijo Darius, y su voz era curiosamente tan hermosa y despreocupada como siempre—. Es muy difícil saber cómo funcionan las cosas a menos que tengamos la posibilidad de probarlas. Observemos juntos los resultados—. La mirada sin piedad de Darius se cruzó con la de Wallace—. Usted cree ser un verdadero científico, ¿no es así, señor Wallace?

Wallace asintió con un movimiento lento de la cabeza, sin dejar de mirar a quien tomaba por un vampiro. Darius se arremangó tranquilamente la camisa de seda, dejando ver los fibrosos músculos del brazo. Se miró la piel, donde unas llamas prendieron y se agitaron, y Wallace estuvo a punto de lanzar un grito de espanto al ver las gotas doradas del líquido veneno que empezaron a brotar de los poros y a reunirse en un hilillo que se derramó sobre el suelo.

—Interesante, ¿no le parece? —preguntó Darius, en una especie de ronroneo mortal—. Debería haberse informado mejor sobre quién era ese enemigo que desafía, señor Wallace. Es muy desaconsejable salir a cazar sin tener suficientes conocimientos acerca de su presa.

—¿Dónde está la mujer ahora?

Darius frunció violentamente el ceño.

—¿Acaso es tan arrogante como para pensar que yo dejaría a sus ridículos asesinos arrebatarme lo que me pertenece? Sospecho que lo que le preocupa de verdad es el paradero de sus soldados.

Wallace dejó escapar un suspiro y se pasó una mano por el pelo hasta dejarlo con las mechas hacia arriba.

—¿Y dónde están ellos?

—Lo que ha quedado de ellos puede ser reclamado en la morgue local —respondió Darius, sin prestarle mayor atención.

—Supongo que también han abatido a mis otros hombres.

Darius inspeccionó mentalmente la casa y sonrió, satisfecho.

—Debo reconocer que parecían sufrir de una salud muy deficiente. Debería escoger mejor a sus compañeros, señor Wallace.

Los ojos apagados de Wallace de pronto brillaron, inspirados por un pensamiento maléfico.

—Veo que tú tampoco has salido ileso. Estás sangrando.

Los dientes blancos volvieron a brillar.

—No es más que un rasguño. Mi cuerpo sana sin dificultades, pero le agradezco su preocupación.

—¿Vas a matarme? —preguntó Wallace, con un silbido de voz apretando los dientes.

El fuego de aquellos ojos escarlatas que refulgían se derramó sobre Wallace como lava ardiente.

—Con mucho placer, señor Wallace. Yo protejo a los míos. Lo dejé escapar, impune, después del último ataque que perpetró contra mi familia. Pero no, por lo visto ha insistido en pedir que lo liberen del yugo de su miserable existencia. No puedo sino complacerle.

—Volveré a Europa, os dejaré tranquilos.

—Ha hecho que la toquen sus asquerosos criados —dijo Darius, sacudiendo lentamente la cabeza—. Tenía la intención de torturarla, de violarla. No porque fuera vampiro sino porque le procuraba placer. Usted me quería aquí, señor Wallace, y ahora tiene ante usted precisamente eso.

Wallace lanzó una mirada a su joven compañero, el hombre que había elegido como su protegido porque había descubierto en el joven la misma naturaleza desviada que la suya.

Darius había captado con facilidad pensamientos en el hombre joven acerca del rodaje de una *snuff movie* con Tempest protagonizada por él. Supo que no creía en los vampiros, pero que se sentía atraído por la violencia y la excitación sexual que prometía la sociedad de cazadores de vampiros. Con su mirada oscura, Darius escudriñó su alma y tuvo una visión del mal que anidaba en su mundo y en el mundo de los humanos. Decidió liberar al hombre joven de su estado de parálisis, quien se lanzó de inmediato hacia Darius, como si no alcanzara a entender que éste lo tenía controlado desde el primer momento.

Darius se quedó tan quieto que parecía un mueble de la habitación, una parte de la tierra, silencioso, vigilante, impasible. En el último segundo, justo cuando el hombre estaba a punto de ponerle las manos encima, Darius se disolvió en el aire y reapareció a sus espaldas.

—¡Daniel, detrás de ti! —le advirtió Wallace.

Mientras se giraba, Daniel quiso desenfundar el arma que llevaba a la cintura. La cara del vampiro se contorsionó nada más ver ese movimiento, mutó y se alargó como un hocico negro. Aparecieron los colmillos, afilados como navajas. Al lanzarse hacia delante, abrió sus fauces y dio de lleno en el pecho del hombre joven, abriendo una herida profunda hasta el corazón palpitante.

Wallace dio un salto de su silla y la derribó al intentar llegar a la puerta. La elegante figura se movió, una nebulosa flotante que le cerró el paso. Darius volvía a tener ese aspecto de joven atractivo, la mirada impasible, la boca dura y cruel. No tenía ni una mancha en la impecable camisa, aunque en el suelo alrededor del joven Daniel se empezaba a formar un charco de sangre, espesa y gelatinosa. Parecía un muñeco de trapo hecho un bulto en el suelo.

Wallace quedó paralizado. No se atrevía a acercarse a aquel demonio temible que lo amenazaba.

—¿No lo entiendes? —preguntó, con un hilo de voz—. Soy como tú. Te podría servir. Hazme como tú... hazme inmortal.

Darius lo miró con el ceño fruncido.

—Piensa demasiado bien de sí mismo si cree que nos parecemos en algo. Hay quienes, siendo de los nuestros, se han vuelto malvados y torcidos, tan podridos como ustedes. Puede que le alarguen brevemente la existencia, y que le permitan vivir por un tiempo consumiendo cadáveres mientras sirve a sus designios. Pero yo no soy uno de ellos.

—Entonces, ¿quién eres? —murmuró Wallace. Ahora llegaban otros ruidos a sus oídos. No era el silencio que reinaba en aquella casa de la muerte. Tampoco era el ruido de sus hombres que venían a rescatarlo. Eran como murmullos casi inaudibles e insidiosos que tomaban por asalto su sentido del oído. Intentó rechazarlos, sin entender la lengua pero sabiendo que había más criaturas junto a la que él veía. Esperaban, pidiéndole a ese hombre que acabara con él, que se los entregara.

—Soy un instrumento de la justicia. He venido a despacharte a otro mundo, donde tendrás que responder de tus horribles crímenes contra mortales e inmortales —sentenció Darius, pronunciando cada palabra pausadamente, casi con amabilidad.

Wallace negó rotundamente con un gesto de la cabeza.

—No, no puedes hacer eso. Yo soy un líder. Tengo a un ejército que me respalda. Nadie puede derrotarme. —Alzó la voz, histérico—. ¿Dónde estáis? ¡Venid a mí, todos! ¡Proteged a vuestro líder!

Aquellos terribles ojos despiadados nunca se apartaron de Wallace. Eran unos ojos negros totalmente vacíos, desprovistos de todo sentimiento. Unas llamas rojas se agitaron en sus profundidades, lo cual no hizo más que alimentar el terror de Wallace.

—No queda nadie —avisó Darius. Sólo tú. Y ahora te condeno a muerte por tus crímenes contra la humanidad. Haz el favor de acompañarme —dijo Darius, señalando hacia el pasillo.

Wallace se dio cuenta de que no podía resistirse a esa orden. Paso tras macabro paso, avanzó, dando sacudidas como una marioneta mientras seguía por el pasillo hacia las escaleras. Intentó gritar, pero no pudo emitir ruido alguno. Su cuerpo seguía obedeciendo las órdenes del demonio que él había traído al rancho. Cuando llegaron arriba, la criatura siguió señalándole que avanzara. Centímetro a centímetro, paso a paso, despiadada e implacablemente, Wallace fue conducido a la sala de billar.

Quedó boquiabierto al ver a los cuatro hombres inertes, sin una sola marca de violencia, todos caídos en el suelo. Obedeció la orden de ir hacia la puerta del balcón. Abajo, había una reja de hierro con puntas terminadas en afiladas lanzas. Wallace se quedó mirando los hierros letales e intentó detenerse en el siguiente paso. Pero entonces sintió el vacío bajo su pie delantero, y el aire bajo el otro. Y luego cayó, liberado ya del embrujo de aquel demonio. El grito que alcanzó a lanzar quedó reverberando en la noche.

Darius miró hacia abajo y vio el cuerpo colgando en la reja, traspasado por una de las lanzas a la altura del corazón. Se quedó un rato en silencio, luchando contra la bestia que todavía exigía ser liberada, aún sedienta de venganza y de sangre.

Tempest. Pensó deliberadamente en ella, la acogió en su cuerpo y alma, dejó que su luz calmara a la terrible bestia, que restableciera una vez más el equilibrio entre el hombre de intelecto y el predador instintivo. Había dejado de ser un salvaje gobernado por el instinto que clamaba venganza y sangre y volvía, una vez más, a escuchar a su otra mitad. No podía hacer otra cosa que regresar donde estaba Tempest lo más pronto posible. Volvió a comunicarse con su familia y con los suyos.

Julian suspiró ligeramente.

—Debes tomar de mi sangre, Darius, y luego volver a las entrañas de la tierra para sanar de tus heridas.

—Supongo que debo reconocer que tienes razón.

—Y que casi te mata tener que hacerlo —dijo Julian, con una sonrisa en la cara.

Una leve sonrisa apareció en labios de Darius.

—Anda, calla —dijo Darius, con voz cansina pero con un brillo de verdadero humor en sus ojos.

Capítulo *18*

Cuando Darius despertó al cabo de dos días, había sanado por completo. Con el descanso rejuvenecedor adecuado, la sangre de un antiguo y poderoso cárpato y la tierra fértil, recuperó la plenitud de su fuerza. Quiso enterarse enseguida de la suerte de su familia. Tomó contacto mentalmente con cada uno de ellos para asegurarse de que estaban bien y a salvo. A su vez, les aseguró a todos que él se encontraba sano y entero y que no tardaría en despertar a Tempest.

Tenía un hambre voraz y sabía que si todo había ido bien con Tempest, ella también lo tendría. Salió a cazar, y eligió sus presas en las inmediaciones de la caverna y se alimentó, impulsado por un apetito canino, hasta que tuvo suficiente para los dos. Cuando volvió a la caverna, se preparó para su despertar y, con una mezcla de hierbas, llenó el aire con aromas balsámicos. Encendió velas por todas partes de modo que en las paredes bailaban diminutas llamas que titilaban y daban al ambiente un aire acogedor. Después, le preparó a Tempest una cama bien mullida con sábanas de suave tejido para darle la bienvenida.

Bajó hasta donde se encontraba y la acunó en sus brazos, flotó con ella hasta abandonar las entrañas de la tierra y cerró el agujero para ocultar los restos de algo que a Tempest podría parecerle una tumba. Incluso en su sueño, Tempest era bella, más bella de lo que él recordaba. No tenía ni una mácula sobre la piel, y su melena de seda roja y dorada le enmarcaba la cara. La llevó hasta la piscina de aguas termales y la despertó al sumergirla poco a poco.

Inclinó la cabeza para besar su dulce boca y capturó el primer soplo de aire que ella tragó y luego exhaló. Era el sabor de la luz y la bondad. El sabor del hambre y las llamas. Sus largas pestañas aletearon y se alzaron, y Darius pudo ver sus grandes ojos verdes. En aquellas profundidades de color esmeralda brilló un asomo de humor. El efecto que aquello tuvo en su corazón fue asombroso, lo hizo derretirse y, a la vez, lo apretó con fuerza. Sintió una fuerte presión en el pecho, mientras el corazón le martilleaba, temeroso de las consecuencias que tendría la valiente decisión de Tempest.

—Esperemos que en este caso no hayamos creado una desquiciada. No puedo decir que tengo unas ganas locas de ponerme patas arriba y colgar de mis pies como un murciélago, pero es innegable que tengo hambre. —Aquella voz seductora de Tempest le hacía cosquillas en la piel. Cuando estableció contacto mental con ella, descubrió una mezcla de miedo y buen humor, como si Tempest no supiera por cuál decidirse.

—Es normal tener hambre, querida, le aseguró Darius, y le apartó el pelo sedoso que le ocultaba el cuello. Las burbujas les acariciaban la piel, sumiéndolos en una sensación de intenso placer.

—Igual es un poco repulsivo —dijo ella, intentando adoptar una actitud reflexiva.

—¿Eso crees? —Darius inclinó la cabeza hasta encontrar el pulso que le latía en el cuello, y con la lengua la acarició como si le dejara una marca, sintiendo la repentina excitación, la impaciencia—. ¿Qué sientes cuando te beso así?

Darius le estaba quitando el aliento, robando la cordura. Volvía a inflamarla, a despertar a la vida una llama viva de deseo.

—Lo sabes muy bien —dijo ella, acusadora.

Él le rozó ligeramente el cuello con los dientes. Tempest sintió que los músculos del estómago se le tensaban como anticipación a lo que vendría. Un calor intenso se apoderó de todo su cuerpo, una urgencia en la entrepierna.

—¿Y qué pasa con esto, Tempest? —insistió él, y ella sintió la calidez de su aliento en la piel.

Arqueó el cuello para brindarle un acceso más cómodo, toda ella encendida con el éxtasis erótico de su mordisco.

—Eso también lo sabes, Darius.

Él acercó la boca a los labios de Tempest y estampó en ellos un beso lento y lánguido. Era lo que más necesitaba en ese momento.

A Tempest ese beso la despojó de la capacidad de pensar en cosas sanas, y sólo pudo pensar en él.

—Así es como me siento yo —dijo él—, cuando tu boca recorre mi piel, cuando tus dientes me encuentran y mi sangre fluye en ti. Es bello y erótico, y mi cuerpo ansía compartir contigo, tal como le sucede al tuyo.

La acarició en una lenta exploración de sus sombras y sus curvas, lavando de su cuerpo los restos de tierra. Sentir sus manos recorriendo su desnudez, cogiéndole los pechos en el cuenco de la mano con gesto posesivo, resbalando por su vientre hasta el triángulo de rizos y buscando entre sus piernas su calor cremoso, era como si le sembrara fuego por todo el cuerpo, despertando en ella un deseo irrefrenable que no conocía. Darius introdujo lentamente un dedo. Y luego un segundo dedo. Entró en ella y exploró el interior aterciopelado, supo que latía de vida y de deseo de él, sólo él. Ella empujó contra su mano, buscando un alivio para aquel fuego que la consumía, sintiendo que sus inhibiciones se desvanecían en cuanto su cuerpo cedía a sus propias demandas.

Comenzó a acariciar a Darius, siguiendo la línea de los músculos del pecho, del abdomen y luego hacia abajo, hasta cogerlo y pesarlo en la palma de la mano, bailando con los dedos a lo largo de toda su dura extensión. Darius la cogió en brazos, salió de la piscina, la llevó hasta la cama que le había preparado y se tendió encima de ella.

Tempest sonrió y le rodeó la cabeza con ambos brazos, le acarició la gruesa melena.

—Por fin una cama. ¿Crees que sabremos qué hacer en ella?

—Sí, querida, creo que no tendrás que preocuparte de nada. Sé exactamente lo que hay que hacer —murmuró él, junto a su cuello. El cuerpo de Tempest era como el satén, y su pelo como la seda. ¿Cómo podía ser tan endemoniadamente suave? Saboreó su piel, su dulce miel, hasta que una parte de él se convirtió en una lanza ardiente de deseo. El deseo lo llenó, fuerte y urgente, un hambre persistente que sólo Tempest podía saciar.

Tempest se encontró atrapada entre el musculoso cuerpo de Darius y su agresivo dominio masculino, su fuerza bruta. Era la respuesta estremecedora que ella desataba con sus caricias. Tempest sonrió, y con la lengua le recorrió el cuello, saboreando la rica textura de su piel, como las olas del mar, yendo y viniendo. La llamada, el deseo que no dejaba de consumirla. De pronto se puso rígida, dejó escapar un grito de miedo y luchó para quitarse de encima el peso de su cuerpo.

Darius la cogió por las delgadas muñecas y, con un gesto de dominación, le estiró los brazos por encima de la cabeza.

—Shh, amor mío, cálmate. Baja el volumen dentro de tu cabeza —dijo—. Sabes que lo puedes conseguir. Ya empezabas a sentir que tu sentido del oído se magnificaba y no has tenido dificultades para lidiar con ello.

Ella sacudió la cabeza de lado a lado, intentando bloquear el ruido y el olor de la sangre, el hambre que aumentaba royéndola y apoderándose de todo su ser.

Darius la sostuvo con firmeza, calmadamente.

—Mírame, Tempest. Abre los ojos y mírame. Respira conmigo hasta que te hayas calmado. Podemos hacerlo juntos, te aseguro que podemos. Confía en mí para saber qué debes hacer. Mírame solamente a mí.

Tempest consiguió tragar el apretado nudo de miedo y rechazo. Abrió los ojos y se sintió enseguida capturada por su mirada oscura y penetrante. Aquello la calmó como nada podía hacerlo. Era verdad que confiaba en él, que creía en él. Amaba a Darius con todo su ser, sin reservas. Más que su propia vida. De pronto, cesó el martilleo insoportable de su corazón. Tragó grandes bocanadas de aire, con la mirada clavada en él, a su salvador en medio de la locura en que ella se había convertido.

Darius le sonrió con plena seguridad.

—Podemos conseguirlo juntos, querida. Tú y yo. Somos uno. Nuestros corazones, nuestras almas, nuestras mentes y nuestros cuerpos. —Le deslizó una mano en la entrepierna y exploró para saber cuán preparada estaba. Acercó la punta caliente y palpitante de su miembro de seda y hierro a su hendidura abrasadora, para que ella sintiera su necesidad acuciante, para que viera lo grueso y pesado que se había puesto, impulsado por aquella urgencia—. Esto somos nosotros, Tempest, tú y yo. Nuestros cuerpos se buscan, se necesitan. ¿Sientes cómo te deseo, cómo desfallezco por ti? —Darius se internó otro poco, con exquisito cuidado, viendo cómo ella respondía abriendo más los ojos, sintiendo el calor que emanaba de ella, cerrándose y apretándolo como reacción ante su invasión. Aquella dulce agonía le perló la frente de pequeñas gotas de sudor.

Tempest gimió suavemente, y movió las caderas impulsada por sus propias ganas. Darius la mantuvo quieta, mientras seguía hinchándose, llenándola por completo, estimulado por su hendidura caliente y apretada, por las demandas que a Tempest le imponía su propio cuerpo, que le imponía a él.

—Funde tu mente con la mía. Quiero que estemos juntos como debería ser. —Su susurro era seducción pura, magia pura—. Mi cuerpo está muy dentro del tuyo —dijo. Salió y volvió a penetrarla, una embestida poderosa que lo hizo hundirse aún más. Ella intentó liberar los brazos, pero él se los mantuvo firmemente sujetos.

Darius inclinó la cabeza, tentado por sus pechos, y sonrió cuando ella se apretó contra él. Le lamió amorosamente un pezón antes de cogerle todo el pecho, suave como satén, en la boca. Ella soltó un grito y se arqueó para acercarse más a él, añorando su boca tirando de ella. Él movía las caderas en un ritmo lento y perezoso destinado a volverla loca. Tempest no podía moverse, clavada como estaba, así que Darius podía tomarse su tiempo excitándola hasta llegar a un punto febril, explorándola sin prisas.

Tempest sintió su aliento cálido en un pecho y algo salvaje despertó en ella.

—Por favor, Darius —se oyó gemir a sí misma, sabiendo lo que quería. Empezó a levantarse de la cama para ofrecerse a la boca que la buscaba—. Por favor, no me hagas esperar —susurró, en la agonía de su excitación. Entonces sintió que él respondía a la urgencia de la plegaria, hinchándose, endureciéndose, moviéndose con embestidas más largas y profundas dentro de ella. Sintió que le rascaba la piel ligeramente con los dientes y que su lengua seguía, con sus caricias rasposas. Empezó a gritar al sentirse envuelta en un calor blanco que la golpeó cuando él hincó los dientes profundamente y su boca se movió, lenta y erótica, contra su pecho, alimentándose de ella. Tempest sintió que el fuego estallaba en su interior, que la envolvía por todas partes. Quería que siguiera así para siempre, que no parara jamás. Quería sostenerle la cabeza y obligarlo a poseerla de esa manera una y otra vez, para toda la eternidad.

El calor. El fuego. El éxtasis. Tempest cerró los ojos y se dejó ir, dejó que las olas de placer la estremecieran entera, consumiéndola, consumiéndolo a él. Y luego él penetró en su mente con las mismas demandas que le exigía con su cuerpo. *Así es cómo me siento. Quiero que hagas lo mismo por mí.* Su voz le rozaba apenas la mente, como sus dedos en la entrepierna, desnudos y deseosos, creando lenguas de fuego.

Darius le lamió un pecho.

—Hazlo por mí, mi amor. Dame lo que yo te he dado a ti. —Era una seducción abierta y descarada, la tentación del diablo en persona.

Darius empujó aún más con las caderas y convirtió a Tempest en fuego al rojo vivo. Tenía el pecho junto a su cara, apretado contra la boca de ella que lo buscaba. Ella encontró su piel con la lengua y sintió la descarga en la mente de Darius, palpitando dentro de ella. Rascó arriba y abajo con los dientes encima de su corazón tembloroso. El hambre la consumía, a la vez que sentía la necesidad de darle lo que él deseaba. Una mano grande se posó sobre sus nalgas, levantándola por las caderas para hundirse una y otra vez en ella. Con la otra mano, le sujetó la nuca con fuerza contra su pecho.

—Dios mío, nena, me estás matando. Hazme un favor —pidió Darius—. Necesito esto como jamás he necesitado nada en la vida. Por favor, cariño. —Eran palabras crudas de necesidad, pronunciadas entre dientes apretados, mientras se esforzaba en convencerla con los movimientos de su cuerpo. Y luego su grito ronco llenó la caverna y lanzó la cabeza hacia atrás, presa del más absoluto éxtasis cuando ella le perforó la piel con los dientes. Tempest sintió la intensidad de su placer cuando él se derramó en ella, caliente e intenso y lleno de la esencia de la vida y la pasión. Darius comenzó a embestirla, más caliente y más rápido, hinchándose y endureciéndose hasta que ella estuvo tan apretada que la fricción amenazaba con inflamarlos a los dos. Ella sintió que se retorcía alrededor de él, cogiéndolo, apretando cada vez más hasta que él derramó su semilla caliente en ella, llenando su mente, su cuerpo y sus venas con su vida.

Darius dejó escapar un grito temiendo que el placer lo haría estallar en mil pedazos, y que a ella le ocurriera lo mismo.

—Te reclamo como mi compañera. Te pertenezco. Ofrezco mi vida por ti. Te doy mi protección, mi alianza, mi corazón, mi alma y mi cuerpo. Cuidaré como mío todo lo que te pertenece. Tu vida, tu felicidad y tu bienestar serán honrados y siempre situados por encima de mi vida y mi bienestar. Eres mi compañera, unida a mí para toda la eternidad y siempre bajo mi protección. —Se obligó a pronunciar cada palabra entre dientes, entre los latidos de su corazón para que no hubiera duda alguna, nunca, de que el ritual se hubiera completado. Quería que Tempest escuchara cada palabra en la unión de sus almas y de sus cuerpos, unidos por las mentes, los corazones y la piel. Tempest era suya y él le pertenecía. Jamás renunciaría a ella ni la dejaría ir, y nunca permitiría que nada le hiciera daño.

Todavía con el cuerpo caliente y endurecido en el fuego aterciopelado de Tempest, Darius la abrazó. Tempest estaba llena de su semilla y con la lengua le selló los agujeros en el corazón. Estaba tan agotada que no podía moverse. Él se tendió a su lado y la hizo girar con él, manteniendo los cuerpos unidos.

—Gracias, Tempest. No te merezco. Pero gracias.

Ella se quedó escuchando el latido acompasado de sus corazones, descansando en sus pensamientos. Captó la implacable determinación de Darius de quedarse con ella, los profundos lazos entre los dos que nunca podrían romperse y tuvo la seguridad de que tendrían un futuro juntos. También vio que la excitación ritual del apareamiento entre los cárpatos no hacía sino aumentar con el tiempo. No entendía cómo aquello era posible sin llegar a un punto en que les fallara el corazón, pero lo aceptó. Vio más allá de la posesión y del hambre desatado que él manifestaba por ella, por poseerla. Darius la amaba. La amaba a ella, Tempest, tan profundamente, tan completamente que llenaba todo su ser. La amaba lo suficiente como para ofrecer su vida por ella. La amaba sin reservas e incondicionalmente.

Se quedó quieta en sus brazos, disfrutando de la sensación de tenerlo a su lado, fuerte, convertido en realidad.

—¿Los demás están bien, Darius?

Él le apartó el pelo de la cara con un gesto tierno como una caricia.

—Desde luego. Julian tiene un hermano gemelo, Aidan, que vive en San Francisco con su compañera, Alexandria, y Julian ha llevado a Desari a conocer a su familia. —Como si fuera una necesidad, Darius encontró el hueco de su cuello y con los dientes le rascó ligeramente la piel, la lengua dispuesta a curar cualquier dolor. Después, sonrió—. Se llevaron a los leopardos, lo cual seguramente les traerá problemas porque Aidan tiene un portero humano en el edificio y Alexandria vive con un hermano pequeño.

—¿Y Syndil? —Tempest reaccionó al contacto de sus dientes con un estremecimiento interior de placer. Deslizó las manos hasta las caderas de Darius y empezó a acariciar las curvas bien definidas de sus músculos. Él se volvió duro y grueso, en una respuesta inmediata a sus caricias.

—Barack y Syndil están juntos, intentando aclararse con su relación. Syndil parece más contenta y mucho más segura, a pesar de haber descubierto su genio. Me ha enviado muchos cariños para ti. Van a viajar a Europa antes del próximo concierto con la esperanza de conocer al príncipe de Julian y a otros de nuestra estirpe.

Tempest apoyó la cabeza en su pecho e hizo bailar los dedos sobre su piel en respuesta a la fantasía que leyó en su mente. Ella le miró el rostro, sintió su calor y su pasión, que crecía con cada caricia.

—¿Y Dayan y Cullen? —Ya casi no podía pensar, ahora que veía que Darius hervía pensando en todo tipo de posibilidades eróticas.

—Ahora que todos habíamos encontrado a nuestras compañeras, la oscuridad en Dayan comenzaba a ganar terreno. Necesitaba tiempo para adaptarse. —Más que sentir, Tempest intuyó la inquietud latente en su voz—. Todas las emociones intensas lo perturbaban. Ha viajado a Canadá con Cullen. Trabajarán juntos un tiempo y Dayan se ocupará de la seguridad de Cullen, con lo cual también estará más seguro él. Cuando el grupo vuelva a juntarse para otra gira, volverán. —Darius hablaba con una voz ronca que Tempest no podía ignorar. Era la excitación.

Se adueñó de aquella imagen en la mente de Darius y se encaramó lentamente sobre él hasta montarlo. El movimiento la llenó de su miembro, grueso y caliente, y la hizo abrir exageradamente los ojos con la sorpresa. Sin embargo, acabó por echarse hacia atrás el pelo y comenzar una cabalgata lenta y erótica, moviendo suavemente las caderas, mientras una sonrisa de satisfacción le curvaba la boca.

Darius se estiró para cogerle la cintura con ambas manos, rozándola con los pulgares en un movimiento de caricia incesante al que no podía resistirse. Tempest era tan bella, con el pelo rojo cayéndole sensualmente sobre la cara y su boca exuberante y sus enormes ojos verdes nublados por el deseo. A ojos de Darius, tenía un cuerpo perfecto, pequeño pero curvilíneo, y su estrecho torso realzaba la plenitud cremosa de sus pechos. Apretó las manos, moviéndola de tal manera que pudiera hundirse aún más profundamente en ella, para ver sus ojos oscurecidos por el placer, hasta que él también sonrió.

—Aunque ahora te tenga donde quiero —dijo, con voz suave, y alzó una mano para seguir la línea de su labio con un dedo—, quisiera recordarte que podrías haber muerto fácilmente a causa de tu sacrificio. Muchas cosas podrían haber funcionado mal.

Tempest sintió el miedo repentino que latía en su pecho, y la rabia que penetraba como una marea. Con un gesto deliberado, introdujo el dedo en la cavidad húmeda de su boca y apretó con fuerza los músculos alrededor de la dura plenitud de su miembro, mientras aumentaba la fogosa fricción. Tempest descubrió una gran satisfacción al percatarse de que lo había distraído provisionalmente de su sermón masculino. Darius empujó con un movimiento de caderas, buscando su centro esencial, mientras le cogía los pechos hinchados. Su mirada se oscureció con la intensidad de su propio deseo.

Tempest le sonrió, y aplastó los pezones contra la palma de sus manos, tentándolo con cada uno de sus movimientos. Darius de pronto se incorporó hasta quedar sentado, la rodeó con los brazos y pegó la boca a su pecho como un niño hambriento, un momento antes de volver a tomar el control de la situación.

—Me escucharás lo que tengo que decirte, querida, y me obedecerás. Nunca volverá a haber una ocasión para que te arriesgues. ¿Me has entendido? —Gruñó las palabras como un macho cárpato que establece las reglas para su compañera díscola.

Ella le echó los brazos al cuello y con la lengua encontró ese punto sensible detrás de la oreja, y la retorció, lenta, llena de un erotismo que le despertaba el calor y el fuego y que acabó de distraerlo. Luego siguió con su boca maliciosamente en torno al cuello y llegó, ardiente, hasta su garganta, mientras no dejaba de apretarlo con fuerza hasta marearlo de placer. Darius intentó controlar su mente disciplinada. Tempest le obedecería. Tenía que prometerlo. Pero ella ahora lo provocó acercándose a la comisura de sus labios y, de pronto, sus piernas de seda se movieron y lo rodearon por la cintura, de modo que pudo hundirse todavía más profundamente en ella.

En ese momento, lo único en que Darius pudo pensar, lo único que le importaba, era inflamarse con ella, estallar en un millón de fragmentos y volver a la tierra juntos sanos y salvos, uno en brazos del otro. Unos murmullos suaves llenaron la caverna, la risa sorda, el ruido de los cuerpos moviéndose juntos, el olor de su cópula. Se refocilaron con su amor reencontrado, insaciables en el apetito que tenían el uno del otro.

Cuando Darius finalmente consiguió pronunciar su sermón, habían pasado varios días, y sus palabras ya no tuvieron el impacto que él quería en un principio. Sin embargo, ya no importaba, porque Darius sabía que su futuro estaba sellado. Tempest sería suya, para toda la eternidad, y siempre sería su Tempest, salvaje y excitante, lo distraería cuando pretendiera darle órdenes, y lo atormentaría con sus escapadas y siempre, siempre, lo amaría.

www.titania.org

Visite nuestro sitio web y descubra cómo ganar
premios leyendo fabulosas historias.

Además, sin salir de su casa, podrá conocer
las últimas novedades de
Susan King, Jo Beverley o Mary Jo Putney,
entre otras excelentes escritoras.

Escoja, sin compromiso y con tranquilidad,
la historia que más le seduzca
leyendo el primer capítulo de cualquier libro
de Titania.

Vote por su libro preferido y envíe su opinión
para informar a otros lectores.

Y mucho más…